HOOP VOOR HET LANDHUIS

Ook verschenen van Anne Jacobs bij Xander Uitgevers

Het weesmeisje (2019)

De moed van het weesmeisje (2019)

De erfenis van het weesmeisje (2020)

De terugkeer van het weesmeisje (2021)

De belofte van het weesmeisje (2022)

Het landhuis (2020)

Storm rond het landhuis (2021)

Anne Jacobs

Hoop voor het landhuis

XANDER

MIX
Papier | Ondersteunt verantwoord bosbeheer
FSC® C104608

Uitgegeven door Xander Uitgevers
www.xanderuitgevers.nl

Oorspronkelijke titel: *Das Gutshaus – Zeit des Aufbruchs*
(Die Gutshaus-Saga, Band 3)
Oorspronkelijke uitgever: Blanvalet Verlag, a division of Verlagsgruppe Random House GmbH, München, Germany
Vertaling: Sylvia Wevers
Omslagontwerp: Sander Patelski
Omslagbeeld: © Drunaa | Trevillion Images en © Nathalia Bachkova Dreamstime.com
Auteursfoto: Marlies GbR
Zetwerk: ZetSpiegel, Best

Tweede druk 2023

ISBN 9789 40 1619 48 6 | NUR 302

Franziska

Voorjaar 1995

'NIET SCHRIKKEN,' ZEI KACPAR tegen Franziska toen hij het hovelingenhuisje binnenkwam. Ze zat met Jenny aan tafel voor de lunch en schepte soep op de borden. Walter hielp Juultje haar natte schoenen en sokken uit te trekken.

'Wat is er gebeurd?'

'Er is in de kelder… Eh… Kun je misschien even meekomen?'

Ze had meteen door dat hij slecht nieuws had. Ze zag het aan zijn lachje. Als hij op die vriendelijke, geruststellende manier glimlachte, was er iets mis, en wel goed ook. In de vijf jaar dat ze nu samen aan het project 'Landhotel Dranitz' werkten, waren ze als een soort familie naar elkaar toe gegroeid en het lukte hem nooit goed om zijn gevoelens voor haar te verbergen. Ze zag dat hij, hoewel hij haar vroeg rustig te blijven, zelf van slag was.

'We zijn zo terug.' Franziska zette haar nog lege bord terug op tafel en stond op. 'Gaan jullie maar alvast eten.'

'Kan het niet wachten tot na het eten?' bromde Walter, die voor Juultjes stoel geknield zat en met moeite weer overeind kwam. 'De ochtend was eigenlijk al druk genoeg.'

Franziska sloeg snel haar jas om haar schouders en haastte zich achter Kacpar aan over het voorplein naar het landhuis. Onverwachte rampen waren aan de orde van dc dag sinds ze aan deze verbouwing waren begonnen. Ze zou er eigenlijk aan gewend moeten zijn. In plaats daarvan had ze het gevoel dat ze steeds minder kon hebben en dat ze zich over elke kleinigheid druk maakte. Misschien kwam het doordat ze ouder werd, ze was tenslotte al halverwege de zeventig. Jenny bleef veel rustiger als zich al weer nieuwe problemen voordeden.

Dit keer leek het geen kleinigheidje te zijn. Bij de voordeur van het landhuis stond de aannemer Paul Bauer met een somber gezicht te wachten.

'Het spijt me vreselijk, mevrouw de barones. Dit is me nog nooit overkomen, in dertig jaar niet.'

'Niet schrikken,' herhaalde Kacpar bezorgd toen ze de keldertrap afdaalden. 'Wind je alsjeblieft niet op, Franziska.'

Nu wond ze zich pas echt op. Beneden viel maar weinig daglicht binnen. Rechts van de trap zag ze het felle schijnsel van een bouwlamp. Twee jongemannen, de zonen van Bauer, stonden voor een in de grond gehakt gat en stapten snel opzij toen ze dichterbij kwam.

Franziska keek in het gat. Eerst wist ze niet wat voor spectaculairs er te zien was, maar toen drong het tot haar door. Ze staarde naar geelachtige botten die duidelijk van een mens waren en voelde dat er een rilling over haar rug liep. O god! Hier, in haar kelder, onder de voormalige provisiekamers, was een lijk begraven.

Kacpar legde een arm om haar schouder.

'We zullen dit aan de recherche moeten melden,' zei hij zacht. 'Of heb jij een verklaring voor deze vondst?'

Ze kon niet meteen antwoorden. Ze staarde naar de schedel, die haar uit blinde ogen aankeek alsof hij om vergiffenis vroeg voor de schrik die hij hun had aangejaagd. Beelden die ze lang geleden verdrongen had kwamen in haar hoofd op, zo snel en duidelijk dat ze duizelig werd.

'Ik heb geen idee,' stamelde ze. 'Het was oorlog. De Russen waren hier in het landhuis. En vluchtelingen. Ook andere mensen die destijds dakloos rondtrokken...'

'U bedoelt dat het een Rus zou kunnen zijn?' vroeg een van de twee jongemannen.

Ze haalde hulpeloos haar schouders op. Hoe kon zij het weten?

'Hij ligt onder de cementvloer,' stelde Paul Bauer koel en deskundig vast. 'Het was vast niet eenvoudig om hem hier te begraven. Dan hadden ze het cement open moeten breken.'

Hij had geen ongelijk. Als ze hier in de kelder iemand doodgeschoten of -geslagen hadden, hadden ze het stoffelijk overschot waarschijnlijk in het park of op het kerkhof begraven, niet onder het cement. Bovendien vervoerden de Russen hun doden meestal in vrachtwagens om ze in hun eigen land te begraven.

De herinnering aan het verleden kwam zo plotseling en met zo veel pijn boven dat ze heftig ademde om de duistere beelden te kunnen verdragen. Spoken uit het verleden waarvan ze dacht dat ze ze had verbannen, staarden haar uit zwarte oogholtes aan.

'De vloer van de kelder was toen op veel plekken opengehakt,' zei ze haperend. 'De Russen hebben naar verstopte waardevolle spullen gezocht. Zilverbestek, munten of sieraden. Dat deden ze in alle landhuizen en ze vonden bijna altijd wat...'

'Tuurlijk,' zei een van de jongemannen. 'Er was ook genoeg...'

Ze beet op haar lip en zweeg. Daar waren ze weer, de socialistische vooroordelen over de sprookjesachtige rijkdom en het weelderige leven van de landgoedeigenaren. In het beeld van de mensen in de DDR waren alle 'jonkers' hardvochtige despoten die zelf een luxeleventje leidden en hun arme personeel en boeren aan de hongerdood overleverden. Wrede verleiders die zich aan de dorpsmeisjes vergrepen, hen zwanger maakten en ze vervolgens aan hun ellendige lot overlieten. Zeker, dat soort landheren hadden bestaan, maar de werkelijkheid was anders geweest. Alleen kon ze dat nu niemand meer duidelijk maken. De tijd had zijn eigen geschiedenis geschreven en degenen die hadden meegemaakt hoe het echt was geweest, zouden algauw voor altijd zwijgen.

'Tja!' zei Paul Bauer en hij krabde onder zijn pet op zijn achterhoofd. 'Het is aan u om het verder te regelen, mevrouw Iversen. Voor ons zit de dag er nu op.'

Hij pakte zijn houweel en veegde de aarde er met de hand af. Ook zijn twee zonen zochten hun gereedschap bij elkaar. Ze wierpen nog één blik op de griezelige vondst en liepen achter hun vader aan de trap op. De bouwlamp lieten ze staan, die was van het landhuis.

'Belt u me zodra u de zaak hebt geregeld,' zei Paul Bauer tegen Kacpar en hij gaf hem een hand bij het afscheid.

Boven kwamen ze Jenny tegen, met haar dochter Juultje op sleeptouw.

'Wat is er nu weer aan de hand?' vroeg ze. 'Kunnen we niet eens meer rustig lunchen?'

Franziska nam haar bij de arm en gebaarde naar Kacpar dat hij voor het kleine meisje moest zorgen. Het kind mocht de verschrikkelijke vondst in geen geval zien.

'Kijk, Jenny. Maar schrik niet...'

Jenny bleef veel kalmer dan Franziska had verwacht. Met een mengeling van afschuw en fascinatie staarde ze naar de schedel en daarna blies ze hoorbaar haar adem uit.

'Het is net een misdaadfilm. Het beroemde lijk in de kelder. Heb je enig idee wie dit zou kunnen zijn?'

'Nee!' zei Franziska. 'Maar ik denk dat het skelet dateert uit de tijd dat de Russen het landhuis bezetten. Destijds wist men van God noch gebod en een mensenleven was zo goed als niets waard. Ze hebben mijn grootvader gewoon neergeschoten toen hij tegenstand bood en...' Haar stem brak. Het deed pijn om naar het verleden terug te keren en weer te beseffen hoeveel ze op jonge leeftijd al was verloren.

Jenny pakte de bouwlamp, scheen op het gat en prikte met een lange houten stok in de grond. Er kwamen stenen tevoorschijn en nog meer botten. En iets wat eruitzag als een donker, aangevreten stuk stof.

'Het is vast een vrouw. Misschien ligt ze hier al langer,' giste ze. 'Wie weet heeft een van onze voorouders zijn echtgenote doodgeslagen en hier begraven...'

'Praat niet zo'n onzin!' zei Franziska. 'Zoiets komt hooguit in slechte griezelromans voor!'

'Zeg dat niet, oma!'

Niet te geloven hoe onbeschaamd die meid over deze gruwelijke ontdekking praatte. Maar misschien was het wel een soort van zelfbescherming. Jenny was vast ook geschrokken van deze vondst. Aan de andere kant had zij in haar jonge leven nooit een oorlog met alle verschrikkelijke gevolgen die ermee gepaard gingen meegemaakt. Gelukkig maar.

'De recherche zal het uitzoeken, Jenny. Het is beter als je verder niet in de grond rondport.'

Jenny trok de stok terug en keek Franziska geschrokken aan.

'Wil je het aan de politie melden, oma? Meen je dat? Weet je wel wat er dan op ons afkomt?'

'Het kan niet anders, Jenny.'

Haar kleindochter rolde met haar ogen en maakte een smekend gebaar.

'God, oma! Als dit naar buiten komt, staat het in alle kranten. "Skelet ontdekt in landhuis Dranitz," of zoiets. Hoeveel gasten denk je dat er dan bij ons vakantie willen vieren? Wie komt er dan nog naar ons restaurant voor een gezellig etentje?'

Daar had Franziska nog helemaal niet aan gedacht. Natuurlijk had Jenny gelijk. Als de pers lucht kreeg van deze gruwelijke vondst, kregen ze veel negatieve publiciteit. Dan zouden er hooguit een paar op sensatie beluste verslaggevers naar de opening komen.

'Als je het mij vraagt, moeten we de arme vrouw opgraven en keurig begraven op de begraafplaats. Als het een vrouw is. Misschien is het ook wel een man,' zei Jenny. 'Nou ja, maakt niet uit. Als we het maar discreet doen. Zonder pers. Als je begrijpt wat ik bedoel.'

Dat klonk heel verstandig, alleen school er een addertje onder het gras.

'Paul Bauer en zijn zonen hebben het skelet gezien,' zei Franziska. 'En waarschijnlijk zijn ze het opwindende nieuws nu al aan het verspreiden.'

'Shit,' kreunde Jenny. 'Waarom heb je hun niet gezegd dat ze hun mond moeten houden? Als we hun wat geld hadden gegeven, hadden ze dat zeker gedaan.'

Franziska schudde haar hoofd. De twee jongemannen hadden er niet uitgezien alsof ze zo'n sensationeel verhaal lang voor zich konden houden. Het zou als een lopend vuurtje rondgaan, dat was niet tegen te houden. Of het nu officieel in de krant stond of van mond tot mond ging, het skelet in de kelder van het landhuis zou de komende tijd ongetwijfeld het belangrijkste gespreksonderwerp zijn in de directe en wijdere omgeving.

'We hebben geen andere keus dan de recherche in te schakelen.'

Jenny wierp nog één sombere blik in het graf. Daarna draaide ze zich om en liep voor Franziska uit naar de trap, zachtjes in zichzelf mopperend.

'We zullen ook dit probleem oplossen, Jenny,' verzekerde Franziska haar kleindochter, maar ze hoorde zelf aan haar eigen stem dat ze niet echt overtuigend klonk. Het kwam door de herinneringen, die haar nu steeds heftiger overvielen. De aanblik van het skelet had een sluis geopend. Gebeurtenissen die ze voor altijd had willen vergeten, probeerden uit alle macht aan het licht te treden. De komende nachten zou ze niet kunnen slapen, dat was een ding dat zeker was.

In stilzwijgende overeenstemming deden ze de kelder op slot, waarvan de deur al een hele tijd klemde. Franziska borg de sleutel op en daarna keken grootmoeder en kleindochter elkaar aan.

'Ik kan het maar beter meteen doen,' zei Franziska. 'Het zou vervelend zijn als de politie het van andere mensen hoort.'

Jenny slaakte een diepe zucht. 'Doe wat je denkt dat je moet doen, oma.'

Terwijl haar kleindochter snel terugliep naar haar goulashsoep, liep Franziska naar de entree van het restaurant, waar ze een ontvangstbalie hadden gemaakt met een bureautje erachter, dat echter nog niet helemaal was ingericht. Ze bladerde door het telefoonboek en pakte de hoorn van de telefoon, die nog uit de tijd van de DDR stamde.

'Politie Waren,' zei een mannelijke stem aan de andere kant van de lijn. 'Wat kunnen we voor u doen?'

Franziska moest twee keer haar keel schrapen voordat ze iets kon zeggen.

'U spreekt met Franziska Iversen van landhuis Dranitz. We zijn vandaag bij graafwerkzaamheden op een menselijk stoffelijk overschot gestuit…'

Stilte. Waarschijnlijk kreeg hij dit soort meldingen niet elke dag.

'U hebt een dode gevonden?'

'Ja. Een skelet.'

'Goed. Raakt u niets aan. We komen eraan, mevrouw Iversen.'

Toen Franziska de hoorn op de haak legde, had ze het gevoel dat ze het juiste had gedaan. Wat haar bezorgdheid er niet minder op maakte. Je kon het juiste doen en je toch een heleboel problemen op de hals halen.

In het hovelingenhuisje zaten ze nog aan tafel. Walter had zijn bord voor zich uit geschoven, blijkbaar hadden ze hem al op de hoogte gebracht. Jenny lepelde haar soep op. Juultje verkruimelde een stuk witbrood en voerde stiekem Falko, die onder de tafel zat te bedelen. Kacpar keek Franziska vol verwachting aan.

'De politie komt eraan,' zei ze en ze ging op haar plaats zitten. Ze kon geen hap meer door haar keel krijgen. De eetlust was haar vergaan.

Kacpar knikte. Hij stond op en keek hen vriendelijk aan. 'Bedankt voor de soep. Ik ga even verder met de planning van het wellnessgedeelte en de buitenvoorzieningen.'

Franziska keek hem peinzend na. Ze kon niet altijd goed hoogte krijgen van de jonge architect Kacpar Woronski. Vooral zijn wispelturigheid wat zijn liefdesleven betrof beviel haar niet, ook al beschouwde ze hem in principe als een keurig, fatsoenlijk mens. Eerst hadden ze allemaal gedacht dat hij verliefd was op Jenny. Waarom zou hij haar anders vanuit Berlijn naar de middle of nowhere zijn gevolgd? Daarna had hij zich plotseling op Mücke gericht en een tijdje een relatie met haar gehad, totdat die weer uitging. Franziska meende zich te herinneren dat Kacpar zich toen heftig had verzet tegen Mückes wens te trouwen. Nou ja, dat was vast goed geweest, want Mücke was inmiddels met Kalle getrouwd en volmaakt gelukkig. Daarna had de jonge Woronski iets met Anne Junkers gehad, de secretaresse van de burgemeester, maar dat was na een paar maanden ook weer uitgegaan. Heel jammer, vond Franziska, want Annes zoontje Jörg was erg gehecht geraakt aan Kacpar en iedereen dacht dat ze met zijn drieën een gelukkig gezinnetje konden worden. Jörg was inmiddels acht en zat in de derde klas, maar hij kwam af en toe op Dranitz en vroeg dan naar Kacpar. Die gaf de jongen ook nu nog aandacht, dat moest je hem nageven. Hij hield van kinderen en kon goed met hen omgaan. Alleen werd Jörgs moeder elke keer ontzettend kwaad als het jongetje weer naar het landhuis ging. Anne Junkers had het Kacpar erg kwalijk genomen dat hij het had uitgemaakt en wilde niets meer van hem weten. Ja, wat zijn privéleven betrof was de jonge Pool inderdaad nogal onbestendig. Kennelijk was hij de laatste tijd regelmatig met een jonge vrouw in Schwerin gespot, maar Franziska had nooit veel om roddels gegeven. Maar één ding wist ze zeker, ze wilde niet dat Kacpar Woronski compagnon in Landhotel Dranitz werd. Zo'n stap zou ze hoe dan ook verhinderen. Ook al was Kacpar een uitstekend architect en bouwopzichter, en erg nauw met haar familie verbonden, Dranitz moest familiebezit blijven, en wel voor altijd. Het hemd was nu eenmaal nader dan de rok.

Walter stond op en haalde een bord soep voor haar uit de keuken. 'Ik heb het voor je warm gehouden,' zei hij en hij glimlachte liefdevol naar haar.

Ze vond het lief van hem en pakte aarzelend haar lepel op. Misschien was het toch beter als ze iets at, ook al had ze het gevoel dat er een steen op haar maag lag. Walter was en bleef het rustpunt in haar leven. Hij luisterde, gaf advies, troostte en was altijd bezorgd om haar gezondheid. Het risico van een laat huwelijk, dat ze drie jaar geleden waren aangegaan, was een groot geluk gebleken. Ze had vaak nagedacht over hoe haar leven geweest zou zijn als de oorlog en de verdeling van Duitsland hen niet uit elkaar hadden gescheurd. Een huis in Berlijn, een fotoatelier, kinderen, een groot, gelukkig gezin... Dat zou allemaal mogelijk zijn geweest. Maar het was anders gelopen. Het leven liep zelden als gepland. Het lot schudde de kaarten telkens opnieuw. Ze mocht dankbaar zijn dat het hun deze laatste, mooie jaren had geschonken.

'Ik ga nog even studeren,' zei Jenny en ze stond op. 'Juultjes bruine schoenen staan nog bij jullie, toch? Deze zijn kletsnat.'

Juultje wierp haar moeder een kushandje toe en wilde haar kleurpotloden en het tekenblok hebben. Ze was momenteel in een kleurfase en tekende bijna altijd een grote gele zon, een huis en een paar poppetjes. Het grootste poppetje was ze zelf, daarna kwam het poppetje Falko. De anderen werden, al naargelang hun belangrijkheid, steeds kleiner, tot ze nog maar zo groot waren als een mier.

'Wil je misschien even gaan liggen, Franzi?' vroeg Walter terwijl ze langzaam haar soep at. 'Ik kan met Juultje en Falko naar buiten gaan, dan heb je even rust.'

Ze aarzelde, want ze wist dat hij niet meer erg goed ter been was. Hij was al twee keer bij het meer gevallen. Gelukkig was er niets ergs gebeurd.

'Ga niet te ver,' waarschuwde ze hem. 'En trek haar de rubberlaarsjes aan.'

Dat advies was nutteloos, want Juultje bepaalde zelf wat ze aantrok. Je kon hooguit iets bij haar bereiken als je haar voorzichtig probeerde over te halen, maar daar was Walter heel goed in.

'We praten vanavond,' zei hij glimlachend tegen haar en hij stak zijn hand naar Juultje uit. 'Ik denk dat we wel wat te bespreken hebben.'

Franziska knikte. Later, tegen zes uur, zou ze Juultje naar Jenny sturen. Daar zou het meisje nog even *Sesamstraat* kijken voordat haar moeder haar naar bed zou brengen. Dat was het moment waarop Franziska en Walter bij een glaasje rode wijn en een bord met belegde boterhammen de gebeurtenissen van de dag bespraken.

Franziska bracht de borden naar de keuken. Daarna trok ze zich in de slaapkamer terug. Ze deed haar schoenen uit en glipte met haar kleren aan onder de gewatteerde deken.

Hoewel het niet koud was buiten en in huis, rilde ze. Ze luisterde een tijdje naar Walter en Juultje, die over de vraag discussieerden waarom ze geen rode rubberlaarzen had, zoals haar vriendin Annegret, maar alleen maar groene. Daarna verwijderden de stemmen zich. De deur viel in het slot en Franziska was alleen.

Sonja

DRIE HAZEN MET MIJTEN, een teckel met diarree, een worp jonge herdershonden die ze bij Konradi had onderzocht en ingeënt, een oude kater die ze dieetvoeding had gegeven. Geen slecht resultaat voor een woensdagochtend, maar qua verdiensten was het niet echt bijzonder. Bovendien had ze een mand met drie jonge katjes cadeau gekregen. Tine Koptschik, haar assistente, had ze meegebracht. De katjes kwamen van Tines nicht, die de ongewenste nakomelingen eigenlijk tegen de muur had willen smijten. Nou ja, Sonja zou ze wel ergens onderbrengen. Voorlopig hield ze de grijs gevlekte katjes in haar slaapkamer. Ze lieten zich uit een plastic flesje met een speentje voeren en aten ook al vleesbrokjes. Sonja had kranten op de vloer gelegd, want de babykatjes gebruikten af en toe al wel de doos met zand, maar hadden net zo vaak een ongelukje.

’s Middags bleef de praktijk gesloten. Dan had ze tijd om naar de dierentuin te rijden om te kijken hoe het daar ging. Binnenkort was er weer een bestuursvergadering. Dit keer zou het vooral over de financiën gaan, maar ook over de vraag of de huizen en verblijven voor de kleine inheemse dieren nu eindelijk gebouwd konden worden. De vereniging had inmiddels bijna vijfhonderd leden, waarvan de meeste de vereniging als passief lid ondersteunden. Er zaten erg irritante mensen tussen met idiote ideeën zoals het houden van olifanten, leeuwen, nijlpaarden en apen. Gelukkig bestond het bestuur wel uit verstandige mensen die alleen maar konden lachen om zulke onzin. Franziska bekleedde sinds dit jaar de functie van secretaris, Gerda Pechstein was nog steeds penningmeester en Sonja was vicevoorzitter. Kalle Pechstein bleef het ambt van 'president' vervullen. Hij was voor de tweede keer herkozen en nog steeds enthousiast. Sonja kon op Kalle rekenen, zolang Mücke hem niet voor zichzelf opeiste.

Natuurlijk was het weer gaan regenen. Sonja beschermde de nieuw gedrukte posters die ze van haar aquarellen had gemaakt met twee plastic tasjes toen ze naar haar auto liep, die aan de kant van de weg geparkeerd stond. Sonja was een gepassioneerde, zeer getalenteerde schilderes en haar gereproduceerde schilderijen vonden gretig aftrek in het winkeltje van Dierentuin Müritz. Ze opende de deur van de lichtblauwe Renault een beetje omslachtig en legde de posters op de achterbank. Haar oude auto sputterde af en toe, wilde soms niet starten en verbruikte veel te veel brandstof, maar een nieuwe zat er momenteel gewoon niet in. Ze kon alleen maar hopen dat de Renault het nog een tijdje zou volhouden. Tachtigduizend kilometer was immers niet veel voor een goede motor.

De weg naar de dierentuin was nog steeds niet verhard. De auto slingerde over de grond, die nat was van de regen, hobbelde over boomwortels en deed het vuile water in de plassen opspatten. Dit kon je de bezoekers echt niet aandoen. Kalle moest op zijn minst een keer grind in de gaten storten. Bernd Kuhlmann had hun een stuk van zijn gepachte grond ter beschikking gesteld voor het voetpad van de parkeerplaats naar de ingang van de dierentuin. Hij vroeg er niets voor, alles was gebaseerd op onderlinge tegemoetkoming als buren en in ruil daarvoor behandelde Sonja gratis zijn dieren. Naast de vijf koeien die Kalle bij hem had gestald, had Bernd er nog vier aangeschaft. Bovendien hield hij kippen en ganzen. Ook Artur en Suusje, Kalles geliefde varkens, brachten er hun laatste levensjaren rustig door, alleen hun nakomelingen werden soms geslacht. Bernd ging regelmatig naar de markt in Waren en bood groenten, brood en kaas aan, evenals zelfgeslachte vleesproducten.

De parkeerplaats was redelijk in orde. Ze hadden hem met stenen en grind verhard en er ook een paar informatieborden en wegwijzers neergezet. Kalle had alles zelf gezaagd en in elkaar gezet en was bijzonder trots op de informatieborden, waar hij een smal shinglesdakje boven had gemaakt.

De voormalige oliemolen had volgens de plannen van Simon Strassner in de passende bouwstijl een aanbouw en twee kleine bijgebouwen gekregen en vervulde tegelijk verschillende doeleinden. Er was een loket waar de bezoekers hun kaartjes kochten en meteen daarnaast was de winkel, waar allerlei boeken, souvenirs, knuffelbeesten, speelgoed en zelfgemaakte houten spullen zoals voederhuisjes en houtsnijwerk werden aangeboden.

Sonja was niet erg tevreden met de ontwikkeling van de dierentuin. De bezoekers waren veel meer geïnteresseerd in een snack en een goedkoop biertje dan in de informatieborden over de lokale dierenwereld.

'En, hoe ziet het eruit?' riep ze luid.

Gerda, die met haar rug naar Sonja toe bij de kassa stond en haar niet had zien aankomen, kromp ineen. 'Jeetje, je laat me schrikken, Sonja! Nou ja, je ziet het. Het ziet er niet goed uit. Er was een gezin uit Stralsund dat klaagde dat er geen olifanten en tijgers te zien zijn. Daarna wilden ze allemaal worstjes en friet hebben, maar toen Tillie speciaal knakworstjes warm had gemaakt, wilden ze toch weer wat anders. Omdat de kinderen geen worstjes lustten zonder ketchup!'

Je maakte wat mee met die bezoekers. Vooral die verwende bengels die dit niet lekker vonden en dat niet aten. Het was natuurlijk niet de schuld van de kinderen, maar van de ouders die dat gedrag faciliteerden. Aan de andere kant waren er heel leuke kinderen die liefdevol de geitjes in de kinderboerderij knuffelden en huilden als ze afscheid van ze moesten nemen. Terwijl de meeste geiten vraatzuchtige beesten waren die vooral geïnteresseerd waren in het voer.

De vereniging verkocht het direct aan de kassa, anders mochten de bezoekers de dieren niet voeren.

'Het belangrijkste is dat ze entree hebben betaald,' zei Sonja. 'Met Pasen is het vakantie, dan komen er vast een heleboel mensen.'

Gerda was het loket aan het schoonmaken en schrobde verbeten over een hardnekkige klodder meeuwenpoep. 'En er zijn nog twee jongeren met rugzakken gekomen, die lopen ergens over het wandelpad. Leuke jongens die wilden weten of hier ook dassen en wolven zijn. Ik geloof dat ze foto's wilden maken voor een of andere krant.'

Dat was nu eindelijk eens goed nieuws. Reclame in een krant was altijd welkom.

'En er kwamen twee oudere heren aan de kassa. Ornithologen. Ze logeren in Waren, waar ze bepaalde watervogels willen observeren. Maar ze zijn meteen weer weggegaan.'

'O, waarom dan?'

Gerda stopte snuivend met schrobben en keek ontevreden naar het resultaat van haar inspanningen. De meeuwenpoep was lichter geworden, maar nog altijd goed zichtbaar op de grijze stenen.

'Omdat ze last hadden van de stank. Daarom.'

'De stank?'

'Ja, ruik jij niks dan?' vroeg Gerda verbaasd.

Inderdaad. Nu ze het zei rook Sonja ook een sterke lucht. De stank kwam van het perceel van de buurman. Sonja trok haar neus op, schermde met haar hand haar ogen af en ontdekte Bernd Kuhlmann, die met zijn span paarden biologische mest – ook wel drijfmest genoemd – in de grond ploegde.

'Poeh,' zei Sonja kreunend en ze snuffelde als een expert. 'Er zit waarschijnlijk ook varkensmest bij.'

'Tuurlijk. Die moet hij tenslotte ergens laten.'

Sonja haalde haar schouders op en zei dat de mensen zich niet zo moesten aanstellen. Over twee dagen zou de geur vervlogen zijn. Maar ja, de mensen kochten liever de goedkope groente in de supermarkt die op kunstmest was geteeld en vol met pesticiden zat, maar er wel perfect uitzag.

In de kleine winkel was Irmi Stock bezig om de schappen opnieuw in te richten en alles af te stoffen. Ze had een dik, gebreid vest aangetrokken. Het was koud in de winkel, want niemand behalve Kalle durfde de oude kanonkachel aan te steken. Helmut Stock, die ook als vrijwilliger meehielp, had onlangs gezegd dat de kachel binnenkort nog zou ontploffen en dat het hoog tijd werd voor een nieuwe kachel. Of liever nog een verwarmingsinstallatie, die alle ruimtes ook in de winter aangenaam warm hield.

Ja, het enthousiasme van haar medestrijders kende geen grenzen. Ze hadden een heleboel goede ideeën, maar als het om de financiering ging, werden ze stil. Dierentuin Müritz zat ondanks de vrijwillige inzet van vele verenigingsleden diep in de rode cijfers en als ze niet regelmatig particuliere donaties en gemeentelijke subsidies zouden krijgen, hadden ze het allang moeten opgeven.

'Dat doe je goed, Irmi!' prees Sonja haar. 'Ik heb nog een paar posters laten bijdrukken. Er zitten ook twee nieuwe afbeeldingen bij.'

'Fantastisch!' riep Irmi, die zorgvuldig de plastic minidinosauriërs ordende. 'Ik heb gisteren de laatste twee posters verkocht , en weet je aan wie?'

Sonja haalde haar schouders op. Hoe kon zij dat nou weten?

'Meneer Strassner was hier. Met zijn nieuwe vriendin.'

'O, echt?'

Ongelofelijk! Sonja voelde dat ze boos werd. Het was ook onvoorstelbaar: eerst werd die onbetrouwbare architect uit Berlijn lid van de vereniging en kondigde hij groots aan dat hij de bouwplannen voor de oude oliemolen uiteraard kosteloos zou vervaardigen en ook het bouwmateriaal ter beschikking zou stellen, en vervolgens presenteerde hij hun een vette rekening en chanteerde hij zijn ex vriendin Jenny, met wie hij eigenlijk wilde trouwen, en haar grootmoeder. Wat een gemene klootzak! Later had hij zich diverse keren voor zijn onterechte vordering verontschuldigd en met zijn kruiperige charme toch nog menig hart van de vrouwen in de vereniging gewonnen, die medelijden met hem hadden. 'Ach, die arme man!' had ze Gerda Pechstein tegen Irmi horen zeggen en daarna had Gerda ook nog enthousiast verteld wat voor een liefdevolle vader hij toch was. Hij kwam om de week naar Dranitz. Dan logeerde hij in het rentmeesterhuis en ging hij met zijn dochtertje wandelen. Het was wel verdrietig om te zien hoe hardvochtig Jenny Kettler tegen hem deed. Geen wonder dat hij nu met een ander zijn schade inhaalde. Dat hij nu al de derde vriendin hiernaartoe sleepte, stoorde de dames totaal niet. Het vormde voor Gerda en Irmi alleen maar het bewijs dat meneer Strassner eigenlijk alleen van Jenny hield. De moeder van zijn schattige dochtertje Julia.

'Heb je mijn posters op zijn minst voor de dubbele prijs aan hem verkocht?' bromde Sonja.

'Natuurlijk niet,' antwoordde ze verontwaardigd. 'Maar hij heeft een biljet in onze collectebus gestopt.'

Sonja hield de opmerking voor zich dat Simon zijn patserige donatie ergens anders in kon steken. Helaas was Irmi helemaal weg van de architect met de grijze plukken haar aan de zijkant van zijn hoofd. Bovendien was hij een betalend lid van de vereniging. Ze moest dus zorgen dat ze het met hem kon vinden, ook al kostte haar dat moeite.

'Waar is Kalle eigenlijk? Ik dacht dat hij het hek bij de wasberen wilde repareren.' Gerda had inmiddels het sop in een van de bezoekerstoiletten gekiept en de bezem in de gereedschapskamer gezet. Ze kwam rillend terug in de winkel en wreef haar klamme handen.

'Kalle moet iets in Waren ophalen,' zei ze knorrig. 'Voor Mückes winkel. Dat is altijd zo. Als Mücke roept, laat hij alles vallen en doet hij alles voor haar.'

Sonja zweeg. Gerda Pechstein had haar zoon alleen grootgebracht, omdat Kalles vader er destijds vandoor was gegaan. Dat ze Kalle nu met haar schoondochter moest delen, beviel haar totaal niet. Zeker omdat Mücke een goede moeder en een nog betere zakenvrouw bleek te zijn en Kalle zijn lieve vrouw mateloos bewonderde.

'Dat hoort een fatsoenlijke echtgenoot ook te doen!' riep Irmi, die zoals altijd weinig rekening hield met de gevoelens van anderen. 'Mücke is heel ijverig en Kalle weet dat te waarderen. Hij is niet zo dom als menig ander hier...'

Sonja zuchtte en besloot even naar Bernd te gaan, die bijna klaar was met ploegen. Irmi zou ongetwijfeld weer over Jürgen Mielke gaan klagen, met wie haar dochter Elke een paar jaar geleden naar het westen was gegaan en die haar daar in de steek had gelaten voor een ander. Elke was sinds begin januari weer bij haar ouders ingetrokken. Het arme meisje was helemaal van slag en leed aan depressies.

'We wachten nog op de twee backpackers!' riep Gerda haar na. 'Als ze terug zijn, gaan we sluiten. Er komt vandaag toch niemand meer.'

Sonja knikte instemmend en liep over de smalle houten brug die over de beek naar de weide van Bernd Kuhlmann en het groenteveld leidde. Bernd krikte net de ploeg op de wielen, zodat de paarden het apparaat via de bospaden terug naar de loods konden trekken. De biologische landbouw die hij al drie jaar bedreef, was onder meer moeizaam omdat hij een centrale plek miste waar paarden, materieel, stallen en woonhuis dicht bij elkaar lagen. Hoewel Franziska Iversen een stuk land aan hem had afgestaan, waar hij een huis met bijgebouwen en een koeienstal had gebouwd, moest hij voor al het andere werk lange afstanden afleggen. Hij had een aantal jongeren uit de omgeving in dienst en betaalde hen fatsoenlijk, maar Sonja betwijfelde ten zeerste of hij uit de kosten kwam. Waarschijnlijk zouden zijn reserves snel uitgeput zijn, als ze dat niet al waren. Dan zou Bernd zich serieus moeten afvragen of het een goed idee was geweest om zijn advocatenkantoor in Hannover te sluiten en een nieuw leven te beginnen als biologische boer. Sonja had medelijden met hem. Ze mocht de onopvallende maar slimme en fatsoenlijke kerel die met zo'n verbeten energie voor een verloren zaak streed graag. Ze zou hem maar al te graag willen helpen, maar zag maar weinig kans om dat te doen.

'Hallo, Sonja!' riep hij naar haar. 'Neem me niet kwalijk als ik je bezoekers wegjaag. Maar het moet helaas wel, want het plantseizoen begint al snel…'

Sonja klom over verschillende voren in de akker naar de aangrenzende weide, die beter begaanbaar was. Ze maakte een afwimpelend gebaar. 'O, dat geeft niet! We zijn tenslotte op het platteland, dus het hoort er nu eenmaal bij. Wat voor groente wil je aanplanten?'

Ze aaide de twee merries teder over hun gladde hals en merkte dat ze zweetten. Het ploegen was zwaar voor de twee oude dames. Bernd had ze er drie jaar geleden met engelengeduld aan laten wennen om in het veld te werken en nu liepen ze plichtsgetrouw voor de ploeg en eg, trokken de kar en leken het nog leuk te vinden ook. 'Ik wilde eens savooiekool, spruitjes en koolrabi proberen. En aan de rand een paar rijen wortelen en radijsjes.'

'Geen sla?' vroeg Sonja grijnzend.

Hij veegde zijn vuile handen aan een doek af en gaf haar een hand.

'Hier niet. Het is te ver van het huis. Bovendien moet dat spul altijd allemaal tegelijk geoogst worden…'

Vorig jaar had hij het oogsten van de kroppen sla ook nauwelijks kunnen bijhouden. Helaas hadden ze op de weekmarkt maar een lage prijs opgeleverd, want ook andere boeren hadden een overvloed aan sla gehad. Een groot deel van de oogst had hij uiteindelijk weggegeven en aan de kippen en varkens gevoerd.

'Brunhilde deed vanochtend zo raar,' zei hij. 'Het zou fijn zijn als je straks even naar haar kunt kijken. Ik denk dat het kalfje eraan komt.'

'Dat is goed.' Sonja knikte. 'Ik ga zo meteen even naar de koeienstal. Heeft ze gegeten?'

'Dat wel. Maar ze was echt onrustig en in de vrije uitloopstal is ze een paar keer gaan liggen.'

Brunhilde was een van Kalles koeien die hij van de slacht had gered toen de LPG het vee wegdeed. Behalve Kalle had niemand verwacht dat de oude dame nog een keer zou kalven. Ook Sonja, die de inseminatie had uitgevoerd, was verbaasd geweest toen ze ontdekten dat Brunhilde inderdaad een kalf droeg. Nu was het te hopen dat het kalf gezond was en zonder al te veel complicaties geboren zou worden.

'Ik verzorg nog even snel de paarden, dan zien we elkaar zo!' riep Bernd haar na, terwijl ze de brug alweer over liep. Hij zag er moe uit, vond ze. Er kwam geen einde aan het werk op zijn boerderij en vooral nu, in het voorjaar, kreeg hij nauwelijks slaap. Het was de vraag hoe lang zijn lichaam de extreme belasting nog aan zou kunnen. Hij was al bijna vijftig en had vroeger nooit zulk zwaar lichamelijk werk verricht. Maar hij had een sterke wil. Daar hield ze wel van. Ze vond Bernd trouwens toch leuker dan ze aan zichzelf wilde toegeven. Ze was er jarenlang van overtuigd geweest dat ze niet in mannen geïnteresseerd was, vooral niet op erotisch vlak. Ook niet in vrouwen trouwens. Ze had geaccepteerd dat het zo was en had zich aan andere dingen gewijd. Aan haar studie, haar praktijk en vooral haar grote project, Dierentuin Müritz. Alleen meende ze de laatste tijd iets in de gepassioneerde ecoboer te zien wat haar overtuiging aan het wankelen bracht. Voor haar was Bernd een man die gevoelens als bewondering en het verlangen naar nabijheid opwekte. Ook lichamelijk... Nee, zoiets mocht ze niet denken. Want Bernd Kuhlmann was zeker weten niet in haar geïnteresseerd. In elk geval niet... lichamelijk.

Ze veegde de aarde die aan haar schoenen plakte aan het gras af en riep vriendelijk 'Tot ziens!' naar Gerda, Tillie en Irmi toen ze langs de kassa naar de parkeerplaats liep. Het huis van Bernd en de koeienstal lagen aan de andere kant van het meer, tegenover het landhuis. De koeien graasden op verschillende weidepercelen en dit jaar zouden er vijf kalveren zijn, waardoor de stal bijna te klein was. Bernd hechtte er veel waarde aan dat zijn meisjes alleen voor het melken in de boxen werden gezet, voor de rest hadden ze een grote vrije uitloop in de stal, waar ze met elkaar konden 'communiceren', zoals hij het noemde. Er waren zelden problemen, alleen Tusnelda vond af en toe dat ze de vier nieuwelingen moest tiranniseren.

Sonja reed moeizaam in haar Renault over de modderige zandweg naar het stalgebouw en het verbaasde haar dat geen van de negen koeien in de wei te zien was. Voor de kaasmakerij stond de blonde Rosemarie Lau, die vroeger in de broodfabriek in Waren had gewerkt en Bernd nu hielp met de productie van zijn twee soorten kazen. Haar man was een jaar geleden aan kanker overleden en Rosi was blij dat ze in elk geval een paar uur voor Bernd kon werken, want ze had twee tienerdochters om voor te zorgen. Bernd had met behulp van een stoomcursus kaas leren maken en had het Rosi geleerd. Samen deden ze praktijkervaring op. Rosi stond ook twee keer per week met Bernd in Waren op de markt om zijn biologisch geproduceerde producten te verkopen.

Sonja stopte pal voor de kaasmakerij. Rosi keek haar aan. Ze had een verfrommeld papieren zakdoekje in haar hand en Sonja zag dat haar gezicht nat was van de tranen. O jee, er was blijkbaar iets vreselijk misgegaan! Waarom had Bernd haar vanochtend niet meteen gebeld? Dan had ze misschien het ergste kunnen voorkomen.

Ze stapte geïrriteerd uit, haalde de zwarte tas uit de kofferbak en draaide zich naar Rosi om. 'En?' vroeg ze meelevend. 'Het kalfje is zeker dood geboren, of niet?'

Rosi snikte en depte haar ogen. Daarna pakte ze Sonja bij haar arm en trok haar mee naar de koeienstal. 'Kijk zelf maar!' zei ze. 'Het is niet te geloven!'

In de stal sloeg de bekende, warme geur haar tegemoet. Sonja rook meteen dat de uitwaseming van de koeien gemengd was met iets anders. Er was een licht verschaalde geur van bloed en iets anders... Er was een kalf geboren. Als eerste zag ze alleen de achterwerken van acht zwart-witte koeien, die elkaar in een hoek van de vrije uitloop verdrongen en opgewonden snoven.

'Ze willen allemaal het nieuwe kalf begroeten,' zei Rosi en ze snoot haar neus. 'Als een grote familie. En Brunhilde, het oude meisje...'

Sonja liet haar staan en stapte door het stro en de koeienmest naar de nieuwsgierige koeien. Ze duwde er twee uit elkaar en stond voor een zwart wonder. Nee, eigenlijk waren er twee wonderen, namelijk ten eerste de bejaarde Brunhilde, die alweer stevig op haar vier hoeven stond, en ten tweede het net geboren ravenzwarte kalf. Met opgeheven kop en stralende ogen keek het dier verbaasd in het doffe licht van de koeienstal, en toen de moeder met haar ruwe tong over het lijfje likte, viel het niet opzij, maar zette het zich schrap. Telkens kwam een van zijn grote tantes dichterbij, raakte de pasgeborene met haar neus aan, snoof en likte voordat ze door een collega opzij werd geduwd. De vier nieuwkomers waren dit voorjaar allemaal voor het eerst drachtig, maar de oude Brunhilde was de eerste die was bevallen.

'Dat... dat is geweldig!' stamelde Sonja.

Ze onderzocht eerst Brunhilde, die een gezonde indruk maakte. Geen bloedingen, geen letsel aan de schede. Normale lichaamstemperatuur. Wat fijn! Ze gaf haar een waarderend klopje in haar nek, maar Brunhilde reageerde er niet op, want ze werd volledig in beslag genomen door haar kalf. Sonja desinfecteerde de navel van het kalfje en zag dat het een stier was. Jammer, want daarmee was zijn lot bezegeld. De kleine zwarte stier zou geen lang leven beschoren zijn.

Achter hen kraakte de staldeur. Bernd was gearriveerd. Toen hij de levendige zwarte jongen zag, was hij eerst stil van vreugde. Daarna boog hij zich naar voren en strekte hij voorzichtig zijn arm uit om de vochtige vacht van het kalf te strelen.

'Een stiertje,' zei Sonja zachtjes tegen hem. 'Moeder en zoon zijn gezond!'

Ze was ontroerd toen ze zag dat er een traan over zijn wang liep. Hij ging naar Brunhilde toe om haar te aaien en het oude meisje stopte even met likken om van de aanraking te genieten. Ongelofelijk hoe goed hij met dieren om kon gaan. En deze man had twintig jaar van zijn leven achter een bureau gezeten en saaie paragrafen doorgelezen. Doodzonde!

'Tjonge,' zei hij en hij moest zijn keel schrapen. 'Tjonge... En ik dacht al dat ze allebei...'

Hij kon niet verder praten, want hij moest slikken van ontroering. Sonja haalde een emmer melk voor Brunhilde, want de moederkoe moest nu aansterken. Daarna keken ze allemaal toe hoe het stiertje op zijn pootjes ging staan. Eerst de achterkant, daarna de voorkant. Hij viel een paar keer opzij in het stro, maar uiteindelijk stond hij op zijn vier dunne, wijd gespreide poten en zocht hij hongerig Brunhildes uier, die hij gelukkig meteen vond.

'Dit moet gevierd worden!' zei Rosi toen ze buiten voor de stal stonden en Sonja haar tas weer in de auto legde. 'Ga maar zitten, ik heb iets.'

Onder de ramen van de kaasmakerij stond een bankje. Daarnaast had Bernd een bloemperkje aangelegd met een klimroos. Zoiets deed hij ook, ondanks al het werk. Hij had zelfs een paar houten latten aan de muur gespijkerd zodat de roos beter omhoog kon groeien. Vorig jaar had de roos gebloeid. Roze. Sonja ging naast Bernd zitten. Even later kwam Rosi met een fles en drie waterglazen terug uit de kaasmakerij. Ze verdeelde de glazen en schonk in.

'Kersenbrandewijn. Die heb ik van Anna Loop gekregen. Ik dacht dat we daar eens een soort kaas van kunnen proberen te maken. Dat is wel wat voor mannen.'

Gatver, dacht Sonja. De smaak deed haar denken aan de schwarzwalderkirschtorte van Tine Koptschik. Bernd keek ook niet blij, maar ze proostten en sloegen de heldere, licht olieachtige vloeistof achterover.

'Op Brunhilde!' zei Bernd.

'En op de zwarte duvel!' zei Rosi lachend.

'Op jou en je boerderij!' riep Sonja enthousiast en ze keek Bernd stralend aan. Hij keek een beetje verbaasd en daarna glimlachte hij verlegen. Sonja voelde zich een beetje opgelaten. Was ze te ver gegaan? Ze voelde zich genoodzaakt haar uitroep uit te leggen.

'Een gezond kalf in het voorjaar is een goed voorteken voor het hele jaar.'

'Je hebt gelijk,' beaamde hij, terwijl hij het glas in zijn hand draaide. 'Weet je wat? Ik ga hem Black Jack noemen.'

Sonja knikte en zweeg. Een naam voor een stierkalf... Dat was typisch iets voor Bernd. Terwijl die arme beesten al na een paar weken werden geslacht.

'Het zal een flinke kerel worden,' praatte hij verder. 'Het is nu al best sterk, vind je niet?'

Sonja keek hem verbaasd aan. 'Je wilt toch geen stier grootbrengen?'

'Waarom niet?'

Sonja zei eerst niets. Ze keek naar Rosi, die haar wenkbrauwen fronste en voorzichtig zei dat ze de stieren voeger in de LPG ook wel een tijdje hadden gevoerd. Want dan zat er meer vlees aan.

'Ik wil hem houden om mee te fokken,' legde Bernd uit. 'Dat zullen de meisjes vast leuk vinden.'

'Wil je fokken met een echte stier?'

'Natuurlijk. Zo werkt dat toch in de natuur?'

Laat hem maar, dacht Sonja. Hij zal wel merken wat hij zich op de hals haalt. Landbouw en veeteelt zijn een kwestie van ervaring.

'Nou, veel plezier dan maar,' zei ze. 'Black Jack is een mooie naam voor de toekomstige heerser van je weilanden!'

Jenny

'MOET JE NU EENS KIJKEN!'

Max Krumme stond bij het raam van de kiosk en maakte als een boze kabouter wilde gebaren. Hij smeet bijna een van de groene plastic limonadeflesjes naar buiten.

'Wind je toch niet zo op, Max,' probeerde Ulli hem te kalmeren. 'Het zijn nu eenmaal jonge jongens die geen baan hebben en ook geen stageplek kunnen krijgen...'

Het was 's nachts weer eens flink raak geweest. Op de camping hadden ze drie vuilnisbakken omvergetrapt en een caravan beschadigd die een gezin uit Rostock daar in de winter had gestald.

Jenny had medelijden met de oude man, die veel meer van streek was dan nodig in deze situatie. Max was de laatste maanden broodmager geworden. Zijn neus stak puntig uit en zijn zeiloren leken nog groter geworden te zijn. Ulli had haar een paar weken geleden verteld dat hij zich ernstig zorgen maakte. Max weigerde koppig om naar een dokter te gaan.

'Als het voorbij is, is het voorbij,' had hij gezegd. 'Maar wanneer dat is, wordt door mij beslist, en niet door een man in een witte jas.'

'Oom Maaaax?' hoorde Jenny de smekende stem van haar dochter. 'Mag ik een chocolade-ijsje?'

Max' woede verdween als sneeuw voor de zon. Hij leunde op

zijn ellebogen en boog zich iets naar voren om het meisje, dat voor het raampje van de kiosk stond, beter te kunnen zien.

'Natuurlijk mag jij een chocolade-ijsje, mijn schat,' zei hij met een zachte stem. 'Met nootjes of liever alleen chocolade?'

Het vierjarige meisje was zijn lieveling. Het scheen dat Juultje hem aan zijn oudste dochter, Elly, deed denken. Zij had als kind ook rossig haar gehad, dat later steeds blonder was geworden. De dochters van Max hadden het hem zeer kwalijk genomen dat hij het terrein aan het meer aan Ulli had verkocht. Sinds ze het hadden gehoord, heerste er radiostilte tussen vader en dochters. Alleen zijn zoon belde weleens, maar de gesprekken bleven kort. Ulli, Jenny en Juultje waren nu zijn familie. Met hen was hij gelukkig en tevreden.

'Chocolade,' zei Juultje. Ze ging op haar tenen staan om te zien hoe oom Max het ijs uit de vrieskist pakte.

'Maar wel een blauwe, goed? Niet de rode, die is zo klein!'

'Wat zeg je dan?' vroeg Jenny.

Juultje keek haar moeder met haar blauwe ogen een beetje geïrriteerd aan. Daarna voegde ze het beroemde toverwoord aan haar bestelling toe.

'Alsjeblieft!'

Max straalde over zijn hele gezicht toen hij het door haar gewenste in blauw plastic verpakte ijsje aan haar overhandigde.

'Alsjeblieft. Geniet er maar van!'

Juultje pakte het ijsje aan en had nu moeite om met haar vrije hand haar groene tas van de kleuterschool open te maken. Ulli hielp haar. Hij hield het kostbare chocolade-ijsje voor haar vast en haalde het papiertje er alvast af. Ondertussen pakte het meisje een opgevouwen blad papier uit haar tas en hield het zo hoog mogelijk vast zodat oom Max het kon aanpakken.

'Ik heb een tekening voor je gemaakt.'

Opgetogen vouwde de oude man het kunstwerk open. Ze had een grote zon en een huis getekend met daarvoor een hond. Rechts van het huis lag een zeilboot met een driehoekig zeil. Het was enigszins onhandig getekend, maar het was onmiskenbaar de Müritz met zijn zeilboten. 'Prachtig,' prees Max haar. 'Ik hang hem in de woonkamer, boven de bank.'

Juultje likte aan haar ijsje en knikte tevreden. In de woonkamer van Max hingen alle muren vol met haar tekeningen. Het zou moeilijk zijn om daar een vrije plek te vinden.

'En wat zijn jullie drie knapperds vandaag van plan?' vroeg Max aan Jenny. 'Een wandelingetje langs de oever? Zwemmen zal helaas nog niet gaan, het water is ijskoud.'

'Nou, ik heb wel zin in een tochtje met de woonboot,' zei Jenny en ze keek Ulli vragend aan. 'Een uurtje maar. Omdat vandaag de zon schijnt.'

Ulli was niet enthousiast. Hij schermde zijn ogen met zijn hand af en keek over het glinsterende water. Daarna vertrok hij zijn gezicht en zei dat het behoorlijk winderig was en dat het lastig zou zijn met de woonboot.

'Ach, onzin!' sprak ze hem tegen en ze vlijde zich tegen hem aan. 'Toch niet voor de beste zeeman van Mecklenburg.'

'Maar dan zijn we algauw twee tot drie uur weg, Jenny.'

'Nou en?' zei ze en ze kuste zijn wang.

'We zouden wiskunde doen, meid. Het duurt niet lang meer voor het proefexamen.'

Ze kreunde en streek haar krullende rode haar, dat de wind telkens in haar gezicht blies, naar achteren. 'Het is vandaag zondag, dan hoef je niet te werken, meneer Schwadke!' zei ze mopperend.

'Ik denk dat onze kioskeigenaar daar anders over denkt,' antwoordde Ulli met een blik op Max, die juist zondags de grootste omzet draaide. 'Smoesjes, allemaal smoesjes, Jenny. Morgen ben je te moe. Overmorgen moet je je oma helpen. Daarna heb je hoofdpijn, en hoppa, voor je het weet is de dag van het eerste proefexamen. Nee, je gaat eerst leren en als er dan nog tijd over is, gaan we met de boot een rondje over het meer varen.'

'*Aye, aye*, kapitein!' zei ze, terwijl ze salueerde. 'Je hebt ook gelijk. Als het niet uitgerekend wiskunde was... Ik haat die ellende!'

'We kunnen het, Jenny!' beweerde hij met overtuiging. 'Kunnen we Juultje bij jou laten, Max?'

De oude man knikte blij. 'Dan heb ik hulp. Kom maar binnen, Juultje. Jij kunt de kauwgom sorteren en de klanten bedienen. En ik heb ook nieuw bruispoeder. Groen en geel. En rietjes...'

Juultje vertrok haar gezicht en keek naar Ulli. Ze was dol op Max, maar helemaal stapelgek op Ulli. Ze vond het niet leuk dat hij weer alleen met haar moeder wilde zijn en dat ze werd weggestuurd.

'We moeten rekenen oefenen,' zei Ulli tegen haar. 'Dat is héél saai. Als we klaar zijn, gaan we samen varen, goed?'

'Nee, nu.' Juultje stampte met haar voet en zoals altijd wist Ulli niet wat hij daartegen moest inbrengen.

Wat was het meisje koppig! Ze bond pas in toen Jenny dreigde dat ze onmiddellijk naar Dranitz terug zouden gaan als ze niet ophield met zeuren. 'Je laat met je sollen,' zei Jenny tegen Ulli terwijl ze het tuinhek openduwden en naar het huis liepen. 'Je moet harder optreden.'

Inmiddels had Max de hele zolder aan Ulli afgestaan, die nu niet alleen een slaapkamer, maar ook een piepkleine woonkamer met kitchenette en een kantoortje had. Ulli had het er erg naar zijn zin. Het was krap, maar dat vond hij niet erg. Bovendien had hij een fantastisch uitzicht op het meer.

'Nee,' verdedigde hij zich. 'Ze weet wel wanneer het genoeg is. Ze probeert het gewoon. Dat is toch heel normaal?'

Jenny dacht daar anders over. Ze had geen zin om over elk kleinigheidje ellenlange discussies met haar dochter te voeren. Zo werkte het ook niet op de kleuterschool, dan moesten ze gewoon doen wat Mücke zei en dat vond Jenny prima. Vroeger, toen ze klein was, hadden de mensen in dc woongroep altijd urenlang met haar 'gediscussieerd' omdat ze geloofden dat een kind moest leren zijn eigen wil te ontwikkelen. Maar het enige wat ze had geleerd was dat de volwassenen toch altijd gelijk hadden. Zelfs als ze het debat verloren, deden ze wat ze wilden.

In de woonkamer deed Ulli water in de ketel voor koffie, terwijl Jenny twee bekers op de tafel zette, het melkkannetje uit de kleine koelkast pakte en in de la naar theelepeltjes zocht.

'Dat kan ik toch doen,' zei Ulli. 'Pak jij maar liever de wiskundeboeken en het blok. We moeten de sommen van de curven nog een keer oefenen. Ik geef je een vergelijking met twee onbekenden en jij berekent ze zodat je de curve kunt tekenen...'

Jenny rommelde in haar tas en haalde uiteindelijk de flink gescheurde boekjes van het instituut voor schriftelijk onderwijs tevoorschijn. Wiskunde! Als ze het woord hoorde, liepen de rillingen al over haar rug. Er waren veel vakken die ze leuk vond en waar ze ook heel goed in was. Voor Engels bijvoorbeeld hoefde ze nauwelijks iets te doen. Voor Frans moest ze meer leren, maar dat vond ze geen probleem. Duits was sowieso makkelijk voor haar, ze kreeg altijd complimenten voor haar fantasierijke opstellen en vloeiende schrijfstijl. Natuurkunde en biologie waren ook oké, die vakken kostten haar ook geen moeite. Maar wiskunde? Wat had je daar nou aan?

Ulli wachtte geduldig tot ze alles had klaargelegd en gaf haar een bemoedigend schouderklopje. 'Ga nu maar aan de slag. En vergeet niet om alles nog even na te kijken om te checken of je geen slordigheidsfoutjes hebt gemaakt.'

'Jaja,' bromde ze geïrriteerd.

Hij liep naar het raam en keek naar het meer. Daarna ging hij tegenover haar zitten en bladerde door de opgavenboekjes die de school had gestuurd.

Ongelofelijk, dacht Jenny. Ulli hoefde maar een blik op de opgave te werpen en wist meteen wat er bedoeld werd en hoe je de som kon oplossen. Nou ja, hij was ook opgeleid tot scheepsbouwingenieur. Wiskunde was in zijn studie een hoofdvak geweest. Hoe moest ze deze stomme vergelijking ook alweer oplossen? O ja, haakjes wegwerken. Iets gelijk aan nul maken, dan kwam je erachter welk getal er achter die stomme x zat...

'Is de koffie klaar?' vroeg ze.

Ulli, die had zitten dromen, schrok op.

'Hij is doorgelopen. Wacht... Je cafeïnekick komt eraan.'

Hij zette nog steeds koffie met een oud porseleinen filter dat hij op de kan zette. Zelfs haar oma was moderner. Maar de koffie van Ulli was niet slecht en in elk geval veel sterker dan oma's slootwater. Oma was altijd bang dat opa Walter een hartaanval zou krijgen.

'En, lukt het?' vroeg Ulli terwijl hij een beker voor haar inschonk.

'Ik weet niet... Kijk maar, klopt dit?'

Hij zette de koffiekan voorzichtig neer en keek vluchtig de drie formules door die ze had berekend. Hij kon de getallen op zijn kop lezen, ze hoefde haar blok niet eens om te draaien.

'Bij de derde formule klopt het niet meer. Denk na, Jenny...'

Jenny werd wanhopig. Ze deed altijd iets verkeerd. Waarom klopte het nu weer niet? Waarom kreeg ze die stomme formules niet in haar hoofd?

'Er ontbreekt iets,' hielp hij en hij tikte op de plek waar nog iets bij moest.

O. Logisch. Ze nam een slok koffie en verbrandde prompt haar mond.

'Ga zo door,' prees hij. 'Je bent op de goede weg.'

Ze deed vreselijk haar best. Ulli moest haar drie keer op gang helpen, maar toen had ze eindelijk de juiste uitkomst. Natuurlijk was hij nog niet tevreden, nee, ze moest meteen een tweede opgave oplossen. Omdat ze er nu zo lekker in zat.

'Je bent echt een beul...'

'Ik wil dat je je eindexamen haalt, schat!'

Hij boog zich naar haar toe en kuste haar op de mond, en omdat ze hem snel vasthield, moest hij naast haar op de armleuning van de stoel komen zitten.

'Ik heb aanmoediging nodig,' mompelde ze.

'Ik zei toch dat je op de goede weg bent.'

'Nee. Dat bedoel ik niet. Ik bedoel meer emotioneel...'

Natuurlijk had hij haar begrepen. En hij was meteen bereid om haar die emotionele steun te geven, hoewel ze op dit gebied eigenlijk niet echt aanmoediging nodig had, want daarin was ze een natuurtalent. Ze knuffelden een tijdje, werden melig, maakten geintjes en kietelden elkaar totdat Jenny's koffiemok omviel en de inhoud over de tafel en het blok stroomde.

'Dat komt er nu van!' Zuchtend depte Ulli de bruine vloeistof met een lap op. 'Kijk even in de la, daar ligt nog een ruitjesblok...'

'Maar ik heb al een hele opgave goed opgelost,' zei ze kreunend. 'We zouden toch met Juultje een tochtje over het meer gaan maken?'

Maar Ulli was onverbiddelijk. Zo kende ze hem helemaal niet. Eigenlijk was hij een zachtaardig, nogal meegaand persoon die altijd rekening hield met anderen en zichzelf nooit op de voorgrond plaatste. Toch zat er diep in hem een ijzeren wil. Hij was ook goed geweest in zijn werk en zelfs erg ambitieus. En op dezelfde manier runde hij nu samen met zijn partner Max Krumme het bedrijf met botenverhuur – Ulli's vak, camping inclusief douches en toiletten, winkel, snackbar en kiosk. Van de lente tot de herfst en sinds kort zelfs in de winter verkochten zijn medewerkers drankjes, eten en hygiëneartikelen, kortom, allerlei dingen die de campinggasten en soms de mensen uit Ludorf nodig hadden, terwijl Max in zijn kiosk bij de parkeerplaats stond. Ulli deed de hele boekhouding, in zijn kantoor bij de botenverhuur of in hun gezamenlijke kantoor in het huis, en voor zover ze had gezien, klopte de balans altijd tot op de cent.

'Nog twee opgaven. Bereken ze en teken vervolgens de curve. Er is nog koffie...'

Ze hoorden Juultjes doordringende stem schreeuwen. Iets had haar woede gewekt. Soms had ze echte driftbuien.

'Blijf zitten,' zei Ulli. Hij liep naar het raam en keek naar buiten. 'Max lost het wel op. Laat je niet storen...'

Dat was makkelijker gezegd dan gedaan. Ze haalde alle wiskundige combinaties in haar hersenen door elkaar. Jenny voelde zo'n weerzin tegen deze stomme sommen dat ze het liefst ook hard was gaan schreeuwen, net als haar dochter.

'Ik kan niet meer, Ulli. Ik krijg het gewoon niet in mijn hoofd. Klaar! Basta!'

Ze duwde het blok van zich af en legde de pen er demonstratief naast. Ulli keek haar bezorgd aan.

'Doe het dan op zijn minst voor mij, Jenny. Je mag echt niet zakken voor wiskunde, want dan zou het weleens lastig kunnen worden om het diploma te halen.'

'Ga me nu niet ook nog bang maken!' mopperde ze en ze stond op. 'Denk je dat ik deze rotsommen beter begrijp als ik in paniek raak?'

Hij zuchtte en trok haar tegen zich aan. Hij streelde haar rug, masseerde zachtjes haar nek en kuste haar.

'Misschien ben ik gewoon een slechte leraar,' zei hij zacht. 'Te ongeduldig. Denk je niet?'

Wat lief van hem. Nu nam hij ook nog de schuld op zich. Ze vlijde zich tegen hem aan, kuste hem terug en plukte speels aan zijn oorlellen.

'Vreselijk ongeduldig,' zei ze plagend tegen zijn lippen. 'En streng.'

'Streng?'

'Ontzettend streng. Je zou er echt bang van kunnen worden.'

Langzaam kreeg hij door dat ze hem in de maling nam en hij moest lachen. 'Zal ik je eens laten zien wat streng betekent?' vroeg hij met opgetrokken wenkbrauwen.

Zo vond ze hem leuk. Hij werd nooit boos als ze hem plaagde. Hij kon om zichzelf lachen. Ach, het was fijn met hem. Ook al lukte het totaal niet om samen te studeren.

'We ruimen even snel op en dan gaan we met Juultje een tochtje maken met de woonboot,' besloot ze. 'Dat hebben we haar beloofd, Ulli. En beloofd is beloofd.'

Hij legde zich er met een zucht bij neer. Het irriteerde hem dat hij de vergelijkingen niet beter aan haar had kunnen uitleggen. Hij was ambitieus, wilde dolgraag dat ze het zou halen en begreep niet waarom ze er niets van snapte.

Ze wasten de kopjes af. Jenny pakte het blok, dat vochtig was van de koffie, in en propte de boekjes van het onderwijsinstituut erbij. Het proefexamen was al snel, dacht ze benauwd. Tegen die tijd moest ze het begrijpen.

Buiten bij de kiosk had Max de weerbarstige Julia omgekocht met een flesje cola. Hij keek Jenny schuldbewust aan, want hij wist dat Juultje dat spul niet mocht drinken. Vooral haar overgrootmoeder Franziska was van mening dat kinderen nerveus en dik werden van de kleverige bruine vloeistof.

'Wat was er aan de hand?' vroeg Ulli. 'Ze schreeuwde zo hard dat je het helemaal tot aan Waren kon horen.'

'Niet waar,' zei Juultje pruilend, met het flesje cola stevig in haar hand.

'Het zakje met het bruispoeder was in het meer gevallen en ik wilde niet dat ze het eruit haalde,' legde Max uit.

De oude man zag er bleek en uitgeput uit, vond Jenny. Misschien was de drukke Juultje gewoon te vermoeiend voor hem.

'We gaan nog even varen,' zei Ulli, die duidelijk hetzelfde dacht. 'Wil je mee, Max? Vandaag draai je toch geen omzet meer, de daggasten zijn bijna allemaal weg.'

'Natuurlijk!' zei de oude man blij. 'De boten zijn nog niet verhuurd, daar moeten we gebruik van maken. Met Pasen zijn ze vast allemaal weg.'

Ze hadden al veel reserveringen, vooral voor de woonboten, die erg populair waren. Maar ook voor de andere boten waren er vaste klanten. Max' gewaagde zakelijke idee was met Ulli's hulp goed aangeslagen.

De Müritz glinsterde in de avondzon en had nu een mysterieuze donkerblauwe kleur. Er waren alleen nog een paar watervogels op het meer, maar de meeste vogels hadden zich al in het oevergras teruggetrokken om te slapen, waar ze tussen jong gras en struiken zaten die nog kaal waren van de winter.

Ulli stuurde de boot, de anderen zaten naast hem en keken zwijgend over het water. Jenny voelde het lichte deinen van de boot en keek naar de lichtjes van de dorpen, die in de schemering steeds duidelijker werden en heldere, bewegende strepen op het donkere meer wierpen.

Een tijdje genoten ze in stilte van de vredige avondstemming. Ze luisterden naar het bruisen en spatten van de golfjes die tegen de romp van de boot sloegen, naar de vogelgeluiden die steeds verder afnamen en naar het geluid van de wind die zachtjes over het water ruiste.

Uiteindelijk stond Max op om de lantaarns aan te steken. Hij verbrak de stilte en begon te vertellen. Hij had post ontvangen van zijn zoon, Jörg, met een foto erbij waarop hij met zijn studenten op de campus van de universiteit van Freiburg te zien was.

Ulli vertelde over zijn grootouders die niet op de eerste verdieping konden blijven wonen, omdat Karl-Erich door de reuma in een rolstoel zat en vanwege de trap de flat niet meer kon verlaten.

'Waarom verhuizen ze niet naar beneden, naar de flat van de oude Kruse?' vroeg Jenny.

Mevrouw Kruse was een jaar geleden overleden en sindsdien stond de woning op de begane grond leeg. Maar Mine zag ertegen op om te verhuizen. Ze hadden meer dan veertig jaar in de flat op de eerste verdieping gewoond en er waren veel herinneringen aan verbonden.

'Ze kan nergens afstand van doen.' Ulli glimlachte. 'Elk potje, elk doosje heeft een verhaal en moet per se bewaard worden, maar ik denk dat het me bijna is gelukt om hen ervan te overtuigen dat ze naar de woning van Kruse moeten verhuizen.'

Jenny vertelde dat de politie snel de locatie van het skelet had vrijgegeven, maar dat er de vorige dag twee archeologen uit Schwerin waren gekomen die in de kelder van het landhuis onderzoek deden.

‘Ze hebben stukken van een muur ontdekt en denken dat er onder de kelder restanten van een kloosterkerk liggen.’

‘Dan zou het skelet onder de cementvloer dus een monnik zijn die in de kerk begraven was en niet het slachtoffer van een twintigste-eeuwse misdaad,’ concludeerde Max.

‘Waarschijnlijk eerder een non. Volgens de oude kronieken was het een nonnenklooster.’

‘Dat is helemaal niet goed,’ mompelde Max. ‘Wilden jullie niet een zwembad en een sauna aanleggen?’

Jenny haalde haar schouders op. Hoewel ze zich de laatste tijd vreselijk druk had gemaakt, leek de kwestie haar hier, op de deinende boot op het stille, donkere meer, vrij onschuldig.

‘Dat kunnen we nog steeds doen. Ze graven een beetje en daarna mogen wij verder met de verbouwing. Oma is in elk geval helemaal opgelucht. Ze vreesde al dat het een dode Rus uit de Tweede Wereldoorlog was.’

Ulli grijnsde. Max bleef serieus en zei alleen: ‘O jee!’ Juultje had al een tijdje geen kik meer gegeven. Ze was op Ulli’s schoot in slaap gevallen.

Een gezinnetje. Drie jaar geleden, toen Ulli en zij merkten dat ze echt iets voor elkaar voelden, had hij Jenny gevraagd of ze met hem wilde trouwen. ‘Ik weet het niet…’ had ze geantwoord en ze had gezegd dat ze daar beter mee konden wachten. Sindsdien wachtten ze. Ze zagen elkaar twee of drie keer per week, waren nog steeds erg verliefd en Juultje was stapelgek op Ulli. Maar er waren ook problemen tussen hen geweest. Ulli leefde vooral voor zijn botenverhuur. Hij was er zelfs in de winter druk mee en verdiende veel geld. Hij voelde er weinig voor om met haar in het mooie hovelingenhuisje op Dranitz te gaan wonen, want dat was ‘te ver van zijn werk’. Hij bleef af en toe een nachtje slapen, maar meestal verbleef hij in Ludorf op de krappe zolderverdieping. ‘Ik kan Max niet alleen laten, Jenny,’ zei hij. ‘Het gaat niet goed met hem, het is beter als er iemand is die voor hem zorgt.’

Dat was aan de ene kant heel lief van hem, maar aan de andere kant wist Jenny heel goed wat er in werkelijkheid achter zat. Ulli voelde zich niet echt op zijn gemak op Dranitz omdat Jenny en haar grootmoeder het daar voor het zeggen hadden. Hij was nu eenmaal een man en deed graag zijn eigen ding. Ja, als ze met Juultje bij hem in Ludorf zou komen wonen, zou hij dat wel leuk vinden. Maar daar was veel te weinig ruimte en in de zomer was het er ook te druk. En trouwens, wat moest zij in Ludorf? Ze hoorde op Dranitz thuis.

Toen ze aan de steiger aanmeerden, was het zo donker dat Max Ulli met de lantaarn moest bijlichten. Ulli droeg de slapende Julia naar Jenny's auto, wikkelde haar in een wollen deken en klikte haar gordel vast.

'Goed,' zei hij, terwijl hij Jenny in zijn armen nam. 'Het was leuk met jullie tweetjes. Slaap lekker en droom maar over mij, lieverd. Tot gauw.'

'Wanneer kom je?' vroeg Jenny en ze gaf hem een tedere afscheidskus.

Ulli dacht even na en antwoordde toen: 'Morgen misschien. O nee, ik verwacht een levering die opgeborgen moet worden. Overmorgen.'

Zo ging het altijd. Overmorgen zou hij bellen dat er helaas iets tussen was gekomen. Maar ze moest ook naar zichzelf kijken. Vaak was zij degene die een afspraak afzegde.

'Overmorgen zeker,' zei hij. 'We moeten wiskunde oefenen, anders hebben we te weinig tijd.'

Wiskunde! Kon hij niets anders bedenken wat ze konden doen als hij dan eindelijk een keer naar haar toe kwam?

Cornelia

ZE HAD EEN VERSCHRIKKELIJKE dag achter de rug, maar het witte bestelbusje op haar parkeerplaats op het pleintje was het toppunt. Dit kon echt niet, buren! Laden en lossen was toegestaan, maar dan moesten ze midden op het plein staan en niet op haar parkeerplaats, waarvoor ze elke maand dertig mark betaalde.

Cornelia stapte kwaad uit, sloeg het portier achter zich dicht en liep met snelle passen naar de brutale persoon die haar plek had bezet, maar de chauffeurscabine was leeg. Er bungelden alleen een blond plastic poppetje en een ketting met blauwe stenen aan de achteruitkijkspiegel. Toen ze zich omdraaide, zag ze een gespierde man met donker haar en getatoeëerde armen in de portiek van de flat staan, die een roze fauteuil naar buiten sjouwde en op het laadvlak van het busje zette. Vervolgens veegde hij het stof van zijn T-shirt en liep weer in de richting van de voordeur.

'Hallo?' riep Cornelia. 'U staat op mijn parkeerplaats!'

De man keek naar haar zwarte Opel, die naast de inrit van het pleintje stond.

'Ik ben zo klaar,' zei hij met een Turks accent. 'Alleen nog een bed en een kast en twee dozen. Het zal niet meer lang duren.'

'Nee!' riep ze boos en ze liep naar de man toe. 'Dat gaat niet gebeuren. En draagt u die fauteuil meteen weer naar binnen.'

Hij keek haar met tot spleetjes geknepen ogen aan. 'Waarom?'

'Omdat het mijn fauteuil is. Daarom.'

Nu keek hij verbluft. Hij krabde aan zijn nek, keek naar de fauteuil, daarna weer naar Cornelia en uiteindelijk gleed zijn blik langs de muur van het gebouw omhoog naar de tweede verdieping. Waar haar flat was.

'Uw fauteuil? Mevrouw Himmelreich zei...'

'Sylvie!' onderbrak ze hem. 'Dit kan niet waar zijn!' Het was haast niet te geloven, maar Sylvie had haar dreigement dus waargemaakt. Dat was haar alleen gelukt omdat Thomas haar steunde. Sylvie had nog nooit in haar eentje een beslissing kunnen nemen.

'Deze stoel is van mij,' zei ze met een vaste stem tegen de man. 'Zet hem terug, anders bel ik de politie.'

De verhuizer kromp licht ineen en schudde niet-begrijpend zijn hoofd, maar maakte aanstalten om de fauteuil van de laadruimte te halen.

Cornelia liep voor hem uit het gebouw in en de trap op. Eenmaal boven zag ze dat de witgeschilderde, ouderwetse deur van haar flat wagenwijd openstond. Daarachter zag ze twee kartonnen dozen, een rubberboom, drie plastic draagtassen en het kopstuk van een houten bedframe staan.

'Sylvie!' Cornelia hijgde. Ze was nooit erg sportief geweest en was buiten adem van het traplopen. 'Sylvie! Wat is hier aan de hand?'

Boven een van de kartonnen dozen verscheen een hoofd met warrig blond haar, waar grijze strepen doorheen liepen. Sylvies gezicht was bleek en gerimpeld, en haar geschrokken ogen leken achter de ronde nikkelen bril nog groter dan ze in werkelijkheid waren.

'Conny?' vroeg ze met hese stem. 'Ben je al terug? Je zou toch morgen pas...'

Aha! Tijdens haar afwezigheid had ze stiekem alles willen inpakken om vervolgens zonder afscheid te nemen te vertrekken. En dat nadat ze ruim vijfentwintig jaar hadden samengewoond. Zes keer waren ze samen verhuisd. Ze hadden lief en leed met elkaar gedeeld, net als de meubels, het eten en soms zelfs de mannen. En dit zou het einde moeten zijn van een decennia durende vriendschap? Alleen maar omdat een of andere kerel Sylvie iets over liefde en huwelijk had aangepraat?

'We waren een dag eerder klaar,' legde Cornelia koeltjes uit, terwijl ze de dozen opzijschoof. 'En even voor de duidelijkheid, de oude roze fauteuil blijft hier staan. Ik heb hem van mijn ouders gekregen. Hij is van mij!'

Sylvie was helemaal van slag van de spanning en het schuldgevoel. 'Je hebt er nooit in gezeten, Conny. Je zei toch altijd dat je dat afschuwelijke pluchen ding liever bij het grofvuil zette? Ik dacht dat ik je een plezier zou doen als ik hem meenam...'

'Onzin!'

Sylvie had niet helemaal ongelijk. Cornelia was destijds ongelofelijk kwaad geworden omdat haar ouders gewoon een wagonlading meubels, servies en andere praktische dingen naar haar studentenflat in Frankfurt hadden gestuurd. Ze hadden gehoord dat ze op de grond sliepen, had haar moeder aan de telefoon gezegd toen Cornelia trillend van woede naar huis had gebeld. Conny had alles weggegeven. Het was al erg genoeg dat ze moest buigen voor de druk van haar vader Ernst-Wilhelm, voor wie het bedrijf altijd op de eerste plaats stond, en dat ze een bankopleiding moest volgen. Zodra ze uit huis was gegaan, was ze gestopt met haar studie bedrijfskunde en had ze zich volledig aan de geesteswetenschappen en politiek gewijd. De roze pluchen fauteuil was blijven staan omdat niemand hem wilde. Ze had het ding nooit kunnen uitstaan, maar nu Sylvie, dat ontrouwe mens, stilletjes en heimelijk met het roze monster wilde vertrekken, merkte ze ineens dat ze eigenlijk toch aan deze stoel gehecht was. Waarom, dat was psychologisch ongetwijfeld verklaarbaar. Waarschijnlijk een terugval in de kindertijd, veroorzaakt door een crisis...

Wat voor een crisis eigenlijk? Er was geen crisis in haar leven. Qua werk liep alles op rolletjes, wat dat betrof had ze veel dingen uitgeprobeerd en weer verworpen. Ze was een paar keer naar een andere stad verhuisd tot ze uiteindelijk in Hannover was gebleven, waar ook een paar oude huisgenoten van de woongroep van vroeger zich hadden gesetteld, onder wie ook Sylvia, Herrmann en Bernd, Jenny's vader. Met Bernd had ze een knipperlichtrelatie gehad, maar sinds ongeveer twee jaar was het waarschijnlijk definitief uit. Bernd had hier vroeger een goed lopend advocatenkantoor gehad voordat hij als ecoboer in Mecklenburg-Vorpommern was blijven hangen. Hij was altijd al een fantast geweest, maar wel een sympathieke, een dromer... Zelf was ze een tijdje geleden als zijinstroomster bij consultancybureau Schindler terechtgekomen. De managementadviesbureaus waren sinds een tijdje booming en ze stonden altijd open voor iets nieuws.

Privé... Nou ja, daar ging het momenteel wat minder, maar een 'crisis' kon je het ook niet noemen. Eerder een 'leegloop'. Een 'rustfase'. De voorbereiding op een nieuwe levensfase. Precies. Ze stond als het ware op een kruispunt, en dat niet voor de eerste keer.

Achter haar verscheen de verhuizer in de deuropening. Cornelia liet hem zien waar hij de fauteuil neer moest zetten, in de woonkamer, die nu geen gezamenlijke woonkamer meer zou zijn, maar alleen nog de hare. De laatste die uit de woongroep was overgebleven. Een soort oergesteente. Een dinosauriër. Een fossiel. Conny Kettler, politiek activiste, communiste, feministe. Een ontslagen middelbareschooldocente, die begin jaren zeventig een keer in een doorzichtige blouse op school was gekomen. Wat tot haar ontslag had geleid. Tuchtzaak. Moreel niet in staat de jeugd op te voeden. Nou ja, zand erover. Dat waren haar wilde jaren geweest. Lang geleden.

Sylvie liep naar Cornelia toe, sloeg haar armen om haar heen en gaf haar een zusterlijke knuffel.

'Het is nu eenmaal niet anders, Conny. Maar als iets ouds voorbij is, begint er altijd iets nieuws. Ik dank je voor de fijne tijd die we met elkaar hebben gehad.' Haar schouders begonnen te beven.

'Het is al goed,' mompelde Cornelia en ze aaide onbeholpen Sylvies trillende schouders. 'Daarom hoef je nog niet te huilen. Je bent immers niet van de aardbodem verdwenen. En als je ooit weer terug wilt komen...'

'Ach, Conny... Als je niet zo'n tiran was...' Sylvia perste haar natte wang tegen Cornelia's revers. Conny fronste haar voorhoofd. Was ze echt een tiran?

Er klonk een harde klap in de gang. Een onderdeel van het bed was omgevallen. Tegelijk drong er vanaf het pleintje een oorverdovend toeterconcert naar boven. Cornelia maakte zich uit Sylvies armen los en liep snel naar het raam. Aha, Noltemayer stond met zijn BMW op de oprit van het pleintje en kon zijn parkeerplaats niet op omdat haar Opel de weg blokkeerde.

'O jee!' riep Sylvie. 'Ben je klaar, Osman? We moeten ons haasten!'

Osman pakte snel het hoofdeinde van het bed. Sylvie pakte de rubberboom en haar handtas en liep achter haar helper aan, terwijl Cornelia haar als verstard nakeek.

'Dag, Conny!' riep Sylvie nog over haar schouder naar haar, terwijl ze de trap al af liep. 'We zien elkaar... gauw...'

Er werd weer getoeterd. Cornelia vermande zich en haastte zich ook naar beneden. Osman reed de bestelbus het pleintje af, langs de boos gesticulerende Noltemayer, en Conny stapte in haar Opel om hem op haar inmiddels vrije parkeerplaats te zetten. Ze wachtte tot haar buurman – een afdelingshoofd bij een autodealer die altijd gestrest was en dacht dat hij het bovenste deel van de carrièreladder nog voor zich had – zijn huis in was gegaan. Daarna stapte ze uit, haalde haar koffer en aktetas uit de kofferbak en liep terug naar haar lege flat.

Ze zette haar spullen in haar kamer, die ze ook als kantoortje gebruikte, en trok comfortabele kleren aan. Het had even geduurd voordat ze gewend was aan de zakelijke kleding die je als managementconsultant moest dragen. Het hoorde er nu eenmaal bij, maar op de een of andere manier had ze altijd het idee dat ze zich had vermomd als ze die nette kleren droeg.

In de keuken was nauwelijks iets veranderd. De pannen stonden er nog, en het servies en het bestek waren er ook nog. Maar in de voorraadkast ontbrak een heleboel. Er was geen fruit meer, er waren geen uien, zelfs de wortels had ze meegenomen. Cornelia besefte dat ze voortaan zelf moest koken. Sylvies heerlijke stoofpot, die je zo goed kon opwarmen, haar pannenkoeken, de vleesknoedels, het heerlijke gehaktbrood... Dat was allemaal verleden tijd. Cornelia pakte een zak soep, goot water in een pan en zette hem op het elektrische fornuis. Kippensoep met noedels. Nou ja... Het brood was ook op, er lag alleen een uitgedroogd sneetje witbrood in de broodtrommel. Ze schepte de hete soep op een bord en wilde net het droge brood erin dopen toen de telefoon rinkelde.

Het was haar baas. Meneer Schindler. Hoe wist hij dat ze al thuis was?

'Goedenavond, mevrouw Kettler. Zou het kunnen dat u Schulz & Kundermann per ongeluk het oude concept hebt gestuurd? Waar de verbeteringen nog niet in waren verwerkt?'

Er moest een interne informatiestroom zijn die voor haar geheim bleef. Natuurlijk had ze hun het oude concept gegeven. Want dat was beter.

'Dat kan ik me haast niet voorstellen, meneer Schindler. Maar ik zal het uiteraard uitzoeken.'

'Doet u dat. En graag zo snel mogelijk. Het zou jammer zijn als deze order door onze vingers glipt.'

'Maakt u zich geen zorgen, meneer Schindler. Ik maak het in orde.'

Terwijl ze haar soep in de keuken oplepelde, voelde ze frustratie in zich opkomen. Ze was naar de klant gereden, had het bedrijf bekeken en een concept uitgewerkt om het winstgevender te maken, en vervolgens hadden die jonge vlegels – vers van de universiteit en zonder enig benul van de praktijk, maar in de vaste overtuiging dat ze betere ideeën hadden – haar concept punt voor punt afgekraakt. Ze hadden er allerlei onzin aan toegevoegd, die ze onverteerd van de universiteit hadden meegenomen, waarna ze het geheel als een grote verbetering aan de baas hadden verkocht. En Schindler trapte er nog in ook! 'Nieuwe mensen brengen nieuw elan' was zijn motto. Als hij dat serieus geloofde, kon hij maar beter zelf snel zijn plek afstaan. Hij was tenslotte al bijna zestig.

Nee, als ze eerlijk was, ging het eigenlijk helemaal niet goed op haar werk. Ze zette de vaat in de gootsteen, liep naar de woonkamer en zette de tv aan. Ze had dringend afleiding nodig. Maar de lege schappen waarop Sylvies boeken hadden gestaan fleurden haar niet bepaald op. Ze kon vandaag nog maar beter niet naar Sylvies voormalige kamer gaan, daar was morgen nog genoeg tijd voor. In het weekend zou ze de inrichting veranderen, dan zou ze haar bed en kledingkast naar Sylvies kamer schuiven en het kantoor in haar kamer eindelijk met een paar kasten uitbreiden. Je verzamelde toch altijd een hoop documenten, ze wist niet eens waar ze die rommel moest laten. Herrmanns oude kamer was nu alleen nog een rommelkamer. Wat goed dat ze de fauteuil had gehouden. Eigenlijk zat hij heel lekker. Ze kon er ook dwars op zitten en haar benen over de armleuning laten bungelen. Of onder een wollen deken kruipen, met haar hoofd tegen de zijkant van het dikke rugkussen leunen, haar benen optrekken en haar armen om haar knieën slaan. Daarvan kreeg ze na een tijdje echter rugpijn en vielen haar armen in slaap. Ze kon beter haar benen strekken en haar voeten op een krukje leggen. O god, zo zat haar vader vroeger in hun huis in Königstein im Taunus altijd voor de tv. Haar moeder had er een speciale kruk voor gekocht, met een kussen dat met kunstleer was bekleed, zodat je het makkelijk kon schoonmaken.

Conny stond op en liep naar het raam. Ze kreeg een beklemmend gevoel van eenzaamheid. Ze dacht aan vroeger, toen ze vaak met maar liefst tien mensen een flat had gedeeld. Hoe vaak had ze er toen niet stiekem naar verlangd om eindelijk alleen te zijn, maar ze had niet gedacht dat het zo benauwend zou zijn. Zo stil. Zo definitief.

Ze kon Bernd eens bellen. Ze had hem enorm bewonderd omdat hij de moed had gehad om zijn kantoor te sluiten en iets compleet nieuws te beginnen. Pas later had ze beseft waarom hij zich per se op de voormalige landerijen van landgoed Dranitz wilde vestigen: vanwege Jenny. Eigenlijk een goede zet van hem. Hij was trouwens helemaal positief veranderd. Hij was niet langer de burgerlijke, saaie piet die snuivend van woede uit de woongroep wegging omdat hij er niet tegen kon dat Klausi zijn scheermes constant gebruikte. Er was in die tijd vaak ruzie geweest en omdat ze zo boos op hem was geweest, had ze hem niet verteld dat Jenny zijn dochter was. Maar Bernd was niet gek en moest het al die tijd hebben vermoed. Hij had het kleine meisje altijd erg leuk gevonden en had heel lief voor haar gezorgd toen hij nog bij hen woonde. En nu wilde hij blijkbaar in Mecklenburg-Vorpommern de vader-dochterrelatie versterken en tegelijkertijd een oude droom realiseren: de biologische landbouw. Geen kunstmest. Geen pesticiden. Alles op natuurlijke wijze. Hij zag zelfs af van een tractor en ploegde in plaats daarvan met een span paarden, zoals honderd jaar geleden. En als ze hem advies gaf over hoe hij zijn bedrijf effectiever kon organiseren, luisterde hij niet.

Ze aarzelde, maar uiteindelijk stond ze op en pakte de telefoon uit het kantoor. Omdat ze die met een aantal mensen had gedeeld, had het toestel een lang snoer. Als je de telefoon zocht, hoefde je alleen maar het snoer te volgen. Nou ja, dat was nu ook voorbij.

Ze kende Bernds nummer uit haar hoofd. Ze had altijd al goed cijfers kunnen onthouden. Rond deze tijd moest hij zijn koeien al hebben gemolken. Hij zou hooguit nog in de kaasmakerij aan het werk kunnen zijn. Conny haatte melk, vooral als die werd opgewarmd. Ze zou waarschijnlijk doodgaan als ze de geur in de kaasmakerij rook.

'Kuhlmann?'

Hij was thuis! Eindelijk had ze eens geluk op deze ellendige dag.

'Hallo, Bernd, je spreekt met Conny. Ik vroeg me af hoe het met je gaat...'

Kon ze zijn gezicht maar zien! Was hij blij of geïrriteerd?

'Hallo, Conny. Dat is lang geleden. Hier gaat alles zijn gangetje. Er is altijd een hoop werk. Vorige week heb ik kool geplant en een van de koeien heeft een kalf gekregen. Dat was best spannend.'

'Hoe gaat het met Jenny?' onderbrak Cornelia hem, die niet erg geïnteresseerd was in zijn ervaringen met het gelukkige plattelandsleven.

'Ze heeft binnenkort proefexamen. Zoals je weet gaat het met schriftelijk onderwijs een beetje anders. Zij moeten zich eerst met een proefexamen kwalificeren voor het echte examen. Het meisje is vreselijk zenuwachtig. Ze heeft moeite met wiskunde, maar daarbij kan ik haar helaas niet echt helpen.'

Cornelia zei maar niet dat haar dochter haar schooldiploma al lang geleden op zak had kunnen hebben als ze destijds niet van school af was gegaan.

'Ze haalt het wel,' zei ze optimistisch. 'Onze Jenny is niet dom. En verder? Hoe gaat het met mijn moeder?'

Hij was overal goed van op de hoogte. Alle respect. In slechts drie jaar was het hem gelukt om niet alleen zijn dochter, maar ook Franziska en de rest van de familieclan voor zich te winnen, terwijl zij er nog steeds niet bij hoorde.

Ze was er ineens verbitterd over. Ze was buitengesloten. Een tiran, had Sylvia gezegd. Een eenzame tiran.

'... trouwens, je moeder heeft Jenny laten registreren als mede-eigenaar. Een tijdje geleden,' hoorde ze Bernd zeggen. 'Ik weet niet of ik dat zo leuk vind, Conny.'

Zijn woorden haalden Cornelia abrupt uit haar zelfmedelijden. Er rinkelden alarmbellen in haar hoofd.

'Waarom? Heeft Jenny soms een lening afgesloten?'

Bernd antwoordde niet. Ze hoorde vreemde geluiden door de hoorn. Geruis, gekraak, een raar slijpend geluid...

'Bernd? Hallo? Ben je er nog? Vlieg je tegen de muren op?'

'Conny?' riep hij. 'Hallo?'

'Ik ben er nog steeds. Wat doe je?'

Ze hoorde hem lachen. Hij lachte anders dan vroeger. Opener. Warmer.

'Ik heb drie jonge katjes geadopteerd. Sonja Gebauer, de dochter van Walter, heeft ze naar mij gebracht omdat ik hier veel ruimte heb, maar ze halen een hoop kattenkwaad uit. Ik moest even snel mijn avondmaaltijd in veiligheid brengen…'

Katten! Oef, ze haatte katten. Ze haatte alle dieren trouwens, die waren zo onvoorspelbaar. Ze vond hooguit honden leuk. Die kon je tenminste africhten.

'Wat vroeg je net?'

'Ik vroeg of Jenny opgezadeld zit met een lening.'

Hij aarzelde en antwoordde toen met een ernstige stem: 'Ik ben bang van wel, Conny. De kosten van de verbouwing zijn duidelijk de pan uit gerezen.'

Nou, lekker! Jenny had schulden bij de bank. En Franziska waarschijnlijk ook. Zouden ze die wel kunnen afbetalen?

'Is het restaurant eindelijk open? Ik dacht dat het klaar was. En ze kunnen nu toch ook kamers verhuren?'

'Het restaurant is open. Op eerste paasdag was de grote opening, maar doordeweeks komen er nauwelijks klanten. Nou ja, als het eenmaal Pinksteren is, zullen de toeristen wel komen. De eerste reserveringen zijn al binnen. Maar de wellnessruimte gaat voorlopig niet lukken. Er werkt een team archeologen in de kelder, want bij de graafwerkzaamheden voor het zwembad hebben ze een skelet gevonden dat er blijkbaar al heel lang ligt.'

Ze hadden een dode gevonden, vertelde Bernd. Een non uit de dertiende eeuw, misschien zelfs een abdis. Ze was niet begraven op een begraafplaats, maar in een kerk, want het landhuis stond op de ruïnes van een middeleeuws klooster.

'Historisch heel interessant,' zei Bernd. 'Alleen is de verbouwing in de kelder voorlopig stilgelegd totdat alle onderzoeken zijn afgerond.'

Dat was niet erg, dacht Cornelia. Volgens haar was het sowieso verstandiger om eerst de buitenvoorzieningen aan te pakken, het park, de speeltuin, de roeiboten, de paarden. Dan konden ze met weekendtoeristen beginnen. Gericht adverteren. Zodat er eindelijk eens wat geld in het laatje kwam…

'En hoe gaat het met jou, Conny?'

'Met mij? Goed. Alles loopt op rolletjes.'

Blijkbaar hadden haar woorden niet zo overtuigend geklonken als ze had bedoeld, want Bernd schraapte zijn keel en stelde toen voor: 'Als je overwerkt bent, kun je gerust eens hiernaartoe komen. Even weg uit de stad, wat landelijke lucht opsnuiven…'

'Hoe kom je erbij dat ik overwerkt ben?' vroeg ze fel.

'Geen idee,' zei hij sussend. 'Misschien omdat hetzelfde voor mij geldt.'

Ze kon zich voorstellen dat hij te veel hooi op zijn vork had genomen. Hopelijk kon hij het aan, hij was tenslotte de jongste niet meer.

'Misschien kom ik inderdaad wel een keertje langs,' dacht ze hardop. 'In juni. Of iets later in de zomer. Het is erg druk, ik kan nu niet weg.'

'Dat zou leuk zijn. Tot gauw, Conny. Ik moet helaas ophangen. Ik wil nog even naar de kaasmakerij.'

'Tot dan, Bernd.' Cornelia verbrak de verbinding, maar hield de hoorn nog een tijdje in haar hand. Verdorie, ze zou echt graag naar Dranitz willen gaan. Het landschap in Mecklenburg-Vorpommern had iets rustgevends. Daar kwam je even bij van de stress. Je kon er vrij ademen, keek ver uit over de groene weiden en velden, helemaal tot aan de plek waar de lucht de velden raakte. Stille, schaduwrijke weggetjes, dennenbossen, zomerse schapenwolkjes in de lucht…

Nee, het was onmogelijk. Ze kon niet weg. Zodra ze zelfs maar een paar dagen op vakantie zou gaan, zouden de jongeren de poten onder haar stoel wegzagen.

Ze zette de tv weer aan, vond een aangebroken zak chips in de voorraadkast en nam een biertje. Net toen ze lekker op de bank zat, rinkelde de telefoon weer.

'Mevrouw Kettler? Neemt u het me niet kwalijk dat ik zo laat bel. We hebben hier nog even overlegd.'

Meneer Kundermann van Schulz & Kundermann.

'We zijn overtuigd van uw concept en willen het graag implementeren. Kunnen we een afspraak maken voor de komende week? Laten we zeggen maandagochtend… Meneer Schindler is al op de hoogte.'

Nou, kijk eens aan! Ze was die jonge vlegels te slim af geweest. Het leven was weer leuk.

Ulli

HET VOORJAARSONWEER HAD DE wandelaars en dagjesmensen zonder waarschuwing vooraf overvallen en nu was het een chaos op de oever en op de parkeerplaats. De roeiboten voeren naar de steiger, op de camping werden klapstoeltjes, dekens en koffiebekers naar een droge plek gesleept, vaders haastten zich sjouwend met spullen naar hun auto's en moeders riepen hun doorweekte kroost bijeen. Ulli en zijn twee jonge helpers Tom en Rocky hadden het eerst druk met de binnenkomende boten, daarna hielp Ulli een jonge moeder die worstelde met haar kinderwagen die in het oeverzand vast was komen te zitten en tot slot kreeg hij te maken met een boze vader wiens driejarige kind door een mannetjeseend was gebeten.

Sommige mensen werkten Ulli vreselijk op de zenuwen. Vroeger zou hij hun botweg gezegd hebben wat hij van hun gedrag vond, maar nu moest hij helaas beleefd blijven omdat hij zijn klanten niet mocht wegjagen. Wat dat betreft had hij veel van Max Krumme geleerd. Gelukkig waren de meeste klanten aardige mensen. Vooral de kinderen vond hij leuk. Hij had ze graag zelf gehad, maar Jenny wilde eerst haar eindexamen halen en daarna studeren. Het zou dus nog wel een tijdje duren voor hij aan kinderen kon beginnen. Helaas.

Toen de zeurkous eindelijk met zijn vrouw en jankende zoon naar de parkeerplaats was vertrokken, was het stil bij de steigers en was ook de rust op de camping teruggekeerd. De mensen zaten in hun tenten en caravans en wachtten tot het onweer voorbij was getrokken. Het was de afgelopen dagen buitengewoon warm geweest voor deze tijd van het jaar, dus het was geen wonder dat zich een flink onweer had samengepakt. Ulli was drijfnat en wilde het huis binnengaan om droge kleren aan te trekken toen hij vanaf de parkeerplaats luide kreten hoorde. Voor de kiosk stonden drie mensen onder een paraplu, maar omdat het zo hard regende, kon hij niet verstaan wat ze riepen. Een oudere man klopte ongeduldig op het raam, schudde vervolgens berustend zijn hoofd en liep naar zijn auto. De twee vrouwen bleven besluiteloos staan, maakten zich lang en probeerden in de kiosk te kijken.

Waar was Max? Hij ging nooit zomaar weg als er klanten waren, zeker niet als het onweerde en regende. Ulli voelde dat zijn hart sneller begon te kloppen en hij sprintte over de parkeerplaats naar de kiosk.

'Pardon,' zei hij en hij drong zich langs de twee vrouwen naar het raam. Hij zag Max niet. Ulli schoof het raam omhoog en tuurde naar binnen, maar door het druilerige weer was het te donker in de kiosk om iets te zien.

'Max? Hallo? Ben je daar binnen?'

Geen antwoord.

'O god,' zei een van de twee vrouwen achter hem. 'Er zal toch niets gebeurd zijn met de oude Max Krumme! Hij is immers de jongste niet meer...'

'Er kan zomaar iets gebeuren,' zei de ander. 'Zijn vrouw is toen ook zo plotseling overleden. Die lag 's ochtends dood in bed.'

Er klonk een heftige donder en er flitste een bliksemschicht over het kolkende zwarte water van de Müritz. Heel even was alles helder en zag Ulli twee voeten achter de drankkratten uitsteken. Hij trok snel zijn sleutelbos uit zijn natte broekzak, maakte de deur open, glipte naar binnen en sloot de deur achter zich. Daarna drukte hij op de lichtschakelaar.

'Max?'

De oude man lag op de grond. Hij had veel geluk gehad, want hij was met zijn hoofd op een stapel kranten gevallen. Hij ademde, dus hij leefde nog. Ulli hurkte naast hem neer en wreef over zijn slapen, voelde zijn polsslag, die vrij langzaam was, en gaf hem uiteindelijk een paar klappen zodat hij weer bijkwam. Max opende zijn ogen, knipperde een paar keer en draaide zijn gezicht naar Ulli.

'Wat… Waar…' zei hij met een schorre stem. Hij kromp ineen toen er buiten weer een harde donder klonk.

'O, Ulli,' zei hij. 'Ren weg, de Russen komen…'

O jee, hij was helemaal in de war. Had hij misschien een beroerte gehad?

'De oorlog is voorbij, Max. Dit is gewoon een onweersbui.'

Max zweeg even en grijnsde toen zwak.

'O…' mompelde hij. 'Ik ben even de kluts kwijt. Het ene moment zat ik nog op mijn kruk en wilde ik voor een jongen twee kauwgummetjes en een winegumslang in een zakje doen en het volgende moment was alles wazig.'

Ulli was opgelucht dat Max nu normaal praatte en blijkbaar geen ernstige verwondingen had opgelopen. Hij hielp hem voorzichtig om rechtop te gaan zitten, opende een flesje water en liet hem een slok nemen.

'Wat moet ik met dat spul?' mopperde de oude man. 'Geef die andere fles eens. De whisky, niet die kruidenbitter. Ik heb immers geen last van mijn maag…'

Nadat hij de whisky achterover had geslagen, beweerde Max dat het uitstekend met hem ging en dat hij gewoon een beetje vermoeid was geweest. Met Ulli's hulp ging hij weer op zijn kruk zitten en schoof de ruit open. De tijdschriften en Max' gezicht werden vochtig van de regendruppels.

'Kan ik u helpen, dames?' riep hij door het onweer.

De twee vrouwen waren bij de kiosk blijven staan en waren blij en opgelucht dat het goed was afgelopen.

'Alles in orde, meneer Krumme? We waren al bang…'

'Met mij gaat het prima, maar u vat nog kou.'

Hij verkocht twee ijsjes en de tv-gids, nam een bankbiljet aan en gaf wisselgeld terug. Daarna schoof hij de ruit dicht, omdat het binnenregende.

'Ga eens zitten, Ulli.' Hij wees naar de krat met flessen water. 'Ik wilde even met je praten.'

Ulli voelde zich niet prettig in zijn natte kleren, maar wilde Max ook niet alleen laten. Hij wist al wat er nu zou komen. Max had het er al weken over.

'Goed, ik wil nu eindelijk de vier waterfietsen bestellen. Die uit de rode catalogus,' begon Max. 'De supermarkt op de camping moet worden uitgebreid. Met echte koelvakken en alles erop en eraan. En voor de snacks hebben we een professionele keuken nodig. Maar het is het waard, jongen. Met aan het spit gebraden vlees, gehaktballen, Thüringer worstjes en patat. De mensen zullen ervoor in de rij staan, daar ben ik van overtuigd...'

Ulli knikte. In de winter had de oude man eindeloos aan zijn hoofd gezeurd over het idee om de oever te verstevigen, zodat de gasten niet telkens over steentjes en slib het water in hoefden te lopen. Maar Ulli had het geweigerd. Beton op de oever was voor hem uit den boze, hij wilde hooguit een paar vrachtladingen zand laten aanvoeren. Bovendien wilde Max het huis laten verbouwen en met een aanbouw vergroten, zodat er beneden een grote woning voor Ulli ontstond. Zelf zou Max dan naar boven verhuizen.

'Dan kun je eindelijk met Jenny trouwen en kunnen jullie hier bij mij intrekken. Waar wacht je nog op?'

'Je weet toch dat Jenny niet zo'n haast heeft om te trouwen, Max. Ze wil eerst studeren en iets bereiken op werkgebied...'

'Ik heb niet eeuwig de tijd, jongen,' zei Max tegen hem. 'En ik heb ook nog heel wat plannen. De camping is leuk en aardig, Ulli, maar in het bos is genoeg ruimte voor een echt vakantiedorp. Begrijp je wat ik bedoel?'

Ulli moest zijn best doen om niet te zuchten. Max had dit idee een jaar geleden al geopperd, maar was het daarna gelukkig weer vergeten. Nu dacht hij er blijkbaar weer aan.

'Een vakantiedorp? Je bedoelt dat je van die kleine blokhutten in het bos wilt zetten...'

Max knikte en legde uit dat hij het niet had over primitieve hutten, maar over huisjes met elektriciteit, televisie en badkamer, misschien ook een sauna.

'Dan kunnen de gasten in bad zitten, aan een glaasje champagne nippen en ondertussen door het raam naar de vogels, herten of dassen kijken. Begrijp je, Ulli?'

Een nogal idioot idee, vond Ulli. Hij zou zelf veel liever gaan zwemmen, een rondje door het bos hardlopen of het meer op gaan. Maar misschien waren er wel mensen die hun vakantie in bad wilden doorbrengen.

'Ik weet het niet, Max...'

De oude man kon de laatste tijd weinig weerwoord verdragen. Het irriteerde hem als hij moeite moest doen Ulli van zijn ideeën te overtuigen.

'Maar ik weet het, Ulli,' zei hij fel en hij sloeg geïrriteerd met zijn vuist op de houten plank voor het schuifraam. 'Dit wordt een groot succes. Ik heb alvast schetsen gemaakt. Twee huisjes om mee te beginnen, met een sauna. Als de leidingen eenmaal zijn gelegd, wordt het goedkoper.'

De kosten. Daarmee waren ze bij het lastige onderwerp aanbeland. Ulli plukte onbehaaglijk aan zijn natte T-shirt.

'Ik heb het koud, Max. Ik ga even snel naar huis en trek iets droogs aan...'

'Je ontwijkt me gewoon, Ulli,' bromde Max misnoegd. 'Ik weet dat je me weer uit de weg wilt gaan, maar dat gaat je vandaag niet lukken. De tijd dringt, we moeten opschieten.'

Ulli begreep de laatste zin niet helemaal, maar Max zei vaak dingen die Ulli niet begreep. Misschien was de arme man toch een beetje in de war.

'Ik heb het eens doorgerekend,' zei hij, terwijl hij Ulli aandachtig aankeek.

Het viel Ulli op dat de lichtblauwe iris van Max onlangs een witte rand had gekregen.

'We hebben ruim honderdduizend mark nodig. Of liever nog honderdvijftig. Bij dit soort dingen kom je altijd voor verrassingen te staan...'

Ulli schraapte zijn keel. Ooit moest Max het horen, hij kon het niet eeuwig blijven verzwijgen voor zijn oude vriend.

'Het punt is, Max,' begon hij voorzichtig, 'dat we op dit moment niet veel liquide middelen hebben, want ik heb Jenny wat geld geleend...'

Max' reactie was heftiger dan hij had verwacht. Max sperde zijn ogen open en staarde hem aan alsof Ulli plotseling in een krokodil was veranderd.

'Je hebt... Jenny geld gegeven? Wanneer? Hoeveel?'

Ulli ergerde zich een beetje, want het was zijn geld. Max had het perceel aan de Müritz aan hem verkocht met alles wat erop stond en hield zelf slechts levenslang woonrecht en aandelen. Maar het was voor een heel groot deel wel aan de oude man te danken dat het bedrijf floreerde en de omzet hoog was. Hij had de boten laten maken en met zijn geld betaald, en hij had ook de kiosk op eigen kosten laten opknappen. Natuurlijk had Ulli ook zijn spaargeld tot op de laatste cent geïnvesteerd en al zijn tijd in de zaak gestoken.

'Vijftigduizend,' antwoordde Ulli aarzelend.

'Vijftigduizend mark!' riep Max kreunend. 'Ben je nog wel goed wijs, jongen?'

'Waarom wind je je zo op?' vroeg hij sussend. 'Het blijft toch in de familie.'

Max liet een spottend lachje horen dat overging in een hoestbui.

'In de familie? De vraag is alleen welke familie. Bij de Von Dranitz of bij de Schwadkes.'

'Dat maakt toch niet uit?' vroeg Ulli geïrriteerd. 'Vroeg of laat zal ik heus wel met Jenny gaan trouwen.'

Max pakte nog twee miniflesjes whisky van de plank en schoof er een naar Ulli. Ulli schroefde de dop eraf en liet de inhoud van het flesje in zijn mond lopen. Het spul smaakte helemaal niet slecht. Het was alleen veel te weinig.

'Heb je in elk geval zekerheid gekregen?' vroeg Max.

'Wat voor zekerheid?' mompelde Ulli. 'Ik ben toch niet zo'n type als Simon Strassner, die meteen doet alsof hij mede-eigenaar is? Nee, ik heb haar het geld gewoon gegeven. Uit vriendschap. Of uit liefde. Hoe je het noemen wilt.'

Max moest vechten tegen een opkomende hik, dus hij kon niet meteen antwoorden. Maar de verbijstering was duidelijk van zijn gezicht af te lezen.

'Gewoon zo?' vroeg hij uiteindelijk. 'Wat betekent dat? Ze zal toch wel een schuldbrief hebben opgesteld of op zijn minst een kwitantie hebben uitgeschreven? Hebben jullie afgesproken hoe en wanneer ze het bedrag terugbetaalt?'

'Gewoon zodra ze kan...'

Max maakte met zijn handen een zigzagbeweging in de lucht en liet ze vervolgens in zijn schoot vallen.

'Dus met sint-juttemis. Zeg, jongen, besef je eigenlijk wel wat je hebt gedaan? Je hebt vijftigduizend mark weggegeven. Die zijn weg. Die zullen we nooit meer zien. En die missen we hier in Ludorf...'

Ulli voelde zich schuldig, maar vond het niet fijn dat Max hem behandelde alsof hij een klein kind was.

'Wat ben je toch een kapitalist geworden, Max,' verdedigde hij zich. 'De botenverhuur gaat goed, de camping is volgeboekt. We hebben het hartstikke druk en verdienen niet slecht. Je zou denken dat mensen op jouw leeftijd bescheidener worden, maar jij wordt alleen maar hebberiger.'

Zodra hij de zinnen had uitgesproken, had Ulli spijt. Max keek hem met doffe ogen aan, gleed van zijn kruk af en liep langs Ulli heen naar de deur.

'Je bent een domkop,' zei hij. 'Zelfs als ze met je trouwt, zul je nog niet eens één dakpan van het landhuis bezitten. Ze zal op huwelijkse voorwaarden willen trouwen. Dan hou jij alleen over wat je zelf hebt opgebouwd.'

'Maar Max…'

De oude man deed de deur open en stapte de regen in. Daarna draaide hij zich nog één keer naar Ulli om. De boosheid – wellicht in combinatie met de whisky – had in elk geval zijn bloedsomloop op gang gebracht. Zijn gezicht was vuurrood.

'Begrijp je het dan niet?' zei hij fel tegen Ulli. 'Jij bent nergens in dienst. Voor jou zorgt geen bedrijf, en ook niet Vadertje Staat. Jij bent ondernemer en als jouw bedrijf failliet gaat, heb je niets meer!'

Niet reageren, zei Ulli tegen zichzelf. Hij is gewoon boos. Hij doet zo pessimistisch omdat hij boos op me is. Laat hem maar even, hij trekt wel weer bij. Hij keek Max na terwijl die door de regen liep, maar in plaats van naar het huis te gaan liep Max naar de steiger. Eigenwijze oude man. Hij wilde controleren of alle boten wel goed waren vastgemaakt. Hoe ouder hij werd, hoe pietluttiger hij werd. Jammer, want eigenlijk was hij een ontzettend sympathieke man. Ulli nam zich voor om voortaan geduldiger en vriendelijker met de bejaarde man om te gaan.

Het onweer was inmiddels weggetrokken, maar het wilde maar niet ophouden met regenen. Er zouden vast geen dagjesmensen meer komen. Ulli sloot de kiosk af en liep in een rustig tempo naar het huis. Hij was toch al drijfnat. Ook Max was intussen bij het huis aangekomen. Ze kwamen elkaar bij de voordeur tegen, waar ook Hannelore en de kletsnatte Waldemar, Max' geliefde katten, zaten te wachten.

'Weet je, Max…' begon Ulli op een verzoenende toon. Maar de oude man onderbrak hem.

'De Henriette mist een roeispaan,' mopperde hij. 'Die moet de man vervangen die hem verloren heeft.'

'Ik ga het regelen,' beloofde Ulli en hij liep de trap op naar zijn woning.

Hij nam een warme douche en trok droge kleren aan. Daarna schoot hem te binnen dat Jenny overmorgen haar proefexamen had en besloot hij om even snel naar Dranitz te gaan om haar een beetje af te leiden. De arme meid was vast al helemaal in paniek, vooral door wiskunde. Hij wreef zijn haar met een handdoek droog, kamde het en wierp een blik in de spiegel om te zien of hij zich niet beter nog een keer kon scheren. Jenny klaagde altijd dat zijn stoppels aanvoelden als een rasp en dat ze rode vlekken op haar gevoelige huid kreeg als ze elkaar kusten. Moest hij misschien een baard laten staan? Een zeebonk op de Müritz, dat paste wel bij zijn werk. Hij zou Jenny eens vragen wat ze daarvan zou vinden.

Terwijl hij in zijn gloednieuwe Volkswagen Passat in de richting van Dranitz reed, dacht hij weemoedig aan zijn oude Wartburg, die hij op oudejaarsavond na een paar glaasjes champagne aan Kalle Pechstein had verkocht. Kalle had de historische auto liefdevol opgeknapt en zilver gelakt. Het zag er raar uit, vond Ulli, maar verkocht was verkocht, en de Passat was een goede, betrouwbare stationwagon met een grote kofferbak, wat belangrijk was voor het bedrijf.

In Dranitz regende het ook en er stonden veel plassen op de parkeerplaats. Ook op het voorplein waren een paar plassen te zien, wat niet goed was, want kennelijk had het bedrijf dat het voorplein had bestraat dus prutswerk geleverd. Hij parkeerde de auto naast die van de archeoloog, dr. Schreiber, een vakidioot met wie je geen behoorlijk gesprek kon voeren, tenzij het over middeleeuwse botten ging. Zijn assistente was heel aardig, maar een beetje opdringerig. Ulli ging haar zo veel mogelijk uit de weg, want zodra ze de kans kreeg, kletste ze hem de oren van het hoofd over de nieuwste resultaten van de opgravingen. Hij was niet erg geïnteresseerd in middeleeuwse kloosters, maar voor zover hij had begrepen, bevond zich onder het landhuis de apsis van een kloosterkerk met verschillende graven. En daar waar Jenny het zwembad had willen laten bouwen, hadden ze een kloosterbegraafplaats ontdekt. Het was een nogal vervelende kwestie, want nu mocht er niet verder gebouwd worden en konden ze voorlopig niet beginnen aan het wellnessgedeelte.

Ulli stapte uit, trok de capuchon van zijn jas over zijn hoofd en sprong over de plassen om zijn dure sportschoenen niet vies te maken. Hij stond een poosje voor Jenny's voordeur en belde een paar keer aan, maar er werd niet opengedaan. Daarna liep hij naar het landhuis. Als het goed was, had Jenny bij Mücke vrij genomen van haar werk in de kleuterschool om zich goed op het proefexamen voor te bereiden. Maar haar kennende liep ze boven in de kamers van het landhuis rond, omdat ze weer eens een idee had voor de inrichting. Hij veegde zorgvuldig zijn schoenen op de sisalmat af om de witte plavuizen in de ontvangstruimte niet vies te maken, maar zag dat er al zo veel voetafdrukken waren dat die van hem nauwelijks nog opgevallen zouden zijn. De archeologen zaten met een paar collega's koffie te drinken in het restaurant. Sinds de opgravingswerkzaamheden waren begonnen, kwamen er regelmatig vaklieden of journalisten langs. Zo kwam er tenminste nog een beetje geld in het laatje. Hoewel ze hadden geadverteerd, had het restaurant tot nu toe nog maar weinig gasten. Ze hadden de warme keuken nu tot de avond beperkt, omdat er 's middags toch nauwelijks iemand kwam eten en ze op deze manier Bodo Bieger maar halve dagen hoefden te laten werken. De keukenhulpjes konden de snacks klaarmaken. Twee jonge hulpen uit het dorp wisselden elkaar bij het serveren af.

In de gang op de eerste verdieping kwam Ulli Kacpar Woronski tegen. De architect begroette hem zoals altijd hartelijk, schudde hem de hand en wilde hem het nieuwe behang laten zien dat vlak na Pasen in een paar kamers was aangebracht.

'Jenny? Die is met Juultje op de kleuterschool.'

'Maar ik dacht dat ze vrij wilde nemen!'

Kacpar haalde zijn schouders op. Dat dacht hij ook, maar kennelijk hield Jenny het thuis niet meer uit bij haar boeken.

'Ze is zeker erg zenuwachtig, hè?' vroeg Ulli.

Kacpar knikte en slaakte een zucht. Hij was een sympathieke kerel, Ulli mocht hem graag. Zeker omdat Kacpar een uitstekende architect was, die zijn vaardigheden helemaal in dienst van Landhotel Dranitz had gesteld.

'Jenny is geen type voor examens,' zei Kacpar met een meelevende glimlach. 'Maar het gaat haar wel lukken.'

Ulli knikte. Jenny was een slimme meid. Als het erop aankwam, zou ze laten zien wat ze in haar mars had.

'Ik denk dat ze inmiddels ook klaar is voor haar wiskunde-examen,' zei hij tevreden. 'Het is niet bepaald haar lievelingsvak, maar we hebben hard gebuffeld en ze begrijpt het nu.'

Ze hadden de afgelopen dagen nog een paar keer samen geoefend en nog meer opgaven gemaakt. Daarbij had Jenny het niet slecht gedaan. En nog belangrijker was dat ze niet meer in paniek was geraakt, zoals anders steeds was gebeurd. Hij was trots op zichzelf omdat hij Jenny zo goed op het tentamen had voorbereid.

'Doe haar dan maar de groeten van mij,' zei hij tegen Kacpar. 'Ik kom morgenmiddag en dan blijf ik hier slapen zodat ik haar 's ochtends naar Schwerin kan brengen voor het proefexamen.'

'Ja, ik denk dat het beter is als ze niet zelf rijdt,' zei Kacpar met een wat geforceerde glimlach. 'Als er bij jou iets tussen komt, Ulli, spring ik graag in. Ik ben hier immers toch...'

'Dat is aardig van je. Het zal me wel lukken om haar te brengen. Maar evengoed bedankt!'

Hij klopte Kacpar ten afscheid op zijn schouder en liep de trap weer af. Terwijl hij nog overwoog of hij niet even langs Mückes kleuterschool moest gaan, botste hij bijna tegen een jonge vrouw in een groen loden mantelpakje op die op hoge hakken de trap op liep.

'Oeps!' riep ze en ze week nog net op tijd uit. 'Dat ging maar net goed!'

Ulli keek naar de vrouw. Ze was niet echt knap, maar wel aantrekkelijk. Honingblond haar tot op haar schouders, een smal gezicht, gestifte lippen. Ze keek hem aan met een blik waar hij onzeker van werd. Ze was duidelijk zo'n type dat precies wist wat ze wilde.

'Als u het restaurant wilt bezoeken,' zei hij een tikkeltje verlegen, 'dat is hier direct links.'

Ze keek even in de richting waarin hij wees. Daarna verscheen er een glimlach op haar gezicht. Een verrassend warme en aangename glimlach.

'Bedankt, ik zag het bordje,' antwoordde ze. 'Er is mij gezegd dat de gastenkamers zich op de eerste verdieping bevinden.'

'Dat klopt. Maar ze zijn nog niet allemaal af. Het hotel gaat pas begin juni open, waarschijnlijk met Pinksteren.'

'Dat geeft niet. U hebt er zeker vast niets op tegen als ik ze toch even bekijk?'

Ze sprak vriendelijk maar hautain en op een toon die duidelijk maakte dat ze geen tegenspraak duldde. Ze deed Ulli denken aan Jenny's oma. Beleefd maar beslist.

'Ik ben hier zelf te gast,' legde hij uit. 'Maar de architect is boven. Misschien heeft hij even tijd voor u.'

'Fantastisch!' riep ze en ze keek hem stralend aan. 'Heel erg bedankt.'

Ulli knikte verlegen, want hij had geen idee waar ze hem eigenlijk voor bedankte, en liep snel het huis uit. Op de parkeerplaats parkeerde net een rode sportwagen die hem bekend voorkwam. Simon Strassner was weer in het land. Hij stond voor Jenny's huisdeur en drukte op de bel. Nu was Ulli blij dat ze met Juultje bij Mücke op de kleuterschool was.

Strassner zwaaide amicaal naar hem alsof ze de beste vrienden waren.

'Hallo, Ulli! Wat een druilerig weertje vandaag, hè? Heb je toevallig mijn kennis gezien? Blond, groen mantelpakje.'

Ulli wees met zijn hand naar het landhuis. Daarna draaide hij zich om en stapte in zijn Passat. Hij wilde niets met Simon Strassner of zijn nieuwe vriendin te maken hebben.

Franziska

DE LAATSTE TIJD HAD ze vaak het gevoel dat het verleden haar inhaalde. Wat had ze zich hysterisch gedragen toen het middeleeuwse graf in de kelder van het landhuis was ontdekt! Hoeveel nachten had ze niet wakker gelegen omdat de nare herinneringen weer boven waren gekomen en haar hadden gekweld! O nee, je kon ze niet kwijtraken door ze onder ogen te zien. Zelfs niet door ze keer op keer te herleven. Ze waren giftig en dat gif maakte de ziel ziek. Er was maar één manier om jezelf ervoor te behoeden. Je moest de geesten terugduwen in de afgrond van de vergetelheid. Alleen op die manier was het mogelijk om verder te leven.

Maar wie behalve haar kon dat nog begrijpen? Mine. En Karl-Erich ongetwijfeld ook, die nooit over zijn oorlogservaringen had gesproken. Een paar oude mensen in het dorp Dranitz. Krischan Mielke. Paul Riep, de burgemeester. Hij was toen nog een kind. Max Krumme. En Walter, haar man. Ze had veel bewondering voor hem omdat hij op hun huwelijksreis de kracht had gevonden om enkele van zijn naarste herinneringen op te roepen en met haar te delen. Maar ook hij had sindsdien gezwegen. Zelf moest ze beschaamd toegeven dat ze nooit de moed had gevonden om die doos van Pandora vrijwillig te openen.

En waarom ook? Ondertussen behoorde het heden toe aan de jonge generatie, die godzijdank nog nooit een oorlog had meegemaakt en dus heel anders met dingen om kon gaan. Ze zou er blij mee moeten zijn, en dat was ze ook. Alleen ging dit geluk gepaard met het gevoel afscheid te moeten nemen.

Het had dagenlang geregend, maar vandaag was het onbewolkt. De nog vochtige heuvels en het steeds groener wordende park glinsterden in de warme zon. Franziska stond van haar bureau op, opende het raam en keek naar buiten. Ze had veel bereikt en kon trots op zichzelf zijn. Daar stond het oude landhuis, mooi en jong in een nieuw gewaad en met een nieuw interieur. Zeker, ze had niet het hele landgoed heroverd. De vele akkers en weiden, bossen en meertjes die ooit tot het landgoed Dranitz hadden behoord, waren verscheurd en verdeeld. Maar in elk geval was het Sonja gelukt om een groot deel ervan te pachten. Sonja, de dochter van Elfriede en Walter, die eerst niets van hen wilde weten. Inmiddels behoorde ze tot de familie. Ze kwamen bij elkaar op bezoek, deelden lief en leed met elkaar, hielpen elkaar zo veel mogelijk en – dat hoorde er ook bij – hadden soms wat meningsverschillen.

Glimlachend bedacht Franziska dat haar moeder, Margarethe von Dranitz, deze verzoening waarschijnlijk als haar grootste prestatie zou hebben beschouwd, nog belangrijker dan dat ze het landhuis had teruggekocht. En haar vader? Hij zou het verlies van de landerijen zeker hebben betreurd, want hij was met hart en ziel landheer en landbouwer geweest. Hij zou zich er waarschijnlijk niet bij hebben kunnen neerleggen dat het landgoed als wellnesshotel en recreatiepark gebruikt zou worden. En haar grootvader al helemaal niet! Hij zou boos zijn geworden en zou hebben gesproken over ‘zonde en schande’ en ‘het verval van de oude wereldorde’.

De voordeur van het landhuis ging open en een van de jonge hulpen, de mooie, mollige Elfie, sjouwde een bord de treden af en zette het links naast de ingang neer. Het restaurant was open. Er werd alleen ontbijt of een ‘landgoedschotel’ met brood geserveerd, want Bodo Bieger, de chef-kok, kwam pas ’s middags. Maar toch. Laatst was er een groep wandelaars gekomen die beschutting zochten tegen de aanhoudende regen. Toen moest Franziska Erika, haar keukenhulp en meisje voor alles, helpen om voor vijfentwintig mensen een landgoedschotel met vis, rookworst, kaas en augurkjes te bereiden. Helaas gebeurde dit niet al te vaak, meestal kwam er in deze tijd slechts zelden een gast, afgezien van de archeologen en journalisten, die van tijd tot tijd een kopje koffie dronken of een hapje aten.

Franziska wilde zich net omdraaien om de kussens en dekbedden uit het raam te hangen toen ze Walter met Falko uit het park zag komen en naar het landhuis zag lopen. Aha, hij wilde 'spioneren' in de kelder. Sinds de overblijfselen van een middeleeuws klooster onder het landhuis waren ontdekt, informeerde Walter bijna dagelijks naar de voortgang van de opgravingen. Hij was zelfs samen met Kacpar naar Schwerin gereden om daar materiaal uit het archief te halen over de kloosterstichtingen in de dertiende eeuw in Mecklenburg-Vorpommern. Ze waren met een stapel boeken en fotokopieën teruggekomen en nu verdiepte Walter zich elke avond in het kloosterlijke verleden van het landhuis. Inmiddels was hij een graag geziene gast bij de opgravingen en sprak hij vaak en uitgebreid met dr. Schreiber over zijn ontdekkingen, die zijn expertise meestal alleen met zijn collega's deelde.

Franziska nam met gemengde gevoelens kennis van deze ontwikkeling. Aan de ene kant was het goed dat Walter mentaal fit bleef, wat op zijn leeftijd erg belangrijk was. Hij zou immers binnenkort zijn tachtigste verjaardag vieren. Aan de andere kant vond ze het niet leuk dat hij bijna elke avond over zijn oude geschriften gebogen zat en haar in haar eentje voor de tv liet zitten. Een hobby was hartstikke leuk, maar het moest geen obsessie worden. Ze was immers niet met een historicus getrouwd, maar met 'haar Walter', de man van wie ze decennialang had gehouden en met wie ze nu haar oude dag mocht delen.

'Maar schat,' had hij met een glimlach tegen haar gezegd. 'Ik dacht dat je met je papierwerk bezig was. Je bureau ligt altijd vol met tekeningen, catalogi en kostenramingen voor het Landhotel.'

Hij had geen ongelijk. Maar al te vaak had ze zich 's avonds achter haar bureau verschanst. Maar inmiddels was ze wat dat betreft veel minder ijverig. Ze had er geen energie meer voor. Misschien kwam het door haar hoge leeftijd, maar waarschijnlijk lag het meer aan de permanente geldzorgen die haar kwelden sinds ze het landhuis weer in bezit had gekregen.

'Sinds die woelmuizen in de kelder rondgraven, heeft het geen zin om dingen te plannen,' hield ze zichzelf voor. 'De uitbreiding van de wellnessruimte wordt met succes geblokkeerd door dr. Schreiber.'

Hij had haar in zijn armen genomen en in haar oor gefluisterd dat ze nog verbaasd zou zijn over hoe opwindend de middeleeuwse geschiedenis kon zijn. Waarop ze vol ongeloof had gelachen, maar de omhelzing had haar wel verzoenend gestemd.

Nu was hij dus alweer op weg naar de kelder. Hij liep dwars over de binnenplaats en langs de pas aangeplante bomen, waarvan het frisse groen een waar genot voor het oog was, net als de bloesems van de oude fruitbomen. Hij nam ook de hond mee naar beneden. Falko had geleerd om braaf voor het met rood-witte linten afgesloten deel van de kelder te wachten. Die jonge meid, de assistente van dr. Bottengraver, had Falko gevleid. Ze nam hondenkoekjes voor hem mee en slaakte altijd een vrolijk gilletje als hij zich kwispelend tegen haar aan duwde.

Franziska bleef bij het raam staan en keek toe hoe Walter de twee archeologen begroette, die net het huis uit kwamen en vandaag door een collega werden vergezeld. Dat gebeurde de laatste tijd vaker. Sommige heren bleven zelfs een paar dagen, waardoor Franziska en Jenny nu, vóór de geplande officiële hotelopening, al kamers konden verhuren. Ondertussen hadden dr. Schreiber en zijn stagiaire zich hier ook ingekwartierd, ook op kosten van Monumentenzorg Schwerin. Franziska had deze collega nog nooit gezien. Hij leek op een kleine, dikbuikige monnik, wat vooral door de zwarte haarkrans kwam die zijn kale roze hoofd omringde. Weer een van de coryfeeën die van ver hiernaartoe was gereisd om zich hier ter plekke over het klooster te informeren. Hadden ze maar geen zwembad gegraven, maar alleen wat eenvoudige badkuipen en een paar minizwembassins opgesteld, dan was dit gedoe hun bespaard gebleven. Ze draaide zich ontstemd om en liep de trap af om met een kop koffie aan de eettafel te gaan zitten.

Er zat niets anders op. Ze moest voor de financiën zorgen, dat kon ze immers niet aan haar kleindochter overlaten. Op de eettafel lag een stapel met 'meest urgente zaken' klaar. Ze had de overschrijvingskaarten ernaast gelegd en zou nu in actie komen. Het geld dat Jenny van de bank had geleend was inmiddels bijna op. Het was slechts een klein bedrag geweest, want Franziska had zich er fel tegen verzet dat haar kleindochter een hogere lening afsloot en de bank zou Jenny toch niet meer hebben gegeven. Maar natuurlijk moest de school voor schriftelijk onderwijs worden betaald en ze moesten ergens van leven. Walters pensioen vloeide grotendeels in de zakken van zijn dochter Sonja en Franziska's eigen kleine pensioen was al helemaal niet toereikend. Hopelijk haalde Jenny haar eindexamen, dan waren ze in elk geval van die kostenpost af. Zuchtend pakte ze de bovenste rekening, waarna ze elk item opnieuw controleerde, er wat bedragen van aftrok en een overschrijvingskaart invulde. Helaas moesten sommige van deze rekeningen met Ulli's geld worden betaald, dat eigenlijk was bedoeld voor de uitbreiding van het wellnessgedeelte, maar als ze niet wilden dat Enno Budde een deurwaarderszegel op hun spullen plakte, moesten ze hun plannen bijstellen, of ze nu wilden of niet.

Franziska vond het maar niks dat Jenny geld van haar vriend had geleend. Haar kleindochter was erg naïef. Dat was waarschijnlijk het voordeel van de jeugd, dat ze weinig nadachten over de gevolgen van hun daden. Wanneer en hoe dacht Jenny het geld terug te betalen? Dacht ze misschien dat de zaak van tafel zou zijn als zij en Ulli trouwden? Bovendien was het de vraag hoe dit bedrag geboekt moest worden. Als investering? Als lening? Als schenking? Maar daar maakte Jenny zich geen zorgen over, dat liet ze aan Franziska over.

Toen ze de stapel had verwerkt, ordende ze de betaalopdrachten, stopte ze in een envelop en deed die in haar tas. Vanmiddag zou ze naar de bank in Schwerin rijden en meteen wat boodschappen doen, want ze was van plan om 's avonds wat vrienden en familieleden uit te nodigen. Een gezamenlijk etentje in een ontspannen sfeer was de beste afleiding voor Jenny, die morgen haar eerste proefexamen had. Ze pakte de telefoon van het dressoir en zette hem voor zich op de tafel om meteen de eerste gasten uit te nodigen. Natuurlijk moesten Mine en Karl-Erich erbij zijn. Zij zouden ook zeker komen, omdat ze hun kleinzoon Ulli nog maar zelden zagen sinds hij de botenverhuur had overgenomen.

'Ach, mevrouw de barones,' klonk het schor uit de hoorn. 'Karl-Erich en ik liggen op bed. We zijn zwaar verkouden. Mücke heeft ons aangestoken. Het heerst op de kleuterschool en nu hebben wij oudjes het allebei te pakken.'

'O jee!' zei Franziska geschrokken. 'Ik zal meteen even langskomen om wat te eten en hoestsiroop te brengen...'

'Dank u wel, maar dat is niet nodig, mevrouw de barones. Tillie heeft al goulash met aardappelpuree gebacht en dokter Schulz uit Waren is ook al langsgekomen...'

'En hoe gaat het met Mücke?' vroeg Franziska, want ze had natuurlijk ook Jenny's beste vriendin willen uitnodigen.

'Ze is thuis en moet voor de tweeling zorgen. Ze is blij dat Jenny voor haar is ingevallen op de kleuterschool. Mandy en Milli zijn flink ziek, vertelde Kalle net aan de telefoon. Kriebelhoest. Hoestsiroop helpt niet. Ze hebben overal natte doeken opgehangen, maar de arme kleintjes blijven maar hoesten.'

'Wat erg,' zei Franziska zuchtend. Ze herinnerde zich dat soort nachten met Juultje nog goed. 'Nou, dan wens ik jullie veel beterschap. En als jullie iets nodig hebben, bel me dan. Overdag of 's nachts, dat maakt niet uit. En als Walter en ik geen tijd hebben, komt Sonja langs.'

'Dank u wel, mevrouw de barones. Dat is heel aardig van u. Maar

Sonja heeft het ook erg druk. Want Bernd is vanmorgen in de stal door zijn rug gegaan.'

Het was vandaag wel een pechdag, zeg. Maar wat Bernd Kuhlmann betrof was het te verwachten geweest. Ze hadden allemaal gevreesd dat de arme man op den duur niet in staat zou zijn om de zware fysieke belasting te verdragen. Als je bijna vijftig was, was het niet zo makkelijk meer, vooral omdat hij niet al op jonge leeftijd had geleerd hoe hij in de landbouw moest werken. Dus nu had hij een behoorlijke tegenslag te verwerken gekregen en blijkbaar hielp Sonja hem uit de penarie. De dieren moesten verzorgd worden en het was maar de vraag of Rosi Lau het alleen aankon.

'Helaas, mevrouw de barones,' zei Mine, terwijl ze in de hoorn hoestte. Op de achtergrond hoorde ze de hese stem van Karl-Erich, die Mine vroeg om hem iets te brengen. Karl-Erich zat nu in een rolstoel, want zijn voeten waren door de reuma verlamd. Mine zorgde zo goed als ze kon voor haar man. 's Avonds kwam Paul Riep, de burgemeester, helpen en 's ochtends haalde Helmut Stock Karl-Erich uit bed en zette hem in zijn rolstoel. De twee mannen deden dit zonder er geld voor te vragen. In het dorp hielpen buren elkaar al eeuwenlang. De mensen hielpen anderen omdat ze wisten dat ze ooit zelf hulp nodig zouden hebben.

'Tja,' zei Franziska berustend. 'Dan komt er vanavond denk ik niets van een gezellig etentje...'

'Nee, mevrouw de barones. Maar uitstel is geen afstel. Maar ik moet Karl-Erich nu even een kopje koffie brengen en hij wil de hoestpastilles. Tot gauw, mevrouw de barones. En het beste voor Jenny morgen. Wij oudjes zullen voor haar duimen!'

'Ik wens jullie veel beterschap!' zei Franziska en ze hing op.

Ondanks de teleurstelling moest ze grinniken. Mine kreeg het nog steeds voor elkaar om overal van op de hoogte te zijn. Ze kwam niet meer zo vaak in het dorp als vroeger, omdat ze Karl-Erich niet meer alleen kon laten, maar er bestond een telefoon en die gebruikte Mine veel.

Franziska legde de hoorn op de haak, stond op en keek uit het raam, maar zelfs de aanblik van de weelderig uitlopende bomen en struiken, waar ze zojuist nog van had genoten, kon haar teleurstelling niet wegnemen. Het enige waar ze daarbij aan moest denken was dat er vooral iets met het verwilderde park moest gebeuren als de toekomstige hotelgasten hier moesten recreëren. Ze zouden bomen moeten kappen en nieuwe moeten planten, grasvelden moeten aanleggen, de paden opnieuw moeten omzomen... Maar waar moesten ze het geld vandaan halen? Er kwam geen einde aan het project 'Landhotel Dranitz'. Zodra één ding op orde was gebracht, diende de volgende klus zich aan.

Ze keerde terug naar haar kopje koffie, die inmiddels koud was geworden. Toch voelde ze zich aangesterkt toen ze de koffie ophad. Waarom was ze vandaag zo somber? Daar was geen enkele reden toe. Goed, haar plan om vanavond een etentje te organiseren was mislukt, maar ze zou een mooi feest organiseren voor Walters verjaardag. Een feest zoals ze dat vroeger op landgoed Dranitz hadden gevierd. Toen waren alle familieleden van heinde en verre gekomen. Ze hadden kamers gedeeld om de vele gasten op te kunnen vangen en Hanne Schramm, de fantastische kokkin, had voor het eten en drinken gezorgd. De jongeren hadden buitenritten gemaakt, de koetsier had met de oudere familieleden ritjes door het park en het bos gemaakt, en de kinderen hadden allerlei spannende spelletjes gespeeld. En dan de onvergetelijke, lange avonden in de kamer bij de open haard, waar ze elkaar altijd dezelfde grappige anekdotes vertelden, wijn dronken en samen liedjes zongen!

Het was zo fijn omdat we allemaal bij elkaar waren, dacht ze, en opeens draaiden haar vingers een nummer dat ze al jaren uit haar hoofd kende. Sommige dingen moest je telkens opnieuw proberen en daarbij alle gevoeligheden opzijzetten. Zo zou haar moeder, barones Margarethe von Dranitz, het hebben gedaan.

'Kettler?'

'Hallo, Cornelia. Wat fijn dat ik je aan de lijn krijg. Gaat het goed met je?'

‘O, mama... ben jij het?’ klonk het uit de hoorn. Het klonk niet heel enthousiast, maar Franziska had niet anders verwacht.

‘Ik hoop dat ik je niet stoor, Cornelia. Anders hang ik weer op en bel ik je een andere keer.’

‘Nee, nee, geen probleem. Ik heb vandaag vrij en hang hier in de flat rond. Morgen ga ik naar Bielefeld, daarna ben ik drie dagen in Hamburg...’

‘Wat leuk dat je het zo druk hebt,’ zei Franziska. ‘Jenny heeft morgen trouwens haar proefexamen.’

‘O! Dus ze heeft het echt doorgezet?’

Haar wat lompe dochter klonk verbaasd maar blij. Wat leken ze toch veel op elkaar, ondanks alle verschillen. Ze hielden allebei van hun kind, maar kregen er helaas weinig liefde voor terug. Wat hadden ze verkeerd gedaan?

‘Is ze in de buurt?’ vroeg Cornelia. ‘Roep haar even, dan kan ik haar veel succes wensen.’

‘Ze is er helaas niet, Cornelia. Ze moest op de kleuterschool invallen omdat de twee kinderen van haar vriendin ziek zijn geworden.’

‘Dat kan toch niet waar zijn!’ mopperde Cornelia. ‘Het meisje heeft morgen een belangrijk examen en gaat vandaag bij de snotneuzen in de kleuterschool zitten. Wat als ze besmet raakt? En waarom werkt ze daar eigenlijk? Ik weet van Bernd dat ze een lening voor...’

‘Ik denk dat Jenny dat zelf moet beslissen,’ onderbrak Franziska haar. ‘Ze is geen kind meer, Cornelia. Ze is zesentwintig en zelf moeder.’

‘Het is in elk geval niet erg slim van haar,’ bromde Cornelia. ‘Maar goed, ik ben niet van plan me ermee te bemoeien.’

En dat is maar goed ook, dacht Franziska. Jenny zou toch niet naar haar luisteren. ‘Ik bel je niet voor niets, Cornelia,’ zei ze om van onderwerp te veranderen. ‘Walter is binnenkort jarig en ik wilde je uitnodigen voor het feest. Hij wordt tachtig.’

Het bleef even stil aan de andere kant van de lijn. Franziska wist wel zeker dat Cornelia de uitnodiging zou afwijzen, zoals altijd wanneer Franziska een poging deed de familie bij elkaar te krijgen. Maar tot haar verrassing vroeg Cornelia: 'Wanneer precies?'

'De zestiende.'

Weer stilte aan de andere kant van de lijn, maar daarna hoorde Franziska geritsel en ze begreep dat Cornelia door haar agenda bladerde. Dat was een goed teken!

'De zestiende, zei je? Eh... Wacht even... Ja, dat zou wel kunnen. Dan neem ik een paar dagen vrij, huur een kamer in een pensionnetje aan de Oostzee en dan kom ik langs voor zijn verjaardag. Aan het begin van het seizoen schijnt het erg mooi te zijn op Rügen.'

Franziska glimlachte. 'Fantastisch, Cornelia. Ik ben blij dat je bij ons op bezoek komt en ik weet zeker dat Walter het ook heel leuk zal vinden.'

'Hm. Doe hem de groeten van mij en zeg tegen Jenny dat ik haar veel succes wens. Hoe gaat het verder bij jullie?'

Het klonk niet echt belangstellend, maar eerder alsof ze het gesprek wilde beëindigen en daarom ging Franziska niet in op haar vraag. 'Doe je vriendin Sylvie de groeten van mij,' zei ze in plaats daarvan.

'Sylvie? Die woont hier niet meer. Ze is bij haar vriend ingetrokken. Het beste, mama. Tot later...'

Franziska hing peinzend op. Zou Cornelia nu helemaal alleen in de flat zijn? Of zou ze een nieuwe partner hebben? Jammer dat ze het niet gewoon kon vragen. Maar als er een nieuwe man was, zou ze hem waarschijnlijk meenemen naar het verjaardagsfeest. Misschien moest ze Bernd er eens naar vragen, voor zover ze wist hield hij contact met Cornelia. Alleen vond ze het wel een beetje gênant om hem uit te horen.

Ze werd uit haar gedachten gehaald doordat er werd aangebeld. Buiten stond Ulli in een opperbeste voorjaarsstemming voor de deur. Hij omhelsde haar ter begroeting.

'Ik moet je de groeten doen van Max. En ik wilde je vragen of je misschien op Juultje kunt passen. Ik wil Jenny graag een beetje afleiden voor het proefexamen.'

'Maar... natuurlijk,' stamelde Franziska, die even uit haar doen was door dit plan. Aan de andere kant had ze zelf een soortgelijke afleidingsmanoeuvre proberen te plannen voor haar kleindochter.

'Nou, hartstikke fijn!' zei Ulli blij en hij zei dat hij Jenny en Juultje ging ophalen bij de kleuterschool, die vandaag al aan het begin van de middag sloot.

Franziska bleef bij de deur staan, knipperde met haar ogen tegen de milde zon en keek Ulli na terwijl hij in zijn Passat wegscheurde. Ja, Jenny had nu haar eigen gezinnetje, ook al woonde ze nog niet met Ulli samen. Maar dat zou vroeg of laat wel gebeuren. Ze was even onthutst, maar bedacht toen dat Juultje op bezoek zou komen en ze verheugde zich erop de kleine meid te zien.

Sonja

'IS ALLES IN ORDE, Rosi?'

Sonja weerstond de heftige aandrang om haar neus dicht te knijpen terwijl ze bij de kaasmakerij naar binnen keek. Rosi stond bij een reusachtig vat, vergelijkbaar met de ketels waarin vroeger de kookwas werd gedaan, en roerde in een kruimelige witte massa. Het rook melkachtig, zuur, kaasachtig. Bah!

Rosi droeg een witte jas, zoals werd voorgeschreven, en had haar haar onder een witte doek gestoken. Toen Sonja haar aansprak, hief ze haar hoofd op. Haar gezicht was rood van de inspanning en helemaal bezweet.

'Ik red het wel, Sonja,' zei ze. 'Ik kan alleen hulp gebruiken bij het vullen.'

Sonja slikte droog. Ze huiverde bij het vooruitzicht om de kruimelige massa in de ronde kaasvormen te persen.

'Ik wilde even bij Bernd kijken. De koeien zijn gemolken, de emmers staan daarginds. Het is niet veel, vanwege de kalveren.'

Rosi knikte en veegde het zweet af. Zo meteen zou ze de massa in een groot net binden, dat met behulp van een katrol die aan het plafond was bevestigd omhoog werd getrokken, om de kaas van de wei te scheiden. Sonja hield alleen al niet van het kaasmaken omdat er een enzym uit kalvermagen voor nodig was.

'Je kunt meteen twee emmers wei voor de varkens meenemen,

Sonja.' Rosi wees naar de twee emmers die naast de deur stonden.

Sonja pakte de emmers en ging snel weer naar buiten. Ze leunde even tegen de muur en haalde diep adem. Landbouw was niks voor haar, ook al probeerde Bernd de dieren op zijn boerderij een prettig leven te geven. Maar volgens Sonja hoorde de melk van de koeien bij hun kalveren. Je kon er hooguit een beetje van nemen. Voor de klodder zure room op de soljanka bijvoorbeeld.

Bernd had haar de vorige dag voor de zekerheid een huissleutel gegeven, omdat hij niet wist of hij 's ochtends naar de deur kon lopen om haar binnen te laten. Toch belde ze aan, want ze wilde hem niet overvallen. Niemand deed open, dus het was maar goed dat ze de sleutel had.

'Bernd?'

'Hier! In de slaapkamer.'

In de woonkeuken rekten twee vrij jonge lapjeskatten zich ongegeneerd in hun mandje naast het kolenfornuis uit. Toen ze Sonja zagen, renden ze naar haar toe. Ze hadden vast honger.

'Jaja, jullie krijgen zo eten,' suste Sonja ze en ze bukte zich om de katjes te aaien.

Bernd lag gekleed op bed en keek haar bezorgd aan.

'Hallo, Sonja. Je ziet een invalide voor je. Het is me daarnet gelukt om naar het toilet te gaan en weer terug. Het was verschrikkelijk...'

De kleine cyperse kater lag knus op het bed van Bernd. 'De eerste dag is altijd de ergste,' merkte ze vakkundig op en ze zette haar tas op een stoel. Ze had gisteren de huisarts in Waren gebeld, maar die had gezegd dat hij niets kon beloven omdat hij het erg druk had doordat er zo veel mensen verkouden waren.

'Kun je je benen bewegen?'

Hij deed een poging, maar stopte er kreunend mee.

'Ik kan ze wel bewegen, maar het doet ontzettend veel pijn. Ik wist niet eens dat het mogelijk was om zo veel rugpijn te hebben. En dat van het ene op het andere moment.'

'Je hebt gewoon te veel van je krachten gevergd,' zei ze.

Dat was precies wat hij niet wilde horen.

'Tja, het gaat gewoon niet anders!' zei hij. 'De groentes op de velden moeten geoogst worden. Morgen is er markt, dus vanavond moeten de radijsjes en de kruiden geoogst en gebundeld worden. Ik moet veldsla snijden en alle spullen op de kar laden, samen met de blikjes worst en de kaas... Ik moet de merrie aanspannen...'

Hij zweeg gedeprimeerd en staarde voor zich uit. Waarschijnlijk had hij de hele nacht geen oog dichtgedaan omdat hij wanhopig naar een oplossing had gezocht. En daarbij was hem vast duidelijk geworden wat al zijn vrienden en kennissen allang wisten: dat hij het niet alleen kon.

'Draai je eens op je zij,' beval Sonja. 'De andere. Met je rug naar mij!'

Zachtjes kreunend deed hij wat ze hem vroeg.

'Wat wil je doen?'

'Ik kijk even naar je tussenwervelschijven.'

'Wel voorzichtig, hoor,' zei hij. 'Ik ben tenslotte geen os!'

'Dat mag ik hopen.' Ze probeerde niet te grijnzen.

Hij vertrok zijn gezicht alsof hij ook wilde grinniken, maar het kon ook door de pijn komen.

Sonja schoof zijn shirt omhoog en voelde aan zijn ruggengraat. Om bij het stuitbeen te komen moest ze hem vragen de band van zijn broek open te maken. Wat hij braaf deed.

'Waar zit de pijn?'

'Daar! Au! Ja, precies daar. Au!'

De lendenstreek. Voor zover ze kon voelen, stak er niets uit. Waarschijnlijk een heftige verkramping.

'Blijf zo liggen. Ik ga je een injectie geven...'

'Is die voor paarden of voor ossen?'

'Voor kippen.'

'Allemachtig!'

Voor iemand die de helft van zijn leven achter een bureau had gezeten, was hij behoorlijk gespierd. Dat kwam waarschijnlijk door het fysieke werk in de afgelopen drie jaar. Ze maakte de injectie klaar, zocht de goede plek en desinfecteerde die. Hij vertrok geen spier toen ze de injectie toediende.

'Wat voor spul is dat? Een verdovend middel?'

Ze desinfecteerde de plek opnieuw en wreef er een beetje over om het middel beter te verdelen. Daarna pakte ze een pleister uit haar tas.

'Zoiets. Het ontspant en geneest. Normaal is het uitsluitend beschikbaar voor particuliere patiënten. De arme ziekenfondspatiënten krijgen het alleen tegen een meerprijs.'

Hij lachte. Het klonk nog steeds een beetje gekweld, maar toch.

'Dus toch niet alleen voor kippen!' grapte hij en hij trok zijn shirt naar beneden. 'En wanneer werkt het?'

'Zo meteen. Je moet nog een paar minuten geduld hebben.'

Ze knikte naar hem en liep grijnzend naar de keuken om de waterketel op het fornuis te zetten. Ze had broodjes gekocht, pakte boter, jam en restjes worst uit de koelkast en zette twee bekers en twee borden op de tafel. Daarna pakte ze de blikken kattenvoer uit. Kip met rijst voor kittens. Ze gaf het voer en aaide ze. Toen de voldane minitijgers om een oude wollen sok begonnen te vechten, kwam Bernd de keuken in. Hij bewoog zich voorzichtig, alsof hij nog niet helemaal kon geloven dat hij weer kon lopen.

'Een wondermiddel,' zei hij. 'Ik heb nergens meer pijn. Wat was dat voor spul? Water uit Lourdes?'

Sonja lachte en wees naar zijn plek, waar een gekookt ei, verse koffie en een knapperig broodje op hem wachtten.

'Ik zeg niets,' zei ze. 'Het werkt maar een paar uur, daarna kun je een pijnstiller nemen. Maar als je voorzichtig doet, lost de kramp geleidelijk op door de beweging. Maar onkruid wieden, kisten sjouwen of radijsjes oogsten is voorlopig verboden.'

In slow motion ging hij bij haar zitten. Hij nam een slok koffie, roerde er nog wat suiker door en sneed het broodje open.

'Waarom heb je humane geneeskunde gestudeerd?' vroeg hij.

'Omdat ik dieren leuker vind dan mensen,' antwoordde ze prompt.

'Ik begrijp het,' zei hij, terwijl hij haar bedachtzaam aankeek.

Ze voelde zich niet erg op haar gemak onder zijn blik. Waarom had ze zoiets onzinnigs gezegd? Natuurlijk hield ze van dieren, en het was ook waar dat er dieren waren die meer waard waren dan sommige mensen, maar dat kon je natuurlijk niet zo gegeneraliseerd zeggen. Ze was immers niet mensenschuw.

Hij belegde zijn broodje met rookworst, klapte het dicht en nam genietend een hap. Hij dronk zijn koffie en schoof op zijn stoel heen en weer, blij omdat het medicijn nog steeds werkte.

'Ik ben rechten gaan studeren zodat ik arme mensen kon helpen. Mensen die zich niet kunnen verdedigen tegen onrecht omdat ze geen geld hebben voor een dure advocaat. Ik wilde voor ze opkomen, snap je?'

Ze knikte. Wat hij zei, beviel haar wel. Ze vroeg zich af wat er gebeurd zou zijn als ze hem toen had ontmoet.

'Wanneer heb je je advocatenpraktijk geopend?'

'Halverwege de jaren zeventig. Eerst in Frankfurt, daarna ben ik in Hannover terechtgekomen.'

In die periode was zij al in het westen. Toen was ze al gescheiden en studeerde ze diergeneeskunde. In Berlijn. En hij woonde in Frankfurt. Waarschijnlijk zou er een speling van het lot voor nodig zijn geweest om te zorgen dat ze elkaar hadden ontmoet. Maar die speling was er niet geweest. Jammer.

'En heb je bereikt wat je wilde bereiken?' vroeg ze.

Hij haalde zijn schouders op, kauwde en keek twijfelend langs haar heen.

'Soms,' zei hij peinzend. 'Ja, er waren dagen dat ik echt trots was op mezelf. In het begin. Later had ik het gevoel dat ik altijd tegen windmolens vocht. En toen wilde ik eindelijk iets doen wat resultaat zou opleveren. Een baan waarbij je uiteindelijk iets in je handen houdt. Een krop kool, een mandje appels, een stuk kaas, wat dan ook.'

Hij keek haar met een scheve grijns aan, niet wetend of ze hem zou uitlachen of serieus zou nemen. Ze lachte niet.

'Dat kan ik heel goed begrijpen, Bernd. Ik wilde altijd al iets doen om de dieren echt te helpen. Niet in de farmaceutische industrie werken en veel geld verdienen, maar een kleine praktijk en een dierentuin.'

Zijn glimlach werd warm. Ja, hij begreep haar. Ze zaten op dezelfde golflengte. Dat had ze vanaf het begin gevoeld. En het leek erop dat hij het nu ook besefte.

'Een klein stukje van deze gekke wereld veranderen in een paradijs,' zei hij. 'Of in elk geval in een betere plek. Waarschijnlijk zijn we allebei onverbeterlijke dromers.'

'Ja,' zei ze. 'Maar zijn het niet dit soort dromen die de wereld redden?'

Hij haalde zijn schouders op. Sonja werd meteen onzeker. Wat had ze net gezegd? De wereld redden? God, wat klonk dat kinderachtig. Veel te naïef voor een volwassene. 'Ik heb een idee,' veranderde ze haastig van onderwerp. 'Ik moet nu gaan, maar ik kom later terug en neem wat mensen mee. We helpen je om de auto in te laden en rijden morgenochtend naar de markt.'

'Dat is veel te veel moeite,' antwoordde hij bescheiden, maar ze zag dat hij er blij mee was.

'Voor de lunch heb ik soljanka voor je gekookt,' speelde ze haar volgende troefkaart uit. 'Je hoeft het eten alleen maar op te warmen.'

Ze haalde de pan uit de auto en zette hem op het fornuis.

'Je bent geweldig, Sonja,' zei hij. 'Heel erg bedankt!'

Opgewekt reed ze vervolgens naar het landhuis. Ze had nog even tijd, want het middagspreekuur begon pas om twee uur. Op de parkeerplaats stond zoals altijd de bestelbus van de archeologen, die zich waarschijnlijk niet meer konden losweken van de oude kloosterresten. Ulli's auto stond er niet, hij had met dit goede weer natuurlijk een hoop te doen in Ludorf. Verder stonden alleen de auto's van Jenny en Franziska er. Blijkbaar waren er geen gasten. Althans niemand die met de auto was gekomen.

Ze belde aan bij het linker hovelingenhuisje en was blij toen haar vader opendeed.

'Sonja! Meisje! Kom binnen, ik heb groot nieuws!'

Ze omhelsden elkaar als begroeting en Sonja vond het ontroerend dat hij haar 'meisje' noemde. Ze was immers al achtenveertig en naderde dus de vijftig. Ze vond haar vader een beetje bleek zien. Misschien zat hij te veel over die oude papieren gebogen. Dat was in elk geval Franziska's mening en Sonja dacht dat ze daar weleens gelijk in kon hebben.

'Ga zitten. Franziska is met Falko op pad. Wil je een kopje koffie? Nee? Een glas appelsap? Ik haal het even voor je. Kijk jij ondertussen alvast naar deze tekening.'

Sonja ging aan de woonkamertafel zitten en Walter schoof een blad papier naar haar toe voordat hij naar de keuken ging om appelsap te halen.

Hij liep een beetje stijf, vond ze. Waarschijnlijk had hij last van zijn heup, maar hij kon het niet uitstaan als ze ernaar informeerde, dus ze kon er maar beter niets over zeggen. De tekening was met potlood gemaakt en ze begreep meteen dat het een kloostercomplex voorstelde. Zou het het klooster zijn dat hier ooit had gestaan? Het complex op de tekening leek op een dorpje, omgeven door een muur. Sonja zag de kloosterkerk met de spitse toren, waaraan haaks een langgerekt gebouw grensde, waarschijnlijk het woongebouw met een refter en dormitorium en wat er nog meer bij een klooster hoorde. Daarnaast waren er andere gebouwen. De meeste waren vrij klein en rondom een binnenplaats gegroepeerd: werkplaatsen, stallen, een klein bakhuis en een huisje voor de zieken. Langs de muur ontdekte ze moestuinen, boomgaarden en een vijver, waarschijnlijk voor vissen, ganzen en eenden. Tussen de kerk en de muur was een begraafplaats. Wat een idylle! Enthousiast bekeek ze elk detail. Ze stelde zich de rode appels aan de bomen voor en de gezichten van de novicen en medewerkers die op het plein liepen, water uit de put haalden en broden uit het bakhuis haalden en meenamen naar de kloosterkeuken...

'Vind je het mooi?' vroeg Walter, waarmee hij haar uit haar overpeinzingen haalde. Hij gaf haar een groot glas zelfgeperst appelsap. 'Ik heb natuurlijk het een en ander verzonnen. Of het er hier echt zo uitzag, weten we niet precies. Daarvoor zouden er nog meer opgravingen gedaan moeten worden. Maar er zijn andere kloosters die ik als voorbeeld heb genomen. De benedictinessen waren hardwerkende mensen en hun motto was bid en werk. Ora et labora.'

'Het ziet eruit als een paradijstuin,' zei ze met een glimlach. 'En je denkt echt dat het er hier ooit zo uitzag? Wanneer was dat?'

'Het klooster is waarschijnlijk in de jaren twintig van de dertiende eeuw gesticht. Er is een brief van bisschop Brunward von Schwerin waarin twee dorpen worden toegeschreven aan een klooster dat gesticht is door gravin Mathilde von Schwerin. Daarna moet het klooster echter een moeilijke tijd hebben doorgemaakt, want jaren na hun verdrijving keerden de Slaven terug, die vreselijke vernielingen aanrichtten.'

Sonja zag wilde taferelen voor zich. Ruiters met pijl-en-boog en mannen gewapend met strijdbijlen en korte zwaarden, die over de kloostermuren klommen, de gebouwen binnendrongen en de kerk en het huis waar de nonnen zich hadden verschanst binnenvielen. Ze meende geschreeuw te horen en rook uit rieten hutten te zien opstijgen.

'Maar het klooster heeft het op de een of andere manier overleefd, nietwaar?'

Hij knikte en pakte een boek waar veel kleine briefjes in zaten. Het duurde even, maar toen had hij de passage gevonden.

'In 1236 wordt het opnieuw vermeld in een document. Het schijnt dat rond deze tijd een jonge edelvrouw, een zekere Audacia, tot het klooster is toegetreden, want zij brengt verschillende dorpen en landerijen met zich mee.'

'Audacia?' dacht Sonja hardop na. 'Dat betekent "dapperheid". Wat een naam voor een middeleeuwse vrouw.'

'Nou,' zei Walter. 'Moest je erg moedig zijn om tot een klooster toe te treden?'

Waarschijnlijk niet. Maar de zaak leek nog steeds spannend, want de archeologen vermoedden inmiddels dat de fysieke overblijfselen die waren gevonden van deze Audacia konden zijn. Aanvankelijk dachten ze aan Mathilde von Schwerin, maar uit het onderzoek was gebleken dat de overledene een zeer jonge vrouw was van nog geen twintig jaar oud. Daarom kon het Mathilde niet zijn, want van haar wisten ze dat ze vier zonen en een aantal dochters had.

'Zou je het leuk vinden om er een paar aquarellen op te baseren?' vroeg haar vader. 'We zouden ze in het restaurant kunnen ophangen.'

Wat een idee! Alsof ze niets beters te doen had dan oude kloostermuren en lang vergeten benedictinessen schilderen. Maar toen ze het enthousiasme in de ogen van haar vader zag, hield ze de spottende opmerking die ze had willen maken voor zich.

'Dat is een leuk idee, als ik er tijd voor heb.'

'Neem de tekening maar mee, misschien inspireert die je wel,' drong hij aan en hij rolde het blad op. 'Ik kan je er ook literatuur over geven. Ik heb verschillende boeken geleend, en...'

'Nee, bedankt, ik heb echt niet zo veel tijd, papa. Maar ik neem de tekening zeker mee.'

Blij stond Walter op en hij haalde een elastiekje uit de keuken die hij om de tekening deed. Daarna stopte hij de tekening in een tasje zodat ze niet beschadigde.

'Eigenlijk wilde ik alleen even vragen hoe Jenny's proefexamen is gegaan,' zei Sonja. 'Heeft ze al iets gezegd?'

'Niet veel,' zei hij. 'Maar het lijkt erop dat ze tevreden is. Vanmorgen is ze met Kacpar naar Neustrelitz gegaan om het laatste meubilair voor de kamers uit te zoeken.'

Kijk eens aan, dacht Sonja. Het lijkt toch nog bergopwaarts te gaan met het hotel. Benijdenswaardig. Hopelijk kunnen ze de mooie, oude meubels ook betalen. Jenny was wat dat betrof nogal roekeloos en koos graag het beste en het duurste uit. Want op den duur was goede kwaliteit goedkoper dan goedkope rommel die snel kapotging.

‘Als ze terugkomen, vraag dan alsjeblieft of ze bij Jenny’s vader kunnen helpen. Hij heeft spit en moet de spullen voor de markt klaarmaken en inladen.’

Walter beloofde het hun te vragen. Hij liep met zijn dochter mee naar de deur, omhelsde haar en vroeg haar aan de aquarellen te denken.

‘Je hebt veel talent, meisje,’ zei hij heel serieus. ‘Het zou zonde zijn om het te laten versloffen.’

Vroeger zou ze hier vinnig op hebben gereageerd, maar nu was ze blij met zijn compliment. Het was goed om iemand te hebben die in haar geloofde en die haar ergens toe in staat achtte. Haar vader had dat eigenlijk altijd gedaan, alleen had ze het toen niet willen horen.

Ze moest zich haasten om niet te laat te komen voor het spreekuur. Thuis puilde de brievenbus uit en tussen de reclamefolders en rekeningen zat een brief uit het district Müritz. Gespannen scheurde ze hem open, waarna ze hem haastig doorlas en bleef hangen bij het woord ‘afgewezen’. Dat kon toch niet waar zijn. De jaarlijkse subsidie aan Dierentuin Müritz zou dit jaar niet worden uitgekeerd, omdat het aantal bezoekers niet aan de verwachtingen voldeed. Ze stopte de brief en de rest van de post in haar tas en liep de trap op naar haar woning. Beneden in de praktijk was Tine Koptschik, haar trouwe assistent, al bezig met de voorbereidingen. Dat deed ze zo luidruchtig dat ze helemaal in de gang te horen was.

Eenmaal boven pakte Sonja een stuk van de advocaattaart die Tine gisteren had meegenomen uit de koelkast, zette water op voor een snel kopje koffie en liep vervolgens naar de woonkamer om de post beter te bekijken. Helaas had de vervloekte brief van het district nog steeds dezelfde rampzalige inhoud.

Dat krijg je ervan als je eerlijk bent, dacht ze boos. Kalle had gezegd dat ze duizend tot tweeduizend bezoekers per jaar meer moest opschrijven, maar ze had gevreesd dat de fiscus dan de niet-geboekte inkomsten kon opvragen en had de juiste cijfers opgegeven. Nou ja, afgerond naar boven dan. Maar er waren maar driehonderdvijftig betalende bezoekers geweest. Dat was in elk geval een stijging van twee komma zeven procent ten opzichte van vorig jaar. Maar dat was waarschijnlijk niet genoeg voor de dames en heren van het districtsbureau voor toerisme.

Van het verblijf voor kleine dieren zou dus niets komen. Althans niet dit jaar. Tenzij er elders nog geld vandaan kwam. Zoals altijd hadden ze diverse grote bedrijven en particulieren aangeschreven. Van de meeste kregen ze een afwijzing, maar af en toe waren er ook verrassend gulle donateurs. Nou ja, ze zou een spontane bestuursvergadering moeten bijeenroepen en het droevige nieuws bekend moeten maken. Ze kon zich levendig voorstellen welke verwijten Kalle haar zou maken.

Ze hoorde beneden iemand aanbellen. De elektrische deuropener zoemde en ze hoorde een paar honden blaffen. Aha, Paul Konradi kwam met zijn drie jonge herdershonden om ze te laten inenten. Ze liep snel terug naar de keuken, schonk een kopje oploskoffie in, at het stuk taart op en sorteerde met één hand de rest van de stapel post. Reclamefolders in de prullenbak, de rekeningen op een stapeltje. Plotseling stopte ze. Hé, er was ook een brief uit Berlijn. Van haar vriendin en collega Petra Kornbichler. Ze had Petra al tijden niet meer gezien. Ze kende haar nog van haar begintijd in Berlijn. Toen Sonja wegging, hadden ze afgesproken dat ze contact zouden houden. Na verloop van tijd was dat nogal sporadisch geworden, maar zelfs na al die jaren belden ze af en toe met elkaar en stuurden ze elkaar verjaardags- en kerstkaarten. Er flakkerde hoop in Sonja op. Petra had zich al een paar keer voor Dierentuin Müritz ingezet en een aantal collega's en enkele bekende kunstenaars aangesproken. Misschien had het iets opgeleverd?

Lieve Sonja,

Ik hoop dat het goed met je gaat en dat je geweldige project 'Dierentuin Müritz' goed vordert. Ik heb een speciaal verzoek aan je. Ik heb je aquarellen laten zien aan een goede kennis, Claus Donner, en hij is zo enthousiast over de nieuwe schilderijen dat hij graag een expositie zou willen organiseren. Hij runt een kleine galerie die ik ten zeerste aanbeveel. Claus heeft oog voor jonge kunstenaars en nieuwe kunststromingen. Als je het leuk vindt om een aantal van je werken bij hem te exposeren, wil hij graag persoonlijk contact met je opnemen. Laten we er binnenkort even over bellen. Ik ben 's avonds vanaf zeven uur bereikbaar.

Met hartelijke groet,
Petra

Teleurgesteld gooide ze de brief op tafel. Geen rijke mecenas, maar een of andere kunstfanaat die haar schilderijen wilde tentoonstellen. Wat dacht Petra nou? Sonja had echt geen tijd voor dit soort onzin.

Beneden ging de bel alweer. Het werd de hoogste tijd dat ze haar witte jas aantrok en aan het werk ging. Dit kon mevrouw Decker met haar kater zijn. Tine moest oppassen, want de herdershonden hielden niet van katten. Terwijl Sonja naar beneden liep, voelde ze zich alweer iets opgewekter. Drie honden, een kater en daarna zou de kleine meid met haar twee konijnen langskomen. De konijnen hadden gevochten en Sonja moest hun bijtwonden behandelen. De twee rammen hadden een groter buitenhok nodig. Dat zou ze aan het meisje uitleggen, anders zouden de problemen niet stoppen. En o ja, vanavond zou ze naar Bernd gaan en kisten versjouwen. Daar verheugde ze zich echt op.

Jenny

'Heb je al iets gehoord over je proefexamen?' vroeg Kacpar, die weer met Jenny en haar dochtertje op weg was naar de oude fabriek waar de Nederlander zijn magazijn met antieke meubels had.

'Nou, dat was echt een makkie!' pochte ze. 'Zelfs wiskunde was goed te doen, hoewel ik heel zenuwachtig was. Maar ik heb het achter de rug en ik denk dat ik het zelfs goed heb gemaakt. Over drie weken heb ik het echte examen, in Hamburg.'

Kacpar zette de richtingwijzer aan en aan het einde van de smalle zijstraat sloegen ze af naar het voormalige fabrieksterrein. De Nederlander was een oude bekende. Oma Franziska had al meubels bij hem gekocht toen hij zijn magazijn nog in Dranitz had, en Jenny wist zeker dat ze hier een paar mooie spullen voor de gastenkamers zou vinden. Kleine dingen die ze nog misten en wat chic zitmeubilair, bij voorkeur in biedermeierstijl, die zo goed bij het landhuis paste. Het verharde terrein rond het magazijn zat vol kuilen en plassen, en Kacpar reed zo voorzichtig mogelijk, maar Juultje begon toch te zeuren in haar kinderzitje op de achterbank.

'Je moet je voorstellen dat de auto een wild paard is,' zei hij. 'Let op, hou je vast, er komt weer een sprong!'

Dat deed hij heel goed, vond Jenny, want haar dochtertje begon te juichen en wilde dat het paard nog een keer ging springen. En nog een keer. En nog één keer.

Toen de auto stopte en Jenny haar uit haar stoeltje tilde, vertrok ze haar gezicht. 'Mama, ik moet plassen!'

'Geen probleem, we gaan even snel achter de hal.'

Achter het magazijn groeide allerlei struikgewas. Er zoemden kevers en vliegen en er hing een penetrante geur. Jenny was blij dat Juultje snel klaar was en dat er niemand in de buurt was. Toen ze Juultje hielp haar broekje omhoog te trekken, zag ze dat haar dochter een vreemde roodbruine uitslag op haar buik had. Een allergie? Of de mazelen? Maar zou ze dan geen koorts moeten hebben? Die had ze niet. Haar voorhoofd was bezweet, maar niet warm...

Kacpar had geduldig op hen gewacht. Het was erg leuk om met hem te gaan winkelen voor het landhuis. Of ze nu stenen, tegels, parketvloeren of badkamerspullen uitzochten, Kacpar ging altijd op haar ideeën in, vulde ze aan met eigen ideeën en corrigeerde haar ook als ze zich in haar enthousiasme weer eens verkeek. Hij wees haar voorstellen nooit zomaar af, maar zei dan: 'Dat kan lastig worden,' of: 'Ik zie daar een klein probleem.' Als ze vervolgens samen overlegden, vonden ze altijd een goede oplossing.

De Nederlander was een kleine, magere man met dun haar en een dikke bril. Hij verwachtte hen al, want Kacpar had hem de vorige dag gebeld en gezegd dat ze zouden komen. De man klaagde over lastige inkoopvoorwaarden en dure opslagkosten, maar de meubels die hij liet zien waren fantastisch. Precies wat Jenny in haar hoofd had. Kasten gemaakt van notenhout, sommige met geïntegreerde spiegels, zoals de mensen ze in de negentiende eeuw hadden. Een secretaire van kersenhout, gefineerd en met een neerklapbaar schrijfvlak, met een heleboel laatjes en vakjes erachter.

'Wat spannend,' zei ze. 'Zit er ook een geheim vak in?'

De Nederlander haalde zijn schouders op, maar Kacpar haalde een van de laatjes eruit, tastte in de opening en haalde er nog een klein laatje uit dat erachter had gezeten. Helaas was het leeg. Geen liefdesbrieven en ook geen verstopte juwelen.

Jenny was helemaal enthousiast. 'Wat wilt u ervoor hebben?'

Hij wilde duizend mark, omdat het meubelstuk nog in een heel goede staat verkeerde en zeldzaam was. De prijzen waren inderdaad flink gestegen. De tijd waarin veel mensen hun oude meubels hadden verramsjt om bij een van de grote postorderbedrijven goedkope meubels in te slaan was definitief voorbij.

'Laten we maar even verder kijken.' Kacpar glimlachte vriendelijk. 'Zoals ik al aan de telefoon zei, willen we acht gastenkamers, die al bijna helemaal ingericht zijn, aanvullen met extra klein meubilair. Het zou dus best eens om een groot bedrag kunnen gaan.'

Dat klonk de Nederlander als muziek in de oren. Hij leidde hen door zijn magazijn, liet zijn beste stukken zien, vertelde hun op welke zolder of in welk stoffig hoekje hij het ene of andere juweel had ontdekt, wat er gerestaureerd moest worden en hoe en waar iets het beste kon worden neergezet. Jenny koos een paar dingen, onderzocht de meubels uitvoerig en vond telkens nog een of ander mankement, waarbij Kacpar haar actief hielp. Ze waren een goed team. Ze lieten nooit merken hoe mooi ze een meubelstuk vonden, maar deden allebei alsof ze er makkelijk van af konden zien als de prijs te hoog was.

De hele tijd was Juultje verbazingwekkend braaf en stil, waardoor Jenny pas na een tijdje merkte dat haar dochter tussen alle antieke meubels was verdwenen. Ze ging haar zoeken en vond het meisje op een biedermeierbank. Ze had haar armen om een geborduurd fluwelen kussen geslagen en sliep diep. Jenny ging naast haar zitten. Ze legde haar hand op haar voorhoofd en voelde dat ze koorts had.

'Kacpar, het gaat niet goed met Juultje. Ze moet gauw naar huis. Kun je ons snel naar huis brengen en later misschien terugkomen? Ik denk dat we het eens zijn over wat we nodig hebben.'

Kacpar knikte en ook de Nederlander stemde er, gezien de bijzondere omstandigheden, onmiddellijk mee in om in het magazijn te wachten totdat Kacpar terug zou komen.

Jenny droeg haar jengelende dochter naar de auto en klikte haar vast. Zodra Kacpar de parkeerplaats af reed, viel ze weer in slaap.

Toen Jenny haar voorhoofd voelde, leek ze niet meer erg warm. Misschien had ze het eerder mis gehad.

Ze reden over de provinciale weg in de richting van Waren. Het bos was doordrongen van het felle groen van de jonge beukenbomen, op de velden ontkiemde rogge als een weelderige groene pluis, en het gras op de weiden was tijdens de regenperiode flink omhooggeschoten. Een herdershond als Falko zou er helemaal in verdwijnen.

'Wil je ons in Ludorf afzetten, Kacpar?' vroeg ze. 'Ulli brengt ons dan terug naar Dranitz.'

Kacpar knikte een beetje gespannen. Jenny wist dat hij al een hele tijd een beetje jaloers was op Ulli, daarom veranderde ze snel van onderwerp en vertelde hem over het jonge stel uit België dat een woonboot had gehuurd en in aanvaring was gekomen met een zeilboot. Gelukkig waren ze met de schrik vrijgekomen, maar de twee oudere heren op de zeilboot waren ontzettend kwaad geworden omdat de woonboot stuurloos op het meer had gedreven. Het jonge stel had zich binnen teruggetrokken voor een herdersuurtje.

'Ulli zei dat hij een bordje in zijn boten gaat ophangen: "Seks verboden tijdens het varen!"'

Kacpar lachte een beetje geforceerd. 'Kan ik Juultje niet beter meenemen naar Dranitz? Ze ligt net zo lekker te slapen…'

'Nee, dat hoeft niet,' zei Jenny. 'Ze verheugt zich erop Ulli te zien. En Max.'

De parkeerplaats in Ludorf was zo vol dat Kacpar hen aan de zijkant liet uitstappen.

'Tot later,' riep hij door het zijraampje nadat Jenny Juultje van de achterbank had getild, en hij zwaaide ten afscheid.

Juultje begon te huilen. Waarschijnlijk had ze dus toch iets onder de leden.

'Mag ik een ijsje, mama?' vroeg ze snuivend en Jenny keek haar onderzoekend aan.

'Heb je geen buikpijn?'

'Nee. Ik wil een ijsje...'

Voor de kiosk stond een rij mensen te wachten. IJs en cola gingen als zoete broodjes over de toonbank en ook kranten en natuurlijk sigaretten werden goed verkocht. Jenny ging met Juultje naar de achterdeur en klopte aan, zodat ze niet zo lang in de rij hoefden te staan. Max deed open. Toen hij haar zag, straalde hij over zijn hele gezicht en liet hen de koele kiosk binnengaan. Terwijl hij zijn klanten bleef bedienen, mocht Juultje haar favoriete ijsje uit de vrieskist halen. 'Is Ulli bij de steiger?' vroeg Jenny.

'Hij is bij de Santa Cäcilia,' antwoordde Max en hij rekende een grote bestelling ijs af. 'Die had gisteren weer kuren, dus hij wilde even kijken wat er aan de hand is.'

'Ik kan Juultje maar beter meenemen naar de steiger,' zei Jenny. 'Ze was vanmiddag een beetje warm, alsof ze koorts had, en ze is een beetje jengelig.'

'O, laat haar maar hier, hoor,' zei Max. 'Wij redden het hier wel. Nietwaar, mijn meisje? Jij kunt me helpen met de verkoop,' zei hij en Juultje knikte blij.

Jenny bedankte hem en liep naar de steiger.

Het motorjacht Santa Cäcilia was de enige boot die nog aan de onlangs verstevigde steiger lag, alle andere waren verhuurd. Het was een slanke witte Fairline Turbo van twaalf meter lang, het paradepaardje van hun vloot. Max had de boot twee jaar geleden voor weinig geld op de kop kunnen tikken en had Ulli ermee verrast.

'Ze is een diva,' had Ulli gezegd, terwijl hij zijn neus een beetje had opgetrokken. 'Ze heeft altijd wel wat.'

Hij had gelijk gekregen, want de dame was weliswaar enorm populair, maar had een hoop grillen.

Jenny klom aan boord en zag dat Ulli onder de zwarte vegen zat. Hij zat chagrijnig voor de vloerklep gehurkt waaronder de motor zich bevond.

'Hallo, schat!' begroette ze hem. 'En, heeft ze er weer eens geen zin in?'

‘O, Jenny!’ zei hij. ‘Nee. Ik heb de halve motor al gedemonteerd. Ik heb geen idee waarom ze nu weer…’

Het klonk niet alsof hij blij was met haar verrassingsbezoek. Op dat moment leek het innerlijke leven van Santa Cäcilia veel belangrijker voor hem dan de aanwezigheid van zijn geliefde.

‘Zo zijn die zeelui nu eenmaal,’ had Mücke laatst gezegd. ‘Die heb je niet voor jezelf. Die moet je altijd delen met hun schip!’

Maar Ulli was geen zeeman die op de wereldzeeën rondvoer. Hij was slechts een scheepsbouwingenieur en verhuurde boten. In dit opzicht was Jenny niet geneigd om haar schat met iemand te delen. Zeker niet met een diva met de onnozele naam Santa Cäcilia.

‘Kacpar heeft me hiernaartoe gebracht. We waren in Neustrelitz bij de Nederlandse meubelhandelaar, maar Juultje voelde zich ineens niet lekker, dus het leek me beter om hiernaartoe te gaan zodat ze even kon gaan liggen. Maar ze voelt zich alweer beter,’ voegde ze er haastig aan toe. ‘Ze is bij Max, eet een ijsje en helpt hem met de klanten.’

‘Dan zal het wel meevallen,’ zei Ulli en hij richtte zich weer op de motor.

‘Raad eens wat we bij de Nederlander hebben gevonden!’ riep Jenny enthousiast. ‘Je kunt het je niet voorstellen: een superleuke secretaire met geheime vakjes!’

Ulli schroefde verbeten aan een met olie besmeurd onderdeel en gleed telkens weg met de schroevendraaier.

‘Shit!’ bromde hij boos.

‘Luister je wel naar me, schat?’

De schroevendraaier gleed er weer af. Ulli tilde zijn hoofd op en keek haar aan. Grimmig zou nog zacht uitgedrukt zijn.

‘Natuurlijk luister ik,’ antwoordde hij nors. ‘Je hebt een secretaire gekocht. En wat is er zo bijzonder aan een bureau?’

Hemel! Ze had vroeger ook niet veel verstand gehad van antieke meubels, maar door Franziska was dat compleet veranderd. Oma hield van antieke meubels. Ze wist er veel van af en had die passie doorgegeven aan haar kleindochter.

'Het is niet zomaar een bureau, maar een kleine kast waarbij je een plaat uitklapt om te schrijven. Daarachter zitten lades en vakjes waar je iets in kunt stoppen.'

Hij knikte en zocht een andere schroevendraaier in de gereedschapskist om het opnieuw te proberen. Uiteindelijk lukte het hem en hield hij triomfantelijk de schroef omhoog.

'De Nederlander belt ons nog voor de levering. Hij heeft ons beloofd dat zo snel mogelijk te doen,' zei Jenny blij. 'Dan moet je absoluut komen kijken.'

'Tuurlijk, ik kom wel,' zei hij. 'Je hebt zeker iemand nodig die de spullen naar de kamers sjouwt, hè?'

'Ook dat natuurlijk…'

Ze zweeg teleurgesteld en keek toe hoe hij het binnenste deel van het metalen onderdeel met een borsteltje schoonmaakte en uiteindelijk weer in elkaar schroefde. Nee, hij had weinig begrip voor haar passie voor oude meubels. Als het aan hem had gelegen, had ze alle kamers met praktische, goedkope grenen meubels ingericht.

'Gaat het nog lang duren?' vroeg ze en ze wees naar de open klep.

'Ik hoop van niet.' Hij zuchtte. 'Ik monteer het er nu weer in en dan zou ze het weer moeten doen.'

'Oké, dan ga ik even bij Juultje kijken,' zei ze en ze draaide zich om om te vertrekken. 'Het zou heel lief van je zijn als je ons daarna naar Dranitz zou willen brengen.'

'Tuurlijk, schat,' zei hij, maar ze merkte dat hij niet naar haar had geluisterd.

Meteen daarna hoorde ze hem kreunen en vloeken. Teleurgesteld klom ze weer aan land, waar de vlasblonde Rocky inmiddels twee van de roeiboten van de toeristen had aangepakt. Rocky had licht overgewicht, maar dat maakte hem niet minder soepel in zijn bewegingen. Hij zwaaide naar Jenny en had vast graag een praatje met haar gemaakt, maar helaas voor hem kwam er net een jong stel in een gehuurde waterfiets terug naar de steiger en moest hij hen helpen.

Vol afgunst keek Jenny naar de camping, waar talloze caravans en grote tenten stonden. Voor de snackbar stonden tafels en stoelen, waar mensen dicht bij elkaar zaten om hun worstjes met patat te verorberen. Alleen al aan bier en cola verdienden ze een heleboel.

Nou en, dacht ze, om zichzelf op te peppen. Dat is niet onze klantenkring. Wij bieden goed verzorgde maaltijden, goede wijnen en comfortabel ingerichte kamers in landhuisstijl. Vakantie voor welgestelde gasten, niet voor types die in een tent kamperen en vette worstjes uit plastic bakjes eten.

Op de parkeerplaats was het nu wat rustiger en er stond ook geen rij meer voor de kiosk. Jenny klopte op de achterdeur en wachtte tot haar dochter haar binnenliet. Juultje had warme rode wangen en haar ogen glansden koortsachtig.

'Ze is inderdaad ziek,' zei Max bezorgd. 'Ze heeft koorts. Hopelijk heeft ze niet de mazelen. Ze heeft allemaal vlekken op haar gezicht.'

O jee! Jenny zag het ook. De rode wangen bleken een verzameling kleine vlekjes te zijn en de uitslag had zich ook over haar voorhoofd verspreid.

'Ik sluit hier af en breng jullie naar de dokter,' bood Max aan. 'Ik haal even de autosleutel.'

'Maar dat kan Ulli toch doen,' zei Jenny.

'Hij mag nu door niemand gestoord worden, meid,' antwoordde Max met een grijns. 'Hij is even intiem bezig met zijn diva.'

Eigenlijk had ze erom moeten lachen, maar het irriteerde haar. 'Intiem bezig met zijn diva.' Max had een apart gevoel voor humor!

'Mama, ik heb heel erg hoofdpijn!' zei Juultje huilerig. Jenny nam haar dochter in haar armen en voelde het warme lijfje van haar kind.

'We gaan nu snel naar de dokter en daarna brengen we je thuis naar je bed.'

Ze hield Juultje op haar schoot terwijl Max hen naar de stad bracht. Juultje lag tegen haar aan, met haar ogen dicht. Ze had duidelijk hoge koorts.

'Als de aanbouw eenmaal af is,' zei de oude man, waarschijnlijk om haar af te leiden, 'zijn we eindelijk af van dat constante heen-en-weergereis. Dan woon je met je dochtertje hier in Ludorf en zijn jullie drieën altijd saampjes.'

Jenny luisterde verbaasd. Waar had hij het over? Ze aaide over de bezwete krullen van haar dochter en zag dat de uitslag ook achter haar oren zat. 'Wat voor een aanbouw?'

'Nou, we willen beneden een grote woning voor jullie bouwen. Heeft Ulli je dat niet verteld?'

'Nee,' antwoordde ze nerveus. 'En het is ook onzin. Ik wil niet naar Ludorf verhuizen. Ik wil op Dranitz blijven en ooit het bedrijf leiden.' Haar stem klonk plotseling paniekerig. 'O god, ik geloof dat Juultje moet spugen!'

Ze konden nog net op tijd voor de dokterspraktijk stoppen en Jenny gebruikte vervolgens een heel pak papieren zakdoekjes om Juultjes spuug op te ruimen.

'Ga maar weer terug, Max,' zei ze toen het weer iets beter ging met Juultje. 'Ik bel oma. Zij haalt ons wel op.'

Hij knikte alleen, startte de motor en reed weg zonder afscheid te nemen. Ze was zo druk met haar zieke dochter dat ze het niet eens merkte.

In de praktijk hoefde ze niet lang te wachten. De doktersassistente stuurde haar meteen naar een behandelkamer, zodat ze niet tussen de andere kinderen in de wachtkamer hoefde te zitten. Het waren duidelijk de mazelen, geen twijfel mogelijk. Juultjes ergste nachtmerrie kwam uit: ze kreeg een spuitje.

'Het is niet zo erg,' zei oma Franziska troostend toen ze hen ophaalde. 'Ze moeten die kinderziektes allemaal doorstaan. Ik herinner me dat in mijn jeugd half Dranitz de mazelen had. Als kind kom je daar prima overheen. Je moeder heeft trouwens ook de mazelen gehad.'

'Ik niet, geloof ik,' zei Jenny. 'Maar ik ben ingeënt. Ik moest die vaccinaties nog inhalen toen ik naar de kleuterschool ging. Mij kan niets overkomen, maar Juultje mag voorlopig de deur niet uit, zodat ze niemand besmet.'

Audacia

'ZE KOMEN ERAAN!'

De abdis stond bij een raam van de slaapzaal op de uitkijk. Ze keek geïrriteerd naar de besneeuwde appelboomgaard beneden, waar de Slaaf Bogdan weer eens in een boom was geklommen zodat hij over de kloostermuur heen kon kijken. Hoe vaak had ze hem dat al niet verboden? Maar deze deugniet, die ze ooit half uitgehongerd en met gebroken ledematen voor de kloosterpoort hadden gevonden en uit medelijden bij zich hadden opgenomen, was eigenwijs. Hoewel hij gewillig het werk deed dat ze hem opdroegen en ook met vroom ineengevouwen handen achter in de kerk knielde bij laudes en vespers, deed hij alsof hij haar niet verstond als ze hem vroeg om een kruisje te slaan of zich aan de vastentijd te houden. Terwijl hij hun taal heel goed verstond.

Nu zag ze waarom de Slaaf een kreet had geslaakt. In de verte cirkelden een paar raven boven de kale, winterse boomtoppen. Waarschijnlijk had iets hen opgeschrikt. Als het degenen waren die ze verwachtten, zou het waarschijnlijk nog een tijdje duren voordat ze voor de kloosterpoorten stonden, want het klooster lag diep verscholen in de dichte bossen en zelfs als er geen metershoge sneeuw lag, was de weg ernaartoe zwaar.

'Kom onmiddellijk uit die boom, Bogdan!' riep de abdis, terwijl ze het met dierenhuid bedekte venster sloot, want het sneeuwde alweer.

Er dwarrelden ijzige vlokjes naar beneden. De winter was een beproeving van God voor iedereen die in deze streek leefde. Ook de boeren in de dorpen hadden last van de bittere kou die ervoor zorgde dat de strozakken waarop ze sliepen aan de grond vastvroren. In het klooster was de vijver bedekt met een dikke laag ijs. Ze maakten zich zorgen over de karpers, en de ganzen hadden hun toevlucht gezocht in de geitenstal. Drie nonnen waren naar het ziekenverblijf gebracht, waar ze zich bij de kachel konden opwarmen, verzorgd werden en ziekenkost kregen. Twee van hen waren al oud, maar één was nog maar een kind. Ze was de dochter van een adellijke familie die pas in mei vorig jaar als novice was toegetreden. Ze was een serieus, slim meisje. De abdis bezocht haar dagelijks en bad voor haar herstel.

De abdis pakte de lantaarn en draaide zich om naar de trap, maar nam eerst nog een kijkje in de schemerige kamer waar de slaapplaatsen van de zusters op een rij waren opgesteld. De abdis dacht er niet aan om haar vrouwen in deze kou op de kale stenen vloer te laten slapen. Het kon niet Gods wil zijn dat ze allemaal moesten sterven aan koorts en zieke longen. De nonnen van klooster Waldsee sliepen op stro of zelfs op geitenvellen, en op bijzonder koude nachten mochten ze een paar koperen schalen met gloeiende kolen neerzetten. Niet iedereen was het met deze maatregel eens. Vooral onder de jongere kloostervrouwen waren er een paar die omwille van Christus en in de hoop op eeuwige gelukzaligheid graag zo veel mogelijk wilden lijden. De abdis had niet veel waardering voor zo'n overdreven vroomheid. Ze hield er ook niet van wanneer de nonnen zichzelf kastijdden met kettingen en ijzeren klemmen onder hun gewaden of vastten totdat ze bijna bewusteloos raakten om zich van hun zonden te bevrijden. Om de bijna veertig vrouwen in het klooster te voeden en te kleden moest er veel werk worden verzet en daarvoor hadden ze een gezond, sterk lichaam nodig. Daarom stond ze erop dat er alleen volgens de regels van Sint-Benedictus werd gevast: van september tot Pasen geen vlees en slechts één maaltijd per dag.

Beneden in de refter was ook een kachel gestookt, waar een paar oudere nonnen omheen zaten, die bezig waren met verstelwerk of wol sponnen. Ze hadden vetkaarsen aangestoken die zwaar rookten. De waskaarsen waren gereserveerd voor het altaar, die waren te duur voor het dagelijkse werk. Iedereen begroette de abdis nederig, zoals het hoorde. Twee nonnen stonden op en kusten haar handen. Ze hield niet van dit gebruik, vooral niet omdat de vrouwen zeker twee keer zo oud waren als zij. Ze was pas begin vorig jaar, toen de eerbiedwaardige moeder Afranasia Gods koninkrijk binnenging, met grote meerderheid door de nonnen van het klooster tot de nieuwe abdis gekozen en ook erkend door het broederklooster. Ze had de last van dit ambt op zich genomen, ook al had ze destijds gevreesd dat zij niet zou kunnen beantwoorden aan het vertrouwen van haar medezusters. Ze was net veertig en veel te jong voor zo'n taak. Maar God had haar kracht gegeven en een alerte geest geschonken, zodat het ambt geen zware last voor haar was geworden, maar eerder een vreugde.

Ze stuurde een van de nonnen naar de keuken om de bezoekers aan te kondigen. Ook al nuttigden de nonnen zelf maar één keer per dag een maaltijd, na de vesper, het gezelschap van de jonge edelvrouw, die vandaag tot het klooster zou toetreden, moest op eten en een warm drankje worden onthaald. Waarschijnlijk zou haar broer Nikolaus haar met enkele van zijn ridders begeleiden, of misschien alleen de burchtbewoner of een andere hofambtenaar. Ze zouden een slaapplaats voor de ridders moeten voorbereiden, want dat gebood de gastvrijheid en ook de liefde van Christus. Vanwege de sneeuw konden ze onder geen beding terugrijden.

De jonge edelvrouw heette Regula. Ze was het jongste kind van de graaf en de oogappel van haar vader, graaf Gunzelin, die haar had uitgehuwelijkt aan een heer van Rostock. De biechtvader van het klooster, die contact had met het hof in Schwerin, had verteld dat Regula de toorn van haar ouders op de hals had gehaald toen ze het huwelijk had geweigerd. Ze wilde als bruid van Christus tot een klooster toetreden en haar leven aan God wijden. Toen haar vader haar probeerde te dwingen om te trouwen, had het meisje geweigerd nog iets te eten en zichzelf op de rand van de dood gebracht. Uiteindelijk had de oude graaf toegegeven aan de vurige smeekbeden van de biechtvader en zijn zoon Nikolaus, en had hij zijn recalcitrante dochter toegestaan om tot het klooster Waldsee toe te treden. Hij had dat zeer schoorvoetend gedaan, want als hij Regula niet kon uithuwelijken, had hij zijn lievelingskind liever aan zijn hof gehouden.

Dit waren ongeveer de geruchten over de jonge vrouw die nu met haar begeleiders de kloosterpoorten naderde. Het was niet ongebruikelijk, dit soort dingen gebeurden elke dag, alleen niet zo vaak in het huis van een graaf. Veel mensen, vooral veel vrouwen, wilden een godvruchtig leven leiden, wat niet mogelijk was binnen het huwelijk, want een huwelijk hield zonde in. De kloosters wisten amper waar ze de vele nieuwkomers moesten huisvesten. Er werden talloze nieuwe kloosters gesticht, maar er waren ook kloostergemeenschappen die aan geen enkele orde waren onderworpen en volgens hun eigen – naar verluidt vaak dubieuze – regels leefden. Ook hier in het klooster Waldsee begon het zo langzamerhand te krap te worden en als deze jonge vrouw geen edelvrouw was geweest die verschillende dorpen en landerijen meebracht naar het klooster, zou de abdis haar waarschijnlijk hebben afgewezen en naar Dobbertin hebben gestuurd.

De abdis maakte een handgebaar en een van de ijverige spinsters snelde naar buiten om de bel te luiden die opriep tot de sext. De stille, besneeuwde binnenplaats kwam meteen tot leven. Vanuit de werkplaatsen, de stallen, het ziekenverblijf, het poortgebouw en de keuken kwamen de nonnen aangelopen. In de refter trokken ze hun werkkiel uit die ze over hun habijt droegen en een voor een liepen ze rustig de kloosterkerk in. De abdis voegde zich ook bij hen en liet alleen Bogdan achter op de binnenplaats, aan wie ze het bevel gaf om de poorten voor de ridders te openen als ze aankwamen en de nonnen de sext zongen.

De gebedsuren waren zowel verkwikkend als bemoedigend voor de abdis, een tijd die alleen gewijd was aan de gedachte aan God. De vertrouwde woorden van de psalmen, de melodie van het eenstemmige gezang en het stille, warme licht van de kaarsen voor het altaarstuk waren voor haar als een ver uitzicht op de tuin van het paradijs. Vandaag werd hun contemplatie helaas verstoord door het getrappel van paardenhoeven op de geplaveide binnenplaats en er klonken heldere, schelle stemmen van jonge heren die bevelen uitdeelden aan hun schildknapen. Ze waren blijkbaar gearriveerd en stegen op de binnenplaats af. Ze had Bogdan opgedragen om voor hun paarden te zorgen. Omdat het nog steeds sneeuwde, zouden ze ongetwijfeld in de refter bescherming zoeken tegen de barre weersomstandigheden, vooral omdat het in de buurt van de haard aangenaam warm was.

Maar ze had het mis. Een tochtvlaag deed de vlammetjes van de kaarsen op het altaar flikkeren en bewoog het opengeslagen blad in het psalter van de voorzangeres. Bogdan had de kerkdeuren voor de gasten geopend. IJzeren sporen maakten een klakkend geluid op de stenen vloer, leren harnassen kraakten, een van de heren nieste luid en een ander raakte per ongeluk een stenen pilaar met zijn zwaard. Wat hij boos tussen opeengeperste lippen zei, was beslist niet bedoeld voor een kerkzaal.

De abdis hief haar hoofd op en keek naar de nonnen. Ze maande hen zwijgend om geen aandacht te besteden aan de gasten en door te gaan met het zingen van de psalmen. De meesten gehoorzaamden, maar enkelen keken stiekem over de balustrade van het afgescheiden koor naar de jonge heren, van wie de meeste nu waren neergeknield. Verder naar achteren in de schemerige kerk knielden twee vrouwen in wijde mantels. De ene was klein en slank, de andere had een stevig postuur.

Het was jammer dat de gasten het gebedsuur verstoorden, maar de abdis waardeerde het dat ze het gezang van de nonnen wilden horen, die alom bekend waren om hun gezongen psalmen. De abdis zelf was geen begenadigd musicus. Ze liet de compositie van de liederen over aan Bertolda, een oudere zuster die ijverig met de nonnen oefende en hun stemmen schaafde om ze de rei van engelen te leren.

Na afloop van het getijde gingen de vrouwen weer aan het werk. In de bakstenen schuur maakten ze een overnachtingsplaats klaar voor de mannelijke gasten, terwijl de abdis naar de refter ging om de jonge Regula en haar begeleiders te begroeten. Er waren in totaal acht mensen, twee vrouwen en zes mannen. Zoals ze al vermoedde, werd Regula naar het klooster gebracht door haar broer Nikolaus, een slanke, donkerharige jongeman met fonkelende ogen en levendige gebaren. Hij werd vergezeld door een lange blonde jonkheer, Baldur von Danneberg, een vriend van Nikolaus von Schwerin. Verder waren er drie eenvoudige ridders en een magere schildknaap met een bleek gezicht. Iedereen boog eerbiedig voor de abdis en kuste haar zegelring, eerst Nikolaus en Baldur, daarna de drie ridders en ten slotte de kleine schildknaap. Die was zo bang dat hij struikelde en voor haar op zijn knieën viel, waarna hij genadeloos werd uitgelachen door de ridders. Mededogen was onder mannen een onbekend woord, maar ze waren ooit allemaal als eenvoudige schildknaap begonnen. Ze waren zelf gedrild en hadden afranselingen en koude moeten doorstaan.

De abdis schonk de jongen een vriendelijke, bemoedigende glimlach die hem deed blozen, waarna ze zich tot de twee vrouwen wendde.

'Regula von Schwerin?'

'Ze is hier, eerbiedwaardige moeder,' antwoordde de forse vrouw. 'Ik ben Oda, de kinderjuffrouw van de jonge edelvrouw. Ik heb Regula gevoed en grootgebracht. Ze is me net zo dierbaar als een eigen kind. Nog veel dierbaarder zelfs, want ze is de dochter van mijn heer.'

'Kan ze niet zelf antwoorden?' vroeg de abdis ongeduldig.

Regula had een doek over haar haar gelegd, die ook haar gezicht gedeeltelijk bedekte. Nu trok ze die opzij en glimlachte naar de abdis.

'Dat kan ik zeker, eerbiedwaardige moeder. Vergeeft u alstublieft mijn kinderjuffrouw. Ze zorgt al heel lang voor me en vindt het moeilijk om afscheid van me te nemen.'

Haar stem was zacht en de zinnen die ze sprak klonken als een aangename melodie. Bovendien keek het mooie meisjes extatisch. De abdis had een paar tellen nodig om het te verwerken. Ze had een opstandige dochter van een graaf verwacht, een van die meisjes die vanwege hun afkomst meteen een bepaalde positie opeisten. Ze had zich erop voorbereid om de jonge novice vanaf het begin te laten zien dat er hier in het klooster geen verschil werd gemaakt. Nu stond ze verbijsterd en bijna hulpeloos voor dit tengere meisje, dat haar met zachte, heldere ogen aankeek. Ogen die grijs gevederd waren als de vleugels van een vogel.

'Je weet zeker wel...' begon ze. Ze moest haal keel schrapen. 'Je weet zeker wel dat je, door tot het klooster toe te treden, alle wereldse bezittingen die je hebt gehad achterlaat. Een non bezit niet eens het habijt dat ze draagt en niet de schoenen aan haar voeten. Ook de ring en de ketting zijn niet van haar, zelfs het sieraad van haar hoofd, het lange haar, wordt afgeschoren. Ben jij daartoe bereid, Regula von Schwerin?'

Het meisje knielde voor de abdis en fluisterde: 'Er is niets op de wereld waar ik meer naar verlang, eerbiedwaardige moeder!'

Ze keek naar de grond en de doek gleed van haar lange donkerbruine haar, dat als een glanzende sluier om haar hoofd lag. De abdis kon zich niet meteen van de prachtige aanblik losmaken, maar toen ze de begerige blik van de blonde ridder Baldur opmerkte, boog ze zich naar voren en hielp de jonge vrouw omhoog.

'Als dat zo is, Regula, wees dan welkom bij ons in het klooster. Je wordt eerst toevertrouwd aan een van onze zusters. Zij zal je wegwijs maken, je in de kloostergewaden van de novice kleden en steeds bij je in de buurt blijven. Zelfs 's nachts zal haar slaapplaats naast de jouwe zijn.'

Ze aarzelde, want uit voorzorg had ze deze taak aan de priorin Clara toebedeeld, een strenge vrouw die weinig goedheid bezat. Voor een weerbarstige dochter van een graaf leek Clara haar de beste keuze. Nu dacht de abdis echter dat Regula een andere vertrouweling nodig had, iemand die zachtaardig en eerder moederlijk was. Maar omdat zuster Clara al naast de haard stond te wachten, vond de abdis het ongepast om haar teleur te stellen en gebaarde ze haar toch dat ze moest komen.

'Zuster Clara zal je onder haar hoede nemen. Zij zal je lerares en moeder zijn!'

Ze zei het meer tegen de priorin dan tegen Regula en keek Clara daarbij indringend aan. Clara was lelijk als de nacht. Haar gezicht was mismaakt door zweren, ze was mager en had een kleine bochel. Haar handen waren schraal en zo lang als de klauwen van een roofdier. Maar degenen die haar kenden, wisten dat deze vrouw zeer scherp van geest was.

Het afscheid van haar broer Nikolaus leek niet gemakkelijk voor de jonge Regula. Broer en zus omhelsden elkaar en Regula bedankte haar broer voor zijn steun; zonder hem had ze haar doel waarschijnlijk niet had kunnen bereiken. Beiden wensten elkaar de zegeningen van de Heer toe en Regula voegde eraan toe dat ze er zeker van was dat ze op een dag met Nikolaus in het paradijs herenigd zou worden. De abdis vond dat een nogal overmoedige gedachte, die bijna grensde aan hoogmoed.

Het afscheid van de arme kinderjuffrouw en haar pupil was luid en hartverscheurend. Aan beide zijden vloeiden tranen en uiteindelijk kwam Clara bruusk tussenbeide en leidde Regula weg. De kinderjuffrouw bleef met uitgestrekte armen snikken totdat twee van de oudere nonnen zich in opdracht van de abdis over haar ontfermden. Ze namen haar mee naar de kloosterkeuken, waar ze eten kreeg en zich nuttig kon maken.

Het belangrijkste gedeelte van het bezoek was nu achter de rug. Wat overbleef was de plicht van de gastvrouw om de heren een goede maaltijd aan te bieden. Tussen de zuilen van de refter werden grote doeken gespannen, zodat het achterste deel voor de gasten kon worden gebruikt, terwijl het voorste en grootste gedeelte aan de nonnen bleef voorbehouden.

De heren konden tevreden zijn met de aangeboden maaltijd. Er was een gans geslacht en daar werd kool bij geserveerd en gebakken gierstebrij, zoete pap met honing en gebakken appels. De abdis had zich willen terugtrekken om – zoals ze zei – belangrijke taken uit te voeren, maar de jonge Nikolaus von Schwerin hield haar tegen.

'Ik smeek u, eerbiedwaardige moeder. Blijft u en houdt u ons gezelschap. Niet alleen omdat mijn begeleiders en ik het als een grote eer zouden beschouwen, maar ook omdat ik uw advies nodig heb over een belangrijke kwestie.'

Ze had het kunnen weigeren, het was immers niet gebruikelijk dat een kloostervrouw met zes jonge heren aan tafel zat. Maar ze mocht deze jonge man wel, die zo liefdevol voor zijn zus zorgde, en ze wilde graag horen bij wat voor kwestie hij haar om advies wilde vragen. Eerst zat ze zwijgend naast hem aan tafel. Ze schoof de schalen en schotels met gerechten naar de heren en moedigde hen aan om toe te tasten, terwijl ze zelf geen hap nam. Ze dronk ook niet van de appelcider of van het zelfgebrouwen bier, dat de heren erg lekker vonden. De drie ridders spraken met elkaar over hun ervaringen bij de veldtochten tegen de Slaven. Ze gaven hoog op van hun overwinningen, schepten op over de buit en hadden waarschijnlijk graag over vrouwen gepraat, maar rekening houdend met de abdis lieten ze dat maar achterwege. Nikolaus sprak een tijdje met zijn vriend Baldur en daarna vertelde hij de abdis dat Baldur en hij als schildknapen aan het Tecklenburgse hof al goede vrienden waren geweest. Afgelopen zomer waren ze samen geridderd.

'Ik vond het erg jammer dat ik niet met keizer Frederik naar Egypte mocht trekken!' riep Nikolaus. 'Ik was toen nog een schildknaap en niemand wilde me meenemen naar het Heilige Land. Maar nu is het anders, eerbiedwaardige moeder. Nu wil ik gaan vechten voor het geloof en voor de zaak van de christenen in het Heilige Land.'

Dat had ze al gedacht. Dit heethoofd was een ijveraar voor het geloof, net als zijn knappe zus. Nu had hij het over de kruistocht waarop de Franse koning Lodewijk zich voorbereidde en waarvoor overal ridders werden gerekruteerd.

'Baldur en ik zijn vastberaden. We willen ons bij de koning aansluiten,' zei hij euforisch, terwijl zijn vriend zwijgend knikte. De abdis had het idee dat Baldur een nogal simpele ziel was. Als hij al ooit op kruistocht zou gaan, zou hij waarschijnlijk al na een paar weken terugkeren. Dat gold echter niet voor Nikolaus. Hij zou zich in de strijd storten in het vaste geloof in de overwinning van het christendom en sterven in het gelukkige bewustzijn dat hij vrij van zonden in Gods koninkrijk werd opgenomen.

'En welk advies verwacht u van mij?' vroeg ze.

Hij leunde achterover, draaide zijn beker in zijn hand en richtte zijn blik uiteindelijk op de abdis. Het leek hem moeite te kosten om zijn vraag te stellen.

'Gelooft u in profetie, eerbiedwaardige moeder?'

Dat was geen makkelijke vraag. Profetieën konden van God komen, maar het konden net zo goed duivelse influisteringen zijn. Je moest in elk geval voorzichtig zijn. Een non kon algauw verdacht worden van ketterij.

'Ik geloof in Gods voorzienigheid, die voor ons verborgen is,' antwoordde ze wijselijk. 'Profetieën en magie zijn slechts zelden van goddelijke oorsprong.'

Hij knikte zwijgend, wisselde een blik uit met zijn vriend en leek opgelucht.

'Ik dank u, eerbiedwaardige moeder. Ik dank u uit de grond van mijn hart, want u hebt mij een grote last afgenomen. Nu ben ik dubbel zo blij dat mijn lieve zus bij u in zulke wijze en veilige handen is.'

Verder wilde hij er, ondanks haar vragen, niets over zeggen, dus ze liet het daarbij. Ze maakte van de gelegenheid gebruik om de heren alleen te laten, omdat het tijdstip van de none was aangebroken en de nonnen zich weer in de kerk verzamelden.

Nikolaus en zijn gezelschap verlieten het klooster Waldsee de volgende ochtend na een goed ontbijt. Clara vertelde haar dat broer en zus kort met elkaar hadden gepraat voor het ziekenverblijf, waar Clara de novice aan het werk had gezet. Maar Clara had snel een einde gemaakt aan deze ongeoorloofde ontmoeting.

In de daaropvolgende weken bleef de abdis Regula observeren en liet ze zich elke avond na de vespers door zuster Clara op de hoogte brengen van de situatie.

'Ze is vreemd,' zei haar vervangster.

'Hoe bedoel je?'

Zuster Clara schudde ontevreden haar hoofd. 'Ik weet het zelf niet zo goed. Ze is gehoorzaam en vlijtig, maar ze heeft een zwak lichaam dat niet geschikt is om hard te werken. Ze hoest en heeft koorts.'

'Dan kun je haar beter gewaden laten maken of kaarsen laten trekken.'

'Ik heb het geprobeerd, maar ze staat erop om juist werk te doen dat haar lichaam niet lang kan volhouden.'

Natuurlijk wilde ze dat. Net als haar broer verlangde ze ernaar om te lijden en te sterven voor het heil van haar ziel. De abdis ergerde zich eraan. Ze mocht het meisje graag en wilde haar niet kwijt.

'Het is jouw taak om haar werk toe te wijzen, Clara,' zei ze. 'Ik wil niet dat Regula ziek wordt.'

'Moge God dit verhoeden, eerbiedwaardige moeder.'

Tot haar verbazing merkte de abdis dat de jonge Regula het hart van zuster Clara had gewonnen, want Clara stelde alles in het werk om de novice licht werk te geven dat ze in de buurt van een warme haard kon verrichten. Toch was Regula vaak ziek. Ze had duidelijk koorts en het vergde een ijzeren wil om de monastieke dagelijkse routine te kunnen volhouden. Alleen tijdens de gebedsuren en de mis op zondag, die de prior van het broederklooster deed, verscheen ze levendig en leek ze heel gelukkig.

Het was al maart, de sneeuw was gesmolten en in het bos bloeiden witte tapijten van bosanemonen, die profiteerden van het licht zolang de bomen nog geen bladeren hadden. 's Morgens, vlak nadat de nonnen de lauden hadden gezongen, klopte de priorin op de celdeur van de abdis.

'Ik heb uw advies nodig,' zei Clara.

'Kom binnen.'

De twee vrouwen stonden tegenover elkaar in de smalle kamer en de abdis kreeg een onbestemd gevoel. Clara had nog nooit om advies gevraagd.

'Ze is ziek. Ze ligt op haar strobed, zo star als een dode.'

'Laten we naar haar toe gaan!' zei de abdis resoluut en ze wilde de deur openen, maar Clara hield haar aan haar mouw tegen.

'Ze is niet echt ziek, eerbiedwaardige moeder,' zei ze zachtjes en aarzelend. De angst van de abdis nam toe.

'Wat is er dan?'

'Ze is bezeten.'

Er viel een stilte. De vrouwen staarden elkaar aan. De duivel was alomtegenwoordig. Hij kon ook de vorm aannemen van een mooie, jonge novice.

'Hoe kom je daarbij?'

'Ze heeft visioenen,' zei Clara. 'Vandaag zag ze een schip dat in een storm onderging. Haar broer was op dat schip, samen met andere kruisvaarders. Ze zag hen tegen de golven vechten en verdrinken.'

'Dat is een droom, Clara,' zei de abdis wrevelig. 'Een nare koortsdroom, meer niet.'

'Nee, eerbiedwaardige moeder. Ze heeft geen koorts. Ze zag het met haar ogen open terwijl ik naast haar strobed zat.'

Weer was het even stil in de kloostercel. Daarna pakte de abdis Clara bij haar arm. 'Niemand mag dit weten,' zei ze streng. 'Geen van de nonnen en al helemaal niet de prior van het broederklooster.'

'Laten we voor haar bidden,' antwoordde de priorin zacht. 'Laten we voor haar bidden, moeder Audacia. Ze is een uitverkorene.'

'Of een heks.'

Ulli

Zomer 1995

HOE HAD HET IN hemelsnaam zover kunnen komen? Eerst die stomme, onnodige ruzie en daarna die tergend lange radiostilte. Dat was het ergste. Elke ochtend wakker worden met het gevoel dat de wereld niet meer in orde was. Dat hij iets ongelooflijk belangrijks in zijn leven kapot had gemaakt. Het voelde als een nare maagzweer. Ulli stapte kreunend uit bed, stootte prompt zijn hoofd tegen het schuine dak en hinkte vloekend de badkamer in. De warme douche pepte hem een beetje op. Hij wreef zich met een handdoek droog en staarde in de spiegel. Alles was grijs beslagen door de stoom. Terwijl hij er met de handdoek overheen veegde, keek hij naar zijn eigen verhitte rode gezicht met de donkerblonde baardstoppels rond zijn kin en wangen. Daar! Een puistje, recht op zijn neus. Hij borstelde zijn natte haar naar achteren en keek benauwd naar zijn terugtrekkende haargrens. Als dit zo doorging, zou hij over uiterlijk vijf jaar half kaal zijn. Dan zou hij er op zijn zesendertigste uitzien als een gepensioneerde. Nee, dan was het beter om alles eraf te scheren en met een kale knikker rond te lopen. Hij zou een pet op kunnen zetten. Hij kleedde zich aan en ging naar beneden om te kijken of Max al koffie had gezet. Ah, kijk eens aan, de kan stond op de eettafel, met een zak verse broodjes ernaast. Die nam Tom elke ochtend van de bakker mee, want hij haalde toch broodjes en croissants voor de campingwinkel. Ulli keek in de zak. Er zaten zes broodjes in, dus Max had nog niet ontbeten.

'Max?'

Hij klopte op de slaapkamerdeur, maar joeg alleen Hannelore uit Max' bed, die zichzelf een ochtenddutje gunde. Geen spoor van Max. Ook kater Waldemar was nergens te bekennen, die sloop waarschijnlijk op de camping rond en bedelde bij de mensen om eten. Hij vond gerookte zalm het lekkerst en rauwe ham was ook goed, maar met restjes worst was hij kieskeurig. Ulli dacht dat Max blijkbaar bij wijze van uitzondering alleen koffie had gedronken, maar niets had gegeten voordat hij naar de kiosk was gegaan om die te openen. Hij zou vandaag echter niet veel verkopen. De lucht hing als een grijze wollen deken boven het meer, dat de kleur van vloeibaar lood had. Alweer een sombere, regenachtige dag! In deze tijd van het jaar stortte de verkoop altijd in omdat het weer niet meezat, hoewel ze dit jaar een paar buitengewoon mooie dagen hadden gehad. Bij de steiger lagen alle roeiboten op het water te deinen, evenals de twee waterfietsen. Alleen de woonboten en jachten waren verhuurd. Nou ja, de dag was net begonnen, misschien zou de zon straks nog tevoorschijn komen.

Hij haalde een beker uit de keuken, besmeerde een broodje met boter en belegde het met rookworst, die nog over was van zijn laatste bezoek aan zijn grootouders. Later vandaag wilde hij weer naar Mine en Karl-Erich gaan, want ze zouden naar de flat van de oude mevrouw Kruse verhuizen. Ulli had hen uiteindelijk kunnen overhalen om naar de begane grond te verhuizen en vandaag was het zover. Mine had dozen en kisten ingepakt en de bedden, fauteuils, tv en andere meubels moesten naar beneden worden gesleept. Ook de keukentafel, waar ze allemaal zo vaak aan hadden gezeten, stond nog in de flat boven.

Ulli overwoog om de tv aan te zetten, maar deed het toch maar niet. Hij kauwde, staarde voor zich uit en dronk de koffie op, die vandaag weer zo sterk was dat die de doden tot leven had kunnen wekken. Ulli had echter niet het gevoel dat de warme drank hem oppepte. Integendeel, hij voelde zich slap en was het liefst weer zijn bed in gekropen. Gedeprimeerd steunde hij met zijn armen op zijn knieën en staarde naar zijn lege koffiemok. Daarop was een groot rood hart geschilderd, met daaronder de tekst '*I LOVE ULLI*'. Het was een verjaardagscadeau dat Juultje hem vorig jaar had gegeven, maar natuurlijk had Jenny erachter gezeten.

Jenny...

Verdomme, wat had hij verkeerd gedaan? Het was begonnen op de dag dat Juultje de mazelen had gekregen. Hij had aan de Santa Cäcilia gesleuteld, maar had de oorzaak van de motorproblemen niet gevonden en had zich daar vreselijk aan geërgerd. Toegegeven, hij was in een heel slecht humeur geweest toen Max naar de steiger kwam.

'Als je zo doorgaat,' had de oude man boos gezegd, 'verhuis ik naar Berlijn. Dan kun je zien hoe je de winkel hier in je eentje runt.'

Voor Ulli was het alsof hij een ijskoude plens water over zich heen had gekregen. In eerste instantie had hij gedacht dat Max het over de boot had, die hij helaas niet aan de praat had gekregen.

'Wat is er met jou aan de hand?' had hij tegen de oude man gesnauwd.

Maar daarmee had hij de woede van de oude man alleen maar verder aangewakkerd. Max riep dat het arme meisje de mazelen had. En dat Jenny niet in Ludorf wilde gaan wonen. Dat hij ze naar de kinderarts had gebracht en dat het meisje aan de rand van de straat moest overgeven. En of hij er niet eens iets van kon zeggen. Dat ze graag zijn geld aannam, maar er vervolgens mee naar Dranitz vertrok, en hij, Max, kon hier in zijn eentje verkommeren...

Het had even geduurd voordat Ulli iets uit deze chaotiche woordenvloed kon opmaken, maar daarna had hij nog steeds niet begrepen waarom Max nu zo boos was.

'Juultje heeft de mazelen? O jee! Waarom heeft Jenny niets gezegd, dan had ik haar naar de dokter gebracht!'

'Waarom, waarom, waarom?' had Max geroepen terwijl hij met zijn armen door de lucht zwaaide. 'Ze hoeft maar een kik te geven en ze krijgt alles wat ze wil van je!'

Ulli had zijn voorhoofd gefronst. Blijkbaar was de oude man nog steeds boos over het geleende geld.

'Stel je niet zo aan, Max! Ze betaalt het geld toch terug. We hebben een document opgesteld, al was het maar omdat haar oma dat wilde...'

'Een document!' had Max hem spottend onderbroken. 'Nou, geweldig! Ze heeft iets voor je opgeschreven en in ruil daarvoor vijftigduizend mark in haar zak gestoken. En wat doet ze ermee? Ze steekt het in het landhuis, zodat het daar kan wegsijpelen. Weet je wat, Ulli?'

Ulli begon zich ongemakkelijk te voelen, want Max had zijn stem verheven en hem met wijd open rood geaderde ogen aangestaard. Twee jonge vrouwen, die net de roeiboten bekeken, hadden zich geschrokken omgedraaid.

'Kan het wat zachter?' vroeg hij met gedempte stem aan Max. 'Of wil je onze klanten wegjagen?' Maar Max, die er anders altijd op lette dat hij zijn klanten vriendelijk behandelde, leek het niets te kunnen schelen. Hij maakte een boze armbeweging en riep luid: 'Jenny zal ons allebei ruïneren! Want ze doet wat ze wil en jij bent niet de man die haar tot rede brengt. Je vrouw hoort hier. Ze hoort in Ludorf. Waar is die aanbouw voor bedoeld? Zodat je hier met je gezin kunt wonen.'

Uiteindelijk had Ulli het begrepen. Max had met Jenny gesproken over zijn plan om een woning voor haar en Ulli te bouwen. En zo direct en eerlijk als Jenny was, had ze hem recht in het gezicht gezegd dat ze niet van plan was om naar Ludorf te verhuizen. O jee! Dat was helemaal verkeerd gegaan. Hij had Jenny op dat idiote idee moeten voorbereiden. Nu hadden die twee ruzie gekregen.

'Doe nou eens even rustig, Max,' had hij geprobeerd de oude man te kalmeren. 'Het laatste woord is hierover nog lang niet gesproken.'

Maar Max was zo boos dat hij niet eens meer luisterde.

'Ik weet hoe het gaat aflopen,' zei hij. 'Je verhuist naar Dranitz en ik blijf hier alleen achter! Moederziel alleen...'

Aha, had Ulli gedacht. Zo zat het dus. 'Zo is het wel genoeg, Max!'

had hij met een waarschuwende ondertoon in zijn stem gezegd. Hij had de oude man bij de arm gepakt om met hem het huis in te gaan. In de woonkamer had Max zich op de bank laten zakken en met zijn hoofd tegen het rugkussen geleund. Hij had er heel bleek en afgetobd uitgezien. Had hij altijd zulke blauwachtige wallen onder zijn ogen gehad? Plotseling had Ulli zich zorgen gemaakt en hij was naar de keuken gegaan om een glas water voor zijn vriend te halen.

'Hier, neem een slok.'

Max had vermoeid het glas aangepakt en zowaar iets gedronken.

'Bel Jenny even,' had hij met een doffe stem aan Ulli gevraagd. 'Ik wil weten hoe het met de kleine meid gaat. De mazelen, dat is niet niks...'

'Dat zal ik doen,' had Ulli beloofd. Toen Max moeizaam overeind kwam om Rocky in de kiosk te vervangen, had Ulli hem streng bevolen om te blijven zitten. Hij zou er zelf even heen gaan en ervoor zorgen dat Rocky en Tom het alleen redden.

Max ging er niet tegenin. Ook dat was een teken dat het niet goed met hem ging. Hopelijk maakte hij zich niet zo druk dat hij het aan zijn hart kreeg. Ulli had Jenny gebeld, maar kon haar niet bereiken. Toen hij het bij haar grootouders probeerde, had Walter hem verteld dat Jenny nog onderweg was om iets te regelen, maar dat het al beter ging met Juultje.

Tot zover was alles weer in orde. Althans oppervlakkig.

De dagen erna had Max, zoals altijd, ijs, cola en kranten verkocht in zijn kiosk. Hij sprak niet meer over de aanbouw. Hij zei helemaal niet veel. 's Avonds zat hij voor de tv, at pinda's en aaide Hannelore, die knus op zijn schoot zat.

Twee dagen later was Ulli naar Dranitz gegaan. Jenny had hem aan de telefoon verteld dat Juultje weer fit was, maar dat ze thuis moest blijven omdat ze nog in quarantaine zat. Een mazelenepidemie kon Mücke na de verkoudheidsgolf in het voorjaar echt niet gebruiken. Ook Jenny mocht beslist niet naar de kleuterschool.

'Heb jij als kind de mazelen gehad?' vroeg ze aan Ulli.

Dat had hij. Hij wist het nog, want hij had de ziekte tijdens een bezoek aan Dranitz opgelopen. Zijn ouders leefden toen nog. Er waren vijf kinderen ziek geweest en hij had de arme Kalle besmet, die toen nog maar drie was.

Toen hij vanaf de hoofdweg de afslag naar het landgoed nam, was het eerste wat hij zag een groene vrachtwagen die voor de voordeur stond. Twee mannen sjouwden een ouderwets dressoir het huis in. Een van hen was Kacpar Woronski. De ander moest de Nederlander zijn bij wie Jenny zo graag meubels kocht. De mannen hadden veel moeite met het oude meubel, wat vooral kwam doordat de dunne Pool niet erg geschikt was als meubelsjouwer.

Ulli was naast de vrachtwagen gestopt, was uitgestapt en had zijn hulp aangeboden. Uiteindelijk had hij het dressoir helemaal alleen naar boven gedragen, terwijl Kacpar en de Nederlander met de lades volgden.

Boven liep Jenny opgewonden van kamer naar kamer. Ze schoof met stoelen en fauteuils en wilde, nadat ze hem amper had begroet, dat hij een oud bed in elkaar zette. Goedmoedig als hij nu eemaal was, ging hij aan de slag. Hij zocht naar de juiste wiggen en schroeven en kreeg ook nog te horen dat hij niet zo'n lawaai moest maken, terwijl hij maar een paar keer een klap met de hamer hoefde te geven zodat de zijpanelen goed in elkaar zaten. Tegen de tijd dat hij klaar was, was Jenny het bed allang vergeten. Ze stond met Kacpar voor de secretaire en poetste het hout van de plaat en de kleine lades met een of andere was. Daarbij voerde ze o zo intelligente gesprekken met de Pool over de overgang van empire naar biedermeier.

'Is hij niet prachtig?' had Jenny uitgeroepen terwijl ze zich naar Ulli omdraaide. 'Heb je het gezien? Er zitten geheime vakjes achter de lades!'

'Leuk,' had hij gezegd.

Eigenlijk vond hij dat Jenny beter nieuwe meubels kon kopen omdat het oude spul misschien houtwormen had en ook nogal muf rook. De muffe stank van vele eeuwen. Vast niet iedere gast vond het prettig om constant door die geur te worden omringd. Maar hij had zijn mening voor zich gehouden, omdat hij Jenny's plezier niet wilde bederven. Toch moest ze het op de een of andere manier hebben gemerkt, want ze had haar gezicht vertrokken en geïrriteerd gezegd: 'Nou ja, jij houdt meer van oude schuiten dan van antieke meubels, nietwaar?'

In principe had ze gelijk gehad. Maar hij had zich geërgerd aan haar provocerende toon en de denigrerende woorden 'oude schuiten'. Waarom waren oude meubels waardevol, terwijl oude schepen voor haar kennelijk niets meer waren dan schroot?

'Daar zitten tenminste geen houtwormen in,' had hij geantwoord.

'Hierin ook niet!'

Misschien had hij nu zelfs wel ingebonden en haar uitgelegd dat hij haar enthousiasme kon begrijpen, ook al had hij niet veel verstand van antiek, maar toen had Kacpar zich met het gesprek bemoeid.

'O, laat Ulli nou maar met zijn schepen,' zei hij tegen Jenny en hij sloeg zijn arm om haar schouders. 'Kijk, ik heb een idee waar we de biedermeiergravure zouden kunnen ophangen.'

Ulli had zich groen en geel geërgerd. Die Woronski nam gewoon zijn meisje in beslag, sloeg zijn arm om haar heen en deed alsof Ulli een onontwikkelde boerenkinkel was. En hij had de man nog wel aardig gevonden!

'Heb je me nog nodig?' had hij Jenny gevraagd. 'Zo niet, dan kan ik wel gaan. Ik ben toch alleen de man voor het grove werk.'

'Doe nou niet zo beledigd,' had ze geroepen.

En plotseling was het ene weerwoord gevolgd door het andere en had hij de fout gemaakt om het geld te noemen. Wat ontzettend stom was geweest, vooral in het bijzijn van Kacpar. Logisch dat ze boos was geworden.

'Als ik had geweten dat je me ermee wilde chanteren, had je het kunnen houden! Je kunt je stomme geld weer terugkrijgen!'

'Ik wil je niet chanteren, Jenny, maar ik had gehoopt op iets meer inlevingsgevoel. Max was helemaal van slag toen je hem recht in zijn gezicht zei dat je niet naar Ludorf wilt verhuizen.'

Daarna was ze razend geworden. Ze ging tekeer als een furie en zag er toch uit als een ongelukkig kind. O, wat hield hij van haar! Juist op dat moment had hij haar graag in zijn armen genomen, maar op de een of andere manier had hij het niet voor elkaar gekregen. Maar het zou toch het verkeerde moment zijn geweest, want haar ogen fonkelden van woede.

'Wat dacht je dan? Dat ik Max leugenverhalen vertel om jouw zenuwen te sparen? Waar zou dat nu goed voor moeten zijn?'

'Ik had het over inlevingsgevoel. Maar dat woord ken je zeker niet!'

En daarmee was het te laat en nu stond de ruzie tussen hen in als een enorme, kwaadaardige schaduw. Het liefst had hij gewoon de hoorn van de telefoon gepakt en het probleem opgelost, maar hij was bang voor haar reactie.

Waarom belde ze niet? Ze wilde altijd het laatste woord hebben, dan kon ze ook het eerste woord spreken! Praten ging haar toch makkelijker af dan hem. Vrouwen hadden een bepaald gen dat mannen niet hadden. Een praatgen. Dat had hij ooit in de krant gelezen. Maar Jenny bleef zwijgen en de gedachte dat ze de hele tijd met architect Woronski meubels aan het verplaatsen was en kamers inrichtte, zorgde ervoor dat hij 's nachts slecht sliep. Nee, Jenny was hem trouw. Daar was hij vrij zeker van. De tengere Pool was ook helemaal niet haar type. Maar hoe zat het met haar eindexamen? Ze was glansrijk geslaagd voor het proefexamen, maar nu werd het serieus en het zou zeker geen kwaad kunnen als ze nog wat tijd aan wiskunde besteedde…

In gedachten verzonken stopte Ulli het laatste stukje brood met rookworst in zijn mond toen hij plotseling een idee kreeg. Hij zou Mine bellen, nu meteen, onder het voorwendsel dat hij hen nu al zou komen helpen met verhuizen. Jenny had voordat ze ruzie hadden gekregen ook haar hulp toegezegd en hij wilde weten of ze zich nog steeds aan haar woord hield. Bovendien, als íemand wist wat er gaande was op het landgoed en in het dorp Dranitz, was het zijn oma.

'Ulli! Waar zit je, jongen?' riep Mine in de hoorn. 'De woonkamerkast is allang leeggeruimd!'

'Ik kom eraan, oma,' antwoordde hij. 'Ik wilde alleen even weten of Jenny er al is.'

'Jenny?' vroeg Mine verbaasd. 'Nee. Ze moet bij Juultje blijven, want de barones en meneer Iversen hebben een afspraak en de kleuterschool is waarschijnlijk weer dicht. De mazelen. Arme Mücke, er is echt altijd wat. En Sonja is langsgekomen en heeft al het oudpapier meegenomen dat we niet meer nodig hebben. Bernd is ook gekomen. Hij heeft rookworst, kaas en vers brood voor ons meegebracht en heeft ons geholpen om de lampen op te hangen.'

'En Jenny heeft zich niet laten zien?'

Hij hoorde Mine in de hoorn snuiven. 'Je wilt me zeker uithoren, hè? Ik weet wel dat er iets gaande is. Nou, Ulli, ik heb het steeds tegen je gezegd: Mücke is de ware voor jou. Niet juffrouw Kettler. Maar Mücke is nu helaas vergeven. Eigen schuld, dikke bult!'

Zo, die zat. Hij had kunnen bedenken dat zijn oma het hem nog niet had vergeven dat hij verliefd was geworden op Jenny en niet op Mücke. Maar blijkbaar was ze wel op de hoogte van hun problemen.

'Heb je Jenny gesproken? Over iets anders dan de mazelen, bedoel ik...'

'Wat denk je nou!' riep Mine. 'Ik heb alleen met Bernd gepraat toen hij hier was. Hij vertelde me dat zijn dochter liefdesverdriet heeft. Maar hij weet er ook het fijne niet van...'

Ze had liefdesverdriet! Dat klonk goed. Niet dat hij er blij mee was dat ze ongelukkig was, maar het was goed om te weten dat ze er ook mee zat. Ze was niet onverschillig voor hem geworden, zoals hij al had gevreesd.

'Wanneer kom je nou, Ulli?' vroeg Mine. 'Nu meteen of vanmiddag pas?'

'Ik ga alleen even snel langs de medewerkers om te kijken of alle posten bezet zijn. De zon zal vandaag amper schijnen, dus ze kunnen het werk wel alleen af.'

Voordat Ulli naar Dranitz reed, ging hij even langs Max, die zoals altijd in zijn kiosk stond.

'Gaat het goed?'

Max hoestte, maar hij grijnsde naar Ulli en knikte.

'Ik ben alleen een beetje verkouden. Doe Mine en Karl-Erich de groeten van mij. Het spijt me dat ik zo'n oud wrak ben dat ik niet kan helpen.'

'Dat maakt niet uit, Max,' zei Ulli glimlachend. 'Je moet hier immers het fort bewaken.'

Ze zwaaiden even naar elkaar, en daarna stapte Ulli in zijn auto en reed in de richting van Dranitz.

Het zou waarschijnlijk niet veel tijd kosten. De paar spullen zouden snel naar beneden gedragen zijn. Het zou lastiger worden met zijn opa. Die moest hij waarschijnlijk op zijn rug dragen en dan langzaam de trap af tillen. Zijn opa zou flink mopperen, want dit ongewone transport zou zijn arme, reumatische ledematen geen goed doen. Maar Mine kon hem dan in een rolstoel door het dorp duwen, zodat hij ook eens de frisse lucht in kon en iets anders zag dan alleen de flat. Daar verheugden ze zich allebei erg op.

In de oude flat van Mine en Karl-Erich heerste een opgewonden sfeer van vertrek. Bernd had de nieuwe kachel in de voormalige flat van de oude Kruse al aangesloten. Wolf Kotischke, die vroeger tractorbestuurder bij de LPG en een sterke kerel was, hielp hem om het 'beste stuk', de tv, de trap af te dragen, waar Mine het dressoir al had voorbereid. De tv troonde daar op een geborduurd kleedje, anders deed hij het niet. Daarna volgden de fauteuil en de keukentafel. De bedden moesten uit elkaar gehaald en beneden weer in elkaar gezet worden.

'Gaat het weer met je rug?' vroeg Ulli toen hij zag dat Bernd ook flink meehielp.

'Perfect,' antwoordde hij. 'Sonja heeft me een spuitje gegeven met een magisch middel. Sindsdien heb ik nergens meer last van. Ik moet alleen een beetje voorzichtig doen.'

'Nou, dan is het denk ik maar beter dat ze je nu niet ziet,' zei Wolf lachend terwijl Bernd de zware doos met het servies op het keukenaanrecht hees.

Toen alles bijna klaar was, probeerden ze te bedenken hoe ze Karl-Erich het beste naar beneden konden krijgen. Uiteindelijk won Mines voorstel: Karl-Erich werd zittend op een keukenstoel door Ulli en Wolf naar beneden gedragen. Het was makkelijker dan gedacht, wat waarschijnlijk kwam doordat Karl-Erich niet meer zo zwaar was als vroeger.

'Is er verder nog iets te doen?' vroeg Ulli, terwijl zijn opa ongedeerd in de nieuwe keuken zat en een beker koffie met melk dronk.

'Alleen nog wat kleine dingen,' zei Mine. 'Boven in je oude kamer staan nog een paar dozen.'

Hij vreesde het ergste, want Mine was iemand die alles, maar dan ook alles bewaarde. En inderdaad, er stonden een paar verdachte dozen in zijn oude kinderkamer, die ze eerder waarschijnlijk in de kledingkast had verstopt.

'Kijk erdoorheen en vertel me wat er weggegooid kan worden!' vroeg Mine, die hem de trap op was gevolgd.

'Wat mij betreft alles!'

Maar Mine keek hem streng aan, en daarom ging hij braaf op de grond zitten en maakte een reis naar het verleden. Aarzelend klapte hij de eerste doos open en keek in de bruine glazen ogen van zijn oude teddybeer. En wat zat eronder? Jeetje, de elektrische trein. Of beter gezegd, dat wat er nog van over was.

Hij wilde net de vergeelde doos met de locomotief openmaken toen hij ineens schrok. Dat was haar stem, beneden in het trappenhuis! Ze was dus toch gekomen.

'Sorry, Mine, het spijt me heel erg dat ik pas zo laat kon komen. Nu is alles zeker al beneden?'

'Nee, nee,' zei Mine. 'De meubels wel, maar er liggen boven nog overal spullen die uitgezocht en ingepakt of weggegooid moeten worden.'

Het was even stil en daarna dacht hij voetstappen op de houten trap te horen, maar het was alleen zijn eigen, extreem luide hartslag.

Hij probeerde zich weer op de dozen te concentreren, maar plotseling ging de deur achter hem open. Hij draaide zich niet om. De vloer kraakte niet, wat betekende dat ze bij de deur was blijven staan.

'Hallo, Ulli...'

Haar stem klonk verstikt, alsof ze een brok in haar keel had.

'Hallo, Jenny...'

Er viel een stilte. Hij staarde naar de doos van de locomotief die hij nog in zijn handen had en bedacht dat hij zich nu moest omdraaien. Hij zou tegen haar moeten zeggen dat het hem speet. Dat ze nog een keer met elkaar zouden moeten praten. In alle rust. Maar hij kon geen woord uitbrengen. Het was bijna alsof hij een verdovingsmiddel had ingeslikt.

Hij hoorde dat de deur weer werd dichtgetrokken en draaide zich snel om. Hij sprong op en wilde achter haar aan lopen, maar toen hij zijn hand op de deurknop legde, bleef hij staan. Waarom hij? Was het niet aan haar om de eerste stap te zetten?

Mine

PAUL RIEP HAD DE nieuwe flat uitgebreid bewonderd en hen gefeliciteerd met het besluit om naar beneden te verhuizen. Zoals elke avond zaten ze een tijdje aan de keukentafel te kletsen. Ze wonden zich op over de hobbelige dorpsweg, die allang opnieuw geasfalteerd had moeten worden, en Mine klaagde weer over de prachtige oude bomen langs de provinciale weg die waren gekapt. Alleen maar omdat die jonge, overmoedige kerels het gaspedaal te ver indrukten en steeds vaker met hun snelle auto's tegen een boom botsten. Paul Riep was stevig gebouwd was en de afgelopen jaren grijs geworden, wat hij lachend toeschreef aan zijn ambt als burgemeester van Dranitz. Tegen negen uur had hij Karl-Erich behendig uit de rolstoel in zijn bed getild en met een warme handdruk afscheid genomen van zijn vrienden. Sinds de kinderen volwassen waren, woonde Paul alleen. Zijn vrouw Gabi was vijftien jaar geleden overleden. Maar hij had nog zijn werk in de broodfabriek en zijn ambt als burgemeester, en dat hield hem op de been.

Mine had Karl-Erich klaargemaakt voor de nacht en voordat ze zelf ook naar bed ging, ruimde ze nog even de keuken op en snuffelde in een kartonnen doos.

'Kom je nou?' riep Karl-Erich vanuit de slaapkamer. 'Morgen kun je verder rommelen. Het is genoeg voor vandaag.'

'Ik kom eraan,' riep ze terug. 'Ik heb alleen even de vaat in de gootsteen gezet. Ik moet nog aan alles wennen en de hele tijd nadenken over waar ik iets heb gelaten.'

Toen ze in haar nachthemd in de slaapkamer kwam, was het hem met zijn kromme reumahanden gelukt om het bedlampje aan te doen, alleen was daarbij de wekker kapotgegaan.

'Geeft niet,' zei Mine. 'Die hebben we toch nooit nodig gehad. We worden 's ochtends altijd vanzelf wakker.'

Dat was waar, maar hij klaagde er toch over dat hij bij het oud ijzer hoorde en niets meer kon. Maar dat was ze gewend. Als hij in zo'n bui was, moest ze hem gewoon een tijdje laten praten en als hij zijn hart had gelucht, kalmeerde hij weer.

'Morgen maken we een rondje door het dorp,' troostte ze hem. 'Dan kom je weer eens buiten.'

'We zouden even naar Heiko kunnen gaan,' stelde hij voor.

Aha, dacht ze opgelucht. Hij wilde naar de kroeg van Heiko Mahnke. Hij had alweer gekke ideeën in zijn hoofd.

'Je wilt zeker een kummellikeur en een biertje drinken?'

'Als we er toch zijn, waarom niet?'

Mine zag dat hij scheef naar haar grijnsde en deed alsof ze verontwaardigd was over zijn voorstel. In werkelijkheid was ze er blij mee. Als hij maar plezier had, dan kon al het andere haar niets schelen. Hij werd nu levendiger en had zin om te kletsen.

'Heb je gelezen wat er over Bremer Vulkan in de krant staat?' vroeg hij.

Alsof ze vandaag tijd had gehad om de krant open te slaan!

'Nee...'

'Ze hebben liquiditeitsproblemen.'

Wat een woord! Problemen kende ze, die hadden ze vroeger gehad toen er niets in de winkels te koop was. Maar dat andere? Liqui...

'Wat hebben ze?'

Hij zette zijn intelligente gezicht op omdat hij haar nu iets moest uitleggen. In het verleden had ze zich in dergelijke situaties aan hem geërgerd. Nu niet meer. Nu stond ze erboven.

'De Bremer Vulkan,' zei hij. 'Waar Ulli vroeger werkte. Ze hebben liquiditeitsproblemen. Dat betekent dat ze geen geld meer hebben.'

'O, zeg dat dan meteen. En hoe gaat het dan met de Volkswerft in Stralsund?'

'Dat weet nog niemand.'

Bremer Vulkan had bijna drie jaar geleden de Volkswerft overgenomen van de Treuhand, de afwikkelingsmaatschappij voor het voormalige DDR-vermogen. Daarbij ging het gerucht dat de miljarden die de Treuhand voor de bouw van de Mecklenburgse scheepswerven had betaald, waren doorgesijpeld naar de West-Duitse dochterondernemingen van Bremer Vulkan. Nu hadden ze dus geen geld meer.

'Gelukkig heeft Ulli nu iets van zichzelf in Ludorf,' zei Mine tevreden.

Ze kroop onder het dekbed en strekte zich voorzichtig uit. Hopelijk kreeg ze geen kramp in haar voeten omdat ze vandaag zo veel had rondgelopen. Mine keek om zich heen. De slaapkamer zag er precies hetzelfde uit als de oude: de bedden, de twee nachtkastjes, de kledingkast, de ladekast en de stoel waar ze haar kleren altijd op neerlegde. Het rook alleen anders. Dat kwam door de nieuwe vloer en het behang. Ze had ook andere gordijnen opgehangen, die Gerda Pechstein voor haar had genaaid. Kalle had de rails boven het raam geschroefd.

'Wil je nu nog lezen?' vroeg Karl-Erich en hij strekte zijn arm al uit om het bedlampje uit te doen.

'Alleen even bladeren…'

Ze pakte een nogal versleten rood notitieboekje van het nachtkastje en zette haar bril op. Het boekje was niet van haar en het was waarschijnlijk niet juist dat ze het had gepakt. Sonja had haar auto voor de voordeur geparkeerd zodat ze het oudpapier meteen konden inladen, en toen Mine een zak oude kranten in de kofferbak wilde zetten, zag ze dat daar al een kartonnen doos stond met Sonja's papierafval, dat ze waarschijnlijk ook wilde wegbrengen. Ineens had ze dit boekje tussen allerlei tekenpapier zien liggen en ze had het gepakt. Waarom, dat wist ze zelf niet zo goed. Ze had het heel impulsief gedaan, zonder na te denken. Ze kende het boekje en wilde niet dat het in de papiercontainer belandde.

'Is dat niet...' mompelde Karl-Erich toen hij het rode boekje in haar handen zag.

Mine knikte. 'Dit is Sonja's dagboek.'

Hij zweeg en keek toe hoe ze erdoorheen bladerde. Ze wist dat hij dacht aan de tijd dat het kleine meisje met de blonde vlechten bij hen in de keuken had gezeten. Sonja was vaak bij hen geweest. Ze had met Olle en Vinzent gespeeld en was dol op Karla, omdat die zes jaar ouder was en wijde rokken voor zichzelf naaide. Zoals de vrouwen in het westen droegen.

'Heeft ze je dat gegeven?'

'Nee. Ze heeft het weggegooid.'

'Weggegooid?'

'Het zat bij het oudpapier.'

Ze hoorde hem een diepe zucht slaken en daarna begon hij te hoesten.

'En je hebt het gewoon gepakt?' vroeg hij verwijtend. 'Dat mag toch niet?'

Ze betwijfelde zelf ook of ze daar het recht toe had, maar hield zichzelf voor dat een weggegooid boekje zoiets was als strandgoed. En dat was, zoals bekend, van degene die het vond.

'En je mag het ook niet lezen,' beweerde hij. 'Het is privé.'

'Maar er staat ook iets over ons en onze kinderen in,' wierp ze tegen.

Zuchtend schoof hij zijn kussen goed en hij keek zwijgend toe terwijl ze de eerste paar pagina's las. Toen stelde hij voor: 'Je kunt wel wat voorlezen. Dat wat met ons te maken heeft, bedoel ik. Ik wil immers niet onwetend sterven...'

En Mine las.

5 september 1956

Ik zit al in de derde klas. Ik heb drie vriendinnen, Gerda, Karin en Inge. We kunnen Tillie en Erika niet uitstaan. Vinzent Schwadke is vreselijk dom, hij zit één klas hoger dan wij, maar kan nog niet eens goed tot duizend tellen. Maar verder is hij aardig. Hij gaat met Gerda en mij zwemmen en helpt ons als de grote jongens ons in het meer onder water willen duwen.
Karla Schwadke heeft vandaag mijn haar gevlochten. Met een grote lok op mijn voorhoofd. Dat kan papa niet.
Mijn beste vriend is Alf. Ik heb hem van mevrouw Kruse gekregen. Hij blaft niet, dus hij is niet geschikt als waakhond. Als ik op school ben en papa in Waren aan het werk is, loopt Alf rond het meer. Hij haalt me op bij de opvang. Gerda zei dat hij mijn moeder is.
Nu moet ik stoppen, want papa wil dat ik het licht uitdoe.

7 september 1956

Papa wil niet dat ik pionier word, maar iedereen in mijn klas is lid van de jeugdorganisatie. Ze ontmoeten elkaar 's middags en spelen spelletjes. Ik ben de enige in de klas die niet mee mag doen. Mine heeft ook gezegd dat dat niet goed is. De pioniers hebben een blauwe sjaal en een embleem dat op de mouwen van de blouse is genaaid. Olle Schwadke zit in de groepsraad, hij wil ook dat ik meedoe.
Papa moest vandaag naar school komen om uit te leggen waarom ik geen pionier mag zijn. Daarna was hij heel boos.
Maar toen hij welterusten tegen me zei, was hij niet meer boos. Hij gaf me een knuffel en zei dat ik pionier mag worden als ik dat per se wil. Dat wil ik. Maar ik wil ook niet dat papa daar verdrietig over is.

13 december 1956

Ik ben nu pionier. Mine is met de bus met me naar Waren gegaan en we hebben een witte blouse en het blauwe halsdoekje gekocht. Het geld kregen we van papa. Ik heb een pasje gekregen. Net als de anderen. En ik mag nu overal mee naartoe. In de hele school zijn maar twee kinderen geen pioniers. Sabine en Klaus Bödinger. Haar vader is predikant in de kerk. Karin zei dat ze toch raar zijn en dat we ze hier niet nodig hebben.
Ik ben vlijtig en vecht voor vrede. Ik hou van de Deutsche Demokratische Republik. En ik beloof vriendschap met de Sovjet-Unie. Dat staat allemaal op het pasje. Karl-Erich beweerde dat de Russen erg slecht waren tijdens de oorlog. En dat ze mijn opa hebben gedeporteerd. Maar Mine zei dat het de Russen waren en niet de Sovjets. De Sovjets zijn onze broeders. En de Russen waren onze vijanden.
Papa zei dat ik me geen zorgen moet maken. Want dat van vroeger is nu voorbij en alles begint opnieuw. Maar dat ik toch niet alles moet geloven wat ze op school zeggen.
In de zomer mag ik naar het pionierskamp!

6 februari 1957

Alf is voor de tweede keer naar het schoolplein gekomen. Hij zocht me en was blij toen ik in de pauze naar hem toe rende. We hebben op het schoolplein met de hond gespeeld, maar meneer Pauli hield toezicht. Hij zei dat ik Alf naar huis moest brengen en hem in de woning moest opsluiten. Als hij weer naar school komt, wordt Alf van ons afgepakt. Alf vindt het niet leuk om te worden opgesloten. Vandaag heeft hij in huis geplast. Helemaal aan het einde van de gang, waar je het nauwelijks kunt zien. Maar papa en ik roken het meteen. Het is geen wonder dat hij moet plassen als hij de hele dag opgesloten zit.

7 februari 1957

Ik ga nu na school met Alf wandelen en daarna maak ik huiswerk met hem in de woning. Als papa komt, laat ik Alf naar buiten gaan. Hij loopt een rondje en komt vanzelf weer terug. 's Avonds ligt hij naast mijn bed, maar meestal komt hij 's nachts in mijn bed liggen en slaapt hij bij mij. Hij weet precies wanneer papa me 's ochtends wakker maakt, want hij springt kort daarvoor uit het bed en gaat op zijn plek liggen. Alf is een slimmerik.
De leidsters bij de opvang hebben gezegd dat ik niet alleen thuis moet blijven, maar papa heeft met hen gesproken en me afgemeld. Ik heb al twee keer op woensdagmiddag gespijbeld. Het is saai bij de pioniers, ik speel liever met Alf. Olle Schwadke vertelde me dat dit niet kan en als ik volgende week woensdag niet kom, moet ik naar de scholierenraad. Ik mag Alf woensdagmiddag niet meenemen.

14 februari 1957

We hebben woensdagmiddag tekeningen gemaakt op de ramen. Ik zei dat een pionier ook van dieren moet houden, vooral van honden. Gisela en Karin waren het met me eens, maar de anderen lachten ons uit. Mevrouw Tilling zei dat mensen altijd belangrijker zijn dan dieren en dat het opbouwen van het socialisme ons eerste doel moet zijn. Dieren moeten nuttig zijn voor mensen, zoals koeien, varkens, ganzen en kippen. Toen vroeg ze wie van ons een huisdier heeft. Gerda heeft een parkiet en twee anderen hebben cavia's. Ik heb een hond. Elke heeft een kat gehad, maar die is vorig jaar doodgegaan.
Parkieten, cavia's en katten zijn geen nuttige dieren. Honden ook niet. Je hoeft niet van dieren te houden. Al helemaal niet van nuttige dieren. Maar ook niet van de andere. We moeten onze ouders liefhebben. En de Deutsche Demokratische Republik. En de vrede.
Ik hou het meest van mijn vader. En van Mine. Maar van Alf hou ik nog ietsjes meer dan van Mine.

15 maart 1957

Papa doet raar. Hij lacht soms en dan begrijp ik niet waarom. Daarna neemt hij me in zijn armen en is hij ineens heel serieus. Gisteren zei hij dat we misschien naar Berlijn gaan om een vriendin van mijn oma te bezoeken. Mijn oma is al dood, ik heb haar nooit ontmoet.
Ik wil niet naar Berlijn, omdat ik Alf niet mag meenemen. Ik moet voor hem zorgen, omdat mensen zeggen dat hij in het bos een ree heeft doodgebeten. Maar dat is niet waar, dat was Alf niet. Misschien was het een wolf. Of een beer. Alf was de hele tijd bij me.

10 april 1957

We gaan niet naar Berlijn. Ik ben zo blij! Papa heeft het er niet meer over. Ik vroeg hem naar de kennis van mijn overleden oma, maar hij schudde alleen zijn hoofd. In de voorjaarsvakantie wil hij met Alf en mij gaan wandelen. We nemen Vinzent en misschien Gerda mee. Alf houdt van Vinzent, maar hij blaft altijd naar Gerda omdat ze bang voor hem is. We willen naar Neustrelitz wandelen…
Papa zei dat hij een paar dagen weg moet uit Dranitz, omdat hij het landhuis niet meer wil zien.

16 mei 1957

Het wandelen was leuk. We hadden een tent meegenomen en hebben 's avonds aan het meer gezeten. Papa en Vinzent hebben een vuurtje gemaakt, en Gerda en ik hebben soep gemaakt van erwtenbrij. Af en toe kochten we worstjes en deden die in de soep. Alf liep mee. Hij is een dief. Eén keer stal hij ergens een halve ham en at die bijna helemaal op. Hij paste 's nachts op ons en blafte soms. Hij bracht ook twee hazen mee, toen was ik heel boos op hem. Maar het kon hem niet schelen, hij gaf de hazen niet af. Vinzent beweerde dat honden nu eenmaal vlees nodig hebben. Zelf eet hij ook liever worstjes dan alleen erwtensoep met brood.

Papa zong liedjes met ons. We gooiden platte stenen in het meer en telden hoe vaak ze sprongen. Papa won bijna altijd, alleen één keer was Vinzent beter. Gerda was de slechtste, haar stenen zonken altijd meteen. We hadden allemaal blaren op onze voeten en papa plakte er elke avond veel pleisters op.
Dit was mijn mooiste vakantie.

31 mei 1957

De burgemeester was bij ons met twee andere mannen. Ze wilden Alf meenemen. Ze zeiden dat hij gestroopt had. Maar hij was er niet en toen zijn ze weer weggegaan. Papa zei dat ze gelijk hebben. Op school heeft de lerares gezegd dat stropende honden erg zijn en dat Alf ook kinderen zou kunnen bijten. Toen zei ik dat Alf nooit een kind zou bijten en dat hij altijd bij mij in bed slaapt. Tillie, die naast mij zit, schoof meteen een stukje op. Omdat ze denkt dat ik hondenvlooien heb. Domme trut!
Alf kwam 's middags en ik heb hem in mijn kamer verstopt. 's Ochtends, voordat ik naar school moest, ben ik met hem naar het bos gegaan en heb ik tegen hem gezegd dat hij moest wegrennen. Omdat ze hem anders zouden vangen. Ik kwam te laat op school en moest een heel uur nablijven, omdat het al de derde keer was. Toen ik thuiskwam, was Alf er niet. Daar was ik blij om. Later kwam papa en ik heb hem verteld dat ik Alf heb weggestuurd, zodat ze hem niet kunnen pakken.

4 juni 1957

Tillie heeft op school verteld dat ze mijn hond in het bos hebben doodgeschoten. Haar papa heeft een paar schoten gehoord. Maar dat bewijst helemaal niets. Het zou ook kunnen dat iemand op een ree heeft geschoten. Maar Tillie zei dat dat niet kan. Omdat het jachtseizoen nu is gesloten, mag niemand jagen.

Alf is weggebleven. Hij was mijn enige en beste vriend. Het was fijn toen hij naast mij in mijn bed sliep. Omdat hij warm was en zo heerlijk naar hond rook. En omdat hij sterk was en heel hard kon rennen. Het is niet waar dat hij dood is. Als ik 's nachts uit het raam kijk, denk ik dat hij ergens aan de oever van het meer in de bosjes zit en naar mij kijkt. Soms roep ik hem, maar hij komt niet. Omdat ik hem dat heb verboden.
Papa heeft een cavia voor me meegebracht. Hij is wit met zwarte vlekken en heeft dunne roze pootjes.

'Nee,' zei Karl-Erich. 'Stop met voorlezen, Mine. Ik word er heel verdrietig van.'

Mine zuchtte. Arm meisje. Sonja had altijd al van dieren gehouden. Maar Alf was toen alles voor haar geweest.

'Hebben ze hem eigenlijk doodgeschoten?' vroeg hij.

Natuurlijk hadden ze hem doodgeschoten, ze had de schoten ook gehoord.

'Misschien heeft Alf gewoon een ander territorium gekozen,' zei ze echter tegen Karl-Erich. 'Wolven doen dat weleens. En hij had iets weg van een wolf.'

Daar was Karl-Erich tevreden mee en zij ook. Het was zo lang geleden. Waarom zou hij er nu verdrietig over moeten zijn?

'Laten we maar gaan slapen, meisje,' zei hij, terwijl hij zijn arm naar het bedlampje uitstrekte. Mine knikte, deed haar bril af en sloeg het boekje dicht om beide op het nachtkastje te leggen, maar er viel een briefje uit het boekje. O, dacht ze, die kan ik mooi als bladwijzer gebruiken. Maar toen ze het gevouwen velletje papier beter bekeek, zag ze dat het een brief was. Opeens was het donker omdat Karl-Erich het licht had uitgedaan.

'Wacht nou even,' mopperde ze. 'Er is iets uit gevallen. Doe het licht weer aan!'

'Wat is er nou?' bromde hij.

Karl-Erich had drie pogingen nodig voordat hij bij het knopje van de lamp kon. Waar was de brief gebleven? Op het kleedje voor het bed, natuurlijk. Ze moest zich op haar zij draaien om hem te kunnen pakken en toen ze eindelijk weer haar bril opzette, was ze helemaal buiten adem.

'Wat heb je daar? Is dat een brief?'

Zonder zijn vraag te beantwoorden vouwde Mine het blaadje open.

'Die is zeker aan Sonja gericht,' zeurde Karl-Erich. 'Die mag je helemaal niet lezen. Dat hoort niet. Je mag niet in andermans zaken snuffelen.' Als hij had gekund, was hij nu vast rechtop gaan zitten en naar haar toe gegleden om de brief uit haar handen te pakken. Of om mee te lezen, dat zou ook kunnen. Maar dat ging allang niet meer met zijn reumatische ledematen.

'Hij is helemaal niet aan Sonja gericht,' zei Mine. 'Hij is voor meneer Iversen.'

'Dan mag je het nog steeds niet lezen!'

'Raad eens wie hem heeft geschreven,' zei ze. 'Dat raad je nooit!'

'Ik wil het niet weten! Ik wil nu slapen!'

'Mevrouw de barones heeft hem geschreven.'

'Nou en...'

'Niet Franziska von Dranitz. De oude mevrouw de barones. Margarethe von Dranitz heeft deze brief aan meneer Iversen geschreven.'

Hij gaapte uitgebreid.

'Dan moet de brief heel oud zijn. Zeker nog van voor de oorlog, of niet?'

'Nee,' zei ze, terwijl ze hem de datum liet zien. 'Hij is van april 1957.'

Hij knipperde met zijn ogen om het beter te kunnen zien en schudde vol ongeloof zijn hoofd.

'Dan moet ze zich hebben vergist, Mine. Toen waren ze allang in het westen. En hier waren de grenzen dicht.'

'Luister,' zei Mine. 'Ik zal hem voorlezen.'

Beste majoor Iversen,

Uw brief heeft mij diep geraakt. Wat men u en ons heeft aangedaan, kan alleen God overzien en het is aan Hem om over ons allen te oordelen. Nu weet ik dus dat mijn arme kind, mijn kleine Elfriede, zo jong is gestorven. En ik zal het mezelf altijd kwalijk nemen.
Toch geeft uw brief ook aanleiding tot vreugde. U, mijn beste vriend, leeft nog en ik heb een kleindochter die aan u is toevertrouwd. Voor zover het voor mij mogelijk is, zal ik proberen u beiden te steunen.
Wat mijn dochter Franziska betreft, zij is al bijna tien jaar gelukkig getrouwd. Ze heeft ook een dochter, waar wij veel plezier aan beleven. Het leven gaat door, beste majoor Iversen. Het is niet aan ons om te oordelen over het onrecht dat is begaan. Ik heb veel moeten achterlaten. Het verdriet om mijn arme man, wiens lot onbekend is, zal mij tot mijn laatste uur vergezellen. Toch kijk ik vooruit.
Het geluk van mijn dochter en kleindochter is voor mij belangrijker dan wat dan ook. Daarom smeek ik u om Franziska niet te schrijven en op geen enkele andere manier contact met haar te zoeken. Ze is tot rust gekomen, heeft een lieve man aan haar zijde, met wie ze hier een nieuw leven gaat opbouwen. Het ligt in uw macht om dit alles op het spel te zetten of Franziska dit stille, betrouwbare geluk te schenken.
Misschien kunt u begrijpen dat afstand doen ook een vorm van liefde is?
Dit is mijn vurige verzoek aan u, mijn beste vriend.
Ik betreur het ten zeerste dat ik u geen beter nieuws kan sturen. Ik wens u het allerbeste voor uw toekomst en die van mijn kleindochter.

Uw Margarethe von Dranitz

Franziska

WAT EEN GEWELDIGE, SLIMME kleindochter had ze toch! Qua inrichting zaten Jenny en zij helemaal op één lijn. Drie dagen lang hadden ze samen met Kacpar op allerlei rommelmarkten mooie oude accessoires gezocht en deze over de gastenkamers verdeeld. Ingelijste gravures met motieven van de omgeving, twee prachtige jugendstillampen die bij het meubilair pasten, vazen en ouderwetse ansichtkaarthouders, een bureauset met inktpot en zandpot, en zelfs een prachtige nachtpot van wit porselein.

'Het ziet er bijna uit als vroeger, toen ik een jong meisje was,' zei Franziska enthousiast. 'De prachtige landhuissfeer, maar dan veel lichter en moderner.'

Jenny knikte.

Ze had zich vol overgave op het werk gestort. Als ze zich nu ook eens zo inzette voor haar eindexamen… Jenny studeerde slechts af en toe en Franziska had bijna het gevoel alsof ze op haar lauweren rustte na haar proefexamen, dat ze met succes had voltooid. Maar de tijd drong en Franziska vermoedde dat haar kleindochter zich niet kon concentreren omdat ze liefdesverdriet had.

'Hoe gaat het eigenlijk met Ulli?' had ze daarom zogenaamd terloops gevraagd.

Toen Jenny haar schouders had opgehaald en had beweerd dat haar dat niets kon schelen, wist Franziska dat ze gelijk had.

'Jullie hebben toch geen ruzie?'

Geen antwoord was ook een antwoord. Juist het feit dat Jenny er niets over wilde zeggen betekende dat het niet goed ging met haar relatie.

'Als je wilt praten, Jenny...' had ze haar kleindochter aangeboden.

'Dank je wel, oma, maar ik wil niet praten.'

Nu plukte Jenny aan een van de gordijnen en leek niet te weten wat ze met zichzelf aan moest.

'Ben je al bij Bodo in de restaurantkeuken geweest?' vroeg Franziska.

Jenny schudde geïrriteerd haar hoofd. Franziska vermoedde waarom. Erika, de keukenhulp, had haar verteld dat Jenny had geëist dat Bodo Bieger de eieren, melk en groenten bij de boerderij van haar vader kocht, maar hij had zich niet willen vastleggen. Als het mooi weer was, kwamen er nu meer mensen naar het restaurant. Op zaterdag kwamen er vaak gezinnen uit de omgeving, want dan bood de chef-kok een goedkoop menu met vijf gangen aan. Op verzoek ook met verjaardagstaart. Dat had Paul Riep geïntroduceerd. Voor het landhuisrestaurant was dit de beste reclame voor de lokale bevolking: de burgemeester die hier zijn verjaardag vierde.

'Het heeft toch geen zin,' bromde Jenny en ze trapte zacht tegen de mooie nieuwe ladekast.

'Waarom bel je hem niet gewoon?' vroeg Franziska. Misschien was het goed om Jenny uit haar tent te lokken. Veel slechter kon de stemming van het meisje toch niet worden.

'Wie?' vroeg Jenny chagrijnig.

'Je weet heel goed wie ik bedoel.' Franziska glimlachte. 'Mannen vinden het heel moeilijk om zich met iemand te verzoenen. Ze denken altijd dat ze gezichtsverlies lijden als ze de eerste stap zetten. Je moet hun een beetje tegemoetkomen...'

'O, oma!' riep Jenny kreunend. 'Daar gaat het niet om.' Ze liet zich op een mooie biedermeierfauteuil zakken.

Franziska was ervan overtuigd dat dit precies was waar het om ging, maar ze hield haar commentaar voor zich.

‘Waar gaat het dan om?’

‘Het werkt niet!’ riep Jenny. ‘Hij zit in Ludorf met Max en de botenverhuur, en ik ben hier op Dranitz. Snap je? We zijn als de zon en de maan. Als twee kanten van een medaille. Hoe moeten we bij elkaar komen? Het werkt gewoon niet. Het is klaar!’

‘Jullie vinden wel een oplossing, Jenny,’ probeerde Franziska haar te troosten. ‘Als jullie van elkaar houden…’

‘Max Krumme bouwt een woning voor ons. Hij denkt echt dat ik met Juultje naar Ludorf ga verhuizen.’

Dat was inderdaad niet oké. Helemaal niet oké. Max Krumme was een moeilijke man, dat had ze altijd al geweten.

‘En wat zegt Ulli?’

Jenny pakte de zandpot. ‘Hij zal het wel een goed idee vinden.’

‘Dat kan ik me niet voorstellen!’ zei Franziska. ‘Ulli is een verstandige man.’

‘Dat dacht ik vroeger ook.’

‘En als je weer met hem praat…’

‘Ach, oma!’

Het deed Franziska pijn dat ze helemaal niet kon helpen. Haar kleindochter draaide in een kringetje rond en kon geen uitweg vinden, maar wilde ook geen advies aanhoren.

‘Laat haar maar,’ raadde Walter haar aan toen ze hem ’s avonds vertelde waar ze zich zorgen over maakte. ‘Ze moeten het zelf oplossen. Je kunt hen niet helpen en je kunt hun evenmin advies geven.’

Hij had een fles rode wijn opengemaakt en stond op om een glas voor haar te halen. Franziska slaakte een diepe, ontevreden zucht en schoof de reclamefolder waar ze eigenlijk aan had willen werken opzij. Sonja had prachtige aquarellen gemaakt, alleen de teksten ontbraken nog. Kon ze nu echt helemaal niets doen om Jenny en Ulli te helpen? Franziska mocht Ulli graag. Volgens haar was hij de perfecte echtgenoot voor Jenny. En hij was ook een goede vader voor Juultje. Bovendien hielden ze van elkaar. Het kon toch niet zo zijn dat die liefde vernietigd werd omdat Max Krumme zulke idiote ideeën had? Een woning in Ludorf! Als ze al een gezamenlijke woning zouden inrichten, dan natuurlijk op Dranitz. Waarom hadden ze anders de twee hovelingenhuisjes weer opgebouwd?

Walter merkte dat ze bleef piekeren en keek op van de fotokopieën die hij aan het bestuderen was.

'Je maakt je zorgen om Jenny, hè?' vroeg hij. 'Denk je niet dat ze in staat is haar problemen zelf op te lossen?'

Wat moest ze daarop antwoorden? Natuurlijk had ze vertrouwen in haar kleindochter. Jenny was een slim meisje. Aan de andere kant was het belangrijk dat Jenny de juiste beslissing nam. Het ging tenslotte om de toekomst van Dranitz.

'Denk je dat het zou kunnen helpen als ik een keer met Ulli praat?' vroeg ze.

'Alleen als hij uit zichzelf naar je toe komt.'

Waarschijnlijk keek ze heel ontevreden, want hij haastte zich om het gesprek naar een ander onderwerp te leiden.

'Moet ik me eigenlijk schrap zetten voor een overval?' grapte hij.

'Wanneer?' vroeg ze glimlachend en ze deed alsof ze de vraag niet begreep, terwijl ze heel goed wist dat het om zijn verjaardag ging.

'Hm, dan is het goed,' zei hij. 'Ik was al bang dat je een hoop moeite had gedaan.'

Dat had ze inderdaad. De uitnodigingen waren verstuurd, de gastenlijst was opgesteld en Bodo Bieger, de kok, had een fantastisch galamenu bedacht. Alleen al het voorlezen van de namen van de gerechten had culinaire waarde. Bovendien zouden er allerlei verrassingen zijn die de gasten hadden bedacht... Toch had ze ervoor gekozen om het klein te houden, want ze wist dat Walter niet van grote feesten hield.

'O... niks bijzonders,' zei ze. 'Koffie en gebak in kleine kring.'

'Daar verheug ik me op,' zei Walter en hij verdiepte zich weer in zijn fotokopieën.

Franziska schreef nog een paar teksten voor de folder en daarna gingen ze allebei naar bed.

De volgende dag kwam Jenny met Juultje naar haar toe.

'Zou je misschien op haar kunnen passen? Mine heeft nog hulp nodig bij het uitpakken van de dozen.'

Juultje liep meteen naar Falko, die onder de tafel zijn middagdutje lag te doen en heel snel wakker werd toen hij de snack in de hand van zijn kleine vriendin rook. Het meisje en de hond gingen gezellig samen onder de tafel liggen. Falko kauwde op het hondenkoekje, Juultje had van haar moeder koekjes gekregen. Die smaakten beter dan de hondenkoekjes die ze een tijdje geleden had geproefd.

'Zijn ze nog niet klaar met verhuizen?' vroeg Franziska. 'Ik wilde ook meehelpen, maar Mine zei dat het niet nodig was. Ze zei dat ze voor de zware spullen sterke mannen had en dat ze de kleine dingen zelf wel kon.'

'Ik zal het je laten weten als er nog veel moet gebeuren,' beloofde Jenny. Ze nam afscheid van haar dochtertje en ging op weg.

Franziska keek haar na. Haar kleindochter zag er bleek en ongelukkig uit. Zo kon het niet doorgaan. Walter mocht zijn eigen ideeën hebben wat Jenny en Ulli betrof, maar zij had haar eigen levenservaring en zou vandaag eindelijk actie ondernemen. Ze wilde niet dat die flauwe ruzie straks nog Walters verjaardagsfeest bedierf.

'Ik moet nog iets regelen,' zei ze tegen Walter, die net de woonkamer in kwam, en ze pakte haar autosleutel. Voordat hij kon antwoorden, kwam Juultje van onder de tafel tevoorschijn en sprong in zijn armen.

Franziska maakte van de gelegenheid gebruik en liep snel naar de voordeur. De wortel van het kwaad – dat was voor haar inmiddels duidelijk – bevond zich in Ludorf en heette Max Krumme. Ulli was ongetwijfeld bij zijn grootouders om hen te helpen met uitpakken, dus kon zij eens helemaal alleen en in alle rust met de man gaan praten. Ze had Max Krumme nog maar één keer gezien, twee jaar geleden op Mückes bruiloft. Het jonge stel had met een vrolijke borrel afscheid genomen van de gasten en was vervolgens met een van Max' woonboten op huwelijksreis gegaan.

Er stonden vandaag maar een paar auto's op de parkeerplaats in Ludorf, wat waarschijnlijk door het sombere, regenachtige weer kwam. Ook de kiosk was gesloten, maar de luiken, die 's avonds werden neergeklapt, stonden open. Franziska keek even door de ruit, maar de kleine verkoopruimte was leeg. Ze zag Max nergens. Ze liep naar de botenverhuur, waar een corpulente vlasblonde man onder een parasol zat, die hij als paraplu gebruikte, en een broodje worst at.

'Kunt u me vertellen waar ik Max Krumme kan vinden?' vroeg ze.

'Is hij niet in de kiosk?'

'Daar was niemand.'

'Dan heeft hij die zeker gesloten,' zei de jongeman. 'Er zijn ook geen klanten vandaag. Waarschijnlijk zit hij thuis over de boekhouding gebogen.'

Franziska bedankte hem en ging naar het oude huis waar Max met Ulli woonde. Het was omgeven door een verwilderde tuin. De struiken en bomen waren zo hoog gegroeid dat je het huis amper kon zien. De schutting en het tuinhekje waren nieuw, waarschijnlijk wilden ze liever niet dat de campinggasten hen kwamen bezoeken. Het hek zat echter niet dicht. Ze duwde het open en liep over het smalle betonnen pad naar het huis, waar een lapjeskat voor de deur zat, die haar argwanend met haar groene ogen aankeek. O ja, Ulli had verteld dat Max twee katten had. Ze liep langzaam naar het dier toe, bukte zich en strekte voorzichtig haar hand naar de kat uit. Die trok zich terug, draaide zich haastig om en glipte het huis in door de deur, die op een kier stond. Nou ja, zeg! Liet Max die altijd openstaan vanwege de katten?

Ze drukte op de bel, hoorde die schel rinkelen en wachtte. Langzaam bekroop haar het gevoel dat er iets niet in orde was. Inbrekers? Hadden ze de oude man overvallen om hem te bestelen? Waarschijnlijk was bekend dat hier een hoop geld te halen was.

'Meneer Krumme? Hallo?'

Geen antwoord. Nu vond ze het echt griezelig worden. Had ze nou maar niet zo vaak op tv naar krimi's gekeken. Ze haalde diep adem, dwong zichzelf te kalmeren en liep de gang in. Waarschijnlijk nam haar fantasie een loopje met haar. Voorzichtig gluurde ze door de kier van een openstaande deur de keuken in en ze schrok vreselijk toen er een kat van de tafel sprong. Het was niet de grote lapjeskat, maar een kleine grijze. Het arme beest was minstens zo geschrokken als zij.

'Meneer Krumme? Hallo? Hier is Franziska Iversen!' Niemand antwoordde. Het was echt een beetje huiveringwekkend. De kat was verdwenen. Een tweede deur leidde van de keuken naar de woonkamer.

'Ik zou u graag even willen spreken,' riep ze hard om zichzelf moed in te spreken.

Niets.

Plotseling rinkelde de telefoon en ze schrok. Hij rinkelde één keer, twee keer, drie keer, maar niemand nam op. Franziska overwoog al om dit vreemde, blijkbaar alleen door twee katten bewoonde huis in alle haast te verlaten, maar liep toch naar de woonkamer. En daar vond ze Max Krumme. Hij lag op het tapijt tussen de fauteuils en de tv, helemaal krom en met zijn rug naar haar toe, waardoor ze zijn gezicht niet kon zien. Heel even bleef ze als versteend staan en vreesde het ergste, maar toen vermande ze zich en knielde naast hem. Toen ze zijn polsslag wilde voelen, bewoog hij. Hij mompelde iets en zakte weer weg in de bewusteloosheid. Ze raakte zijn voorhoofd aan en dat was gloeiend heet. In zijn nek zag ze gemene rode vlekken.

De mazelen! Haar achterkleindochter had de arme man aangestoken! O jee, dat kon op zijn leeftijd naar aflopen.

Ze stond op en liep naar de telefoon, maar net toen ze de hoorn wilde oppakken om een ambulance te bellen, rinkelde hij opnieuw. Franziska haalde diep adem en nam op.

'Huize Krumme,' zei ze hees.

Aan de andere kant van de lijn bleef het even stil. Daarna hoorde ze Ulli's verwarde stem.

'Met wie spreek ik? Ben jij dat, Franziska?' Ulli! Wat goed dat hij belde!

'Ja, je spreekt met Franziska. Kom alsjeblieft zo snel je kunt, Ulli. Max heeft de mazelen. Hij heeft zo'n hoge koorts dat hij amper nog bij bewustzijn is. Ik bel nu een ambulance.'

'De mazelen? O jee! Op zijn leeftijd… Wat doe jij eigenlijk in Max' huis, Franziska? Nou ja, dat doet er niet toe, ik kom eraan…'

Audacia

HET WAS ZOMER GEWORDEN. Het fruit rijpte en in de kloostermoestuin groeiden dille en kamille, bieslook, bijvoet en smeerwortel, evenals uien, kool en bieten. Het beloofde een rijk jaar te worden, want de voorraden van vorig jaar waren nog niet opgebruikt en Bogdan had verteld dat de haver en rogge op de akkers van de boeren goed groeiden. Het vee had ook genoeg te eten en de karpers in de vijver werden vet. Het behaagde God in zijn goedheid om voor hen allen als een vader te zorgen.

Toch was de abdis vaak onrustig. Ze sliep 's nachts slecht en soms vond ze het moeilijk om zich op het zingen van de psalmen te concentreren zonder dat haar gedachten afdwaalden. Het waren de zachte ogen van de novice die voortdurend op haar gericht waren zodra ze met elkaar in dezelfde kamer waren. Die levendige blik, die haar verwarde en waar ze toch niet aan kon ontsnappen, wat ze misschien ook niet wilde. Regula was niet zoals de andere vrouwen. Ze was niet geschikt voor het zware werk en hoewel ze er zelf herhaaldelijk om vroeg om niet gespaard te worden, liet de abdis haar slechts af en toe in de tuin onkruid wieden. Twee keer was ze bewusteloos geraakt en moesten de nonnen haar naar de refter dragen, waar de abdis haar met koud water en scherp geurende kruiden weer tot leven bracht.

'Ze is epileptisch,' hadden de nonnen 's avonds in de slaapzaal gefluisterd. 'Er zit een boze geest in haar die haar kwelt omdat hij weg wil. We moeten het aan de pater vertellen.'

De abdis had haar nonnen streng gewaarschuwd dat ze niet dat soort zondige verdenkingen mochten koesteren, want wie over het kwaad sprak, trok het naar zich toe en bracht hun zo allemaal ongeluk. Daarna hielden ze zich gedeisd en zwegen ze. Maar de abdis wist heel goed dat de achterdocht zich in hun gedachten had vastgezet en er bij de geringste gelegenheid uit zou komen en schade aan zou richten. Ook de priorin Clara, die samen met de abdis over Regula waakte, was erg bezorgd.

'We hebben nog geluk gehad dat ze niet heeft gepraat,' zei ze 's avonds zachtjes tegen de abdis. 'Maar het kan elk moment gebeuren en dan zal niemand haar meer kunnen beschermen.'

'God zal haar beschermen, Clara!'

'Als het Hem belieft, zal Hij het doen, moeder Audacia.'

De abdis had eindeloos nagedacht over een licht klusje dat ze de novice kon geven zonder de afgunst van de andere vrouwen te wekken, maar dat haar behoedde voor verdere aanvallen.

'Kun je borduren?' vroeg ze na het middagmaal aan Regula. De abt van het broederklooster had hun een ornaat gegeven om te versieren.

De novice stapelde de aardenwerken borden op om ze naar de keuken te brengen. Toen de abdis haar aansprak, bleef ze staan en keek naar haar op. Wat had het meisje zachte gelaatstrekken, bijna kinderlijk en tegelijk engelachtig mooi. Er ging een huivering door de abdis. Ondanks zichzelf glimlachte ze en ze strekte haar hand uit om de wang van de novice te strelen. Regula verroerde zich niet en sloeg haar ogen niet neer, maar bleef naar Audacia opkijken.

'Ik zal elke taak die u mij geeft met al mijn kracht vervullen, eerbiedwaardige moeder!'

De abdis bezon zich en trok haar hand terug. De gedachte drong tot haar door dat dit engelachtige wezen misschien toch een instrument van het kwaad zou kunnen zijn, maar ze verwierp die gedachte meteen. Het meisje hing aan haar met een kinderlijke liefde. Zo'n liefde kwam van God. Het was een geschenk waarvoor ze Hem moesten bedanken.

'Laten we dat dan proberen. Zuster Agnes zal je begeleiden.'

Slechts een paar nonnen waren op dit moment in staat om zulk fijn borduurwerk te maken. Sommigen waren te oud geworden en hun gezichtsvermogen was verminderd. Anderen die nog goed konden zien waren te onhandig. Zuster Agnes was de enige die niet alleen kon borduren, maar ook de patronen kon ontwerpen.

Twee dagen later vroeg de priorin na het avondgebed om een gesprek.

'Het lijkt erop dat we de juiste plek voor het meisje hebben gevonden,' zei ze. 'Zuster Agnes heeft me verteld dat de novice de fijnste steken maakt. En dat is niet alles. Ze tekent nieuwe patronen die veel fantasierijker zijn dan alles wat Agnes ooit heeft gemaakt.'

De abdis was opgelucht. Met dit werk was de kans dat Regula zichzelf overbelastte klein en zou ze hopelijk geen aanval krijgen. Als het toch zou gebeuren, zou ze zuster Agnes opdragen er geen grote ophef over te maken, maar onmiddellijk de priorin erbij te halen, of beter nog: de abdis. Maar ze maakte zich voor niets zorgen, want in de daaropvolgende weken vervulde de novice al haar taken naar volle tevredenheid. Ze werd niet ziek, maar was vervuld van een stille blijdschap. De abdis bezocht de borduursters vaak, die nu in de zomer vanwege het felle licht buiten werkten, en prees hun werk. Het ornaat voor de pater was inderdaad heel mooi en kleurrijk geborduurd, en Regula had al nieuwe, nog veel mooiere patronen getekend. Patronen met ruiters en kastelen, ingewikkelde ranken vol rozen, griffioenen en mythische dieren en ook een sierlijke eenhoorn.

'Ik zou willen dat ik ook voor u zo'n gewaad mocht borduren, eerbiedwaardige moeder,' zei ze tegen de abdis. 'Het zou me veel plezier doen om u zo opgesmukt te zien.'

Wat een idee! De abdis schrok van deze kinderachtige uitspraak en werd boos.

'Waag het nooit meer zoiets te zeggen, Regula! Ga heen en bid dat je niet ten prooi zult vallen aan de zonde van de hoogmoed en de ijdelheid!'

Het meisje keek haar met grote, geschrokken ogen aan en de abdis had er onmiddellijk spijt van dat ze zich tot zulke boze woorden had laten verleiden.

'Je hebt nog veel te leren, Regula,' zei ze nu wat vriendelijker. 'Daarom wordt het je vergeven.'

Ze stak haar hand uit en Regula knielde voor haar neer om hem te kussen. Het meisje zweeg, maar de abdis voelde haar warme tranen en trok snel haar hand terug.

Zoals altijd verscheen op zondag de pater van het broederklooster met twee begeleiders om de mis te doen en bij de vrouwen de biecht af te nemen. Omdat het geen vastentijd was, kregen hij en zijn twee ruiters vervolgens een maaltijd. Daarna overhandigde de abdis hem het geborduurde ornaat.

'Wat een prachtig werk,' prees de pater. 'Als uw vrouwen zulk prachtig borduurwerk kunnen maken, zal ik u meer opdrachten geven.'

'Dat is heel aardig van u, broeder Gerwig,' antwoordde de abdis beleefd. Ze kon dergelijke opdrachten niet weigeren, maar het irriteerde haar dat het broederklooster haar borduurwerk voor het dubbele van de prijs zou doorverkopen en zo geld zou verdienen aan het werk van de nonnen.

'We hebben droevig nieuws gekregen, moeder Audacia,' vervolgde de pater terwijl hij het ornaat zorgvuldig in een doek wikkelde. 'Een pelgrim die uit het Heilige Land is teruggekeerd, heeft aan het hof van Schwerin gemeld dat de jonge graaf Nikolaus en al zijn metgezellen tijdens een schipbreuk om het leven zijn gekomen. Moge God zijn arme ziel genadig zijn, want hij stierf zonder schuldbelijdenis en voordat hij het Heilig Graf heeft gezien. Amen.'

De abdis schrok. De droom van zijn zus was dus uitgekomen. Natuurlijk kon het toeval zijn. Veel pelgrims overleefden de overtocht naar het Heilige Land niet. Hun schepen kwamen in een storm terecht en zonken, of ze werden aangevallen door piraten die de pelgrims als slaven verkochten. Maar de abdis had een ander, erger vermoeden: Regula had voorspellende dromen. Ze kon de toekomst zien. Ze was óf een profetes van de Heer óf een dienares van de duivel.

'Ik vertel het u omdat u allen zeker voor de arme ziel van de jonge graaf zult bidden,' ging de pater verder. 'Zijn zus woont toch hier in het klooster?'

De abdis zette zich schrap, want ze meende iets dreigends in de toon van de pater te horen.

'Zeker. Zij is degene die het ornaat zo prachtig heeft geborduurd.'

Het deed broeder Gerwig een plezier om dat te horen en hij vroeg de abdis om de boodschap zo voorzichtig mogelijk over te brengen, zodat de novice niet in haar werk gehinderd zou worden.

'Misschien kan ze ook miniaturen schilderen. We hebben geschriften die met een fijn penseel moeten worden versierd. Dat vereist echter een vaste hand...'

Ze had zich voor niets zorgen gemaakt! De pater was alleen geïnteresseerd in de winst die hij uit het werk van de nonnen kon halen.

'Ik zal haar de opdracht geven om een voorbeeldtekening te maken,' stelde de abdis voor. 'Als het u bevalt, spreken we een prijs af.'

Hij streek met zijn hand over zijn uitpuilende onderkin en grijnsde begripvol naar haar. In tegenstelling tot haar voorgangster was Audacia een taaie onderhandelingspartner.

'We worden het vast wel eens, moeder Audacia,' verzekerde hij haar. 'Misschien hebben we straks alle middelen nodig om aan onze leenplicht te voldoen. Er wordt gezegd dat de Slaven weer samenscholen.'

Daar was de abdis niet erg van onder de indruk, want het gevaar uit het oosten was altijd aanwezig. De heren van Schwerin hadden de Slavische stammen meer dan twintig jaar geleden verslagen en verjaagd. Sindsdien werd er telkens gefluisterd dat ze terug konden komen. In dit geval zou het klooster de heren van Schwerin zeven ridders ter beschikking moeten stellen, uitgerust met hengst en harnas, wat een dure aangelegenheid was. En het was absoluut geen garantie dat ze er bij een overval ongeschonden van af zouden komen.

'De man die hier op jullie kosten eet is een Slaaf, toch?'

'Bogdan? Jazeker. Maar hij is ons trouw, want wij hebben zijn leven gered.'

De pater vertrok zijn gezicht.

'Hij is en blijft een Slaaf, moeder Audacia. Past u voor hem op.'

Broeder Gerwig liet zichzelf en zijn metgezellen zo uitgebreid van het goede bier van de nonnen voorzien dat ze zich op de terugweg naar het broederklooster zouden moeten haasten om daar niet de vespers te missen.

's Avonds liet de abdis Regula bij zich komen.

'Ik heb slecht nieuws voor je,' zei ze verdrietig. 'Het gaat om je broer Nikolaus.'

De novice was aarzelend binnengekomen. Van haar gezicht, dat als een open boek voor de abdis was, was grote angst af te lezen. Maar nu verlevendigde haar blik weer en ze glimlachte verdrietig.

'Ik weet dat hij dood is, eerbiedwaardige moeder. Ik zag het zo duidelijk alsof ik naast hem stond, maar zonder dat ik hem kon helpen. Maar ik weet ook dat God de Heer mijn broer in Zijn eeuwige koninkrijk heeft opgenomen, want ik zag hem tussen de heiligen in het paradijs rondlopen. Daarom is er geen reden om om hem te huilen. Bovendien zullen we binnenkort met elkaar herenigd worden en hoeven we nooit meer afscheid van elkaar te nemen.'

De abdis was erg aangedaan door deze woorden, want ze bevestigden haar vermoeden.

'Heb je al eerder zulke dromen gehad, Regula?'

De novice had voor haar geknield, zoals gebruikelijk was in het klooster. Nu stond ze op een teken van de abdis op en begon met kinderlijk vertrouwen te vertellen.

'Ik had mijn eerste droom toen ik dertien was. Ik zag drie hemelse engelen met de gezichten van mijn jongere broers en zussen. Ze lachten en zwaaiden naar me. Daarna verdwenen ze en het enige wat overbleef was een groot licht.'

'Was dat toen er een ziekte woedde in de burcht, die ook de kinderen van de graaf trof?'

'Ja, eerbiedwaardige moeder. Ze zijn twee dagen later overleden.'

'Heb je toen over je droom gesproken?'

'Ik heb het aan Nikolaus verteld, maar hij heeft me laten beloven om het aan niemand te vertellen, zelfs niet aan de priester.'

'Een wijze broer,' verzuchtte de abdis opgelucht. 'Ik hoop dat je dit ook aan mij kunt beloven, Regula. Er zijn mensen die zulke dromen als het werk van de duivel beschouwen en je ervan kunnen beschuldigen dat je een ketterin bent. Maar maak je geen zorgen, ik zal je zo goed mogelijk beschermen.'

De novice strekte onwillekeurig haar armen naar de abdis uit en omdat Audacia bang was dat het meisje zou vallen, ving ze haar op en hield haar tegen haar borst.

'Toen ik werd geroepen, was ik zo bang dat u ontevreden met me was en dat u me zou uitschelden,' snikte Regula. 'Maar nu ben ik dolgelukkig en zweer ik alles te doen wat u van me vraagt, hoe zwaar het ook is. U bent een moeder en een oudere zus voor mij. U bent mijn welwillende meesteres, degene die mij beschermt. Mijn innige gebeden, mijn vurige liefde geldt u, tot het einde van mijn aardse tijd en daarna, zolang God de Heer het wil...'

De abdis hield het tengere lichaam van het meisje ontroerd in haar armen en luisterde naar haar stem, die zo helder was alsof hij uit een van de hemelse koren kwam. Pas toen de woorden van de novice haar iets te indringend werden, duwde ze het meisje van zich af en sprak haar streng toe.

'Jouw liefde, Regula, dient noch vader, noch moeder te kennen, noch broer, noch vriendin, maar dient uitsluitend gericht te zijn op onze Heer Jezus Christus. Daarom moet je dagelijks bidden, want alleen dan zal op een dag de poort naar het paradijs voor je opengaan.'

Regula zakte weer voor haar op haar knieën en vouwde haar handen ineen.

'Ik zal het proberen, eerbiedwaardige moeder,' fluisterde ze in tranen.

'En onthoud altijd wat je mij en je broer hebt beloofd!' waarschuwde de abdis.

's Zondags verscheen pater Gerwig met vier gewapende ruiters en een pakpaard. Daarop was een kist gebonden waar verschillende kostbare stoffen voor ambtsgewaden en een foliant in zaten. Dit keer moesten de nonnen de gewaden niet alleen borduren, maar ook naaien. De foliant bevatte de kopie van een boek over geneeskrachtige kruiden. Gerwig gaf de vrouwen opdracht om bij elk nieuw hoofdstuk een schilderijtje te maken. Bovendien moesten de grote beginletters worden versierd met figuren en symbolen. De abdis bedankte het broederklooster voor het vertrouwen en beloofde het werk met de nodige zorgvuldigheid en kunstvaardigheid uit te voeren. Voordat ze de onderhandelingen over het loon voerde, gaf ze de heren rijkelijk van het zelfgebrouwen kloosterbier te drinken en zo kwamen ze met Gods hulp en haar eigen wijsheid het bedrag overeen dat ze in haar hoofd had gehad.

'U bent hardvochtig, moeder Audacia,' klaagde broeder Gerwig. 'De abt zal me uitschelden omdat ik u te veel beloof. Maar ik doe het voor de welvaart van het klooster en de nonnen die zulk heerlijk bier brouwen!'

'God de Heer zal u zegenen, broeder Gerwig. Mag ik nog wat voor u inschenken? Er zit nog een restje in de kroes.'

'Ja hoor. Het zou een schande zijn om zo'n geschenk van God te verspillen.'

Toen hij met zijn begeleiders in het zadel zat en de portierster de brede houten poort wijd open had gezet, schoot de pater nog iets te binnen.

'Voordat ik het vergeet, moeder Audacia, de graaf vraagt of u volgende week naar de burcht kunt komen voor een gesprek. Het gaat om enkele dorpen die graaf Nikolaus zaliger voor zijn pelgrimstocht aan zijn zuster naliet en die – zoals ook de wil van de overledene was – nu aan het klooster Waldsee zullen toekomen.'

Ook dat was goed nieuws. De abdis bedankte hem en beloofde de komende dagen naar Schwerin te rijden om de zaak te bespreken en de documenten te ondertekenen. Vrolijk gestemd haastte ze zich naar de kerk om met de zusters de vespers te zingen. Daarna luisterde ze naar de woorden van de voorlezeres tijdens het avondmaal en pas na het avondgebed merkte ze dat Bogdan weer eens ontbrak. De Slaaf ging de laatste tijd zijn eigen gang. Hij verliet vaak vroeg in de ochtend het klooster, bleef de hele nacht weg en keerde pas de volgende dag moe en met gescheurde kleren naar het beschermende klooster terug. Daar kroop hij in de schuur onder het verse hooi om te slapen, waarbij hij een keer de twee nonnen die de geiten voerden vreselijk had laten schrikken. De abdis had hem verschillende keren op zijn kop gegeven vanwege deze verboden excursies, want hij verwaarloosde het werk dat hij moest doen, maar haar verwijten konden hem er niet van weerhouden het nog een keer te doen.

'Bogdan moet gaan, sporen zoeken, luisteren als hert, ruiken als vos...'

'Je bent toch geen wild dier, Bogdan. Je hoort hier thuis, in het klooster, we hebben je nodig. Het is niet aardig van je om ons in de steek te laten.'

Hij zag er berouwvol uit. Hij trok zijn borstelige wenkbrauwen op en maakte vreemd schokkerige armbewegingen.

'Bogdan hoort thuis in klooster. Bogdan is dankbaar tot in eeuwigheid. Zal sterven voor kleine meesteres. Mooie meesteres in klooster...'

Daarmee bedoelde die rare vogel niet de abdis, maar de novice Regula, voor wie hij een bijna mystieke, onderdanige passie had ontwikkeld. Als hij in het klooster was, deed hij er alles aan om haar in elk geval eventjes te zien, wat momenteel ook lukte omdat de borduursters buiten aan het werk waren. Regula zelf was niet erg dol op deze vreemde bewonderaar. Ze reageerde nooit op zijn gebaren en geroep, en een keer had ze aan priorin Clara bekend dat de gekke Slaaf haar angst aanjoeg.

Een paar dagen later bereidde de abdis zich voor op de rit naar het hof van de graaf. Het was een pittige onderneming voor een onervaren ruiter als de kloostervrouw. De graaf had haar een paard en verschillende ruiters gestuurd om haar te vergezellen, en ze wilde Bogdan ook meenemen als haar knecht. Omdat er echter geen paard was voor de Slaaf, moest hij op een gehoornde geitenbok achter hen aan rijden. De zorg voor de nonnen had ze tijdens haar afwezigheid toevertrouwd aan priorin Clara, die deze taak met de nodige zorg wilde uitvoeren. De nonnen spraken een gebed uit voor het succes van deze gevaarlijke reis. Ze vroegen God om zijn beschermende hand boven hun abdis te houden en haar veilig naar het klooster terug te leiden. Audacia was ontroerd toen ze zag dat sommige van haar nonnen, vooral degenen die erg jong waren, tranen in hun ogen hadden omdat ze zich weerloos voelden zonder de abdis. Regula huilde niet, maar bij de gloed van de altaarkaarsen leek haar gezicht zo star en bleek dat de abdis bang was dat ze weer een aanval zou krijgen. Maar dat gebeurde gelukkig niet.

Ze vertrokken zodra het licht werd. Twee ruiters vormden de voorhoede. Daarna volgden de abdis en een andere ruiter, die haar te hulp moest schieten als ze het paard niet aankon. Twee ruiters vormden de achterhoede en daarachter hobbelde Bogdan op zijn geit. De Slaaf was het doelwit van menig grove grap, die hij echter zonder een spier te vertrekken over zich heen liet komen, waardoor de ruiters uiteindelijk dachten dat hij hen niet verstond. Alleen Audacia wist dat Bogdan elk woord begreep. Verschillende keren verbood ze het de mannen om haar knecht te beledigen, maar de ruiters waren een ruw volk en gaven niet om de bevelen van een non.

De rit duurde tot de avond en de abdis was blij toen ze de burcht in de verte tussen de velden en weilanden zag liggen. Uitgeput steeg ze op het burchtplein van het paard. Ze voelde haar benen nauwelijks nog, maar wilde toch niet gesteund worden door de page die aan kwam lopen. Ze kreeg een kleine kamer toegewezen in de voorburcht. Ze gaven haar te eten en lieten haar weten dat de graaf haar de volgende ochtend verwachtte. Audacia was blij dat ze niet al diezelfde avond voor de kasteelheer hoefde te verschijnen, want ze was doodmoe van alles wat ze die dag had gezien en meegemaakt. Ze was zich er slechts vaag van bewust dat de Slaaf Bogdan zich voor haar kamerdeur installeerde om haar te bewaken en viel algauw in een diepe slaap.

Toen ze wakker werd, had ze overal pijn. Haar benen deden zeer van de rit, waar ze niet aan gewend was, en het kostte haar veel moeite om op te staan. Elke stap was een marteling. Ze liet echter niets merken toen ze over het burchtplein naar de hoofdburcht werd geleid en daar verschillende trappen moest beklimmen. Graaf Gunzelin zat met zijn getrouwen aan het ochtendmaal. Hij begroette de abdis met het nodige respect en vroeg haar de maaltijd bij te wonen. Ze had geen andere keuze dan een kom zoete pap te eten en een paar slokken wijn te drinken. De wijn was op smaak gebracht met kruiden en aangelengd met water. Toch trok haar mond zich tijdens het drinken samen omdat hij zo zuur was.

Het duurde een tijdje voordat het gezelschap uit elkaar ging. De vrouwen begonnen aan hun dagelijks werk, de ridders liepen naar het burchtplein, waar de jonge schildknapen al op hun paard zaten en sprongen oefenden.

'Laten we overgaan op de zaken, moeder Audacia,' zei de graaf. Hij pakte zijn beker en kwam naast haar zitten.

Graaf Gunzelin was grijs geworden sinds de laatste keer dat de abdis hem had gezien. Zijn hoofdhaar leek doorschijnend en hij had diepe wallen onder zijn ogen gekregen.

'Het gaat om drie dorpen die in de buurt van het klooster liggen,' begon hij. 'Mijn zoon Nikolaus heeft ze door erfenis van moederszijde verkregen en in het testament dat hij vóór zijn pelgrimstocht schreef, staat dat de dorpen en het omliggende land aan zijn zus Regula moeten toekomen.'

Dit was de abdis al bekend. Ze had zich op deze erfenis verheugd, maar nu hoorde ze van de graaf dat ze daar weinig reden toe had.

'Zoals u ongetwijfeld hebt vernomen, eerbiedwaardige moeder Audacia, worden we opnieuw bedreigd door gevaar uit het oosten. Daarom zal ik ridders bijeenroepen die, gewapend met hengsten en harnassen, ons vaderland zullen verdedigen.'

De sluwe graaf had eigenmachtig het aantal ridders dat het klooster moest leveren verhoogd tot twaalf en aangezien de abdis hem uitlegde dat de nonnen niet over de nodige middelen beschikten om zo veel mannen uit te rusten, deed hij haar een perfide voorstel.

'De drie dorpen zijn vrij klein en leveren slechts weinig belasting op. Maar om het klooster niet te schaden ben ik het eens met de transactie. U bevestigt mij het eigendom van de dorpen en ik zal twaalf ruiters uitrusten voor het klooster.'

Ze kon de erfenis dus wel vergeten. De hebzuchtige graaf pakte die van haar af, zodat ze haar leenplicht kon vervullen. Dat was zeker niet in de geest van de jonge Nikolaus, maar zo ging het in de wereld. Wie de macht had, had het recht. Zij was slechts een non. Hoe had ze zich kunnen verzetten tegen de machtige graaf?

'God de Heer zal uw goedheid belonen,' zei ze bij het afscheid. De graaf bedankte haar en liet haar welwillend uit. Hij had de ironie achter haar woorden niet opgemerkt.

De terugweg was nog onprettiger dan de heenweg. De lucht was betrokken, het motregende en haar kleren werden vochtig. Ze miste het heldere, vrolijke licht van de zon. Het was schemerig onder het bladerdak in het bos. In het kreupelhout leken schimmige wezens op de loer te liggen en er waren vreemde ogen op de passerende ruiters gericht. Al na een paar uur namen de ruiters van de graaf afscheid.

Het was nu niet meer ver en ze kon vrij goed zonder begeleiding naar het klooster gaan. De pater zou het paard zondag meenemen om het terug te brengen naar de graaf.

Nu was ze alleen met de Slaaf Bogdan, die naast haar op zijn geit reed en haar al snel de weg wees.

'Niet hierheen, moeder. Hiernaartoe, gelooft u Bogdan. Bogdan is trouwe dienaar...'

Ze aarzelde, want hij sloeg van het gebruikelijke pad af, reed dwars door het bos naar een ander, onbekend pad en volgde ook dat niet lang.

'We gaan veel te ver naar het westen, Bogdan. Als we deze kant op blijven rijden, zullen we het klooster missen.'

'Beter missen dan levens verliezen.'

'Wat praat je nu voor onzin, Bogdan? Wie zou ons kwaad willen doen?'

'Niet vragen. Bogdan leidt zijn meesteres goed.'

Ze was aan hem overgeleverd, want hij kende de weg in het bos. Hij kende de paden alsof ze in zijn hersenen waren gebrand, terwijl zijzelf haar oriëntatie allang had verloren. 's Avonds, toen ze eigenlijk al bij het klooster hadden moeten zijn, zagen ze op een open plek twee verlaten hutten en Bogdan legde uit dat ze hier de nacht zouden doorbrengen.

'Maak geen vuur. Slaap hier in huis. Bogdan wacht...'

Ze deelde de laatste voorraden met hem en bracht een onrustige nacht door op vochtig mos tussen allerlei ongedierte dat haar van haar slaap beroofde. Toen ze 's ochtends uit de hut kwam, was Bogdan weg. Eerst was ze bang, maar toen zag ze dat haar paard en ook de geit rustig graasden en was ze gerustgesteld. Even later kroop de Slaaf uit het kreupelhout. Hij grijnsde tevreden en zadelde haar paard op.

'De weg is vrij. Bogdan heeft slim geleid.'

'Leid me nu dan eindelijk naar het klooster!'

Dit keer gehoorzaamde hij. Ze waren amper een uur op weg toen ze de muren van het klooster tussen de bomen zag opdoemen. Korte tijd later stonden ze voor de poort. Er heerste grote ongerustheid in het klooster, want ze hadden de abdis de vorige dag verwacht.

'Het is niet pluis in het bos,' zei de portierster. 'We zien de vogels angstig opvliegen. Een roedel herten vluchtte gisteren ook naar de kloostermuren, alsof ze door wolven werden achtervolgd. God zij geprezen voor het feit dat u veilig en wel naar ons bent teruggekeerd, eerbiedwaardige moeder Audacia!'

De abdis dacht er het hare van en wilde Bogdan bedanken voor zijn slimme leiderschap, maar de Slaaf had zich al in de schuur teruggetrokken om onder het hooi eens flink slaap in te halen. Nog voor de sext om twaalf uur 's middags vertelde de abdis priorin Clara over haar bezoek aan het hof van de graaf. De twee vrouwen waren boos over het bedrog.

'De Heer zal hem straffen,' merkte de priorin op. 'Kon ik maar het instrument in Zijn handen zijn!' Vervolgens hoorde de abdis dat de novice Regula erg ziek was geweest en twee dagen in het ziekenverblijf had doorgebracht. De priorin had het ergste gevreesd voor het leven van het meisje, maar vanmorgen, toen de abdis met Bogdan voor de kloosterpoort stond, was Regula op mysterieuze wijze hersteld.

'Ik heb haast het idee dat ze u miste, eerbiedwaardige moeder, en daar ziek van werd.'

'Heeft ze een aanval gehad?'

'Nee, ze was alleen heel zwak en kon niet staan.'

De abdis zuchtte. Een paar dagen geleden was ze nog blij en hoopvol geweest, nu stapelde het slechte nieuws zich op.

Ze trof Regula in de kamer naast de kleermakerij aan. Het meisje had verschillende kleuren verf gemengd en kleurde daarmee een tekening in, die ze met fijne lijnen in het perkament van het boek had gekrast.

'Je mag je niet al te veel inspannen,' waarschuwde de abdis met een glimlach en ze bewonderde de miniatuur, waarop een burcht achter een slingerende rank van een plant te zien was.

'Het gaat goed met me, moeder Audacia,' zei het meisje. 'Nu u weer bij ons bent, ben ik sterk en vol vreugde. Kijk, ik heb dit kleine plaatje speciaal voor u getekend. Zo kunt u zich mij herinneren als ik op een dag niet meer bij u kan zijn.'

Ze haalde een klein stukje perkament onder het boek vandaan, een snipper die er tijdens het snijden van de bladen af was gevallen. Daarop had ze heel kunstvaardig een sierlijke roos getekend. De abdis zuchtte, maar ze wilde niet mopperen en nam het geschenk aan.

'Alleen deze ene keer dan, Regula,' zei ze zachtjes, terwijl ze liefdevol het gebogen hoofd van het meisje streelde. 'Omdat ik blij ben dat je gezond en vrolijk bent.'

Maar het onheil naderde het klooster met stille maar gestage schreden en er was geen manier om eraan te ontkomen. Op zondag, toen de pater de mis opdroeg, gebeurde wat de abdis en de priorin al lang vreesden: terwijl broeder Gerwig het eucharistisch gebed uitsprak, zakte de novice Regula in elkaar en meteen daarna galmde haar heldere stem door de kerk.

'Ze zullen met zwaarden en speren komen en onze huizen platbranden, de mannen slaan en de vrouwen tot slaaf maken. Er zal helder bloed stromen. Rechtvaardige en onrechtvaardige zielen zullen naar de hemel opstijgen...'

De priorin haastte zich om het meisje op te tillen en twee jonge nonnen hielpen haar de kerk uit te dragen en naar de slaapzaal te brengen. De pater had het gebed onderbroken, maar sprak nu verder en de mis ging weer door zoals gebruikelijk. Maar noch de abdis, noch de priorin Clara kon zich concentreren op de heilige teksten en gebeden, want ze vreesden dat de pater melding zou maken van het incident in het broederklooster.

Hun bezorgdheid bleek terecht te zijn. Na het middagmaal, waarbij de gasten slechts matig toetastten, vroeg broeder Gerwig haar met een geschokt gezicht of ze niet hadden gemerkt dat het kwaad uit dit meisje sprak.

‘Ze is pas sinds kort een vrouw, als u begrijpt wat ik bedoel, broeder Gerwig,’ zei de abdis. ‘Ze raakt uitgeput als ze lang moet staan, dan wordt het haar zwart voor de ogen en valt ze flauw. Over een half jaar is het voorbij. Geef me uw beker zodat ik nog iets voor u kan inschenken.’

Maar broeder Gerwig liet zich vandaag zelfs niet met behulp van het goede kloosterbier overtuigen. Hij hield koppig vol dat de novice bezeten moest zijn. Ze hadden de duivel luid en duidelijk door haar mond horen praten.

‘Een boze geest heeft zich in haar genesteld, moeder Audacia. We moeten hem uit haar verdrijven, zodat hij niet in het hele klooster om zich heen grijpt. Ik zal verslag uitbrengen aan de abt. Hij zal haar laten ophalen.’

‘Dat zullen we niet toelaten, broeder Gerwig,’ zei de abdis. ‘Als er een exorcisme bij de novice moet worden uitgevoerd, dan moet dat hier in het klooster gebeuren. We laten haar niet gaan.’

‘We zullen wel tot een oplossing komen, eerbiedwaardige moeder. Het is niet aan u om een vrouw te beschermen die bezeten is door het kwaad. Dus weest u gehoorzaam en vroom!’

De pater zette zijn lege bierpul neer en zei dat hij nu weg moest. Zelfs zijn metgezellen hadden vandaag niet de rust om te blijven zitten. Ze stonden al op het erf bij de gezadelde paarden.

Het afscheid was kort en niet erg hartelijk, en toen de vier de kloosterpoort achter zich hadden gelaten, dreven ze hun dieren aan en verdwenen haastig tussen de bomen.

‘Het onheil zal zijn beloop nemen,’ zei de priorin rustig. ‘Als God Regula niet wil beschermen, kunnen we niet veel voor haar doen.’

De abdis was het daar niet mee eens. Ze wilde het meisje niet voor een exorcisme aan de monniken uitleveren, want ze wist dat het dan al snel een ketterproces kon worden. Ze ging naar de slaapzaal boven om bij Regula te kijken en trof haar liggend op haar slaapplek aan. Het lichaam van het meisje was helemaal verstijfd.

‘Ze gaan dood,’ fluisterde ze. ‘Niemand zal ontsnappen. Ik zie de bijl die de schedel van de monnik splijt, ik zie hem van het paard vallen… Ze staan boven hem, zo talrijk als de mieren.'

Was dat ook een voorspellende droom? De abdis liet het meisje over aan de zorg van een non en haastte zich naar de kerk om de toren te beklimmen. De portierster had de waarheid gesproken: ze zag angstige vogels uit de boomkronen opvliegen en verschillende konijnen vluchtten naar het klooster alsof er een vos achter hen aan zat. Plotseling zag ze twee mannen uit het struikgewas sluipen. Ze inspecteerden de kloostermuur, slopen er een eindje langs en verdwenen weer in het bos. Audacia had de Slavische krijgers jaren geleden gezien. Ze waren klein, droegen eenvoudige leren harnassen, gebruikten bijlen en speren als wapens en sommige waren ook gewapend met pijl-en-boog.

De twee mannen waren verkenners, dacht ze, en ze probeerde de angst die in haar opsteeg te bedwingen. De Slaven zijn hier. Ze hebben het op het klooster voorzien. We moeten een boodschapper naar de graaf sturen zodat hij ons met zijn ridders kan helpen.

Ze klom uit de toren en haastte zich naar de stallen om Bogdan te zoeken.

'Hij is ervandoor,' zei de non die de geiten verzorgde. 'Meteen na de mis is hij over de muur geklommen en weg was hij, de schurk.'

'Hij is en blijft een Slaaf,' had broeder Gerwig gezegd. 'Past u voor hem op!'

Jenny

'Ik breng je morgenochtend wel,' had Kacpar aangeboden. 'Je bent veel te gespannen. Straks gebeurt er nog iets.'

'Wat een onzin! Ik kan die route dromen. Wat zou er nu kunnen gebeuren?'

'Hij heeft gelijk, Jenny,' had oma gezegd. 'Eén ongeluk is al erg genoeg, je hoeft het lot niet uit te dagen.'

Oma was 's avonds helemaal van slag teruggekomen uit Ludorf en had verteld dat Max Krumme in Waren in het ziekenhuis lag. Op de intensive care. Met de mazelen.

'Ze hebben de koorts onder controle gekregen,' zei ze. 'Maar nu heeft hij het extreem benauwd. Hij is erg in de war. Hij weet niet waar hij is en wat er is gebeurd. Afschuwelijk! Hij ligt onder een transparante zuurstoftent. Als Sneeuwwitje in de glazen kist.'

'Nounou...' Walter sloeg zijn arm om haar schouders. 'Rustig aan, Franzi. Meneer Krumme lijkt een nogal taaie kerel. Als we althans afgaan op wat we zoal over hem horen.'

'O, Walter,' zuchtte oma en ze leunde tegen hem aan. 'Als je eens wist hoe ik me voelde toen ik in dat vreemde huis rondliep!'

Wat schattig, vond Jenny. Ondanks hun leeftijd waren ze een echt liefdespaar. Je zou er jaloers op kunnen worden, zo lief als zij voor elkaar waren. Waarom lukte het haar niet om gelukkig te zijn in de liefde? Wat deed ze verkeerd?

Jenny moest denken aan de ontmoeting met Ulli een paar uur geleden bij Mine. Toen ze aankwam, had hij weer in zijn oude kamer gezeten en de dozen doorgekeken. Blijkbaar kon hij nog steeds niet beslissen wat hij wel en niet moest weggooien. Ze had graag tegen hem gezegd hoe erg ze die stomme ruzie vond, maar op de een of andere manier waren de woorden in haar keel blijven steken. Misschien omdat hij geen moeite deed om een stap naar haar toe te zetten. En nu dit gedoe met Max. De mazelen! Wat erg! Hij was ongetwijfeld door Juultje besmet. Waarom had ze zich met haar dochtertje in Ludorf laten afzetten in plaats van met Kacpar naar huis te gaan? Ze had immers gemerkt dat er iets mis was. Maar natuurlijk was later pas gebleken dat het de mazelen waren. Zou Ulli het al weten? Misschien was hij daarom halsoverkop het huis uit gestormd, niet lang nadat ze bij Mine was aangekomen?

'De arme Ulli is er helemaal kapot van,' zei oma nu, waardoor Jenny's vraag beantwoord werd. Ze was op de bank gaan zitten en nipte van een glas mineraalwater dat Walter voor haar had neergezet. 'Toen ik het huis binnenging, ging ineens de telefoon. Ik liep erheen en toen zag ik Max Krumme in de woonkamer liggen. Ulli belde. Ik vertelde hem dat Max bijna bewusteloos op de grond lag en waarschijnlijk de mazelen had. Daarna heb ik een ambulance gebeld en Ulli is zo snel mogelijk naar het ziekenhuis in Waren gereden. Hij heeft geprobeerd om met zijn vriend te praten, maar de artsen hebben Max in een isoleerkamer gelegd en Ulli mocht niet naar hem toe. Toen ik kort daarna ook aankwam, vroeg de verpleegster mij of meneer Krumme familie van Ulli was. Blijkbaar wilde ze dringend zijn familieleden op de hoogte brengen.'

Dat klonk niet goed. Als ze al de familieleden wilden informeren, moest het wel heel slecht gaan met Max Krumme. Dan ging hij misschien zelfs wel dood! Er welden tranen in Jenny's ogen op.

'Hij... hij was altijd zo blij als ik er met Juultje was,' stamelde ze. Ze noemde hem oom Max en hij zorgde zo lief voor haar...'

Wat verschrikkelijk! Nu kostte zijn liefde voor Juultje hem misschien wel zijn leven. Jenny snikte en nam braaf het papieren zakdoekje aan dat Kacpar voor haar ophield.

'Er zijn veel kinderen op de camping,' probeerde hij haar te troosten. 'En ze komen allemaal weleens naar de kiosk om ijs te kopen. Hij had het overal kunnen oplopen, Jenny.'

Ze schudde haar hoofd. Juultje was een hele tijd bij Max in de kiosk geweest. En daarna had Max hen naar de kinderarts gebracht. De incubatietijd klopte ook, acht tot veertien dagen, soms zelfs iets langer. Ze begon te rekenen. Oma pakte haar agenda erbij en het bleek inderdaad zo'n veertien dagen geleden te zijn gebeurd. Helaas.

'Hij voelt zich morgen vast weer beter,' verzekerde Kacpar haar. 'Er zijn tegenwoordig goede antibiotica, daar knapt meneer Krumme wel weer van op. Ik breng je in elk geval morgenochtend naar het ziekenhuis, Jenny.'

De volgende ochtend belde Mine haar op. Ze vroeg of ze mee mocht rijden.

'Ulli kan me niet ophalen omdat hij voor de botenverhuur moet zorgen en daarna rechtstreeks naar het ziekenhuis in Waren gaat. De arme jongen is er kapot van. Ik wil hem nu niet lastigvallen.'

'Tuurlijk,' zei Jenny. 'We halen je op, Mine. Redt Karl-Erich het wel zonder jou?'

'Helmut Stock is al langsgekomen en heeft hem in de rolstoel gezet. Na het ontbijt rol ik hem voor de tv, dan vermaakt hij zich wel.'

Tijdens de rit naar Waren praatte Mine aan één stuk door. Over vroeger, toen Max Krumme en Gertrud in 1945 als vluchteling in Dranitz strandden en een tijdje in het landhuis waren ondergebracht. Ze waren toen bevriend geraakt en later, toen Karl-Erich al terug was na zijn krijgsgevangenschap, had Max het perceel aan het meer door de Russische bezetters toegewezen gekregen. Het had ooit toebehoord aan een groot landgoed dat de Russen hadden versnipperd en onder allerlei mensen hadden verdeeld. En later, toen de LPG's werden opgericht en de boeren verplicht waren om tot de coöperaties toe te treden, was niemand geïnteresseerd geweest in het perceel van Max Krumme. Omdat het bijna alleen maar bos was geweest en geen landbouwgrond.

Een verpleegkundige deed de deur van de intensive care voor hen open en leidde hen naar de isoleerkamers. Daar zagen ze Ulli, die eenzaam in de gang op een stoel zat. Hij steunde met zijn ellebogen op zijn knieën en staarde somber voor zich uit. Hij zag eruit alsof hij een paar doorwaakte nachten achter de rug had, vond Jenny. O, wat had ze hem nu graag in haar armen genomen, maar op de een of andere manier ging dat niet. Vanwege Mine en Kacpar. En ook omdat Ulli hen nu met zo'n afwijzende blik aankeek.

'Goedemorgen,' zei hij. 'Fijn dat jullie zijn gekomen. Maar jullie mogen toch niet naar binnen. Ik ook niet.'

'Moest je niet eerst naar de botenverhuur?' vroeg Mine.

'Jawel, oma,' zei hij en hij stond op om de oude vrouw te omhelzen. 'Maar ik hield het gewoon niet meer uit in Ludorf. Ik wilde per se weten hoe het met hem ging, maar kreeg aan de telefoon geen informatie omdat ik geen familie ben. Hopelijk lukt het me zo meteen wel om meer informatie te krijgen. Ik wacht nog steeds op een dokter.'

'Weet je wel al iets over zijn toestand?' vroeg Jenny aarzelend en ze schudde Kacpars arm onopvallend van zich af.

Ulli keek haar even aan met een blik die ze niet goed kon duiden en antwoordde toen rustig: 'De verpleegster vertelde me dat Max een rustige nacht heeft gehad, maar dat zijn longen slecht werken. Daarom ligt hij nu aan de beademing.'

'O jeetje, de arme man,' zei Mine zuchtend en Jenny werd – voor zover dat mogelijk was – nog bleker.

'Ze lieten me niet binnen, omdat Max in de isoleerkamer ligt. Hij zei dat hij me wilde zien, maar ik weet niet zeker of ik als kind gevaccineerd ben of de mazelen heb gehad.'

'Natuurlijk heb je die gehad,' stelde Mine hem gerust. 'Als kinderen hebben we dat allemaal moeten meemaken. Inentingen of iets dergelijks waren zeldzaam in de dorpen.'

'Ik zou naar binnen kunnen gaan,' zei Jenny met een zachte stem. 'Toen ik op de kleuterschool bij Mücke begon, heb ik een gezondheidsverklaring moeten inleveren, en omdat ik niet precies wist of ik als kind ziek ben geweest, hebben ze zo'n test gedaan en me de nodige vaccinaties gegeven of die opgefrist, ook tegen de mazelen. Maar dan zou ik eerst terug naar Dranitz moeten gaan om mijn inentingsboekje te halen...'

Ulli reageerde niet en ontweek haar blik.

Jenny kreeg een benauwd gevoel. Waarom negeerde hij haar? Moest die stomme ruzie nu echt eeuwig duren? Konden ze niet als normale mensen met elkaar praten? Ze deed haar mond open om nog iets te zeggen, maar op dat moment kwamen twee vrouwen, vergezeld door een jonge man in een witte jas – waarschijnlijk de afdelingsarts – de gang in. Ze liepen in de richting van kamer 215. De ene vrouw was klein en dun, had grijs haar en droeg een bril, de andere was langer en had haar haar blond geverfd. Toen ze Ulli zagen, bleven ze abrupt staan.

'Nu hebt u uw zin, meneer Schwadke!' snauwde de blonde vrouw plotseling. 'Dit past wel in uw straatje... Alles afpakken wat ons toekomt! Maar we pikken het niet, meneer Schwadke, daar kunt u vergif op innemen, u... u gluiperd!'

Ulli staarde haar sprakeloos aan. Mine was helemaal overrompeld, net als de jonge afdelingsarts, en Kacpar wreef vol onbegrip over zijn kin. Jenny vroeg zich af of ze het verkeerd had gehoord. Ulli... een gluiperd? Dat mens was geschift.

'Hoe komt u erbij om zo tegen meneer Schwadke te praten?' riep Jenny boos.

Maar de vrouw met de bril sloeg geen acht op haar. 'Tot ziens in de rechtszaal, meneer Schwadke,' vervolgde ze. Daarna verdween ze met de blondine en de man in de witte jas in de kamer waar Max lag. Kennelijk waren ze resistent tegen de mazelen. En tegen goed gedrag waarschijnlijk ook, dacht Jenny. Ze was het liefst achter die twee aan gegaan om Ulli in bescherming te nemen. Waarom verdedigde hij zich eigenlijk niet?

‘Waren dat Elly en Gabi?’ vroeg Mine toen ze haar stem weer had hervonden.

Ulli knikte. ‘Blijkbaar.’ Daarna schraapte hij luid zijn keel en zei: ‘Ja, dat moeten Max’ dochters zijn. Het ziekenhuis heeft hen gebeld. Ze zijn halsoverkop hiernaartoe gekomen. Zijn zoon kan vanmiddag pas komen, vertelde de verpleegster me.’

Mine schudde verbijsterd haar hoofd. ‘Ik herkende ze helemaal niet. Terwijl het vroeger heel leuke meiden waren. Maar Gertrud heeft haar kinderen altijd verwend. Nu zie je maar waar dat toe leidt. Om mijn Ulli een gluiperd te noemen…’ Verontwaardigd liep ze een paar stappen in de richting van de kamerdeur en vervolgens wendde ze zich tot haar kleinzoon. ‘Maar jij bent de enige die om Max geeft!’

Ulli pakte zijn oma bij haar arm. ‘Laten we gaan. Ik zal je thuisbrengen,’ zei hij zachtjes tegen haar. ‘We kunnen nu toch niets doen.’ Hij keurde Jenny nog steeds geen blik waardig.

Mine knikte zwijgend en liet zich door haar kleinzoon, die met een knikje afscheid nam van Kacpar, naar de lift leiden.

Jenny keek hen na. Toen Mine en Ulli in de kleine lift stapten, hoorde ze Mine zeggen: ‘Dat was niet aardig van je, Ulli. Je hebt niet eens afscheid genomen van Jenny.’

‘Alsjeblieft, oma,’ zei hij. ‘Nu niet!’ En toen waren ze weg.

Jenny en Kacpar volgden hen.

Tijdens de terugreis spraken ze nauwelijks. Het bloeiende landschap trok aan hen voorbij, op de akkers groeide de jonge rogge, gerstvelden wapperden in de wind als een limoengroene zee, her en der lichtten de rode daken van een dorp op en in de appelbomen langs de weg waren de eerste kleine vruchten te zien. Jenny besefte dat Kacpar waarschijnlijk hoop had gekoesterd die ze niet kon vervullen en dat speet haar. Nog een reden om vandaag depressief te worden.

Er zouden nog meer redenen bij komen. Toen ze weer bij het landhuis terug was, wilde Jenny nog een laatste blik in de nieuwe kamers werpen. De verhuur begon aarzelend op gang te komen. Ze hadden pas een paar boekingen, maar haar oma had brochures laten drukken, die nu overal rond de Müritz verspreid zouden worden. Het zou wel heel raar moeten lopen wilden ze de tent niet vol krijgen.

Ze liep de treden naar de ingang van het landhuis op en was blij met de prachtige deur met houtsnijwerk, die een timmerman uit Schwerin op maat had gemaakt. Ook in de entreehal was alles perfect. De zandkleurige tegels waren schoongeveegd, de balie van de receptie was afgestoft, de bel daarop glom en de oude familieschilderijen zagen er schitterend uit aan de lichtgeverfde muren. Jenny sloeg met haar hand op de bel en Elfie kwam er meteen aan om te informeren naar de wensen van de vermeende gast. Ja, zodra bekend was hoe mooi het hier was, zou het wel lopen.

Jenny liep de trappen naar de gastenkamers op. Op de bovenverdieping rook ze een vreemde, muffe lucht die totaal niet in een luxe landhuis paste. Ze snoof en zag dat twee kamerdeuren openstonden. Was er soms een lek in de waterleiding? Alsjeblieft niet nog een keer. Ze haatte het cliché dat de werklui in dergelijke gevallen gebruikten: 'Water vindt vanzelf zijn weg.'

Maar er waren geen vochtige plekken. Het waren de oude fauteuils die deze muffe geur verspreidden als de ramen gesloten waren. Wat een ellende! Ook de fraaie biedermeierbank stonk naar de negentiende eeuw. Waarschijnlijk zou de hele bekleding vernieuwd moeten worden. Gelaten liep ze de trap weer af en beneden in de entreehal kwam ze Bodo Bieger tegen, die met een rugzak en twee volle manden op weg was naar de restaurantkeuken.

'Hallo, meneer Bieger! Vandaag weer inkopen gedaan op de markt?'

'Tuurlijk,' antwoordde hij blij. 'Salade, eieren, heerlijke kaas uit de Müritz, malse lendebiefstukjes. Uitstekende kwaliteit.' Hij legde zijn duim en wijsvinger op zijn lippen en maakte een smakkend geluid. 'Overheerlijk… Zo vers krijg ik het alleen op de markt.'

'Of direct bij de biologische boerderij,' zei Jenny. 'Mijn vader heeft momenteel een overvloed aan sla. En nergens krijg je eieren die nog verser zijn dan rechtstreeks van de kip.'

'Ik kies mijn ingrediënten graag zelf uit,' bromde Bodo, die niet vast wilde zitten aan één leverancier.

'Nou, dat is allemaal goed en wel, maar uiteindelijk betalen wij voor de producten… En u.'

Bodo zette de manden neer en zette zijn armen in zijn zij. 'Weet u wat, mevrouw Kettler? Ik ben het hier zat. Bij jullie gooi ik parels voor de zwijnen. Ik bedenk de heerlijkste menu's en wat bestellen de dorpsgekken? De landgoedschotel. Of schnitzel met patat, maar dat komt niet op mijn menukaart! Nee, ik wil niet meer. Ik heb een aanbod van het Seehotel in Binz, daar komen tenminste gasten die verstand hebben van de goede keuken.'

Jenny staarde hem geschrokken aan. Bodo Bieger wilde ontslag nemen? Waar moesten ze dan zo snel een nieuwe kok vandaan halen?

'Rustig nou maar, meneer Bieger,' probeerde ze hem te sussen. 'We verspreiden brochures, de reclame begint… Hebt u nog even geduld. Bovendien hebben we nog het verjaardagsdiner… U kunt ons toch niet in de steek laten!'

Het was maar goed dat haar de verjaardag van opa Walter te binnen was geschoten. Bodo Bieger bond inderdaad in. Hij wilde de eredag van de oude heer niet bederven, dus hij zou zeker tot die tijd blijven. Maar wat hij daarna zou doen, wist hij nog niet.

Uitgeput liep ze naar het hovelingenhuisje om Juultje op te halen. Opa Walter deed de deur voor haar open. Hij was alleen met de kleine meid. Oma was met Falko naar het meer gegaan.

'En?' vroeg hij toen ze zich op de bank liet zakken en haar dochtertje naar zich toe trok. 'Hoe gaat het met meneer Krumme?'

'Redelijk,' antwoordde ze traag. 'Hij moet nog worden beademd.'

Opa Walter zuchtte. 'Laten we er dan maar het beste van hopen. Wil je een kopje koffie?'

'Graag.'

‘Koekjes!’ kraaide Juultje en ze klom van Jenny’s schoot af om weer te gaan tekenen.

‘Ja, mijn schat, ik neem een koekje voor je mee,’ zei Walter en hij liep naar de keuken. Toen hij terugkwam met een dienblad met twee koffiekopjes, een glas melk en een schaal koekjes, vertelde hij Jenny over de laatste archeologische ontdekkingen in de kelder van het landhuis, om haar een beetje af te leiden van haar zorgen over Max Krumme en haar problemen met Ulli.

De archeologen hadden inmiddels een tweede graf ontdekt, ook in de apsis van de kloosterkerk.

‘Ze weten nog niet zeker of het een man of een vrouw is. De persoon die in het graf lag was niet erg lang. De botten zijn op verschillende plaatsen gebroken en weer genezen, dus hij of zij moet een gevecht of een ongeluk hebben overleefd…’

Jenny luisterde verstrooid, maar ze vond het geen fijn onderwerp. Een dode uit de dertiende eeuw met botbreuken… Wie wilde dat nu weten? Juultje leek zich er echter niet aan te storen. Ze tekende vol overgave een jonge vrouw met schepjes en kwasten, die best wel leek op de assistente van de archeoloog, en stopte het ene na het andere koekje in haar mond.

‘Hebben ze gezegd wanneer ze onze kelder eindelijk vrijgeven?’ vroeg Jenny.

Opa Walter haalde zijn schouders op. Na deze nieuwe vondst kon het misschien nog wel een paar weken langer duren.

‘O ja, voordat ik het vergeet,’ zei Walter plotseling, terwijl hij tegen zijn voorhoofd sloeg. ‘Ulli heeft gebeld. Hij wil zo even langskomen, want hij wil iets tegen je zeggen.’

Haar hart maakte een sprongetje. Ulli wilde met haar praten. Waarschijnlijk had hij er spijt van dat hij haar zo in het ziekenhuis had achtergelaten. Zelfs Mine had gezegd dat dit niet oké was. Hij wilde vast sorry zeggen. En dan kon zij eindelijk tegen hem zeggen wat ze de hele tijd niet over haar lippen had gekregen. Ze pakte haar handtas en liep snel naar de deur.

'Ik ga alvast.'

In haar huisje liep ze naar de badkamer om snel haar haar te kammen en wat van de gezichtscrème op te doen die naar rozen geurde. Was hij al aangekomen? Ze liep naar de slaapkamer, waar het nog rommelig was van de ochtend, en liep naar het raam. Daar! Op de parkeerplaats stond zijn Passat. Maar waar was Ulli? Stond hij al voor de deur? Nou ja, het deed er niet toe. Ze zou rustig afwachten tot hij aanbelde. En dan zou ze…

Ze zag nu twee mensen op het voorplein. Een van hen was Ulli, de andere Simons laatste verovering, Evelyne. Ze stonden als oude vrienden met elkaar te praten. Ongelofelijk. Sinds wanneer kenden die twee elkaar eigenlijk? En ineens…

Jenny kneep haar ogen tot spleetjes en deed ze weer open. Dit kon niet! Evelyne lag in zijn armen. Ze hing aan hem als een kleefplant, drukte haar hoofd tegen zijn schouder en hij hield haar bij haar bovenarmen vast. Jenny liep wankelend weg bij het raam en liet zich op het bed vallen. Na een paar seconden was ze er vast van overtuigd dat ze een waanidee had gehad. Langzaam, met een wild kloppend hart, stond ze op, liep weer naar het raam en keek naar buiten. Daar stond dat valse loeder, die Evelyne, op het voorplein. Ze zwaaide Ulli gedag en liep wiegend met haar heupen weg, waarbij ze haar blonde haar over haar schouder gooide.

Jenny voelde een doffe leegte in haar hoofd. Zo'n type was Ulli dus. Dat had ze niet van hem verwacht. Hij stond gewoon op het voorplein te flikflooien met dat mens. Voor haar slaapkamerraam nog wel, zodat ze het goed kon zien.

Was dat de reden waarom hij was gekomen? Om haar te laten zien dat hij absoluut niet van haar afhankelijk was?

Meteen daarna rinkelde de voordeurbel. Eén keer. Twee keer. Drie keer. Vier keer.

Jenny deed niet open. Ze stond boven bij het raam achter het gordijn en keek toe terwijl hij langzaam terugliep naar zijn auto. Hij keek een paar keer om naar haar huisje, stapte uiteindelijk in en reed weg.

Pas toen ze zijn Passat op de landweg uit het oog verloor, begon ze te huilen.

Sonja

TIEN AQUARELLEN, WAS DAT niet te veel? Ze aarzelde voordat ze de schilderijen in de kartonnen rol schoof waarin ze naar Berlijn zouden reizen. Naar Claus Donner, de galeriehouder die haar laatst 's avonds had gebeld. Ze had hem erg sympathiek gevonden, vooral toen hij haar vertelde dat hij twee honden had. De honden die ze op de achtergrond hoorde blaffen, hadden Sonja ervan overtuigd dat ze Claus Donner kon vertrouwen. En natuurlijk ook omdat haar vriendin Petra had bemiddeld. Zij was altijd al een kunstliefhebber geweest. Ze had allerlei vernissages bijgewoond en had zelf geprobeerd te beeldhouwen.

Ze schudde met de rol en overwoog of ze de schilderijen er weer uit moest halen en er bubbeltjesplastic omheen moest wikkelen, zodat ze niet beschadigd raakten. O, het deed pijn om haar geliefde aquarellen weg te sturen. Wie weet wat er in Berlijn mee gebeurde? Zou Claus Donner enthousiast zijn of zou hij toch besluiten om ze niet in zijn galerie tentoon te stellen? Wat als het publiek haar schilderijen zou bespotten?

'Ben je klaar, Sonja?' riep Tine Koptschik door het trappenhuis. 'Ik heb gedweild en de matten uitgeklopt. We moeten bijna weg!'

Sonja keek op de klok en besefte dat het tijd was om naar de bestuursvergadering van de Vereniging Dierentuin Müritz te vertrekken, die dit keer plaatsvond in de nieuwe flat van Mine en Karl-

Erich. Het was als het ware werk en een housewarmingparty tegelijk. Karl-Erich kon er eindelijk weer bij zijn. Hij keek er als een kind naar uit, had Mine gezegd.

'Ik kom eraan!'

Ze deed het dopje op de rol, plakte hem dicht met tape en schreef het adres erop. Ze zou hem morgenochtend naar het postkantoor brengen.

Tine stond al voor Sonja's auto, met een grote stoffen tas en een hennepzak. Sonja moest accepteren dat de vergaderingen ontaardden in culinaire evenementen, wat vooral dooor Mine en Tine Koptschik kwam. Gerda Pechstein zorgde voor de bijpassende alcoholische dranken.

'Schwarzwalderkirsch?' vroeg Sonja met een grijns, terwijl ze de auto openmaakte.

'Kwark-slagroomtaart en *bienenstich.* Rij alsjeblieft voorzichtig, de kwark-slagroomtaart is nog niet helemaal hard geworden.'

In Mines woonkeuken stond de klaptafel al naast de keukentafel, zodat ze genoeg ruimte hadden voor alle lekkernijen, de borden en het bestek. Alleen Franziska, de notuliste, had de tafel nodig als ondergrond voor haar blocnote en potlood. En Sonja natuurlijk. Zij had altijd haar dossiermap bij zich. Iemand moest immers het overzicht houden.

Iedereen begroette elkaar hartelijk. Vooral Karl-Erich was blij eindelijk weer 'onder de mensen' te zijn. Hij stak zijn kromme reumahand naar iedereen uit en verwelkomde hen in zijn nieuwe oude huis.

'Goed,' zei Kalle even later, terwijl hij de slagroom van zijn mondhoeken veegde. 'We hebben op dit moment vierhonderdvijfentwintig betalende leden. Zestien mensen hebben opgezegd, maar er is een nieuw lid.'

'En wie is dat?' vroeg Tine nieuwsgierig.

'Ene Evelyne Schneyder,' zei Franziska. 'Ze is bevriend met Simon Strassner en zet zich in voor milieubescherming. Althans, dat beweert ze.'

Iedereen begon door elkaar te praten en probeerde aan Franziska informatie te ontfutselen over Simons nieuwste vlam, totdat Sonja boos op de tafel sloeg.

'Stilte!' riep ze. 'Het maakt toch geen worst uit hoe deze Evelyne Schneyder eruitziet! Ik zou graag willen weten waarom maar liefst zestien leden de vereniging hebben verlaten. Zijn daar redenen voor, Kalle?'

'Jazeker. Twee vinden de bijdrage van één mark per maand te duur. Vijf zijn verhuisd. Eén is verdwenen en niet meer te vinden. De overige acht schreven dat de dierentuin te weinig attracties biedt en dat ze daarom niet in het voortbestaan ervan geloven.'

'Wat een onbeschaamdheid!' ventileerde Tine haar woede.

'Attracties zijn iets voor een circus. We zijn een dierentuin,' was Sonja het boos met haar eens.

Karl-Erich tikte met zijn kromme hand op de tafel om de aandacht te vragen. 'Ze hebben gelijk! Een dierentuin zonder leeuwen en olifanten, dat is niets. Waar willen de kinderen altijd het eerst naartoe? Nou? Inderdaad, naar de olifanten. En dan naar de leeuwen. Maar vooral naar de apen!'

'Ach, apen!' bromde Kalle. 'Ik hang een grote spiegel op, dan kunnen ze heel veel apen bewonderen!'

Sonja had de klachten genoteerd. Altijd dat gemopper vanwege het gebrek aan attracties! Mensen haastten zich door het bos, lachend, luidruchtig en fluitend. En vervolgens vonden ze het gek dat de dieren in de verste hoeken van hun – weliswaar zeer ruime – verblijven kropen. Waarom zouden kinderen niet kunnen leren om rustig door het bos te lopen en hun ogen en oren te openen?

'Volgende punt,' zei Franziska met een blik op de klok. 'De geplande bouw van het verblijf voor kleine dieren. Hoe zit het met de subsidies, Sonja?'

Het uur van de waarheid was aangebroken.

'Het geld uit het district zal dit jaar waarschijnlijk... later worden toegewezen,' ontweek Sonja de vraag diplomatiek. 'Ik wacht nog steeds op de toezegging van de staat. Daarnaast hebben zich drie donateurs gemeld, dus we hebben al een driecijferig bedrag bij elkaar.'

'Drie cijfers?' vroeg Kalle. 'Hoeveel duizend is dat?'

'Precies driehonderdeneenentwintig mark,' zei Gerda, de penningmeester.

'Daar kun je niet eens een lading stenen voor krijgen!'

'Wat niet is, kan nog komen,' zei Mine sussend.

Het punt werd verplaatst naar de actielijst van de volgende vergadering. Gerda haalde de flessen uit de koelkast en Tine ruimde de koffiekopjes op en pakte Mines glazen uit het keukenkastje.

'Stop!' protesteerde Sonja. 'Er zijn nog twee punten die we moeten behandelen: reclame en diversen.'

Het was aan dovemansoren gericht. Vooral Kalle was van mening dat Russische wodka zijn hersenactiviteit stimuleerde en Karl-Erich benadrukte dat hij na de vette kwark-slagroomtaart toe was aan een kummellikeur. Sonja gaf zich gewonnen en trakteerde zichzelf op een abrikozenlikeurtje.

Kalle werd inderdaad al na de eerste slok creatief.

'Die leeuwen… Dat gaat me wel lukken,' zei hij. 'Kunnen jullie volgende week komen kijken…'

'Je wilt toch geen leeuw in de dierentuin zetten?' vroeg Tine bezorgd.

Kalle keek geheimzinnig en hief zijn glas. 'Als we het al doen, dan meteen twee,' antwoordde hij met een grijns. 'Zodat er voor de volgende generatie is gezorgd.'

Sonja beschouwde Kalles idee als een voortvloeisel van de Russische wodka. Het onderwerp 'reclame' werd snel afgevinkt: de oude brochures zouden worden herdrukt en verspreid. Franziska stelde voor om folders te sturen naar alle reisorganisaties die Meckleburg-Vorpommern in hun programma hadden. Sonja vond het een geweldig idee, maar Gerda klaagde dat het weer veel porto zou kosten.

'Diversen?'

Gerda Pechstein merkte op dat de winkel geen deurmat had en dat de bezoekers vuile schoenen hadden en de vloer verpestten. Tine Koptschik wilde verrassingseieren met minidinosaurussen opnemen in het assortiment, want die vond het dochtertje van haar buurvrouw zo leuk. Kalle vond dat ze een Dierentuin Müritz-jenever moesten branden en over de hele wereld zouden moeten verkopen. Hij was bereid om het recept uit te werken.

Sonja begreep dat er vanavond niets zinnigs meer uit zou komen en spoorde president Kalle Pechstein aan de vergadering te sluiten. In feite maakten ze al maanden pas op de plaats. Geen enkel probleem werd serieus aangepakt, het project 'Dierentuin Müritz' sukkelde voort. Het nare woord 'faillissement' schoof ze wel ver weg, maar vermengde zich steeds vaker in haar nachtmerries. Ze hadden een briljant idee nodig. Een tv-reportage. Die zou mensen naar het park trekken. Maar tot nu toe waren hun pogingen in die richting mislukt. 'Geen interesse,' had de MDR haar laten weten. Het onderwerp leverde niets op. Waarschijnlijk moest er eerst iemand door een wolf worden opgegeten om de aandacht van de media te trekken.

Kalle nam als eerste afscheid. Hij moest naar zijn harem. De meisjes hadden weer lichte koorts en verstopte neuzen, dus het zou een onrustige nacht worden en hij kon Mücke niet zo lang alleen laten. Gerda ging met haar zoon mee. Franziska waste snel de borden af, zodat Mine niet zo'n berg afwas had, en Sonja ruimde de tafelkleden en servetten met zonnebloemen op. Tine hielp Karl-Erich uit de rolstoel, zodat Helmut Stock niet nog speciaal langs hoefde te komen.

'Waar moet ik de rest van de servetten leggen, Mine?' vroeg Sonja.

'In de woonkamerkast. Linker deur. Leg ze maar bij de bloemenvazen.'

In de woonkamerkast van Mine was het een goed geordende puinhoop. Het lag er vol met herinneringen aan een lang leven. Er stonden bloemenvazen, beschilderde bekers met het opschrift 'HET BRUIDSPAAR' en 'VOOR JE TACHTIGSTE VERJAARDAG' en geschenkverpakkingen met spullen die Mine en Karl-Erich bij allerlei gelegenheden hadden gekregen maar nooit hadden gebruikt. Daarnaast stonden zoutvaatjes, pillendoosjes, een zwarte plastic kat met een lange staart waaraan pretzels konden worden opgehangen, en aan de zijkant, ingeklemd tussen twee bloemenvazen, een rood boekje. Sonja strekte haar hand uit en trok het voorzichtig tussen de dikbuikige vazen uit. Inderdaad. Het was haar dagboek. Hoe was het mogelijk? Ze had het toch in de papiercontainer gegooid?

'Ben je eindelijk klaar, Sonja?' riep Tine Koptschik. 'Ik wil graag naar huis, ik ben doodmoe!'

Meenemen of laten liggen? Ze nam de beslissing in een fractie van een seconde. Of die goed of slecht was, zou later blijken.

'Ik kom!' riep Sonja over haar schouder en ze schoof het rode boekje onder haar trui.

'Het was weer een gezellige avond,' zei Tine enthousiast toen ze met Sonja in de richting van Waren reed. 'Mine is een geweldige vrouw. Wat heeft zij al veel meegemaakt. En wat is ze nog fit op haar vijfentachtigste!'

'Je hebt gelijk,' beaamde Sonja. 'Mine Schwadke is altijd goed voor een verrassing.' En ze dacht aan het rode boekje dat ze stiekem de flat uit had gesmokkeld.

Ze zou het bij het oudpapier doen. Dit keer definitief. Of kon ze het beter in de kachel stoppen? Maar in juni stak ze die niet aan, dus ze kon beter elk blad afzonderlijk in vele kleine stukjes scheuren en die door het toilet spoelen. Ja, dat was de veiligste optie. Dan kwam er niets meer terug.

Ze zou er zeker niet in gaan lezen!

3 maart 1962

Ze was er weer! Hij kan nog zo goed opruimen, de vloer dweilen en het bed verschonen. Ik kan haar geur ruiken, haar huid, de zeep die ze gebruikt, de shampoo waarmee ze haar haar wast. En haar zweet. Het is zo walgelijk. Het is al de derde keer. Hoe dom denkt hij dat ik ben? Ik zie het aan het puntje van zijn neus als hij haar stiekem naar binnen wil smokkelen. Hij wacht tot ik welterusten heb gezegd, kusje, slaap lekker, schat. Niet te lang lezen, dat is slecht voor je ogen... Dan wacht hij af en ik doe hetzelfde. Ik lig op mijn rug en denk: wanneer komt hij eindelijk? Ik ben moe, maar ik wil niet in slaap vallen omdat ik weet dat hij zo meteen de slaapkamerdeur op een kier zet. Dan valt het ganglicht op mijn gezicht en moet ik oppassen dat ik niet met een ooglid tril of mijn mond beweeg. Het moet eruitzien alsof ik slaap zodat hij gerustgesteld is en de deur weer dichtdoet.
En dan hoor ik ze in de gang. Ze is met de bus gekomen en heeft buiten voor het huis gewacht. Nu komt ze de trap op en ik stel me voor dat ze elkaar kussen. Soms zuchten ze, dan word ik kwaad. Of dan wil ik huilen. Als ze eindelijk naar papa's slaapkamer gaan, lig ik rustig op mijn rug en staar in de duisternis. Rechts en links druppelen de tranen uit mijn ogen op mijn kussen. Ze rollen gewoon naar beneden. Eerst zijn ze warm, maar op het kussen voelen ze al snel koel aan. Ik maak geen enkel geluid. Ik wil niet weten wat ze daar doen. Ik wil het me ook niet voorstellen. We hebben op school in de biologieles 'voortplanting' gehad, maar het is voor mij ondenkbaar dat mijn eigen vader zoiets zou doen. Al helemaal niet met die Christa...

10 maart 1962

Ik heb op school ruzie gehad met Karin omdat ze zei dat ik hangtieten heb. De andere meiden vonden het grappig, alleen Gerda steunde me.

Karin is nog helemaal plat van voren en Gerda zei dat er ook niets meer zal komen. Ze is nog niet eens ongesteld geweest. Ze doet gewoon alsof, als we gym hebben.
Eerlijk gezegd zou ik blij zijn als ik plat was. De beha die ik heb gekocht is alweer te klein. En de bandjes op mijn schouders doen zeer. Ik hoop echt dat mijn borsten nu stoppen met groeien. Gerda vindt dat ik wel wat aan haar kan geven. Dat zou ik ook graag willen doen. Helaas kan dat niet.
Ik ben vanmiddag en morgen de hele dag alleen. Papa moet naar Rostock voor een cursus van zijn werk.

12 maart 1962

Papa is gisteravond heel laat teruggekomen. Ik was al bang dat hij misschien een ongeluk had gehad en kon niet slapen, maar rond elf uur kwam hij heel zachtjes binnen en deed hij voorzichtig mijn slaapkamerdeur open. Ik ging rechtop in bed zitten en deed het licht aan, en toen kwam hij binnen en ging hij bij mij op de rand van het bed zitten. Hij vroeg wat ik in het weekend had gedaan. Wat voor eten Mine had gemaakt. Of ik met de tractor had gereden. Ik vertelde wat en vroeg toen hoe het bij hem was gegaan.
'Heel goed,' zei hij. 'Maar nu moet je slapen, Sonja. We moeten er morgenochtend vroeg uit. Ik vertel het je later, goed?'
Daar kwam niks meer van. Want 's middags had ik een werkgroep biologie en 's avonds hadden we het over celkernen en chromosomen. Je kunt met papa over bijna alle onderwerpen lang en uitgebreid praten, omdat hij in alles geïnteresseerd is. Hij luistert graag en stelt vragen, en als ik het dan aan hem wil uitleggen, merk ik vaak dat ik het zelf nog niet helemaal heb begrepen. Dan helpt hij me en zoeken we het samen uit.
Het was een fijne avond. Maar papa heeft hem met één zin kapotgemaakt. Toen ik al naar de badkamer wilde gaan, zei hij ineens dat hij zaterdag iemand op de koffie had gevraagd.

'Wie dan?'
'Christa Schiede. Een collega. Je hebt haar op het carnavalsfeest van het bedrijf gezien, weet je nog?'
En of ik me haar herinner. Ten eerste omdat de carnavalsviering van de Holzkombinat vreselijk saai was en ten tweede omdat papa heel vaak met Christa Schiede danste.
'Dat is toch zijn nieuwe vlam,' had iemand gezegd en een andere vrouw zei 'Sst!' en keek naar mij.
'Als zij komt, ben ik er niet,' zei ik tegen papa.

14 maart 1962

Hij heeft tegen me gelogen. Heel laf en zielig. Omdat hij me de waarheid niet durfde te vertellen. Hij had dat weekend helemaal geen cursus, maar was met Christa Schiede op Rügen.
Het was makkelijk om erachter te komen. Na school ben ik naar zijn slaapkamer gegaan en heb ik de jas die hij dat weekend had gedragen uit de kast gepakt. Behalve een zakdoek en een kammetje zat er niets in de zakken, maar toen ik de jas terug in de kast wilde hangen, vond ik onder in de kast in een van zijn goede schoenen een verfrommeld papiertje. Twee kaartjes voor de vuurtoren op Kaap Arkona. De kaartjes zaten aan elkaar, dus zijn tegelijk gecontroleerd. Ze zijn waarschijnlijk uit zijn zak gevallen toen hij de jas in de kast hing, en omdat ze in de schoen terechtkwamen, heeft hij ze niet gezien.
Hij heeft geen woord gezegd over het bezoek op zaterdagmiddag. Maar het is duidelijk dat hij die Christa heeft uitgenodigd zodat ik aan haar kan wennen. Maar dat ga ik niet doen. Nooit. Nooit. Nooit.

18 maart 1962

Zaterdag was het bitter koud, het sneeuwde zelfs een beetje. Ze kwam toch. In een donkerblauw rokje en een gestreepte blouse. Ze heeft perlonkousen. Ze komen uit het westen en ik weet ook wie ze aan haar heeft gegeven. Ze is niet erg lang en heeft donkerblond, kort haar en bruine ogen. Haar gezicht is rond en eigenlijk best vriendelijk. Als ik haar in de bus of op straat tegen zou komen, zou ik haar niet bijzonder vinden. Ik had nooit gedacht dat ze mijn vader kon verleiden. Maar ze deed het en het is haar gelukt.

Ik had besloten toch niet weg te gaan, maar heb in plaats daarvan geholpen met het dekken van de salontafel. Papa was er blij mee en nam me in zijn armen. Toen voelde ik me schuldig. Een klein beetje maar. Omdat ik de twee kaartjes voor de vuurtoren van Kaap Arkona in mijn broekzak had. Ze is om tien voor vier met de bus gekomen en ik zag haar vanaf de straat naar het landhuis lopen. Alsof ze hier al thuis was. Maar ze kent de weg natuurlijk. Die heeft ze al drie keer 's avonds laat afgelegd.

Papa was erg zenuwachtig toen hij de deur van onze woning voor haar opendeed. Ze stonden tegenover elkaar en wisten niet hoe ze elkaar moesten begroeten, want ik stond ook in de gang. Papa stak toen zijn hand naar haar uit en zij schudde die, en ze keken elkaar smachtend aan. Ze hadden natuurlijk veel liever geknuffeld en gezoend, zoals ze 's nachts altijd deden. Daarna stelde papa me voor en ik gaf Christa Schiede ook een hand.

'Goedendag. Komt u binnen, mevrouw Schiede.'

'Dank je wel. Je bent al bijna volwassen, Sonja. Je vader had het altijd over zijn "kleine meisje".'

'Ik ben veertien.'

'Dan ga je binnenkort waarschijnlijk naar de middelbare school.'

'Ja.'

Ze had een doos cremehütchen *voor me meegebracht en voor papa had ze twee sinaasappels, die werden nu in Neustrelitz in een kraampje aan de rand van de weg verkocht. We gingen met z'n drieën aan de salontafel zitten en aten de kersenkruimeltaart die Mine had gebakken en die papa bij de* LPG *had opgehaald. Het was grappig hoe papa en Christa met elkaar praatten, want ze deden heel formeel. Eerst hadden ze het over het weer, daarna over het werk en uiteindelijk over school. Omdat papa nog steeds niet ter zake kwam, begon Christa ermee.*

'Het zal je misschien verbazen, Sonja, dat je vader me op de koffie heeft gevraagd...'

Aha, dacht ik. Nu komt de bekentenis: je vader en ik kennen elkaar al een tijdje. En we hebben ontdekt dat we goed bij elkaar passen. Maar je moet niet denken dat je nu je vader zult verliezen. Nee, integendeel. Je krijgt er een moeder bij. Kun je je voorstellen, Sonja, dat wij het samen goed met elkaar kunnen vinden? Dat zou ze zeggen, maar ik wilde het niet horen. Echt niet.

'Nee,' zei ik hardop. 'Waarom zou ik verbaasd zijn? Jullie zijn afgelopen weekend samen op Rügen geweest.'

Ik haalde de kaartjes uit mijn zak en gooide ze op Christa's gebaksbordje. Ze keken me allebei geschrokken aan. Daarna pakte Christa de kleine witte papiertjes, draaide ze in haar handen en wierp papa een verwijtende blik toe.

'Ik weet ook dat u hier al drie keer met mijn vader hebt geslapen,' praatte ik verder zodat ze geen tijd hadden om na te denken. 'Ik deed alleen alsof ik sliep. Maar ik stond rustig op en zette de deur op een kier. En toen heb ik gekeken. Ik heb de hele tijd naar jullie gekeken. Het was walgelijk!'

'Sonja!' riep papa kwaad. Hij sprong op en ik was bang dat hij me zou slaan omdat hij zo'n rood hoofd had. Hij wilde me inderdaad pakken, maar ik ontweek hem en rende naar buiten en door het overwoekerde park naar het meer. Papa rende achter me aan over de gammele oude steiger. Ik rende helemaal naar voren en toen draaide ik me om en zag ik dat papa gestopt was. Hij was verstard, alsof hij bevroren was tot ijs, en had zijn ogen opengesperd.

'Doe dat niet, Sonja!' zei hij zachtjes. 'Doe dat alsjeblieft niet!'

'Stuur haar dan weg!'

'Ik hou van haar, Sonja!'

'Stuur haar weg!'

Ik liep nog dichter naar de rand. Hij aarzelde even, schudde toen wan-

hopig zijn hoofd en liep terug naar het landhuis. Ik wachtte tot hij binnen was en daarna ging ik pas van de steiger af. Ik viel bijna echt in het water doordat er een plank verrot was en omhoogkwam toen ik erop stapte.
Toen ik bij het landhuis kwam, zag ik Christa op straat in de bus stappen. Ze is uit zichzelf vertrokken.

Ulli

NEE, DIT HAD ZIJN reputatie bepaald geen goed gedaan. Achteraf schaamde hij zich ervoor. Ze had hem als enige openlijk gesteund, dus hij had haar in elk geval kunnen bedanken en afscheid kunnen nemen.

Zijn oma had hem tijdens de hele terugreis verwijten gemaakt. Dat hij verschrikkelijk koppig was. Dat hij dat van zijn opa had geërfd, maar dat je daar niet ver mee kwam in het leven. Zeker niet bij de meisjes. Hij was geïrriteerd geraakt en had geantwoord dat Mine zich wat dat betrof geen zorgen hoefde te maken. Er waren genoeg vrouwen die hem leuk vonden. Dat was ook weer helemaal verkeerd geweest, want nu maakte Mine zich juist zorgen.

Met Max ging het nog steeds niet beter. Ulli had hem die ochtend voor het eerst mogen bezoeken. Max had heel klein en vermagerd in de witte lakens van het ziekenhuisbed gelegen. Zijn ademhaling ging zo snel alsof hij net honderd meter in negen seconden had gelopen. Hij had nauwelijks iets kunnen zeggen, maar glimlachte toen ze Ulli bij hem lieten. Ulli hoefde zich geen zorgen te maken, had de aardige verpleegster geruststellend tegen hem gezegd, want de artsen hadden nog genoeg pijlen in hun koker. Ulli had geen idee wat ze daarmee wilde zeggen, maar hij vond de manier waarop ze zich uitdrukte niet prettig. Het klonk alsof ze zich al klaarmaakten voor het laatste gevecht.

Uiteindelijk was hij teruggereden naar Ludorf, omdat hij zich om het bedrijf moest bekommeren. Max zou dat ook willen, dat wist hij wel zeker. Bovendien had de verpleegster hem beloofd te bellen als de toestand van de oude man veranderde.

's Middags begon het te regenen en kon hij geen roeiboten en waterfietsen meer verhuren. Ulli besloot alles aan zijn personeel over te laten en zei dat hij een afspraak had. Een zakelijke afspraak. Hij wilde dringend iets regelen, iets wat eigenlijk Jenny's idee was geweest. Misschien kon hij het daarmee zelfs weer goedmaken. Of in elk geval een eerste stap in de goede richting zetten. Al was dat eigenlijk aan haar.

Hij reed naar Dranitz, passeerde het landhuis en sloeg na een paar kilometer een onverharde weg in. De kuilen stonden onder water van de regen, waardoor zijn Passat van alle kanten smerig werd. Niet ver van de oever van het meer stonden verschillende gebouwen. Eén daarvan was een langwerpig gebouw met een plat dak. De andere waren kleiner en hadden een puntdak, waarvan de rode dakspanen al vanaf een afstandje te zien waren. De biologische boerderij van Bernd Kuhlmann bestond uit drie afzonderlijke gebouwencomplexen. Eén daarvan was zijn woning met kaasmakerij, kippenhok en koeienstal. Verder naar het westen was een schuur voor karren en landbouwwerktuigen, die ook dienstdeed als paardenstal. En aan de andere kant van het bos was nog een schuur waar Bernd hooi en divers gereedschap in bewaarde. Ulli begreep de ingewikkelde organisatie van deze agrarische onderneming niet, maar hij had er ook nooit over nagedacht. Het was zeker waar wat overal werd gezegd, namelijk dat Bernd Kuhlmann veel meer werk deed dan nodig was. Wie ging er nu nog met paarden het veld op, terwijl hij voor weinig geld een van de tractoren van de voormalige LPG had kunnen kopen? Maar de ecoboer Kuhlmann wilde op een milieuvriendelijke manier werken en dat betekende dat hij zo min mogelijk machines wilde gebruiken die benzine verbruikten. Bernd, die ook Jenny's vader was, was gewoon een aparte man.

Opnieuw overtuigde Ulli zichzelf ervan dat hij hier puur voor zaken was. Hij stapte uit, keek even naar zijn zwart-grijs gemêleerde Passat en zorgde toen dat hij bij het huis was voordat hij doorweekt was van de regen. Het kwam nu echt met bakken uit de hemel! De oude bomen bogen hun takken onder de aanval van het weer, de regengoot van het huis stroomde over en uit de regenton naast de kaasmakerij borrelde een fontein op. Ulli belde aan en wachtte. Hij was al bang dat er niemand thuis was, toen de deur ineens openging.

'Kom snel binnen,' zei Bernd Kuhlmann tegen hem. 'Anders drijf je nog weg!'

Ulli liet een vochtig spoor achter op de grijze keukenplavuizen, maar Bernd maakte zich er niet druk om. Twee jonge katten waren op een oude keukenbank met elkaar aan het stoeien. Toen ze Ulli zagen, stopten ze midden in het spel, maakten zich van elkaar los en staarden hem met hun grote kittenogen aan.

'Ga zitten. Heb je droge kleren nodig? Nee? Maar je neemt toch wel een kopje koffie?'

'Als hij heet en sterk is altijd!'

Bernd had een kolenkachel uit het jaar nul. Daarnaast stond een modern gasfornuis. Hij vulde de fluitketel en zette hem op de gasvlam. Hemel, die ketel! Zo'n ding kende Ulli nog wel, dat was goed oud DDR-spul. Net als hijzelf zette Bernd de koffie met een porseleinen filter, die hij op de kan plaatste. Daarvoor had hij de koffie gemalen in een koffiemolen die aan de muur was gemonteerd. Uiteraard geen elektrische.

'Er zijn veel elektrische apparaten die totaal overbodig zijn,' zei hij met een glimlach toen hij terugkwam met het kleine laadje vol gemalen koffie. 'Koffie malen vergt echt niet veel fysieke inspanning. Ieder kind kan het.'

De koffie smaakte heerlijk, Ulli kon niet anders zeggen. Het was niet te vergelijken met het lauwe slootwater dat uit het koffiezetapparaat kwam. Daarom had hij in zijn kleine woning in Ludorf ook voor deze methode gekozen, terwijl Max de voorkeur gaf aan koffie uit een apparaat. Max… Hoe zou het nu met hem gaan? Ulli verbande zijn sombere gedachten uit zijn hoofd. Het was fijn om hier in de keuken te zitten en met Bernd koffie te drinken terwijl buiten de wereld verging.

Ze hoorden de regen op het dak van het huis trommelen. De kaasmakerij ernaast verdween in een waterige grijze nevel. Twee kippen vluchtten over het erf naar de deur van het huis en werden door Bernd de keuken in gelaten.

'En als er nu een os uit de wei komt, laat je die dan ook binnen?' grapte Ulli.

'Tuurlijk.' Bernd grijnsde. 'Met zijn drieën is het een stuk gezelliger!'

Ze lachten hard en Ulli voelde zich voor het eerst sinds lange tijd weer eens echt goed. Bernd was een fijne kerel. Het was jammer dat ze elkaar zelden zagen, maar Ulli was bezig daar verandering in te brengen.

'Ik heb een idee,' zei hij en hij hield zijn beker voor Bernd op zodat die hem opnieuw kon inschenken. 'Wat dacht je ervan als jij voor mijn winkel op de camping groenten, eieren en kaas levert?'

Bernd keek peinzend en zei toen dat hij dat graag wilde doen, maar dat hij er geen tijd voor had.

'Dat zou hooguit op de marktdagen kunnen, als ik toch met de spullen op pad ben. Maar om nu speciaal daarvoor de paarden aan te spannen… Dat is lastig in het oogstseizoen.'

Ulli vond Bernds voorliefde voor emissievrij vervoer nogal overdreven. Een tweedehands bestelbusje kostte niet veel, maar leverde meer inkomsten op.

'En als ik drie keer per week iemand stuur die bij jou inkopen doet en dan met de goederen naar Ludorf rijdt?'

'Dat zou kunnen. Maar ik ben geen supermarkt, ik heb niet altijd alles. Alleen wat er op dat moment wordt geoogst.'

'Dat zijn we hier in het oosten wel gewend,' antwoordde Ulli grijnzend.

De regen nam af. Het water liep nu in dunne, doorzichtige stroompjes uit de overvolle regengoot op het erf, maar tussen de grijze wolken was alweer blauwe lucht te zien. De jonge katjes liepen nieuwsgierig in de richting van de natte kippen, maar bleven op afstand toen een van de kippen strijdlustig haar veren opzette.

'Hoe gaat het met je vriend Max?' informeerde Bernd. 'Ik hoorde dat hij de mazelen heeft.'

Hij had het van Franziska gehoord, die regelmatig met Falko langskwam. Ze had ook gezegd dat Jenny het zichzelf verweet dat Juultje Max misschien had besmet.

'Wat een onzin!' zei Ulli bedrukt. 'En al zou dat zo zou zijn, Max is volwassen, Jenny is niet verantwoordelijk voor hem.'

Dat vond Bernd ook. En nu ze het hier toch over hadden, vroeg Ulli heel onschuldig of Jenny altijd al een beetje 'gevoelig' was geweest.

'Gevoelig? Wat bedoel je daarmee?'

Ulli draaide eromheen.

'Nou, ja, een beetje lichtgeraakt. Snel op haar teentjes getrapt.'

Bernd fronste zijn voorhoofd en dacht na. Hij was iemand die goed nadacht voordat hij iets zei. Ulli vond dat prettig.

'Ze was een vrolijk, vriendelijk kind. Niet bepaald op haar mondje gevallen. En soms moest je oppassen omdat ze zich gekke dingen in haar hoofd haalde. Ze zat graag op de vensterbank en speelde met gespreide armen vliegtuigje.'

'Wat is daar mis mee?'

'Ze woonden op de derde verdieping...'

Ulli moest slikken. Waarom had niemand zich over het meisje ontfermd? Jenny had gezegd dat haar moeder nooit tijd voor haar had gehad.

'Dat soort dingen gebeuren waarschijnlijk in zulke woongroepen,' zei hij aarzelend. 'Dan vertrouwt de een zeker op de ander? En Jenny's moeder was vast erg druk met haar eigen dingen.'

Tot zijn verbazing sprak Bernd hem tegen. 'Later misschien, toen

Jenny ouder was. Toen ze klein was, zorgde Cornelia heel liefdevol voor haar.'

Kijk eens aan, dacht Ulli. Jenny heeft mij iets heel anders verteld. Maar hij zweeg omdat hij haar niet wilde afkraken.

Bernd begon te vertellen. 'Het was de tijd dat de studenten tijdens de colleges demonstratief hun baby's borstvoeding gaven. T-shirt omhoog en aan de borst. De tijd van broeken met wijde pijpen en gebatikte shirts. En die jezussandalen! Cornelia bond Jenny in een draagdoek die ze op de vlooienmarkt van een Afrikaanse vrouw had gekocht. De hele dag droeg ze haar baby met zich mee. Ze wiegde haar, gaf haar borstvoeding, praatte met haar en 's nachts liet ze de kleine bij haar in bed slapen. Niemand wist wie de vader was, dat heeft ze niet verklapt. Maar ze heeft wel voor de baby gezorgd, en hoe!'

'En toen? Heeft ze haar later ook op een antiautoritaire manier opgevoed? Dat was toen toch helemaal in?'

Bernd nam de vraag heel serieus.

'Het was een kentering,' legde hij uit. 'In 1968 kwamen we in opstand tegen de leugenachtigheid van de volwassenen. Tegen de maatschappij, die deed alsof het Derde Rijk helemaal niet had bestaan. Alsof het allemaal maar een ongelukje was geweest en je gewoon door kon gaan zoals voorheen. In die tijd werd er op school nog geslagen zoals in de tijd van de keizer. Volgens ons creëerden afranselingen en dwang een onderdanige mentaliteit. Onze kinderen moesten vrij en zelfstandig opgroeien en zich door iedereen in de woongroep gezien voelen...'

'En?' vroeg Ulli. 'Is dat bij Jenny gelukt?'

Bernd toonde een scheve grijns en schudde zijn hoofd.

'Niet op de manier waarop we het ons in theorie hadden voorgesteld. Het lag zeker aan onszelf, we waren slechte opvoeders. Ongeduldig. Instabiel. Inconsequent. Bovendien stond Cornelia erop dat zij alleen over Jenny's opvoeding bepaalde. Maar omdat ze veel op pad was, werd ze uiteindelijk vaak aan de andere leden van de woongroep overgelaten.'

'En waarom reisde haar moeder toen veel?' vroeg Ulli.

Bernd zuchtte en knipperde met zijn ogen toen hij naar buiten keek, waar de zon inmiddels weer de overhand had gekregen. Hij stond op om de twee kippen de tuin in te laten en kwam daarna weer bij Ulli aan de keukentafel zitten.

'Dat was in de jaren zeventig, toen zette Cornelia zich in voor de feministische beweging. Ze ging er helemaal voor en nam een belangrijke positie in. Jenny ging al naar school. Ze maakte haar huiswerk bij ons aan de keukentafel en ging daarna naar de andere kinderen, die op het plein speelden. Cornelia heeft waarschijnlijk een tijdje geprobeerd om haar dochter enthousiast te maken voor vrouwenrechten. Ze nam haar ook mee naar de bijeenkomsten. Maar Jenny wilde er niets van weten. Ze was ook nog veel te jong...'

Al met al vond Ulli Jenny's jeugd niet zo verschrikkelijk als ze die zelf had omschreven. Ze was niet geslagen of verwaarloosd en haar moeder was emotioneel altijd betrokken bij haar. Maar misschien had ze een 'doodnormaal' vader-moeder-kindgezin gewild?

'Hebben Cornelia en jij er nooit aan gedacht om te trouwen?'

'Jawel,' zei Bernd en hij schonk voor zichzelf het laatste restje koffie in, dat ondertussen koud was geworden. 'Ik heb Cornelia zelfs twee keer gevraagd. Maar ze vond het huwelijk kleinburgerlijk. In die tijd was ik dat hele woongroepgedoe gewoon zat. Ik wilde eindelijk geld verdienen en een eigen huis hebben. Cornelia kon dat niet begrijpen en we gingen uit elkaar. Ik wist niet dat ik Jenny's vader was, en hoewel ik soms een vermoeden had, vond ik niets wat mijn vermoeden bevestigde.'

Natuurlijk, Jenny had haar vader gemist. Daarom was ze voor die ouwe zak gevallen. Simon Strassner. Wat een rotvent, met zijn doorlopende stroom nieuwe vriendinnen. Die blondine was wel heel erg. Haar hak knikte, ze verloor haar evenwicht en oeps, ze lag in zijn armen. Wat een stomme truc. Nou ja, Simon zou niet lang van haar kunnen genieten als ze nu al van de rechte koers afdwaalde. Waarschijnlijk was ze sowieso meer zakelijk dan privé in hem geïnteresseerd. De man was de afgelopen drie jaar flink ouder geworden en haastte zich alleen nog van de ene afspraak naar de andere. Toch hoefde je geen medelijden met hem te hebben. Als je het geklets van de campinggasten mocht geloven, kocht Simon Strassner de helft van Stralsund en heel Rostock op. En bezocht hij Jenny regelmatig om met zijn dochter te gaan wandelen.

'Zo,' zei Bernd en hij legde zijn hand op Ulli's schouders. 'Er zit niks anders op, ik moet kijken wat er na die stortregen nog over is van mijn sla. De tomaten zijn beschermd met folie, maar de kruiden zouden weleens flink schade opgelopen kunnen hebben.'

Ulli begreep dat hij moest gaan. Bernd moest aan het werk. Hijzelf trouwens ook. Ondertussen had hij zich gerealiseerd dat hij hier vooral was gekomen om meer over Jenny te horen. 'Tot snel,' zei hij en hij ging op weg naar zijn auto.

Bernd knikte. 'Tot gauw. Ik zie je op Walters verjaardag, toch?'

'Ja, natuurlijk!'

Nog zoiets irritants. Ulli mocht de oude heer graag en wilde de verjaardag onder geen beding afzeggen. Aan de andere kant was het ongemakkelijk voor hem om daar te verschijnen omdat Jenny er zou zijn en iedereen wist dat het niet goed ging tussen hen.

Hij deed net het portier open toen er plotseling een zilveren Opel Corsa het erf opreed en naast zijn vuile Passat stopte.

Een magere, bleke man stapte uit en liep naar Bernd.

Die keek hem verschrikt aan. Hij deed een stap naar voren en zei met een gespannen stem: 'Wat komt u hier doen? Ik dacht dat we duidelijk hadden gemaakt dat ik...'

'Maakt u zich niet druk,' zei de magere man tegen Bernd. 'Ik doe gewoon mijn plicht, dat weet u, meneer Kuhlmann.'

Er verschenen rode vlekken in Bernds nek en op zijn wangen. 'Dit is tegen de wet, meneer Budde! U hebt niet het recht om mijn vee in beslag te nemen, want dat heb ik nodig voor mijn bedrijf!'

Ulli begreep het. Deze 'meneer Budde' was een deurwaarder en wilde beslag leggen op een deel van Bernds eigendom. Wat een ellende. Aan de andere kant was dit te verwachten geweest. De boerderij stond er slecht voor. Hoe kon het ook anders als Bernd zo onrendabel te werk ging?

'Daar vergist u zich in, meneer Kuhlmann,' weersprak Budde hem, terwijl hij een bruine vlek van zijn broek veegde, waarschijnlijk opgespat water uit een plas. 'Ik mag geen vee meenemen dat nodig is om de schuldenaar en zijn gezin te voeden. Hier zijn negen koeien en vijf kalveren. Dat is waarschijnlijk iets meer dan u voor uzelf nodig hebt.'

'Het gaat om mijn bedrijf,' zei Bernd. 'Ik heb de dieren nodig...'

'We laten de paarden achter. En de koeien willen we ook niet. We nemen alleen de kalveren mee!'

'Daar hebt u geen recht op.' Bernd sloeg koppig zijn armen over elkaar.

'Betaalt u dan uw rekeningen, meneer Kuhlmann!'

Ulli vond het gênant om naar deze dialoog te moeten luisteren. Hij had Bernd graag willen helpen, maar als hij hem nu ook geld leende, zou er nauwelijks nog iets overblijven voor zijn reserves, omdat hij Jenny al zo genereus had geholpen.

Hij liet zijn blik over het erf dwalen en zag bij de afrastering naast de koeienstal een veewagen staan. Twee jonge kerels stonden bij het hek en keken naar de kudde, die daar nietsvermoedend graasde. Aha, hij had gespecialiseerd personeel meegenomen. Dat was waarschijnlijk ook nodig. Die magere bonenstaak had niet eens een braaf geitje in de veewagen kunnen laden. Ulli zag dat Budde naar zijn helpers zwaaide, waarop de twee, gewapend met een touw, het hek openduwden. Bernd liep in zijn rubberlaarzen naar het weiland en leek vastbesloten om voor zijn kalveren te vechten.

Dit kan alleen maar slecht aflopen, dacht Ulli. Hij is kansloos.

'Bernd!' riep hij. 'Wees nou verstandig!'

Maar de ecoboer gaf geen antwoord. De twee mannen hadden inmiddels een touw om de nek van het zwarte stierkalf gedaan en probeerden het onwillige dier naar het hek te slepen. Het stiertje had weinig zin om weggeleid te worden. Hij zette zijn voorhoeven in de modderige grond, waarbij de strop zo ver naar voren gleed dat hij zichzelf bijna wurgde.

'Laat Black Jack vrij!' schreeuwde Bernd woedend. Ulli rende naar hem toe en greep hem bij zijn arm om te voorkomen dat hij iets ondoordachts deed, maar Bernd trok zich los. Op dat moment besloot Brunhilde haar kalf te hulp te schieten en galoppeerde naar de wannabe-cowboys. De rest van de kudde volgde haar. De twee kerels sprongen in één keer over het hek en vluchtten uit voorzorg ook nog achter het busje.

Aanval afgeweerd, dacht Ulli. Misschien geven ze het nu wel op.

Maar de deurwaarder wilde het veld niet als verliezer verlaten. Boos haastte hij zich ook naar de koeienweide en gaf zijn helpers een uitbrander, die vervolgens een nieuwe, nogal voorzichtige poging deden om het stierkalf uit het weiland te krijgen. Een van hen pakte het touw en vluchtte terug over het hek.

De mannen trokken, het stierkalf vocht, viel en begon te piepen, terwijl Brunhilde wanhopig op en neer rende om de tegenstanders af te weren, maar die stonden veilig achter het houten hek.

'Jullie vermoorden Black Jack!' schreeuwde Bernd vol afschuw. 'Hou op. Dit is dierenmishandeling!'

Ulli was het met hem eens en had Budde en zijn handlangers graag een stevige schop gegeven, maar uiteindelijk werkten ze voor de sterke arm der wet.

Plotseling klonk er hondengeblaf en vloog er een bundeltje zwartbruine vacht over het weiland. Het dier joeg de kudde koeien uiteen en cirkelde om het zwarte kalf, dat nu bijna roerloos op de grond lag. Falko? Natuurlijk was dat Falko. Toen hij Ulli zag, sprong hij over het hek en sprong enthousiast tegen hem op.

'Falko! Oude struiner! Wat doe jij hier?'

Hij aaide de hond en merkte nu pas dat Falko niet alleen was.

'Wat doet u daar? U vermoordt het dier! Houdt u daar onmiddellijk mee op!' zei Franziska op de toon van een landgoedeigenaresse. Door het busje hadden ze haar niet aan zien komen. Ze bleef bij de twee mannen staan en maakte aanstalten om het touw van hen af te pakken. 'Hebt u me niet gehoord? U moet het dier loslaten!'

Falko, die merkte hoe boos zijn geliefde vrouwtje was, stortte zich wild blaffend op de twee mannen, die het touw verbijsterd loslieten.

'Houdt u die hond tegen!' riep Budde en Franziska floot. Falko gehoorzaamde en ging grommend naast zijn vrouwtje staan.

'Dat was een fysieke aanval,' vond de deurwaarder. 'Dat had ik niet van u verwacht, mevrouw Iversen.'

'En ik had nooit verwacht dat u uw mensen op een hulpeloos kalf afstuurt. Ze hebben dat kleintje bijna vermoord. Voor u betekenen dieren misschien niet veel, maar deze achteloze actie valt minimaal onder het opzettelijk veroorzaken van materiële schade, nietwaar, Bernd?'

Bernd stond zwaar ademend naast hen. Hij keek naar Black Jack, die, nu het touw zijn luchttoevoer niet meer afsneed, godzijdank weer overeind kwam en wankelend naar Brunhilde liep.

Na een tijdje herstelde Bernd zich weer en zei met een ferme, rustige stem tegen de deurwaarder: 'Meneer Budde, het is beter als u nu weggaat. De zaak zal een nasleep hebben. Het feit dat ik een paar rekeningen niet kan betalen geeft u niet het recht om mijn dieren te mishandelen.' Blijkbaar was hij weer overgeschakeld op zijn advocatenmodus.

'We zullen elkaar weerzien!' bromde Budde en hij zei tegen zijn mannen dat ze konden gaan.

Toen ze weg waren, draaide Bernd zich naar Franziska om en vroeg haar hier een verslag van op te maken. Hij had Ulli ook nodig als getuige, want hij was van plan een klacht in te dienen. Het incident zou een gerechtelijke nasleep hebben.

Toen ze weer een beetje gekalmeerd waren en naar de koeien keken, die nu weer vredig graasden, wendde Franziska zich tot Ulli. 'Een van je jongens van de botenverhuur, Tom, belde me. Het ziekenhuis heeft gebeld en omdat hij niet wist waar je was, heeft Tom alle nummers gebeld die aan de muur van de botenverhuur hingen, en zo kwam hij bij mij terecht.'

Ulli werd bleek. 'Is… Is hij soms…'

'Nee,' stelde Franziska hem gerust. 'Integendeel. Het gaat goed met hem. Hij ademt weer zelfstandig en is over het ergste heen. Je kunt hem over een paar dagen ophalen, want hij maakt vreselijk stennis dat hij naar huis wil. Maar hij moet nog heel voorzichtig zijn en kan zich voorlopig beter niet onder de mensen begeven. Dat is te gevaarlijk vanwege het risico op infectie. Dat is er nog een paar dagen, ook nadat de symptomen volledig zijn verdwenen.'

'Godzijdank.' Ulli ademde opgelucht uit, waarna zijn gedachten onwillekeurig naar Jenny afdwaalden. 'Nou, dan zal er iemand heel opgelucht zijn…'

Audacia

ZE ZOUDEN KOMEN. ALS God niet een wonder wilde laten geschieden, zouden de Slaven het klooster en alles en iedereen daarbinnen vernietigen. De abdis had de beschrijvingen gehoord van de oude vrouwen die meer dan twintig jaar geleden de aanvallen van de Slavische krijgers hadden overleefd. Die mannen waren beesten die niet geloofden in God de Heer en in Jezus Christus, Zijn Zoon. Ze staken de kloosters in brand, sloegen de altaren in de kerken kapot en roofden de zilveren voorwerpen die tijdens de communie werden gebruikt. Velen van hen genoten ervan om de nonnen aan te randen. De ongelukkige nonnen waren naakt, bloedend en onteerd aangetroffen tussen het puin van de kloostergebouwen. Slechts enkelen waren er levend uit gekomen.

Maar zolang ze abdis van het klooster Waldsee was, zouden haar nonnen zich niet zonder slag of stoot overgeven aan de heidenen. Ze stierven liever dan in schande en ellende voort te leven.

Veel tijd hadden ze niet meer. Als ze de tekens goed had geïnterpreteerd, was er in het bos een overval geweest en was er weinig hoop voor de arme broeder Gerwig en zijn metgezellen. Waarschijnlijk hadden de Slaven de nietsvermoedende ruiters in een hinderlaag gelokt, van hun paarden gesleurd en gedood.

Ze liep terug naar de refter en probeerde helder na te denken. De nonnen waren na de lunch zoals gebruikelijk weer aan het werk gegaan. Alleen de priorin stond voor het raam, met de rozenkrans in haar gevouwen handen.

'We zijn allemaal uitverkoren als martelaressen van het geloof,' zei ze tegen de abdis. 'Voor mij is het niet erg. Ik ben oud en heb mijn tijd gehad. Maar ik vind het zielig voor de jonge vrouwen. Vooral voor de meisjes die aan ons zijn toevertrouwd.'

'Roep iedereen hier in de refter bijeen,' zei de abdis, zonder op Clara's gejammer in te gaan. 'Het is tijd om in actie te komen.'

De abdis zag aan de blik van de priorin duidelijk wat ze ervan vond, maar ze gehoorzaamde zwijgend. De zaal liep vol. De vrouwen kwamen met grove werkschorten om uit de stallen, tuinen, werkplaatsen en kamers.

In totaal waren ze met veertig nonnen. De jongeren praatten zachtjes met elkaar, de ouderen vermoedden wat de reden voor het ongebruikelijke bevel was, want ze zwegen angstig en liepen met gebogen hoofd. Twee van hen, die de aanval destijds hadden overleefd, lachten als krankzinnigen en riepen dat het einde van de wereld nabij was. De abdis moest energiek voor stilte zorgen om haar orders te kunnen aankondigen.

'De heidenen zijn vlak bij het klooster, geliefde zusters. Ze kunnen ons elk moment aanvallen. Maar wees gerust, God de Heer staat aan de kant van de christenen. Hij zal ons helpen.'

Er ontstond geroezemoes onder de vrouwen. Velen staarden elkaar ongelovig aan en de meesten waren erg bang.

'Ze zullen ons allemaal vermoorden,' zei een non met een bevende stem.

'Maar niet meteen,' riep een van de krankzinnige oude vrouwen. 'Eerst koelen ze hun woede op jullie!'

De abdis beval haar te zwijgen.

'Ik heb jullie niet bijeengeroepen om jullie wanhopig te maken, maar om jullie moed te geven,' zei ze met een krachtige stem. 'We zullen het klooster met Gods hulp verdedigen. Ieder van ons heeft daarbij haar plicht te vervullen. Luister naar me!'

‘Hoe zouden wij als zwakke vrouwen tegen die wilde horde Slaven bestand moeten zijn?’ riep de borduurster Agnes. ‘Ze hebben zwaarden en bijlen, en ook pijl-en-boog. Ze klimmen over de muren. Moge God ons dan genadig zijn!’

De abdis was niet bereid om dergelijke bezwaren te accepteren. In plaats daarvan verkondigde ze haar maatregelen. ‘Twee vrouwen met goede ogen, houden de wacht op de kerktoren en waarschuwen de anderen als iemand het klooster nadert. Gutrune en Bernhardia, jullie houden als eersten de wacht. Jullie worden later afgelost.’

De vrouwen waren gewend aan absolute gehoorzaamheid en de genoemde nonnen haastten zich over de binnenplaats naar de kerk.

De abdis vervolgde: ‘De poort wordt gesloten en vergrendeld. Als de vijanden over de muur proberen te klimmen, zullen de vrouwen die sterk genoeg zijn de vijand afweren door stenen te gooien. Anderen gaan vuurtjes aansteken zodat er kokend water en olie beschikbaar zijn. Ik ga de taken nu verdelen. Luister goed, zodat jullie allemaal weten wat jullie moeten doen…’

Misschien was alles voor niets, maar dan hadden ze hun laatste uren tenminste niet in angstige paniek doorgebracht maar in elk geval iets gedaan. De abdis gaf ook de ouderen en de meisjes een taak. Zij moesten in de kerk om Gods hulp bidden en voor alle anderen de getijden bidden, omdat geen van de nonnen de taak die de abdis haar had toevertrouwd, mocht verwaarlozen.

‘En ten slotte heb ik vier vrouwen nodig die door de achterdeur van het klooster glippen en op verschillende manieren het kasteel van Schwerin proberen te bereiken. Zij moeten de graaf vragen om het klooster met zijn ridders te hulp te komen.’

Dit was waarschijnlijk de gevaarlijkste taak, want de vrouwen zouden door het donker moeten en in het bos lagen niet alleen de Slavische krijgers, maar ook helse geesten en wilde dieren op de loer. Maar afgezien van het vertrouwen op Gods beschermende almacht was dit de enige echte hoop die het klooster had. De abdis selecteerde de vrouwen zorgvuldig. De lange, stille Kundula, de behendige Tessania, de kleine, gespierde Eufrasia en...

'Ik ga ook!' riep een zachte, heldere stem vanuit het achterste gedeelte van de refter.

De abdis schrok. 'Nee, Regula. Jij niet. Jij bent te zwak om de ontberingen van de reis te doorstaan.'

Was ze net niet nog ziek en verward geweest? Nu liep ze rechtop en met snelle passen tussen de andere vrouwen door en wierp ze zich aan de voeten van de abdis.

'Ik vraag u om godswil om mij deze gratie te verlenen, eerbiedwaardige moeder. Vergeet u niet dat ze mij kennen in het kasteel. Ik zal binnengelaten worden en mijn vader zal naar mij luisteren.'

De abdis weifelde. Het was nog maar zeer de vraag of Regula Schwerin wel zou bereiken. Aan de andere kant, welk lot wachtte het meisje als ze hier in het klooster zou blijven?

'Ga met God,' zei ze zachtjes en ze leunde naar voren om Regula te helpen omhoog te komen. Terwijl het meisje voor haar stond, gleed de novicensluier van haar hoofd en het mooie, zijdeachtige haar dat pas geschoren zou worden als ze definitief tot de orde toetrad, viel over haar schouders. De abdis sloeg haar armen om de novice heen en kuste haar op het voorhoofd.

'Ga met God, Regula. Moge Hij zijn beschermende hand boven je houden en je veilig in Schwerin laten aankomen.'

'Gods beschermende hand en uw liefde, eerbiedwaardige moeder,' fluisterde Regula met haar ogen dicht. 'Beide zullen me zeker leiden.'

De abdis zegende de vier vrouwen, maar terwijl ze over de binnenplaats naar de geheime poort bij de kerk liepen, waren haar ogen alleen op Regula gericht, die lichtvoetig naast de anderen liep. Alleen om dit meisje bloedde haar hart. Er was niets in de wereld waar ze meer naar verlangde dan Regula's nabijheid. Ze verlangde ernaar om de constante blik in haar ogen te voelen en haar mooie, heldere stem te horen.

Het is zondig, dacht ze. Duivelse verblinding. Verboden hartstocht.

Misschien ben ik wel de zondaar die de oorzaak is van alles waar God de Heer ons klooster toe heeft veroordeeld. Ze had echter geen tijd om hier verder over na te denken, want een van de jonge vrouwen rende over de binnenplaats naar de refter.

'Ze zijn er!' riep ze verbijsterd. 'Ze staan voor de poort. Met speren en pijlen. God zij ons genadig, eerbiedwaardige moeder!'

'Staan ze voor de poort?'

'Het is er maar één,' zei de non gespannen. 'Maar hij heeft een geit bij zich die een kar trekt.'

De abdis ging naar de poort, schoof het luik open en zag de Slaaf Bogdan.

'Laat Bogdan binnen, meesteres,' zei hij. 'Snel poort openzetten. Vijanden overal. Ik breng goede wapens.'

Er lagen inderdaad een aantal grote bogen en met pijlen gevulde kokers op de kar. Er waren ook houten schilden en drie helmen van hard leer bij. Was dit een hinderlaag? Wilde Bogdan dat ze de poort opendeed en zou hij vervolgens zijn Slavische broeders wenken om het klooster te bestormen en te veroveren?

'Waar heb je die spullen vandaan?'

Hij maakte een ongeduldige beweging en keek over zijn schouder naar het bos.

'Gestolen voor klooster. Moet mijn kleine meesteres beschermen.'

Hij bedoelde Regula, die hij als een heilige vereerde. De abdis was nog niet overtuigd. Het was gevaarlijk om de poort te openen. Zodra de grote balk die de poort vergrendelde weg was, was het moeilijk om hem weer op zijn plaats te tillen.

'Je wilt Regula beschermen? Kun je met pijl-en-boog omgaan?'

Op dat moment vloog er geruisloos iets door de lucht wat vast kwam te zitten in het hout van de kloosterpoort. Een pijl.

'Maak open, anders Bogdan dood en alle wapens weer bij vijand.'

'Snel!' riep de abdis en ze hielp zelf mee. De balk was zwaar. Ze kregen hem met z'n drieën slechts met moeite uit de drager. Krakend gingen de poortvleugels een klein stukje open, zodat Bogdan er met zijn geit en kar doorheen kon. Eenmaal binnen hielp de Slaaf de poort zo snel mogelijk te sluiten.

'Bogdan laat jullie zien!' riep hij en hij tilde een van de bogen van de kar. 'Niet moeilijk. Pijl hier. Boog spannen, stevig, met veel kracht. Dan loslaten. Andere vrouwen moeten schild voor je houden, anders jij dood door Slavische pijlen.'

Hij had waarschijnlijk nog nooit zo lang gepraat, maar nu legde hij de nonnen ijverig uit hoe ze met pijl-en-boog moesten omgaan. Hij liet hun zien hoe ze de pijl moesten aanleggen, hoe ze op het doel moesten richten, de boog moesten spannen…

De nonnen keken verbaasd naar hem, maar toen hij de boog aan een van de vrouwen wilde geven, deinsde ze angstig achteruit. Stenen verzamelen die als projectielen moesten dienen, dat was vrouwenwerk. Maar met een boog schieten, dat betaamde een vrouw niet, al helemaal niet een non.

'Geef hier!'

De abdis pakte de gevechtsuitrusting, legde de pijl aan en probeerde de boog te spannen. Het was ongelofelijk moeilijk. Nu begreep ze waarom de schildknapen en ook de ridders dagelijks oefenden.

'Neem andere arm,' adviseerde Bogdan. 'En niet richten op nonnen. Beter op dak van schuur.'

Haar pijl bereikte in elk geval het rieten dak van de schuur en kwam daarin vast te zitten. Audacia deelde de bogen aan haar vrouwen uit, die de wapens voorzichtig aanpakten.

'Schiet pijl als man over muur klimt,' legde Bogdan uit. 'Maar pas op, zij schieten ook pijlen.'

Er klonk een schelle kreet vanuit de kerktoren.

'Ze komen eraan. Vanaf de kant van de karpervijver. Er zijn er al drie op de muur!'

Bogdan haastte zich met een boog en pijlkoker naar voren, en de abdis en enkele van haar vrouwen volgden. Het gevecht begon. Het zou tot de middag van de volgende dag duren, talloze slachtoffers eisen en later in de kroniek van het klooster worden opgenomen. Net als andere gebeurtenissen die nog verteld moeten worden.

In het begin hadden ze succes. Ze schoten een aantal pijlen naar de drie figuren die de kloostermuur hadden beklommen, maar die aan de andere kant slecht naar beneden konden klimmen omdat daar de karpervijver aan de muur grensde. Het was niet duidelijk wie de dodelijke pijlen had geschoten, maar de abdis vermoedde dat het in alle drie de gevallen Bogdan was geweest. Ondanks zijn kromme, vergroeide botten bleek hij een goede boogschutter te zijn.

'Ze zijn in de vijver gevallen,' riep een van de nonnen. 'We moeten ze eruit trekken, anders bederven ze onze karpers.'

'Later!' beval de abdis.

Het was een ongelijke strijd. Alleen de dikke muur op dubbele manshoogte redde de nonnen van de onmiddellijke ondergang. Het bos weerkaatste de oorlogskreten van de Slavische aanvallers, die zich de verovering van het vrouwenklooster waarschijnlijk makkelijker hadden voorgesteld, maar nu met twee keer zo veel woede de muren bestormden. Maar de vrouwen leerden de wapens sneller te gebruiken dan ze zelf zouden hebben geloofd, en de jonge novicen verzamelden de pijlen van de vijanden die in het klooster waren geland en droegen ze naar de schutters. Omdat de Slaven hen met luid gebrul wilden ontmoedigen, beval de abdis de oude vrouwen om onafgebroken de twee klokken van het klooster te luiden. Overal waar het hoofd of de arm van een Slaaf boven de kloostermuur verscheen, werd die bekogeld met stenen en beschoten met pijlen. Als het hem toch lukte om over de muur te komen, vielen de vrouwen hem met speren en potten vol kokend water aan. Toen de schemering viel en de woedende aanvallen eindelijk afnamen, lag de binnenplaats van het klooster vol met lijken met daartussen kreunende gewonden. De meesten waren Slavische strijders, maar er waren ook dertien nonnen onder de doden, die het slachtoffer waren geworden van de pijlen van de vijand. De abdis beval de nonnen om dode mannen over de muur te gooien en de gewonde krijgers naar het ziekenverblijf te brengen. De vrouwen die verwondingen hadden opgelopen, werden naar de slaapzaal gedragen, waar de nonnen die verstand hadden van kruiden zich over hen ontfermden. En zo werd het nacht.

'Zullen ze het klooster opnieuw aanvallen zodra ze beschermd worden door de duisternis?' vroeg de abdis aan Bogdan.

Bogdan, de Slaaf, was hun leider in de strijd geworden. Hij had hun laten zien hoe ze de wapens moesten gebruiken, hij had hen aangemoedigd en aangevuurd, en had zelf nogal wat van zijn stambroeders naar de hel gestuurd. De abdis wist niet waarom hij dit had gedaan, maar ze had begrepen dat Bogdan een diepe wrok tegen zijn landgenoten koesterde. Hij had haar nooit verteld wie zijn ledematen destijds zo wreed had gebroken, maar de abdis vermoedde dat dit de manier was waarop de heidenen mensen straften. Bogdan was een veroordeelde, maar ze zou waarschijnlijk nooit weten welke misdaad hij had begaan.

'Als nacht, niet vechten. Komen in ochtend, vroeg, als eerste licht aan hemel schijnt. Nu slapen, maar wacht houden. Eerste licht is eerste gevecht!'

De abdis bedankte hem en bood hem eten aan dat de vrouwen in allerijl hadden klaargemaakt. Bogdan at alleen een paar lepels gerstepap en dronk er water bij. Toen wilde hij weten waar de kleine meesteres was.

'Ze is op weg naar kasteel Schwerin.'

Hij zweeg. Hij bleef een poosje op de vloer van de refter zitten, met de kom pap tussen zijn knieën en zijn blik op de nonnen gericht die hun maaltijd aten, terwijl een van hen met een rustige, zangerige stem psalmen reciteerde. Plotseling stond hij op, verliet de refter en verdween in de duisternis van de nachtelijke binnenplaats van het klooster.

'Hij wil vast in de schuur onder het hooi gaan slapen,' vermoedde een van de nonnen.

De abdis zweeg om de vrouwen niet te ontmoedigen, maar ze wist dat Bogdan het klooster via de geheime poort had verlaten om Regula te vinden en haar te beschermen. De nonnen waren nu helemaal op zichzelf en op Gods barmhartigheid aangewezen.

De nacht ging sneller voorbij dan gehoopt. De vrouwen waren uitgeput, maar konden de slaap maar moeilijk vatten. De gebeurtenissen die die middag hun stille, geordende bestaan hadden doorbroken, waren maar al te wreed. Sommigen van hen dachten ook dat ze morgen, net als hun medezusters, zouden sterven en wilden hun laatste uren in gebed doorbrengen in plaats van te slapen. Degenen die gewond waren, hadden veel pijn en hun verpleegsters waakten over hen om hen te helpen. Anderen, vooral de jonge meisjes die goede ogen hadden, stonden afwisselend op de kerktoren en tuurden in de duisternis om er zeker van te zijn dat er niet ergens een brandende fakkel te zien was die duidde op een nachtelijke aanval. Maar het enige wat ze konden ontdekken was een roodachtige gloed die ver weg boven het bos hing. Daar was het kamp van de vijand.

Op het gebruikelijke uur van de avond riep de priorin de vrouwen op tot de nachtwake en ze droegen de gewonde en stervende nonnen naar de kerk, zodat ze nog één keer Gods lof en de psalmen konden horen. Toen beval de abdis de vrouwen te gaan slapen, behalve degenen die op de kerktoren op de uitkijk stonden.

Het eerste blauwachtige ochtendlicht was nog maar net boven het bos te zien of de novice op de toren sloeg alarm.

'Ze komen!'

Maar omdat er geen krijger op de muren verscheen, liep de abdis naar de kerk en beklom ook de toren.

'Wat doen ze?'

Er waren maar een paar krijgers, die gebukt voor de poort heen en weer liepen. Sommigen beschermden zich met hun houten schilden, anderen waren dapperder en vertrouwden erop dat de nonnen hun niets zouden aandoen.

'Ze dragen hun doden weg,' zei de abdis. 'Dat is heel fatsoenlijk, gezien het feit dat het heidenen zijn.'

'En wat zijn die vreemde bundels die ze hebben meegenomen?' vroeg de novice.

De abdis spande zich zozeer in om iets in de zwakke schemering te kunnen zien dat haar ogen ervan begonnen te branden. Maar de tranen die nu over haar wangen liepen, waren daar niet het gevolg van. Het was haar hart dat verkrampte van de zorgen en de pijn.

'Het zijn onze vrouwen die vertrokken waren om bij het hof in Schwerin om hulp te vragen.'

Door het luik van de portierster zagen ze de levenloze lichamen voor de poort liggen. Ledematen en hoofden, gescheurde gewaden, blote benen, bevlekt met bloed. De aanblik was zo verschrikkelijk dat de abdis alle voorzichtigheid vergat en beval dat de poort moest worden geopend om de gedode vrouwen het klooster in te dragen. De vijanden waren barmhartig, ze maakten geen misbruik van de situatie door aan te vallen. Misschien omdat ze ervan overtuigd waren dat ze die dag toch de macht over het klooster zouden overnemen.

In de kerk legden ze de vrouwen voor het altaar waar de andere martelaren al lagen opgebaard. Ze bedekten hun ontheiligde lichamen met doeken en de abdis sprak de gebeden voor de doden uit. Kundula, Tessania en Eufrasia hadden het bevel van de abdis trouw gehoorzaamd, maar God had beslist tot hun dood door toedoen van de heidenen. Dit was moeilijk te begrijpen, maar Gods raad was ondoorgrondelijk. Geen enkel aards wezen had het recht om die te interpreteren of eraan te twijfelen.

Regula was niet onder de doden, waardoor de abdis zich erg opgelucht voelde. Misschien hield God de Heer Zijn beschermende hand boven het meisje. Misschien had Bogdan haar gevonden en haar over geheime paden naar Schwerin geleid. Maar het was veel waarschijnlijker dat een wild dier haar had gedood. Of ze was onderweg van zwakte ingestort en wachtte hulpeloos in het kreupelhout van het bos op haar einde.

Kon ze maar bij haar zijn om samen met haar te sterven! Maar de abdis was ervan overtuigd dat zijzelf vandaag hier in het klooster zou sterven. Haar dood zou gruwelijk en schandelijk zijn, maar waarom zou ze beter af zijn dan de arme vrouwen die haar bevel hadden opgevolgd en zo hun dood tegemoet waren gegaan?

'Is het niet verstandiger om de poort te openen en ons over te geven dan te blijven vechten?' vroeg een van de nonnen. 'We moeten toch sterven, maar dan laden we geen schuld op onze ziel.'

Een paar vrouwen waren het met haar eens, maar de abdis wees hun voorstel boos af.

'Kijk eens wat ze onze zusters hebben aangedaan,' zei ze, wijzend naar de doden. 'Willen jullie dit stilzwijgend accepteren en jezelf als toegift aanbieden?'

'God de Heer zal over hen oordelen!' zei de priorin, die blijkbaar vrede had gesloten met het naderende einde van haar aardse bestaan. 'Het is Zijn zaak en niet de onze, eerbiedwaardige moeder.'

Iemand stelde voor om het hooi en het stro de kerk in te dragen en in brand te steken, zodat ze allemaal samen in de vlammen konden sterven. De meesten wezen dit voorstel af omdat het een zonde was om de eigen dood te bewerkstelligen. Bovendien waren ze nog banger voor het vuur dan voor de Slaven.

'Hou op!' riep de abdis. 'De ochtend is aangebroken. Jullie gaan allemaal naar de plek die ik je heb toegewezen. God is met ons. Wat er ook gebeurt, we leven en sterven in naam van onze Heer!'

De afscheidszegening was kort, want op dat moment hoorden ze vanuit de kerktoren een schelle kreet.

'Ze komen! Het zijn er heel veel. Ze komen van alle kanten en ze hebben...'

De novice verstomde toen een pijl door het luik van de toren schoot en zich in haar borst boorde. Ze viel achterover door de balken en de nonnen hoorden haar lichaam met een doffe klap op de stenen vloer van de toren vallen. Een paar tellen later beklommen een aantal mannen de muur bij de appelboomgaard en sprongen naar beneden in de kloostertuin. Ze werden met pijlen ontvangen. Twee zakten op de grond, de anderen hadden leren pantsers, waar alle pijlen tegen afkaatsten. Moordbelust renden ze naar de boogschutsters, terwijl er nog meer krijgers over de muur klommen. Een salvo brandende pijlen stak het dak van de schuur in brand, rode vlammen stegen op, kleurden de lucht nog voor zonsopgang met een bloederige gloed en sprongen gretig over op de daken van de werkplaatsen en het ziekenverblijf. De boogschutsters vielen door de klappen van de zwaarden van de aanvallers, anderen vluchtten en wilden beschutting zoeken in de kerk, maar werden tegengehouden door andere Slaven die over de poort waren geklommen. De strijdkreten van de heidenen schalden in de oren van de abdis. Ze baande zich een weg over de binnenplaats, ontglipte een krijger die haar aan haar habijt wilde vasthouden en haastte zich de toren in. Ze klom snel de smalle ladder naar de balken op, pakte de touwen van de klokken en trok eraan. Als het klooster al ten onder ging, dan bij het geluid van de klokken, die het overwinningsgejuich van de heidenen overstemden.

Maar nog voordat ze de twee grote klokken kon luiden, hoorde ze in de verte een geluid. Langgerekt en krachtig klonk een signaalhoorn in de heldere ochtendlucht. Daar waar de zon nu fel de wolken verdeelde, fladderden opgeschrikte vogels op van de takken van de beukenbomen. Ruiters naderden het klooster.

Cornelia

OP DE AVOND VOOR Walters verjaardag arriveerde Cornelia op het landgoed. Ze kwam laat aan in Dranitz en belde bij een van de twee hovelingenhuisjes aan. Ze had de huisjes nog niet vanbinnen gezien. De laatste keer dat ze Dranitz bezocht, woonden haar moeder en Walter nog in het landhuis. Er brandde nog licht in het rechter huisje. Cornelia drukte op de bel en werd hartelijk begroet door Franziska, die haar nachthemd en duster al aanhad.

'Mijn hemel, kind! Het is al bijna middernacht! Ik was al bang dat er iets was gebeurd.'

Vreemd dat moeders ook na jaren nog steeds hetzelfde zeiden. Wat had er met haar moeten gebeuren? Ze had onderweg een klant in Halberstadt bezocht, met hem geluncht en verschillende punten besproken met betrekking tot de personeelsontwikkeling in zijn bedrijf. Maar het was ook wel fijn om weer met 'kind' aangesproken te worden. Terwijl ze het vroeger had gehaat als ze zo werd genoemd. Maar dat was lang geleden…

'Jullie gaan hier op het platteland zeker met de kippen op stok?' vroeg ze terwijl ze de woonkamer in liep. 'Zei je niet dat er in het landhuis een restaurant is?'

'Dat sluit om tien uur,' legde Franziska uit. 'We runnen een luxerestaurant, Cornelia, geen kroeg!'

Cornelia begroette Walter. Hoewel hij morgen zijn tachtigste verjaardag vierde, leek hij verrassend kras. Falko kwam onder de tafel vandaan en besnuffelde haar wantrouwig, maar leek daarna bereid om haar in zijn kudde op te nemen.

Ze praatten nog even over haar werk in Hannover en over de geplande vakantie op Rügen, waar ze overmorgen naartoe zou gaan. Ze beloofde dat ze na haar vakantie weer langs zou komen. Daarna merkte ze dat Walter bijna in zijn fauteuil in slaap doezelde en Franziska telkens gaapte.

'Hebben jullie wel een bed voor me over? Ik vind het prima om hier te slapen als het hotel volgeboekt is...'

'Ik zal je je kamer laten zien.'

Ze kreeg een kamer in het landhuis. De receptie van het hotel zag er indrukwekkend uit. Franziska legde haar uit dat de schilderijen aan de muren van haar voorouders waren. Ze hadden de schilderijen op zolder gevonden, waar ze opgerold hadden gelegen. Nou, het was allemaal een beetje pathetisch. De voorouders in olieverf. Maar zo was Franziska nu eenmaal. Ze leidde Cornelia de trap op en door een lange gang en deed een van de deuren aan de rechterkant open.

'Ik hoop dat je je hier op je gemak voelt, Cornelia. Jenny heeft de kamers ingericht en ze is er trots op.'

Haar dochter had helemaal geen slechte smaak. Een beetje ouderwets misschien, maar dat paste in het landhuis. De badkamer was prachtig: lichte tegels met een donkergroene rand, een douche, bad en toilet. Er was zelfs een bidet. Er hingen zachte donkergroene handdoeken waarop een krullerige gouden 'D' was geborduurd van 'Dranitz'.

'Dit was vroeger mijn meisjeskamer,' zei haar moeder met een glimlach. 'En hiernaast was Elfriedes kamer.'

Dat was de tante die zo jong was overleden. Die met Walter een kind had gekregen. Sonja. De vrouwen van Dranitz maakten het vroeger behoorlijk bont. Franziska hoefde haar niets te verwijten over de 'toestanden' aan het eind van de jaren zestig in de woongroep. Maar de generatie van haar moeder kon zich er altijd uit praten door de oorlog te noemen. Dat was een verschrikkelijke tijd waar de jongeren niet over mee konden praten.

'Morgen lekker uitslapen, Cornelia,' zei haar moeder. 'Je kunt het beste in het restaurant ontbijten, want bij ons is het 's ochtends nogal chaotisch.' Franziska aarzelde even, maar omhelsde haar dochter toen. 'Ik ben zo blij dat je bent gekomen!'

'Dat had ik toch beloofd,' antwoordde Cornelia een beetje nors, maar in werkelijkheid was ze ontroerd. 'Tot morgenochtend.' Ineens was ze doodmoe. Ze maakte zich snel klaar voor de nacht en ging naar bed. Nu slaap ik in de kinderkamer waar Franziska het vroeger zo vaak over had, dacht ze nog, en daarna viel ze al in slaap.

Toen ze de volgende ochtend wakker werd, schrok ze toen ze zag dat het al negen uur was. De ochtendzon scheen ongehinderd door het raam naar binnen, want ze was de vorige avond vergeten om de groene linnen gordijnen dicht te doen.

Ze ontbeet in het restaurant, waar het ontzettend stil was. Ze had gedacht dat alle kamers in het hotel volgeboekt zouden zijn. Economisch gezien was Landhotel Dranitz dus geen succes. Toen de serveerster haar een eitje bracht, vertelde ze dat ze Elfie heette en dat ze graag hier in het landhuis werkte. Nee, ze hadden helaas niet veel gasten. Alleen af en toe mensen die een uitstapje maakten, meestal een fietstocht. En soms kwamen er mensen uit het dorp. Maar meestal alleen als ze een verjaardag of een jubileum wilden vieren.

'Normaal gesproken komen alleen de archeologen!'

'De archeologen…'

'Ja, weet u dat niet? Ze hebben in de kelder twee skeletten gevonden. Uit de middeleeuwen. Eerst een vrouw en daarna een man.'

'Ja, jawel,' zei Cornelia snel. 'Dus daar beneden is echt een soort van begraafplaats?'

Elfie knikte. 'Er schijnt een klooster te zijn geweest. Het is goed mogelijk dat ze hun doden daar hebben begraven.'

Cornelia vroeg zich af wanneer haar moeder met dit nieuws op de proppen zou komen. Archeologische opgravingen zouden de bouw van de geplande fitness- en wellnessruimte voor onbepaalde tijd vertragen, zo niet volledig tegenhouden. Typisch Franziska, om zoiets voor zich te houden en naar de verste hoek van haar bewustzijn te verbannen. Peinzend nam Cornelia een hap van haar broodje. De gerookte ham was zalig.

'O ja, nog iets,' riep ze naar Elfie, die alweer in de richting van de keuken liep. 'Waar komt deze heerlijke gerookte ham vandaan?'

'De jonge mevrouw Kettler koopt die bij meneer Kuhlmann, die een biologische boerderij heeft. Die ham is lekker, hè?'

Cornelia knikte. Jenny kocht dus bij Bernd op de boerderij in, hoewel ze ontzettend kwaad was geweest toen Cornelia met Franziska wilde onderhandelen over een stuk land voor Bernd. De biologische boerderij was een heel goed idee geweest. Dat had de trend van de afgelopen jaren duidelijk laten zien.

'Haalt het restaurant daar al zijn verse producten vandaan?'

Elfie zei van niet. 'Nee, onze kok, meneer Bieger, koopt wel meestal op de markt, want hij wil zijn menu's niet laten dicteren door het seizoen.'

Hm. Ze was benieuwd naar wat ze vanavond voorgeschoteld zou krijgen. De kok wilde niet dat zijn menu's werden gedicteerd door het seizoen, maar hij zou vast moeten voldoen aan de wensen van Franziska en Jenny. Dat wilde ze eens beter uitzoeken. Misschien was het helemaal niet zo verkeerd dat ze langs was gekomen.

Ze bedankte Elfie voor de vriendelijke gastvrijheid en besloot naar het hovelingenhuisje te gaan om de jarige te feliciteren en haar cadeaus te overhandigen. Ze had twee flessen Franse rode wijn voor Walter gekocht en een boek dat ze in een antiquariaat in Halberstadt was tegengekomen. Een historische schets van de oude bisschoppelijke stad. Ze was op het idee gekomen omdat Franziska aan de telefoon had verteld dat Walter geïnteresseerd was in geschiedenis.

Beladen met haar cadeaus liep ze door de entreehal. Ze rook een muffe geur. Cornelia stopte en rook nog eens goed. Dit was niet de lucht van oude, gestoffeerde meubels. Maar waar kwam die vochtige stank dan vandaan? Aha, er stond een deur open. Waarschijnlijk de deur van de kelder. Maar dat kon toch niet... Als je het hotel binnenkwam en zo'n muffe stank rook, verdween je eetlust meteen. Geen wonder dat het restaurant nauwelijks gasten had. Resoluut greep ze de deurklink om de deur dicht te doen, maar die klemde. Cornelia duwde harder. Na nog een harde duw was het haar gelukt. Een klooster in de kelder. Waarschijnlijk ook een begraafplaats. Wat bizar!

Buiten scheen de zon en de stralen weerkaatsten in de ramen van de leuke hovelingenhuisjes, die op een moderne manier waren gebouwd, maar gebaseerd waren op de oude constructie. Wat was dat voor een schattig gebouwtje aan de andere kant van de parkeerplaats? Het zag eruit als een poppenhuis in de stijl van de negentiende eeuw. Cornelia liep ernaartoe en bleef voor het witgeschilderde tuinhek staan. Een boerentuin, wat leuk! Kleurrijke winden, blauwe ridderspoor, rode klaproos, gele boterbloemen en daartussen keukenkruiden. Precies zoals vroeger kleine voortuintjes werden aangeplant. Geweldig. Alleen het bord bij het hekje was minder leuk.

ARCHITECTENBUREAU SIMON STRASSNER
PLANNING, UITVOERING, BOUWLEIDING
ALLES IN ÉÉN HAND

Daaronder stond zijn telefoonnummer. Dat was de kerel die haar tot oma had gemaakt. Die ouwe knar die Jenny in Berlijn had verleid en zwanger had gemaakt. Waarom zat hij hier midden op het landgoed als een worm in een appel? Nou ja, Jenny zou wel weten wat ze deed. Verder was het terrein, nu ze het bij daglicht zag, nog behoorlijk onverzorgd. Puur natuur, dus. Van het prachtige park dat volgens Franziska's beschrijvingen ooit het landhuis had omringd, was weinig te zien. Cornelia zag decennia oude sparren en dennen, hoge jeneverbesstruiken, berken en jonge beuken die hier ook grotendeels ongehinderd konden groeien. Tussen de takken glinsterde het meer zilverachtig. In het verleden moest daar het badhuis van de familie Von Dranitz hebben gestaan.

Conny was graag over het smalle pad door het bos naar het meer gewandeld, maar daar had ze nu geen tijd voor. Er reed een auto de parkeerplaats op. Een donkerharige, dunne jongeman stapte uit, met een grote zak van de bakker en een boodschappentas in zijn handen. Was dat niet die Poolse architect die Franziska en Jenny hielp met de renovatie? Hij begroette haar met een kort knikje en ging het linker hovelingenhuisje binnen. Jenny's huisje. Maar hij was toch niet Jenny's nieuwe vriend? Die had het figuur van een bodybuilder, had Franziska verteld, en dat had deze Pool nou niet bepaald. Terwijl ze naar het huis van haar dochter keek, verscheen ineens het roodharige hoofd van een slaperig kind voor het raam. Juultje knipperde in de vroege ochtendzon, omklemde met haar linkerarm een verfrommeld knuffeldier en had haar rechterduim helemaal in haar mond gestoken. Cornelia was opgetogen. Hemel, wat was het meisje groot geworden! Ze zag er nu heel verstandig uit. Ze drukte haar neus tegen de ruit en staarde met een gefronst voorhoofd naar de vrouw op de binnenplaats. Cornelia zwaaide naar het meisje. Julia keek haar nieuwsgierig aan, maar zwaaide niet terug. Ze kon zich haar oma waarschijnlijk niet herinneren.

Enigszins teleurgesteld liep Cornelia naar het huis van haar moeder en belde aan. Walter, in een donker pak met vlinderdas, deed voor haar open. Ze feliciteerde hem en overhandigde haar cadeaus. Er stonden al een paar mensen in de woonkamer. Ze dronken koffie, aten gebakjes en praatten over koetjes en kalfjes met elkaar. Franziska kwam snel naar haar toe en stelde Cornelia voor met de woorden: 'Mijn dochter is speciaal uit Hannover gekomen.' Cornelia schudde de hand van de burgemeester van Dranitz, een gezellige, hartelijke man, en van een echtpaar uit Waren dat iets te maken had met Franziska's herdershond. Er waren nog drie andere echtparen, die uit het dorp kwamen, en een jonge vrouw die aan één stuk door kletste.

'Zodra we hier klaar zijn, ga ik een artikel over het klooster publiceren in een vaktijdschrift. Daarna begin ik aan mijn doctoraat en terwijl ik mijn proefschrift schrijf, wil ik naar Georgië, waar prinselijke graven worden opgegraven...'

Cornelia liet haar uiteindelijk over aan Walter, die erg geïnteresseerd leek te zijn in het middeleeuwse klooster, en bekeek de woonkamertafel, die vol lag met cadeaus. Overhemden, verschillende geschenkmanden met wijn, worst, koffie en jam, chocolaatjes, aftershave. Kortom, dingen die je een tachtigjarige heer nu eenmaal cadeau gaf.

'Wil je misschien met Falko en je oma gaan wandelen?' vroeg een vrouwenstem achter haar.

Haar dochter Jenny. Wat was ze mooi. Ze was niet langer het rebelse roodharige kind, maar leek nu vrouwelijker, en ook sterker.

'Hallo, mama!'

'Hallo, Jenny...'

Het was niet bepaald een hartelijke begroeting. Haar dochter draaide zich om naar de jarige, omhelsde Walter en kuste hem liefdevol op beide wangen. Juultje stond voor de deur en leek weinig zin te hebben om zich onder de gasten te mengen. Ze droeg een spijkerbroek, een roze T-shirt en roze gympen. Wie kocht nu van die kinderachtige kleren voor het kind? Roze was de favoriete kleur van die vrouwonvriendelijke barbiepoppen. En dat bij haar rode haar!

'Ik wil met Falko mee!' zei de roze-rode barbie. 'Als die oude vrouw mee wil, mag ze mee.'

Cornelia slikte. 'Hallo, Julia. Ik ben je oma. Ken je me nog?'

Haar kleindochter perste haar lippen op elkaar en leek na te denken.

'Franziska is mijn oma!'

'Franziska is je overgrootmoeder,' legde Jenny uit. 'Deze vrouw is mijn mama. Je echte oma dus. Snap je?'

'Heb jij ook een mama?'

'Iedereen heeft een mama. Gaan jullie nu maar met Falko naar het meer wandelen. Laat je oma maar het botenhuis zien. En hoe je stenen kunt laten springen, goed?'

Juultje knikte, wierp haar vreemde oma een lange, onderzoekende blik toe en zei toen: 'Nou, goed, kom maar.'

'Ik ga graag met je mee,' antwoordde Cornelia. 'Maar ik mis een woordje...'

Het meisje keek vragend. Jenny boog zich naar haar dochter toe en fluisterde iets in haar oor.

'O!' zei Juultje zonder enige gêne. 'Alsjeblieft. Kom alsjeblieft met ons mee.'

'Perfect!' prees Cornelia haar en ze oogstte een verontwaardigde blik van haar dochter.

'Uitgerekend jij wilt haar goed gedrag leren,' zei Jenny spottend en ze draaide zich om.

Het was verbazingwekkend hoe onbevangen het meisje met de herdershond omging. Terwijl het grote dier haar met één beet had kunnen doden. Cornelia was nooit een dierenliefhebber geweest. Ze was bang voor honden, en katten hadden iets onberekenbaars in hun ogen. Maar haar kleindochter greep de herdershond bij zijn halsband en hield hem zelfs aan zijn staart vast als hij iets niet wilde doen zoals zij het wilde doen.

'Heb jij ook een hond?' vroeg ze aan Cornelia.

'Nee. Waar ik woon, zijn dieren verboden.'

Juultje keek haar meewarig aan. Haar arme oma had niet eens een hond.

'Zit je op de kleuterschool?' vroeg Cornelia.

'Ik ga al bijna naar de grote school!' zei het meisje. 'Ik kan ook al lezen.'

Ze had het zichzelf met behulp van de tv-gids aangeleerd, omdat ze wilde weten wat er op tv kwam. Ongelofelijk! Het kind moest gestimuleerd worden, ze was haar leeftijdsgenoten ver vooruit!

'Waarom ben je niet bij ons op bezoek gekomen?' vroeg Juultje.

'Omdat ik ver weg woon. In Hannover.'

'O.' Ze liepen over het smalle pad naar het meer. Cornelia liet het meisje met de herdershond voor haar uit rennen en bleef zelf even aan de rand van het bos staan. Het was echt een idylle, dit pittoreske watertje dat omringd werd door bossen en hoog riet. Een geheime tip voor vakantiegangers die even de stad uit wilden. Een toevluchtsoord voor kunstenaars. Alleen al vanwege deze mooie plek was het de moeite waard geweest om het pand te kopen. Langzaam liep ze naar de oever. Ze kneep haar ogen tot spleetjes tegen de felle zon. Ze herinnerde zich de beschrijvingen van haar moeder, waar ze destijds knettergek van was geworden. Nu begreep ze hoe erg het was geweest om uit zo'n paradijs verdreven te worden.

Ik word oud, dacht ze grimmig. Ik begrijp mijn moeder.

'En nu laat ik je zien hoe je stenen kunt laten springen!' riep Juultje toen Conny bij haar kwam. Ze boog zich naar voren en gooide behendig een platte steen over het wateroppervlak. 'Drie keer!' juichte ze en ze sprong enthousiast op. 'Probeer jij het eens, oma!'

Cornelia boog zich voorover. Ze had als kind ook platte stenen gegooid. Bij haar favoriete zwemmeer in de Taunus. Ze waren er met de auto naartoe gegaan en hadden er gepicknickt...

'Ik moet eerst oefenen.'

Ze liet drie stenen met een deprimerende plons in het meer zinken, daarna had ze het onder de knie.

'Twee keer, drie keer... O, jammer, bijna vier keer!'

'Mama kan het vijf keer. En Ulli zelfs zeven keer!' Zeven keer! Die Ulli kon er wat van.

'Woont Ulli bij jullie?' vroeg ze, hoewel ze wist dat haar nieuwsgierigheid indiscreet was.

'Nee! Hij woont bij Max in Ludorf.'

Max? Wie was dat ook alweer? 'En wie brengt jullie 's ochtends de broodjes?'

'Kacpar!'

Cornelia dacht over haar dochter na. Ulli was haar vriend, die liever bij ene Max woonde. De Pool bracht haar broodjes voor het ontbijt. En haar ex woonde schuin tegenover haar in het poppenhuis met de boerentuin. Niet slecht. Maar wel haar moeder verwijten dat ze altijd met meerdere mannen in een huis woonde. Nou, ze had nu zelf het een en ander uit te leggen.

'We gooien nog één keer en dan gaan we terug, goed?' stelde ze voor. Juultje knikte, stopte twee vingers in haar mond en floot als een straatjongen. Geweldig! Cornelia zocht de juiste steen, spuugde erop en gooide hem.

'Vier keer... Dat was een record, hè?'

'Omdat je al zo oud bent, was het heel goed!' prees haar kleindochter haar.

'Zo oud ben ik niet!' riep Cornelia. 'Ik ben pas vijfenveertig.'

'Mama is zesentwintig. In november wordt ze zevenentwintig...'

'Kun je al tellen?'

Juultje veegde haar vuile handen aan haar spijkerbroek af en ook haar roze T-shirt was versierd met bruine modder.

'Ik kan tot honderd tellen. Dat is een makkie. Eén, twee, drie...'

Op de terugweg telden ze luidkeels hun stappen. Als Juultje zich vergiste, hielp Cornelia haar. De tachtigreeks sloegen ze over en bij negenennegentig waren ze op de parkeerplaats aangekomen.

'Honderd!' juichte het meisje. 'Zie je wel, oma! Ik kan tot honderd tellen. En daarna komt honderdeen...'

Cornelia wilde haar uitgebreid complimenteren, maar voordat ze haar mond open had gedaan, rende het meisje achter de herdershond aan en weg was ze. Op de parkeerplaats stond een lichtblauw busje waar twee mensen uit stapten. Eén daarvan was Sonja Gebauer, de dierenarts. Haar nicht. Ze had een geschenkdoos in haar armen. De andere persoon was Bernd. Hij pakte de doos van Sonja aan zodat ze de auto op slot kon doen en daarna liepen ze al pratend naast elkaar naar het huis. Heel vertrouwd, vond Cornelia. Zoals hij glimlachte terwijl hij Sonja van opzij aankeek! Dat kende ze van vroeger, maar in die tijd was die glimlach alleen voor haar bestemd geweest. Maar dat was voorbij. Nu waren ze alleen nog vrienden. Definitief. Wat zag hij in Sonja? Vond hij haar boezem leuk? Vroeger viel hij niet op grote borsten. Liever klein en sexy. Ze keek toe hoe de herdershond kwispelend met zijn staart om Sonja heen streek, terwijl Julia voor Bernd rondhuppelde en hem iets vertelde. Meteen daarna keken ze alle vier naar haar. Aha, Juultje had verslag gedaan van de wandeling. Cornelia had weinig zin in een uitgebreide begroeting, maar liep toch naar hen toe, schudde hun de hand en legde uit dat ze zich even op haar kamer terugtrok. Ze had werk meegenomen, maar ze zouden elkaar 's avonds bij het diner zien.

Ze liep terug naar het landhuis en wilde net door de entreehal naar binnen gaan toen ze iemand op de kelderdeur hoorde bonken. Als versteend bleef ze staan.

'Laat me hier uit, verdomme! Ik wil eruit!' Blijkbaar zat er iemand opgesloten in de kelder. Waarschijnlijk een van de archeologen.

'Geen paniek!' riep ze. 'Ik kom eraan!'

'U moet heel hard trekken, de deur klemt!' hoorde ze een hese stem roepen. 'Als u trekt, duw ik er met mijn gewicht tegenaan.'

Cornelia pakte de deurklink met beide handen vast en trok zo hard ze kon. De persoon aan de andere kant hijgde van de inspanning. De deur kraakte en uiteindelijk ging hij open. Een kleine, bleke man wankelde de entreehal in en hield zich vast aan de receptiebalie.

'Bent u in orde?'

De man hapte naar lucht, schraapte zijn keel, hoestte en tastte in zijn nek.

'Iemand heeft de deur dichtgedaan,' zei hij schor. 'Hij klemt. Dat komt door de luchtvochtigheid...'

'Bent u archeoloog?'

'Nee. Ik ben kok.'

Tjonge. De eigenwijze kok die niet bij Bernd wilde inkopen.

'Kok? En wat doet u dan in de kelder?'

Hij keek haar met grote ogen aan. Een vreemde kerel. Een kunstenaar, zonder twijfel. Een kunstenaar van de kookpan.

'Ik kweek beneden champignons. Voor het voorgerecht. Rundercarpaccio op verse champignonreepjes.'

'Nou, eerlijk gezegd is het mijn schuld,' bekende Cornelia. 'Het rook zo muf en ik wist niet dat de deur klemde.'

Hij haalde diep adem, veegde het klamme zweet van zijn voorhoofd en maakte een kleine buiging.

'Nou ja, er is verder niets gebeurd. Ik ben Bodo Bieger, aangenaam… '

'Cornelia Kettler. Ik hoor bij de familie.'

Het was verbazingwekkend hoe makkelijk die zin plotseling over haar lippen kwam. Ze hoorde bij de familie.

'Dan ga ik nu maar even mijn mandje paddenstoelen pakken,' zei hij. 'Maar doet u alstublieft de deur niet weer dicht.'

'Maakt u zich geen zorgen, maar we moeten iets aan de geur doen. Die jaagt de gasten weg!'

Bodo Bieger knikte en liep haastig de kelder in, terwijl Cornelia met een glimlach naar de eerste verdieping ging. In haar kamer pakte ze haar notitieboekje en pen, ging bij het raam zitten en begon te werken. Het ene idee volgde het andere op. Ze berekende details en dacht na over waar nog in geïnvesteerd moest worden.

De rest van de ochtend vloog voorbij. Rond het middaguur ging ze naar het restaurant, waar een paar vrouwen bezig waren de familietafel mooi te dekken en te versieren. In de keuken werkte de kleine kok met zo'n passie dat ze oprecht onder de indruk was. Hij was heel fanatiek. Hij sneed de stukken vlees met liefde, hield elk klein detail nauwgezet in de gaten, blancheerde de groenten exact lang genoeg en proefde de soep keer op keer alsof zijn leven ervan afhing. Iedereen had het zo druk dat ze nauwelijks om een kopje koffie durfde te vragen. De kok stond absoluut op eenzame hoogte. Ze moesten hem alleen zijn allures afleren.

Voor de avond had ze een donkere jurk ingepakt. Het was immers een feestelijke gelegenheid. Vroeger zou ze zo'n jurk zelfs niet onder dreiging van de ergste straffen hebben aangetrokken, maar zou ze dit soort 'burgerlijke kleding' in de vuilnisbak hebben gegooid. Maar sinds ze als bedrijfsadviseur werkte, keek ze anders tegen dit soort uiterlijkheden aan. Flirten hoorde bij het vak en ze vond het vak dat ze inmiddels uitoefende leuk.

Rond zes uur verzamelden de verjaardagsgasten zich voor een ontvangst met champagne in het restaurant. 'Je ziet er geweldig uit, Cornelia!' zei Walter toen hij met haar proostte. Haar moeder bevestigde dit en voegde eraan toe dat ze altijd had geweten dat haar dochter haar weg wel zou vinden. Jenny, die er prachtig uitzag in een donkergroene cocktailjurk, was minder voorkomend.

'Ben jij dat, mam? Ik herken je amper. Je wilde jaren zijn zeker voorbij, hè?'

'Je hebt het mis, Jenny,' antwoordde ze. 'Ze zijn nog maar net begonnen.'

Voordat ze verder konden ruziën, vroeg Franziska het gezelschap aan tafel plaats te nemen. Cornelia telde twaalf mensen, waaronder zijzelf. Een vrij kleine kring.

'Is Jenny's vriend ziek?' vroeg ze over Juultje heen aan Franziska.

'Ze hebben ruzie!' legde het meisje uit voordat haar overgrootmoeder zelfs maar haar mond open kon doen. Aha! Vandaar de broodjes. Misverstanden en verwikkelingen, net zoals het destijds bij haar was geweest. Het verleden herhaalde zich! Terwijl ze het voorgerecht aten – de carpaccio met de champignonreepjes – wendde ze zich tot Bernd.

'Ik kreeg geweldige ham bij mijn ontbijt. Ik denk dat je biologische boerderij een grote toekomst voor zich heeft!'

Hij prikte onhandig een stukje vlees met champignons op zijn vork, kauwde en keek haar toen met een eigenaardige glimlach aan.

'Ze staat op de rand van faillissement, als je het precies wilt weten. Helaas. Ik zal gedwongen worden om ergens in de buurt een klein advocatenkantoor te openen.'

Cornelia schrok. Dit kon niet waar zijn! Ze verslikte zich in een paddenstoelreepje en moest hoesten. 'Hoe kan dat nou?'

Hij haalde zijn schouders op. Te arbeidsintensief, geen geld om arbeiders fatsoenlijk te betalen, dus minder productie en minder inkomsten. Een vicieuze cirkel.

'Sonja heeft beloofd om de dieren over te nemen,' zei hij en hij knikte glimlachend naar haar nicht. 'Dat is voor mij een grote opluchting.'

De runderbouillon met ei was vast uitstekend, maar Cornelia was zo van slag dat ze nauwelijks iets proefde. Hij was blut! En waarschijnlijk had hij zelfs schulden. Nou, er was een herstructureringsplan nodig.

Voor de visschotel hield de jarige de gebruikelijke dankrede, waarna haar moeder vertelde hoe blij ze was dat er vandaag weer een familiefeest werd gehouden in de voormalige feestzaal van het landhuis. En dat ze ook heel blij was dat haar lieve dochter Cornelia uit Hannover was gekomen om het vandaag met hen te vieren.

Omdat iedereen nu naar haar keek, kon Cornelia er niet onderuit om ook een paar passende woorden te spreken. En natuurlijk maakte ze weer een grote blunder.

Ze stond op, schraapte haar keel, feliciteerde de jarige nogmaals officieel en bedankte hem voor het feit dat ze bij dit feest aanwezig mocht zijn. Tot zover ging het goed, maar daarna zei ze: 'In mijn vreugde over alles wat onze familie hier voor elkaar heeft gekregen, heb ik vanmiddag een concept bedacht dat jullie tot nu toe onrendabele ondernemingen een gezonde financiële basis zal geven.'

Als ze enthousiasme had verwacht, dan werd ze bitter teleurgesteld. Jenny rolde met haar ogen, Bernd keek beschaamd weg en Sonja staarde haar aan alsof ze haar een bekeuring had gegeven voor fout parkeren. Franziska zweeg. Alleen Walter mompelde onthutst: 'Dat klinkt heel interessant...'

Gelukkig werd het visgerecht nu geserveerd, tongfilet met amandelen en sinaasappelschijfjes. Cornelia ging weer zitten en iedereen richtte zich op zijn bord.

Het smaakte uitstekend en de stemming werd al snel weer vrolijker.

'Weet je, mam,' zei Jenny na het eten tegen haar. 'Oma en ik, wij hebben het tot nu toe prima gedaan zonder jouw concepten! Het irriteert me dat je hier opduikt en denkt dat je overal verstand van hebt.'

'Maar ik wil jullie alleen maar helpen, kind,' zei Cornelia verontwaardigd.

'Maar we willen je hulp niet, dus laat maar.'

Cornelia sprak voor de rest van de avond niet meer over haar idee. Ze probeerde beleefd te blijven, ook al bleef ze uit de buurt van de andere gasten. Ze deed met Juultje, die zich verveelde, een paar keer een kaartspelletje en ontdekte dat haar kleindochter de enige aardige persoon in deze familie was.

Tegen tien uur nam ze afscheid onder het voorwendsel dat ze de laatste tijd veel had moeten werken en erg moe was. In de entreehal kwam ze Bodo Bieger, de kunstenaar van de kookpan, tegen, die net naar huis wilde gaan.

'Het eten was zalig!' zei ze enthousiast. 'Ik heb nog nooit zo lekker gegeten.'

Zijn sombere gezicht vrolijkte meteen op.

'Daar ben ik heel blij mee! Het was mijn afscheidsmenu. Morgen is mijn laatste werkdag.'

'Dat meent u niet!'

Hij knikte. 'Ja, absoluut. Als het werk dat je doet niet wordt gewaardeerd, moet je ervoor zorgen dat je iets nieuws vindt. Ik heb al een aanbod van het Seehotel in Binz.'

Ze handelde impulsief, zoals ze meestal deed. Ze viste een visitekaartje uit haar tas en schreef daarop de naam van het pension in Rügen waar ze een kamer had geboekt.

'Als u advies nodig hebt, ik ben volgende week hier te bereiken.'

Ulli

EIGENLIJK KWAM HET PERFECT uit. Omdat hij Max 's ochtends uit het ziekenhuis moest ophalen en overdag voor hem moest zorgen, kon hij 'helaas' niet naar de verjaardag. De oude man was tenslotte nog zwak, dus Ulli moest oppassen dat hij zich niet te veel inspande. Franziska was niet blij dat hij niet kwam, maar had er natuurlijk wel begrip voor.

'Dan komen jullie gewoon een dezer dagen langs om het alsnog te vieren,' zei ze. 'Het belangrijkste is dat Max het ergste achter de rug heeft en langzaam weer aansterkt. En binnenkort mag hij ook weer onder de mensen komen.'

Precies. En hij, Ulli, hoefde die avond niet naast Jenny aan het feestelijke verjaardagsdiner te zitten. Dat zou gewoon te pijnlijk zijn geweest, want ze vonden het allebei moeilijk om te doen alsof alles koek en ei was. Wie weet hadden ze Walters verjaardag nog verpest. Nee, Jenny en hij moesten het eerst maar eens goed uitpraten. Alles wat er niet goed was tussen hen moesten ze boven tafel krijgen, alles wat haar niet aan hem beviel en wat hij haar kwalijk had genomen. Afgelopen met dat beledigde gedoe en de stille verwijten. Dat deed gewoon te veel pijn. Hij hield immers van haar. Hij had haar nodig. En daarom zou hij de eerste stap zetten. Hij moest alleen een paar dagen wachten totdat het wat beter ging met Max.

Toen hij tegen tien uur in het ziekenhuis kwam, zat de oude man al ongeduldig in de gang, met de ingepakte tas die Ulli hem op de eerste dag had gebracht naast hem. Hij zag er vrij goed uit. Zijn wangen waren roze en zijn ogen fonkelden van levensvreugde. Hij was mager en het blauwe trainingspak slobberde om zijn lichaam, maar voordat hij ziek werd, was hij ook al dun geweest. Hij zou de paar verloren kilo's snel terugkrijgen als hij iets fatsoenlijks te eten kreeg. Ulli zou Mine vragen om wat van haar lekkernijen voor Max in te pakken.

'Daar ben je eindelijk!' riep hij. 'Ik dacht al dat je me hier wilde laten verkommeren, jongen!'

'Rustig aan,' zei Ulli grijnzend. Hij pakte zijn vriend bij zijn arm en pakte zijn geruite reistas. 'Ik moest eerst nog even een rondje bij de boten maken. Tom heeft gisteren het jacht verhuurd en de tank niet bijgevuld.'

'Nou ja, zeg!' wond Max zich op. 'Het wordt tijd dat ik weer terugkom. Hebben jullie tenminste de kiosk opengedaan of was die de hele tijd gesloten?'

Ulli stelde hem gerust. Hij had zelf een aantal uur in de kiosk gestaan en werd af en toe afgelost door de personeelsleden. En omdat het nu, vlak voor de zomer, al behoorlijk druk was, had hij Elke Stock ingehuurd, die na haar terugkeer uit het westen een baan zocht. Elke bleek heel geschikt te zijn en hij was van plan om haar vast in dienst te nemen. Misschien ook voor de campingwinkel, mocht ze het niet met Max kunnen vinden.

Ze gingen met de lift naar de entreehal beneden, waar Max kaarsrecht langs de receptie liep en naar de dienstdoende verpleegster zwaaide.

'Ik ben de dans nog net ontsprongen!' riep hij en hij stak triomfantelijk zijn hand in de lucht.

In de auto kletste hij aan één stuk door. Hij wond zich op over zijn dochters, die waarschijnlijk hadden gedacht dat zijn kist al besteld kon worden. Hij mopperde over de artsen, die met hun Latijnse uitdrukkingen pronkten en een volwassen man als een klein kind behandelden. Ook de verpleegsters kwamen er niet goed van af.

'Het zijn allemaal manwijven, Ulli!' zei hij hoofdschuddend. 'Ze kennen gewoon geen genade.'

'Ik vond ze heel aardig,' zei Ulli. 'En ze hebben je in elk geval weer beter gemaakt, dat moet je hun nageven, Max.'

'Dat doe ik ook,' bromde de oude man.

Daarna werd hij stil. Hij keek in gedachten verzonken uit het raam naar het zomerse landschap en toen de Müritz in zicht kwam, verscheen er een blije glimlach op zijn gezicht, zoals bij iemand die blij is omdat hij een oude vriend weer ziet.

'Zo, het is druk, hè?' zei hij terwijl ze over de volle parkeerplaats naar hun privéparkeerplaats reden.

'Geen wonder met dit mooie weer!' Ulli keek naar de steiger. Bijna alle boten waren verhuurd, alleen twee waterfietsen en een roeiboot wachtten op mensen die zin hadden om een eindje te varen. Rocky stond met een witte pet op en een schort met vlekken om in de snackbar en verkocht patat met mayonaise. Tom stond op de steiger van de botenverhuur. Sinds kort werkte zijn vriendin Maggy hier ook, omdat het zo druk was. Ulli hielp Max met uitstappen en wilde hem naar zijn huis begeleiden, maar Max wilde per se even bij de kiosk kijken. Hij wilde er gewoon zeker van zijn dat alles in orde was, al was het maar vanaf een afstandje.

Toen Elke Stock de twee mannen op zich af zag komen, stak ze groetend haar hand op. Het was duidelijk dat ze blij was om Max te zien. Omdat er zoals altijd op mooie dagen een lange rij voor de kiosk stond, wendde ze zich echter onmiddellijk weer tot haar klanten en verkocht ze vriendelijk en geduldig kranten, limonade en ijs. Je kon zien dat ze het werk leuk vond. 'Goed gedaan, jongen,' zei Max terwijl ze zich omdraaiden en in de richting van het tuinhek liepen. 'Ik denk dat ze een harde werker is. We moeten haar zeker aanhouden.'

Eenmaal thuis stond de koppige oude man erop om op de bank te gaan liggen. 'Nee, nee, Ulli! Ik heb nu lang genoeg in bed gelegen. Hannelore is er al, zij zal mijn buik opwarmen. O, daar komt

Waldemar aan. Geef dat kussen eens. Niet het dikke, het kleine. Ja, precies. En wil je even de geruite deken uit de slaapkamer halen?'

Hij had het koud, hoewel het buiten bijna dertig graden was. Ulli dekte hem goed toe en zette sterke koffie. Dat was vast goed voor zijn bloedsomloop. Toen hij met de kopjes en de kan terugkwam in de woonkamer, was Max al in slaap gevallen, omringd door twee spinnende katten. Ulli zette de spullen zo zachtjes mogelijk op de tafel en wachtte even om te zien of de oude man misschien wakker zou worden en iets nodig zou hebben. Maar toen Max rustig begon te snurken, besloot Ulli naar de boten te gaan kijken.

Toen hij 's avonds eindelijk terugkwam, zat Max op de bank en aaide zijn katten.

'Moet jij niet weer gauw gaan liggen, Max?' vroeg Ulli gespeeld streng.

De oude man grijnsde. 'Het is al goed, mijn jongen. Ik heb geen zit in mijn lijf omdat ik al zo lang heb moeten liggen. Ik ben al op kantoor geweest, heb wat werk gedaan en ben daarna even naar de kiosk gelopen. Dat is goed voor de doorbloeding en zo.'

Ulli schudde vol ongeloof zijn hoofd. 'Je kon zeker niet geloven dat ik het ook zonder jou kan, hè?' De grijns van Max werd nog breder. Daarna maakte hij aanstalten om op te staan. 'Ik zal eens even een lekker kopje koffie zetten.'

'Blijf zitten. Ik breng de koffie wel als hij klaar is,' bood Ulli goedmoedig aan. 'Wil je er een koekje bij?'

'Nee, dank je...'

Ulli pakte de kan koude koffie van de tafel, zette nieuwe en keerde met de volle kan en een schaal koekjes terug naar de woonkamer. Max nam het kopje dankbaar aan en dronk langzaam en met kleine slokjes. Toen de cafeïne begon te werken, werd hij spraakzaam. Hij drong erop aan dat in het komende jaar de blokhutten voor de vakantiegasten klaar moesten zijn. Minstens vijf en met water- en elektriciteitsaansluiting. Klein en knus, met verwarming en badkamer. Dat moest.

'Zorg dat je het geld van je meisje terugkrijgt, Ulli. In elk geval wat er nog van over is. We moeten investeren, jongen. Dat is de enige manier. De concurrentie slaapt niet, er zijn al een heleboel botenverhuurbedrijven en hotels in de omgeving. Ze schieten als paddenstoelen uit de grond. Maar zo'n groot bosperceel als dit hebben ze niet. Dat is ons kapitaal, Ulli!'

Ulli knikte bevestigend en zweeg, wat Max in zijn opwinding gelukkig niet merkte. Hoe kon hij uitgerekend nu het geld terugeisen? Een ongelukkiger moment was nauwelijks denkbaar. En hij was toch van mening dat het bedrijf hun boven het hoofd groeide. Je hoefde niet altijd te investeren en te groeien, een mens had ook tijd nodig voor zijn privéleven. Wat moest hij met al dat geld als Jenny bij hem wegging? Geluk kon je niet kopen. En echte liefde ook niet.

Gelukkig kletste Max niet lang. Hij vroeg Ulli om een curryworst met patat bij de snackbar te halen, want dat zou hem na die 'ziekenhuistroep' het snelst weer op de been helpen.

Ulli deed wat hij vroeg. Rond tien uur ging hij nog één keer naar de botenverhuur, de kiosk, de winkel en de snackbar om de opbrengst van de dag op te halen, die hij thuis in zijn kantoortje onder een losse vloerplank verstopte. Hij zou het morgen naar de bank brengen. Ook al was het in deze tijd van het jaar, nu de dagen het langst waren, nog lang niet stil op de camping, alles moest om tien uur 's avonds sluiten. Ulli was blij dat zijn werknemers in de zomer bereid waren om overuren te draaien. Tijdens het hete seizoen was het altijd hard werken. Later, in de winter, zou het hier doodstil zijn. Misschien had Max toch geen ongelijk met zijn verwarmde blokhutten, die zouden ze zelfs in het koude seizoen kunnen verhuren...

Toen hij weer terugkwam, zat Max tot Ulli's verbazing aangekleed en gewapend met een deken op een keukenstoel op hem te wachten.

'Je wilde toch naar bed gaan, Max? Wat is er aan de hand, heb je nog iets nodig?' vroeg Ulli enigszins bezorgd.

'Nee, niet echt. Maar ik heb een wens...'

'Nou, vertel!'

'Ik wil heel graag het meer op. Toen ik dacht dat mijn laatste uur geslagen had, wenste ik niets liever. En er is nu ook niemand meer die ik zou kunnen besmetten...'

Ulli kon geen nee zeggen en even later liepen ze naar de woonboot.

Het was een heldere nacht. De Müritz lag spiegelglad en zwart voor hen, met één glinsterende strook waar het maanlicht over het water scheen. Max liet zich door Ulli op de woonboot helpen, ging aan het roer zitten en gaf bevelen. Hij had altijd al graag kapiteintje gespeeld. Ulli was hooguit bootsman, eerder een scheepsjongen. Maar hij vond het prima, als Max maar plezier had. Hij stak de twee lantaarns aan – één aan de boeg, de andere aan de achtersteven – en ze dreven ontspannen de maannacht in. Het was fijn om na de lawaaierige dag en de drukte van de vele mensen rustig over het meer te glijden, het zachte gedeins van de golfjes te voelen en de koele, vochtige nachtlucht om je hoofd te laten waaien. Wat was het stil. Alleen het zachte geklots van het water was te horen. Her en der ruiste er een licht briesje in de bomen op de oever en de boot kraakte als een van hen bewoog. In Waren gingen langzaam de lichten uit. Een boot met dagjesmensen lag nog fel verlicht in de haven, de kleurrijke lichtjes dansten op het donkere water.

Max zat zwijgend achter het roer en staarde met grote ogen naar het meer.

'Mooi, hè?' verbrak Ulli de stilte.

'Jazeker. Het zou voor altijd zo kunnen blijven...'

Ze voeren nog een rondje, bleven in het midden van het meer een tijdje doelloos drijven en keken naar de hemel, die bezaaid was met sterren.

'Alsof je ze kunt vastpakken,' zei Max. 'Je hoeft je alleen maar een beetje uit te strekken en dan kun je er een plukken.'

Ulli lachte, maar hij begreep wat de oude man bedoelde.

Het was al ruim na middernacht toen ze weer aan de steiger in Ludorf aanmeerden en naar het huis terugliepen.

Ulli wenste Max een goede nacht. Daarna beklom hij de trap naar zijn eigen rijk en liet zich op zijn bed vallen. Het was een inspannende dag geweest en de lange boottocht in de koele nachtlucht had hem moe gemaakt, waardoor hij meteen in een diepe slaap viel. Hij droomde vreemd onrustig en werd pas tegen de ochtend weer wakker. Hij ging rechtop zitten en merkte geschrokken dat hij de vorige dag was vergeten om de wekker te zetten. Het was al half acht. Hij liep snel naar de badkamer, schoor zich, kleedde zich aan en ging vervolgens de trap af om ontbijt te maken.

'Max?'

Geen antwoord. Hij sliep zeker nog. Ulli zette het koffiezetapparaat aan, deed sneetjes witbrood in de broodrooster, opende de koelkast en keek wat er was.

'Wil je ham bij het ontbijt, Max?'

Nog steeds geen antwoord. Vreemd. De oude man was een ochtendmens en stond altijd vroeg op. Zou hij misschien al zijn opgestaan en controleerde hij de kiosk, hoewel de artsen hem dat strikt verboden hadden? Ulli sloot de koelkast en klopte op zijn slaapkamerdeur.

'Max? Ben je al wakker?'

De oude man lag mager en bleek als was in het kussen. Zijn mond was halfopen, zijn ogen waren gesloten. Sinds zijn ouders waren verongelukt had Ulli geen dode mensen meer gezien. Hij moest tegen het deurkozijn leunen en bleef daar een poos als verstard staan.

Max had hem verlaten. Gisteravond had hij zijn laatste tocht over het meer gemaakt, waarbij hij voor het laatst de sterrenhemel had gezien. Hij had nog zo veel plannen gehad. Maar hij had niet meer de kracht gehad om ze uit te voeren.

Ulli voelde zich verschrikkelijk eenzaam. Net als toen hij aan het graf van zijn ouders stond, maar toen waren Mine en Karl-Erich bij hem geweest. Nu was hij alleen. Max Krumme, zijn beste en enige vriend, was aan de grote reis begonnen, en Mine en Karl-Erich waren te oud om Ulli te helpen. Hij zou hen later op de hoogte brengen.

De tranen liepen over zijn wangen. Hij veegde ze weg, maar er kwamen telkens nieuwe. Uiteindelijk liep hij voorzichtig naar het bed, streelde de wang van de dode man en schrok omdat die zo koud en hard was. Omdat hij niet goed wist wat hij moest doen, trok hij onhandig het dekbed glad.

Hij moest iets doen. Maar wat? Plotseling verlangde hij vreselijk naar Jenny. Zij zou wel hebben geweten wat ze moesten doen. Zij zou hem hebben getroost. Ze zou haar armen om hem heen hebben geslagen en hebben gefluisterd dat Max hier in zijn eigen bed had mogen sterven en niet in het ziekenhuis, dat hij zo haatte. Ja, daar was Ulli heel blij mee. Max had tot op het laatst over zijn eigen leven kunnen bepalen. En hij had plannen gehad voor hun gezamenlijke toekomst…

De arts kwam 's middags meteen na het spreekuur.

'Het is het hart,' zei hij na een kort onderzoek. 'Het was een kwestie van tijd, meneer Schwadke. De prostaatkanker is weer uitgezaaid en dan de mazelen… Het is een wonder dat hij het zo lang heeft volgehouden.'

Ulli staarde naar het uitgemergelde lichaam van zijn overleden vriend en bedacht dat Max nu niet meer hoefde te lijden en rust had gevonden. Het voelde niet als een opluchting. Het verdriet deed letterlijk pijn in zijn borst, alsof er een zweer zat die met de minuut groter leek te worden en hem kortademig maakte. Toen de begrafenisondernemer kort daarna met een assistent aanbelde, had hij de in plechtig zwart geklede mannen het liefst weer weggestuurd. In plaats daarvan liet hij zich een catalogus in zijn hand drukken, die hij aan de familieleden moest overhandigen zodra ze aankwamen.

De begrafenisondernemer en zijn assistent legden Max met het beddenlaken in een grijze plastic kist en droegen hem het huis uit. Ze hadden de lijkwagen vlak bij het hek geparkeerd, maar natuurlijk stonden er mensen van de camping en andere nieuwsgierigen die wilden weten wat er aan de hand was. Sommigen huilden. Veel mensen liepen naar Ulli toe, die bij de voordeur stond, schudden hem de hand en condoleerden hem.

Later zat hij in de woonkamer, aaide de katten, die hun baasje waren verloren, gaf ze voer en vroeg zich af of hij in de slaapkamer moest opruimen. Maar hij kon het niet. De zweer in zijn borst was te groot, benam hem de adem en beroofde hem van zijn kracht.

Tegen vijf uur stond hij met moeite op en maakte een rondje over de camping. Hij bedankte zijn medewerkers die de zaak draaiende hielden en ging naar de kiosk om Elke te vragen of ze tot de avond kon werken. Daarna moest ze de kiosk op slot doen en de sleutel aan Tom geven.

'Dat doe ik graag, Ulli,' verzekerde ze hem. 'Ik vind het zo erg van Max. Ik vond hem heel aardig.'

'Dank je wel, Elke. En als alle drukte hier eenmaal voorbij is, praten we meteen over je vaste aanstelling. Je bent nu immers onmisbaar voor mij.'

Hij zag dat ze haar lippen krulde tot een dankbare glimlach.

Plotseling voelde hij een onbedwingbaar verlangen in zich opkomen. Er was nog iemand in zijn leven die onmisbaar voor hem was. Hij liep snel naar zijn Passat en reed weg. Het was zeker niet verstandig, misschien was het zelfs helemaal fout, maar hij kon er niets aan doen. Hij kon zich niet langer weren tegen wat zijn hart hem vertelde. Want zij was de enige die hij volledig vertrouwde, bij wie hij zich niet groot hoefde te houden.

Bij het landhuis aangekomen zag hij Jenny's rode Kadett op de parkeerplaats staan. Godzijdank was ze thuis. Hij stapte haastig uit en liep naar het hovelingenhuisje. Hij belde bijna opdringerig aan en Jenny opende de deur.

'Jenny!' zei hij met een broze stem. 'Laat me alsjeblieft binnen... Ik heb je nodig!'

'O, Ulli,' zei ze, even verbaasd als geschrokken. 'Je ziet eruit als een zombie.'

'Zo voel ik me ook,' zei hij. 'Max is dood.'

'Max,' fluisterde ze.

'Ik heb hem vanochtend in zijn bed gevonden...' Zijn stem begaf het.

Jenny sloeg haar armen om hem heen en hield hem alleen maar tegen zich aan. Ulli klampte zich als een drenkeling aan haar vast en voelde de pijnlijke zweer in zijn borst wegsmelten en veranderen in warme tranen.

Franziska

NU HADDEN ZE DUS de eerste begrafenis in hun oude en nieuwe woonplaats. Vriend Hein had niet in Dranitz toegeslagen, maar in Ludorf. Maar in de paar jaar dat ze Max Krumme had gekend, was ze gehecht geraakt aan de oude man en was hij bijna een lid van de familie geworden. Ze hadden allemaal gedacht dat hij onverwoestbaar was, iemand die niet klein te krijgen was. Iemand die altijd optimistisch naar de toekomst had gekeken en de daad bij het woord voegde. De oude Max was slim geweest. Hij had een goed oog voor zaken gehad. Maar bovenal was hij een vaderlijke vriend voor Ulli geweest, iemand op wie hij kon vertrouwen.

'Hij is maar zevenenzeventig geworden,' zei Walter. 'Maar ik denk dat hij de afgelopen vijf jaar dubbel heeft geleefd.'

'Ja,' zei ze peinzend. 'Misschien komt het niet aan op het aantal levensjaren, maar op de vraag of het vervulde, gelukkige jaren zijn geweest.'

'Absoluut,' antwoordde hij.

Ze waren dichter bij elkaar gekomen sinds ze op Dranitz het nieuws van Max' dood hadden vernomen. Plotseling besefte Franziska dat het leven kostbaar was en dat het niet verspild mocht worden met onbelangrijke dingen. 's Avonds hield ze Walter gezelschap in de woonkamer, de tv bleef uit en in plaats daarvan praatten ze met elkaar. Ze praatten over de gebeurtenissen van de dag, haalden herinneringen op aan oude tijden of spraken over de zorgen over het restaurant en het landhuis. Walter deed verslag van de status van de opgravingen, toonde haar kopieën van kloosterkronieken en vertelde levendig over een verre, lang vervlogen tijd, die Franziska steeds meer fascineerde.

'Dit plekje op aarde is al sinds de middeleeuwen bewoond. Wat zich hier niet allemaal heeft afgespeeld!'

Walter had het plan opgevat om een kroniek te schrijven waarin hij de geschiedenis van het klooster, maar ook de ontwikkeling na het verval ervan, wilde beschrijven.

'Als ik daar nog de tijd voor heb,' zei hij met een glimlach.

'Ik zal je helpen,' beloofde Franziska. 'We doen het net als Mine en Karl-Erich, we schrijven het samen.'

Mine en Karl-Erich! O, die twee waren het hardst getroffen door het nieuws van de dood van Max Krumme. Jenny was met Ulli naar hen toe gegaan om het slechte nieuws te vertellen en ze zei dat Mine had gehuild.

'Ze verweten het zichzelf dat ze Max niet nog een keer hebben bezocht, maar in het ziekenhuis hadden ze toch niet bij hem mogen komen.'

Er was ook nog iets goeds voortgekomen uit de dood van Max. Jenny en Ulli waren weer bij elkaar. Sinds die dag waren ze onafscheidelijk. Ulli sliep bij Jenny en als Mücke haar vriendin niet nodig had op de kleuterschool, reden ze 's ochtends samen naar Ludorf, waar ze zich nuttig maakte. In principe was Franziska erg blij met deze ontwikkeling, maar op den duur kon het niet goed gaan, omdat Jenny de lening moest afbetalen. Bovendien moest ze voor het landhuis en het restaurant zorgen. Sinds Bodo Bieger weg was, stond alleen de keukenhulp Erika in de keuken, die in het weekend werd ondersteund door een van de twee hulpen. De ander moest bedienen. Er waren geen geweldige menu's meer, alleen nog huisgemaakte gerechten en de beroemde landhuisschotel. Zo kon het niet lang doorgaan, maar het bleek ontzettend moeilijk te zijn om een nieuwe kok te vinden. En Jenny's examen kwam eraan. Het echte, niet het proefexamen. Vandaag zouden ze dus de arme Max begraven en morgen moest Jenny naar Hamburg om het examen, dat enkele dagen duurde, af te leggen. Franziska vreesde dat ze door alle toestanden niet genoeg had geleerd, maar haar kleindochter was verrassend kalm. Hopelijk zou alles goed gaan.

Max had een testament gemaakt, dat door de notaris was geopend en waarvan een kopie naar de erfgenamen was gestuurd. Hij had bepaald dat zijn lichaam gecremeerd moest worden en dat de as over het meer moest worden uitgestrooid. Zijn dochters Elly en Gabi waren ertegen geweest, al was het maar omdat het verboden was om de as van een dode man over de Müritz te verstrooien, maar zijn zoon Jörg dacht daar anders over. Hij had, gesteund door Ulli, bepaald dat er een rouwdienst in de Ludorfkerk zou worden gehouden, zodat al zijn vrienden afscheid van hem konden nemen. Vervolgens zou Jörg de urn meenemen om de laatste wil van zijn vader te voltooien. Er waren heel wat onderhandelingen met de begrafenisondernemer aan voorafgegaan, omdat je niet zomaar zelf een uitstrooiplek mocht uitzoeken, maar uiteindelijk had hij ermee ingestemd de urn tegen een navenante 'toeslag' te overhandigen, wat alleen Ulli en hij wisten. Ulli had het aan Mine verteld en zij had het onder strikte geheimhouding aan Franziska verteld...

De drie kinderen van Max sliepen in Landhotel Dranitz omdat ze, zo vertelden ze Elfie aan de ontbijttafel, de moderne accommodatie in Waren maar niks vonden. Ze waren de eerste keer halsoverkop gekomen nadat het ziekenhuis hen op de hoogte had gebracht, en zodra Max weer buiten levensgevaar was en ze naar Prenzlau en Dranitz waren teruggekeerd, kwam het onverwachte nieuws van zijn dood. Als ze hadden geweten dat Jenny een relatie had met die gluiperd, zoals de vrouwen Ulli volgens haar kleindochter hadden genoemd, hadden ze zeker niet hier overnacht. Alleen Jörg leek geen wrok te koesteren tegen Ulli.

Aan het einde van de ceremonie stond Jörg op. Hij liep naar voren en nodigde alle gasten uit Ludorf uit voor een kopje koffie op de camping van 'meneer Ulli Schwadke'. De gasten uit Dranitz en de familie zouden in het restaurant van het Landhotel op koffie worden onthaald. Dat had hij van tevoren zo afgesproken met Ulli.

'Wij komen straks,' zei Jenny, terwijl Karl-Erich weer veilig naast Mine in de auto zat en de rolstoel in de kofferbak was opgeborgen. 'Elke Stock wacht op de gasten op de camping. Alles is georganiseerd, dus het hoeft niet lang te duren, hoewel ik bang ben dat het op de camping niet bij koffie en cake blijft. Maar maak je geen zorgen, oma! Ulli hoeft alleen even te kijken of alles in orde is en ik drink niet, zodat ik hem daarna veilig naar Dranitz kan brengen.'

De rouwenden druppelden het landhuis binnen. Paul Riep, de burgemeester, hield een korte toespraak die niet zozeer over Max Krumme ging, maar meer over het landhuis en 'mevrouw de barones'. 'Leve de barones en haar landhuis!'

Na zijn toespraak klonk er een groot applaus. De koffiekopjes werden opzijgeschoven en de glazen werden gevuld. De mensen dronken op 'mevrouw de barones', vervolgens op Max Krumme, vervolgens op burgemeester Paul Riep, en wie daarna nog niet genoeg had, hief het glas op de goede oude tijd en op de toekomst. Toen de stemming er goed in zat, kwamen Jenny en Ulli het restaurant binnen en voordat ze naast Franziska en Walter konden plaatsnemen, werd er ook op hen een toost uitgebracht.

Kort daarna vertrokken de eerste gasten. Sommigen wilden het nieuws op tv zien, anderen hadden vee dat gemolken moest worden.

Nu ze onder elkaar waren, werd het rustiger aan tafel. De euforische stemming die de mooie herinneringen aan Max Krumme en Paul Rieps toespraak hadden opgeroepen, was verdwenen. Ze spraken weer over de problemen, wisselden van gedachten over de laatste ontwikkelingen en probeerden voorzichtige toekomstprognoses op te maken.

'Hopelijk kom ik er zonder insolventieprocedure uit,' zei Bernd.

'Als ik met nieuwe schulden doorga met de boerderij, kom ik alleen maar dieper in het rood te staan. Dit is het juiste moment om ermee te stoppen en dat is precies wat ik ga doen.'

Jenny, zo koppig als alle vrouwen van Dranitz, was het daar niet mee eens. 'Je weet net zo goed als ik, pap, dat zo'n project minstens vijf jaar verliesgevend is totdat het eindelijk iets oplevert. Je moet gewoon een langere adem hebben en niet meteen het bijltje erbij neergooien... Bovendien zou ik je voor het begin een klein bedrag kunnen lenen.'

'Lieve Jenny,' antwoordde Bernd. 'Ik denk dat je het geld zelf nodig hebt, want voor zover ik kan nagaan, moet er nog een hoop gebeuren op landgoed Dranitz.'

Franziska dacht er net zo over. Ze herinnerde Jenny eraan dat het tenslotte het geld van Ulli was, dat zo snel mogelijk moest worden terugbetaald.

'Dat heeft geen haast,' zei Ulli goedmoedig. 'Maar ik denk ook dat Bernd gelijk heeft. Jullie moeten nu zo langzamerhand weleens vooruit met het landgoed, anders wordt het gewoon te duur.'

En zo kwamen ze weer op de eeuwige oude en nieuwe problemen. Franziska klaagde dat het restaurant binnenkort gesloten zou moeten worden omdat de kok ontslag had genomen. Ze konden de gasten niet dezelfde eenvoudige gerechten blijven aanbieden die ze nu met moeite in elkaar flansten.

'En waarom nemen jullie geen nieuwe kok aan?' vroeg Sonja zich af.

'Omdat we er geen kunnen vinden!' Ze hadden een vacature in de krant geplaatst, maar de salariseisen van de sollicitanten waren verschrikkelijk. Misschien waren die passend bij een vijfsterrenrestaurant aan de oevers van de Müritz, maar niet bij Landhotel Dranitz.

'Was ik maar twintig jaar jonger,' zei Mine, die het gesprek aandachtig volgde. 'Ik zou een goede kok zijn geweest. Net als onze Hanne Schramm destijds. Zij maakte van een restje spek nog een heel diner.'

Karl-Erich knikte bevestigend en merkte met een grijns op dat hij de geluksvogel was die al meer dan vijftig jaar van Mines geweldige gerechten mocht genieten. Ulli voegde eraan toe dat ook hij er een paar jaar van had geprofiteerd en ook Sonja en Walter konden erover meepraten. Ineens waren alle problemen vergeten en gingen de gesprekken over recepten uit de regio. Visgerechten, konijnenragout, aardappelkoekjes met kwark en reerug met cantharellen. Franziska deed ook mee. Het was heerlijk om even alle zorgen te kunnen vergeten en te luisteren naar Mines verhalen uit de 'goede oude tijd'. Ja, de kokkin Hanne Schramm, zij was een strenge vrouw geweest, maar ze had haar hart op de juiste plaats gehad. Ze zette zich in voor iedereen van wie ze hield en was nooit onrechtvaardig geweest tegen een keukenhulp. Haar recepten had ze in een gebonden groen boekje opgeschreven. Er zat een touwtje omheen dat zo stevig dichtgeknoopt was dat een onbevoegde hooguit met behulp van een mes bij de inhoud kon komen. Alleen voor grote feesten zoals bruiloften of de doop van een kind maakte Hanne Schramm het touwtje los, om nog even een bepaald recept dat ze zelden klaarmaakte door te lezen.

'En waar is dat boekje gebleven?' vroeg Jenny nieuwsgierig.

'Nou,' zei Mine traag. 'Toen onze goede Hanne stervende was – dat was toen de Russen al in het land waren – heeft ze het verstopt. Zodat het niet in verkeerde handen zou vallen.'

'En waar heeft ze het verstopt?' vroeg Walter met een ondeugende glimlach.

'Dat weet ik helaas niet,' antwoordde Mine bedroefd. 'Anders had ik er allang naar gezocht en alle gerechten nagemaakt.'

Kacpar, die al die tijd buitengewoon stil was geweest, merkte op dat zo'n verzameling recepten zeker een grote schat was.

'Ik zou er bijvoorbeeld een mooi bedrag voor betalen,' zei hij tegen Mine.

'Sinds wanneer verzamel jij oude Mecklenburgse recepten?' vroeg Jenny verbaasd.

Franziska zag aan Kacpar dat hij een paar nachten slecht had geslapen. Arme kerel. Natuurlijk had hij hoop gekoesterd, die nu Jenny zich weer met Ulli had verzoend was vervlogen.

'Waarom niet?' vroeg Kacpar met opgetrokken wenkbrauwen. 'Ik ben van plan om hier in de buurt een landhuis te kopen en om te bouwen tot een hotel met restaurant.'

Iedereen zweeg, alleen Karl-Erich, wiens gehoor de laatste tijd achteruit was gegaan, praatte verder en vertelde Walter wat er in 1944 aan het Russische front te eten was geweest, en hoe inventief zijn kameraden en hij moesten zijn om nog een beetje fit te blijven.

'Je wilt... wat?' stamelde Jenny.

Kacpar wendde zijn blik enigszins beschaamd af.

'Ik wil voor mezelf beginnen. Ik heb immers genoeg ervaring opgedaan om zelf iets van de grond te krijgen.'

Het duurde even voordat het tot Franziska doordrong. Kacpar wilde weg van Dranitz. Dat was moeilijk voor te stellen, want hij was al jaren bij hen. Hij was altijd behulpzaam, altijd aan het werk, altijd beschikbaar. Zonder Kacpar was de renovatie van het landhuis niet mogelijk geweest. Aan de andere kant was zijn beslissing heel begrijpelijk. Ze hadden zijn wens om partner in het bedrijf te worden afgewezen. Waarom zou hij zich dan langer voor Dranitz inzetten?

'Als dat inderdaad jouw definitieve beslissing is, Kacpar,' zei ze langzaam, 'dan vind ik dat erg spijtig. We zullen je missen!'

Hij haalde zijn schouders op en keek Jenny even aan. Ze zweeg en keek bedremmeld naar haar lege gebaksbordje. Ulli schraapte zijn keel om iets te zeggen, maar deed het toch maar niet.

'Ik denk niet dat ik een groot gat achterlaat,' antwoordde Kacpar. 'Het was een leuke en leerzame tijd voor me, hier op Dranitz, maar ik ben nooit van plan geweest om voor altijd te blijven. Ik heb hetzelfde gevoel als Bernd, ook voor mij is het moment gekomen om een fase in mijn leven af te sluiten.'

Franziska merkte aan hem dat hij moeite had zich te beheersen, want bij de laatste woorden trilde zijn stem. Hij stond op, knikte met een vreemd beleefd en tegelijk stijf gebaar naar iedereen en verliet het restaurant.

'Hij gaat het toch niet echt doen?' zei Jenny zachtjes. 'Hij is veel te veel aan Dranitz gehecht...'

Ze keek Ulli vragend aan, maar hij haalde alleen zijn schouders op om aan te geven dat hij niet wist wat hij erover moest zeggen. Hij sloeg zijn arm om haar heen.

'Ik blijf in elk geval bij je, Jenny,' beloofde hij haar teder. 'Wij gaan samen door dik en dun. Wat er ook gebeurt!'

'Dat is het belangrijkste,' zei ze, terwijl ze tegen hem aan leunde.

De anderen zwegen sip. Bernd zuchtte, Mine schudde haar hoofd, Karl-Erich tilde met moeite met zijn kromme reumahanden zijn bierglas op om een slok te nemen.

'Misschien was het aanbod dat Cornelia ons op Walters verjaardag deed helemaal niet zo verkeerd,' zei Sonja na een tijdje in de beklemmende stilte.

'Wat voor een aanbod?' vroeg Jenny.

'Weet je dat niet meer? Ze zei dat ze een concept had uitgewerkt waarmee we onze bedrijven financieel gezond konden maken.'

Jenny maakte een afwimpelend gebaar. 'O, dat. Mooie woorden waar niets achter zit. Typisch mama,' bromde ze.

Franziska vond dat Sonja gelijk had. Cornelia was tenslotte al enkele jaren een succesvolle bedrijfsadviseur. Alleen had Sonja geen idee van de echte financiële en zakelijke ellende waarin ze zich allemaal bevonden. Allemaal behalve Ulli.

'Jullie moeten je niet zo veel zorgen maken,' zei hij prompt. 'Mijn bedrijf draait uitstekend en ik help jullie graag. Alles blijft toch in de familie...'

Dat was heel aardig van hem, maar op den duur was het geen oplossing. Het ging tegen Franziska's eergevoel in om schulden te hebben bij de toekomstige man van haar kleindochter.

Op dat moment kwam de aardige, mollige Elfie naar hun tafel. 'O, jullie zijn er allemaal nog!' riep ze. 'Wat een geluk. Ik heb een brief voor meneer Schwadke.'

'Voor mij?' vroeg Karl-Erich verbaasd, die altijd een prima gehoor had als er een mooie dame in de buurt was.

'Ik denk dat het voor uw zoon is. Meneer Ulli Schwadke.'

'Dat is mijn kleinzoon, jongedame.'

Ulli pakte de envelop verbaasd aan, draaide hem een paar keer om in zijn hand en vroeg waar ze hem vandaan had.

'De twee dames die hier logeerden, de dochters van meneer Krumme, hebben hem aan mij gegeven. Ze zijn trouwens vertrokken. We moeten hun de rekening nasturen.'

Ulli scheurde de envelop open en las de brief met een niet-begrijpende blik in zijn ogen. Daarna lachte hij nerveus. 'Ze willen me aanklagen. Het ziet ernaar uit dat ze het serieus menen. Ze zeggen dat Max niet meer toerekeningsvatbaar was toen hij zijn land aan mij verkocht. Ik zou hen op een onwettige manier van hun erfenis hebben beroofd en daar zouden getuigen van zijn. We zien elkaar in de rechtbank, schrijven ze...'

Regula

DE NOVICE WIST NIET dat het bos zo dicht en ondoordringbaar was als je de verharde paden meed. Ze had de burcht in haar jeugd zelden verlaten en al helemaal niet op eigen houtje. Als het hof naar een andere burcht verhuisde, werden de kisten op ossenkarren geladen en reden de edelvrouwen te paard of werden ze in huifkarren vervoerd. Op zulke dagen had ze voorop bij de koetsier gezeten en gefascineerd naar het landschap gekeken en de bossen, akkers en weiden bewonderd. En als ze langs de oever van een van de meren reden, verlangde ze ernaar om uit te stappen en ernaartoe te lopen. Maar dat mochten de vrouwen maar zelden.

Nu voelde ze voor het eerst in haar leven de zachte bosgrond onder haar voeten. Ze rook de paddenstoelachtige geur van verrotting en ontluikend leven. Haar handen waren bebloed van de ruwe schors van een oude eik waaraan ze zich had vastgeklampt toen ze viel. Dit was dus het bos waar ze vanuit het raam van haar cel zo verlangend naar had gekeken, dit verleidelijke, golvende gebladerte dat schitterde in vele tinten groen, dat in de herfst zo prachtig rood en bruin gloeide en in de winter veranderde in dunne zwarte takken. Het was een wonderbaarlijke wereld waarin ze onverwachts was binnengedrongen, een wereld vol schoonheid en krioelend leven, maar tegelijkertijd een wereld waarin ze een vreemdeling was. Ze wist niet of ze hier op een vriendelijke of op een vijandige manier zou worden verwelkomd.

Het laatste waar ze aan dacht waren de Slavische krijgers. Hier, in dit groene struikgewas, geloofde ze dat ze voor hen verborgen was. Ze kon amper drie stappen voor zich zien, hoe kon een vijand haar dan ontdekken? Ze was eerder bang te verdwalen. Ze wist dat de burcht Schwerin in noordelijke richting lag, maar omdat ze het pad had verlaten en de zon alleen her en der door het bladerdak flitste zonder dat ze haar stand aan de hemel kon bepalen, had ze geen idee waar ze naartoe ging. Het benauwde haar, want als ze de burcht van haar vader niet kon vinden, kon ze het klooster niet helpen. Vooral die laatste gedachte was pijnlijk. Ze moest hulp halen. Voor al haar medezusters die in groot gevaar verkeerden. En voor de abdis. Voor Audacia, naar wie al haar liefde uitging. Zij was haar moeder en zus, haar meesteres en haar liefdevolle vriendin, ze was sterk en streng, kon straffen opleggen en boos worden, maar in het diepst van haar ziel was ze vol liefde. Net als zijzelf, Regula, die haar leven aan God had gewijd, terwijl tegelijkertijd al haar overborrelende, hartstochtelijke liefde de abdis gold. Haar leven voor haar geven zou nog te weinig zijn. Als God het zou toestaan, zou zij ook alle zonden van haar meesteres op zich nemen en voor haar boeten in het vagevuur.

Voorlopig boette ze echter op aarde, zonder dat de abdis er baat bij had. Haar schoeisel was doorweekt, het leer was uitgezet en de naden scheurden open. Haar handen deden pijn, haar blik werd dof. De ene boom leek op de andere, het struikgewas was overal hetzelfde, alleen als ze af en toe de stomp van een grote, omgevallen boom zag, die begroeid was met mos en jonge planten, had ze een aanknopingspunt. Nee, ze liep niet in rondjes, ze was nog niet op deze plek geweest. Maar of ze op deze manier bij de burcht Schwerin kwam, was moeilijk te zeggen. Ze stopte bij een klaterend beekje en schepte met haar hand een beetje water op om haar dorst te lessen. Het moest al middag zijn. Tijd voor de sext, die ze hier helemaal in haar eentje zou bidden.

Ze schrok uit de Latijnse psalm op door een geluid. Ze hoorde gekraak, dat veroorzaakt moest zijn door een groot dier of door een mens. Haar hart bonkte. Zou het kunnen dat een vijand haar had ontdekt? Uitgerekend tijdens het gebed, waarbij ze zich beschermd door God waande?

'Niet bang zijn, meesteres,' fluisterde een hese stem. 'Alleen Bogdan, door God gegeven.'

De aanwezigheid van de Slaaf stelde haar niet gerust, want ze was bang voor deze rare man. Waarom was hij haar gevolgd? Wat wilde hij van haar?

'Waar ben je?' riep ze streng in de richting vanwaar de stem vandaan was gekomen.

Ze kreeg geen antwoord, maar zag nu een gestalte tussen de bomen die op een vreemd springende manier op haar afkwam. Bogdan zwaaide naar haar, trok zeer intimiderende grimassen, verdween even achter de gespleten stam van een oude boom, dook ineens weer op en bleef stilstaan op slechts een steenworp afstand van haar.

'Bos is groot,' zei hij en hij keek bezorgd. 'Ik laat mijn meesteres weg zien. Burcht Schwerin. Ridders van graaf halen.'

Kon ze hem vertrouwen? Hij was immers ook een Slaaf, een vijand. Aan de andere kant was hij precies op het moment dat ze in gebed neerknielde gekomen. Wat had hij gezegd? 'Door God gegeven.' Stel dat dat echt zo was?

'Kun je me naar de burcht leiden?'

Hij knikte bevestigend, grijnsde naar haar en gebaarde haar dat ze hem moest volgen. Ze deed het in vertrouwen op God en vanaf dat moment werd de weg gemakkelijk voor haar. Bogdan leek zich thuis te voelen in deze vreemde wereld van het bos. Hij bewoog zonder haast, controleerde zo nu en dan de stam van een boom, zocht iets op de grond, klom verbazingwekkend behendig in de boomtoppen en klauterde zelfverzekerd hangend aan zijn handen weer naar beneden. Hij maakte de weg voor haar vrij, hield de takken voor haar opzij en droeg stenen naar de beek zodat ze met droge voeten van de ene oever naar de andere kon komen. Hij liep vooruit, speurde de omgeving af, snuffelend als een dier en met snelle blikken, en keerde dan terug om haar te begeleiden. Hij durfde haar nooit aan te raken, maar grijnsde de hele tijd, waardoor ze zich soms afvroeg of hij gewoon blij was dat hij haar kon helpen of dat hij misschien toch iets kwaads in de zin had.

De taak die ze op zich had genomen gaf haar een kracht waarvan ze niet had geweten dat ze die in zich had. Pas toen het licht zwakker werd, pauzeerden ze en ze deelde de schaarse voorraad brood, kaas en gedroogd vlees met hem. Hij knielde voor haar neer en legde beide handen in zijn nek. Daarna durfde hij de geschenken pas aan te nemen.

Ze waren amper klaar met hun maaltijd of hij schrok, stond haastig op en bleef even roerloos staan, met zijn hand aan zijn rechteroor. Regula had het zachte gekraak ook gehoord en had gedacht dat het een bosdier was. Maar Bogdan leek iets anders te denken. Met een ongebruikelijk energiek gebaar maakte hij haar duidelijk dat ze moest blijven zitten waar ze zat. Zelf liep hij tussen de bomen door en verdween in het struikgewas. Nu viel haar pas op hoe zachtjes hij liep, hoe slim hij zijn blote voeten plaatste om geen takje of losse steen aan te raken. Hij was de richting op gegaan waar ze vandaan waren gekomen, niet de richting waaruit het geluid was gekomen. Wilde hij een omweg maken om iemand te overvallen?

Zonder geluid te maken hurkte ze en luisterde naar het bos. Ze probeerde tot God te bidden, maar dat lukte niet omdat ze overmand werd door angst. Toen hoorde ze het. Een luid gekraak, alsof takken braken, gekreun en gehijg, doffe klappen en vervolgens een korte gil die overging in gruwelijk gereutel. Ze sprong op, wist niet of ze moest vluchten of Bogdan te hulp moest snellen, maar op dat moment verscheen hij in het struikgewas. Hij liep langzaam, stopte, leunde met zijn rug tegen een stam en bracht zijn rechterhand naar zijn borst. Toen hij zijn hand terugtrok, zag ze dat er helder bloed op zat.

'Bogdan! Je bent gewond!'

Hij keek haar aan en schudde zijn hoofd. 'Niet erg.' Hij vertrok zijn gezicht tot een grimas die waarschijnlijk een glimlach moest voorstellen. Daarna boog hij zich naar voren en pakte wat mos van de grond. Hij trok zijn opgelapte leren gewaad bij zijn borst uit elkaar, legde het mos op de bloedende plek en zette zich weer in beweging.

'Weg,' zei hij met ruwe stem. 'Niet hier blijven, anders komen ze.'

Ze begreep het en liep snel achter hem aan. Ze sprong over takken en stenen om hem niet uit het oog te verliezen, want hij keek zelden achterom. Af en toe stopte hij en leunde zwaar ademend tegen een stam. Toen het licht van de opkomende maan door de schemering drong, zag ze dat hij zijn ogen sloot.

'Zal ik je wond verbinden? Ik kan een strook van mijn gewaad afscheuren, daarmee kunnen we het mos stevig op de wond binden zodat het bloeden stopt,' stelde ze bezorgd voor.

Maar hij luisterde niet naar haar. Hij bleef geruisloos een weg banen.

'Was dat een vijand? Wat heb je met hem gedaan?'

Hij gaf geen antwoord op haar vragen. Pas toen ze dichterbij kwam, zijn gescheurde mouw aanraakte en aanstalten maakte om naar zijn wond te kijken, keek hij haar aan. Het maanlicht werd weerspiegeld in zijn zwarte pupillen.

'Denk je dat ze ons volgen?'

'Moeten verder, weg van hier.'

Ze liepen de hele nacht door en tegen de ochtend was Regula zo uitgeput dat ze op de grond zakte toen ze even bij een beek pauzeerden. Bogdan moest ook gaan zitten. Hij verwisselde een paar keer het mos op zijn wond. Een keer vond hij kruiden die hij erop legde en hij dronk gulzig van het koude water van de beek. Ze stelde geen vragen meer, maar strompelde met haar laatste kracht achter hem aan. Ze maakte zich niet druk over wilde dieren of boze nachtgeesten en haar gedachten waren ver weg. In de rode ochtendgloed zag ze het klooster voor zich. Ze zag de vijanden over de muren klimmen. Ze zag de rieten daken in vuur en vlam staan en haar hart beefde om haar geliefde meesteres, Audacia, de abdis.

Toen de zon opkwam, bereikten ze de rand van het bos. Voor hen strekte het matblauwe oppervlak van het meer zich uit, zilver verlicht door de ochtendzon. Aan de oever, tussen akkers en weilanden en omringd door knoestige dennen, lag de burcht van haar vader.

'Eindelijk,' fluisterde ze. 'Dank je wel, Bogdan. Zonder jou had ik het niet gered.'

Het laatste deel van de weg was gevuld met vreugde en pijn. Haar voeten bloedden, haar hele lichaam deed pijn en van zwakte zag ze bleke geesten die haar blik probeerden te vertroebelen. Twee ridders kwamen hun tegemoet. Hun maliënkolders waren zwart, de gepoetste helmen blonken in de zon.

'Hé jij! Slaaf! Waar wil jij met die non naartoe?'

Regula herkende de ridder van haar vader en sprak hem aan bij zijn naam.

'Wees gegroet, Sigmund von Wolfert. Rij terug naar het kasteel en breng mijn vader op de hoogte. Hij moet het klooster Waldsee te hulp schieten.'

'Meesteres!' zei hij. 'Vergeeft u me het feit dat ik u niet meteen herkende in die nonnenjurk. Wat zegt u? Verkeert het klooster in nood?'

'De Slaven...'

Op dat moment steeg er een diepe duisternis op uit de grond die haar omsloot en haar de wereld uit droeg naar een andere, stille en verlossende plaats. Lange tijd zweefde ze daar in een zachte schemering. Ze werd een wolkennevel die over het meer dreef, trok over landen en continenten naar de rand van de aardschijf, waar de wereld zich in de niet-wereld stort. Ze zag Christus, die de kosmos met liefdevolle armen omhelsde, hoorde de sferische koren van de engelen en voelde de winden die God naar de vier richtingen van de hemel stuurt om bij te dragen aan het grote werk van de schepping. Op de rug van de noordenwind zweefde ze terug naar de wereld van de levenden. De kosmische geluiden vervaagden toen ze door de halve bol braken die de aardschijf bedekt. En vanaf dat moment voelde ze weer de ellende en de pijn van het aardse bestaan.

‘Ze is wakker!’ riep een stem die ze herkende. Het was de oude Oda, haar kinderjuffrouw. Ze zat aan haar bed en klapte in haar handen van vreugde.

‘Breng met honing gezoete gerstepap!’ riep Oda naar de dienstmeisjes. ‘Gekruide wijn! Pasteitjes. Een gekookte kip... O, mijn lieve meesteres! Wat heb ik me verschrikkelijke zorgen gemaakt!’

Regula knipperde met haar ogen tegen het middaglicht, dat door het kleine raampje de kamer in viel. Ze was op de burcht van haar vader. Oda was hier en ze zag de voorwerpen die ze van kinds af aan kende. De kist met houtsnijwerk waarin haar gewaden lagen, de muur die behangen was met een wollen tapijt met een borduursel waarop drie ruiters waren afgebeeld die over een veld vol rijpe aren sprongen. De lage bidstoel waarop de lamp stond en waar een vieze, gescheurde nonnenjurk naast lag.

Ze schrok vreselijk en greep Oda, die haar een beker water wilde geven, bij de arm.

‘De ridders!’ riep ze. ‘Zijn ze naar het klooster gereden?’

Oda was onverstoorbaar. Ze steunde haar jonge meesteres zodat ze beter rechtop kon zitten en hield de beker tegen haar mond.

‘Een hele tijd geleden al, meesteres. Uw vader de graaf heeft boodschappers gestuurd om alle ridders bij elkaar te roepen, en uw broer Heinrich is met hen ten strijde getrokken.’

Regula dronk gulzig het water uit de beker en zakte terug op haar slaapplek. Ze voelde haar hart heftig kloppen. ‘Is het al middag?’

‘Al heel lang. U moet iets eten om weer op krachten te komen.’

Het was al middag. Dan waren ze zeker rond het middaguur vertrokken. Dat was laat, maar ze wist dat het altijd tijd kostte om de ridders bij elkaar te roepen. Hoe lang zouden ze erover doen om het klooster te bereiken? Zouden ze op tijd aankomen of zouden de kloostergebouwen dan al vernietigd en de vrouwen ontheiligd en gedood zijn? Regula wist dat de abdis voor haar nonnen zou gaan staan om hen te beschermen en ongetwijfeld een van de eersten zou zijn die zou sterven. Ze wees de kom warme pap die Oda voor haar ophield af en sloot haar ogen. Hulpeloze angst klauwde in haar borst.

'U moet eten, meesteres,' hoorde ze Oda zeggen. 'Ik smeek het u!'

'Laat me...'

'Eén lepeltje maar, ik smeek u!'

'Ga weg!'

De kinderjuffrouw moest gehoorzamen, maar week niet van haar zijde. Regula lag uitgeput op haar slaapplek, starend naar het bakstenen plafond van de kleine kamer. De angst verlamde haar geest en ziel. Ze kon niets anders doen dan bidden. Maar hoe vaak ze de Latijnse psalmen en gebeden ook probeerde op te zeggen, ze kon zich de woorden niet herinneren. Pas toen de avondschemering viel, viel ze in een onrustige slaap vol angstaanjagende dromen. Het waren enge dromen die de duivel haar stuurde, niet de voorspellende dromen die van God kwamen. Die overvielen haar nooit in haar slaap, maar altijd alleen als ze wakker was.

'Meesteres, mijn kleine Regula, u moet wakker worden! Uw vader de graaf wil met u praten...'

Ze was blij dat ze van haar nare dromen werd verlost, want ze had haar broer Nikolaus op de bodem van de zee gezien. Daar dreef hij als een grijze schim onder de rotsen en zijn ogen waren leeg omdat de vissen ze hadden opgegeten.

'Ik kom...'

De kinderjuffrouw steunde haar. Ze wilde haar een nieuw linnen gewaad aantrekken, maar Regula verzette zich en wilde haar nonnenjurk, ook al was die vies en gescheurd. Ze dronk een beetje gekruide wijn die was aangelengd met water. Daarna stond ze op om naar de grote zaal te gaan, waar haar vader op haar wachtte. Ze had veel moeite met lopen, want haar zere voeten brandden bij elke stap als vuur en haar ledematen waren nog stijf van de lange rit.

Haar vader zat op een houten krukje bij de vuurplaats. Hij had een met bont gevoerde jas om zijn schouders geslagen en een wollen deken over zijn knieën uitgespreid. Dat was vreemd, want het was warm in de zomer en zelfs in de grote zaal vond Regula het niet koel.

'Ben jij het, Regula?' vroeg hij, terwijl hij zijn hoofd ophief toen hij haar voetstappen hoorde. 'Kom hier, bij mij.'

Ze begreep dat haar vader nauwelijks nog kon zien. Hij leek ook kleiner te zijn geworden. Zijn baard was doorschijnend en zijn ogen lagen in donkere holen. Nu drong het weer tot haar door dat Oda had gezegd dat haar broer Heinrich voor de ridders uit was gereden. Hij had dus de plaats ingenomen van zijn vader, die in het verleden altijd zelf met zijn ridders was meegegaan.

'Ik ben hier, vader,' antwoordde ze, terwijl ze zijn handen vastpakte, die roerloos en koud op de wollen deken rustten.

'Je hebt het klooster verlaten, Regula,' zei hij. 'Dat was niet goed van je, want je hebt je gelofte gebroken...'

Ze streelde zijn knoestige handen en probeerde te begrijpen wat hij zei.

'Ik ben in opdracht van de abdis vertrokken, vader. Het klooster wordt bedreigd door Slavische krijgers.'

Hij knikte een paar keer terwijl hij voor zich uit staarde, maar ze vermoedde dat hij de betekenis van haar woorden niet had begrepen. Wat verschrikkelijk. Haar vader was ziek. God had zijn verstand weggenomen.

'De Slaven,' zei hij lachend. 'Die hebben we overwonnen. Die zijn allemaal dood. De laatste is vandaag door de schildknapen gedood.'

Ze begreep het niet. Hij zei rare dingen, vermengde zijn herinneringen met zijn fantasie.

'Mijn broer is met de ridders naar het klooster getrokken,' zei ze in een poging hem terug te brengen naar de realiteit. 'Heeft hij al boodschappers gestuurd? Is er nieuws dat ze de vijanden hebben verslagen?'

De oude man staarde haar met lege ogen aan. Uiteindelijk duwde hij de wollen deken van zijn knieën, pakte de knoestige stok die naast zijn stoel stond en kwam moeizaam overeind.

'Daar!' riep hij en hij wees naar een van de ramen van de zaal. 'Daar is hij toch, de Slaaf… Dood!'

Hij strompelde naar het raam, hield zich met zijn hand aan de vensterbank vast en keek naar de binnenplaats beneden. Regula hield haar adem in. Langzaam liep ze ook naar het raam, waarna ze naast haar vader ging staan en beneden in de voorburcht tussen de hutten van de ambachtslieden een groep jonge schildknapen zag. Ze waren nog niet oud genoeg om ten strijde te mogen trekken en hadden hun woede daarover gekoeld op een hulpeloos persoon. Toen een van hen een stap opzij deed, zag Regula de leren wambuis met een grote, donkere bloedvlek erop, en ze wist wie de schildknapen daar beneden op de binnenplaats hadden gedood.

Bogdan, de Slaaf. Haar trouwe dienaar en redder. Hij had hier in de burcht van haar vader de marteldood ondergaan. Ze voelde dat ze een aanval kreeg, dat ze over haar hele lichaam verstijfde en dat het licht van God in haar uitgroeide tot een stralende helderheid. Een vreemde stem die op de hare leek zei: 'Moge God je je zonden vergeven, Bogdan, en je in Zijn eeuwige koninkrijk verwelkomen.'

Daarna werd ze overvallen door beelden. Ze waren mooi en verschrikkelijk tegelijk, want ze zag haar vader dood op zijn slaapplek liggen en haar broer Heinrich op de troon van de graaf zitten. Ze zag het rokende puin van haar geliefde klooster, de grafheuvels op de begraafplaats en de armoedige hutten achter de verwoeste kloostermuur, bedekt met sneeuw. Maar ze zag ook de hand van God, die beschermend boven de enkele vrouwen lag die aan de dood waren ontkomen. En ze zag haar geliefde meesteres, Audacia, de abdis. Haar gezicht stond erg bezorgd. Ze boog zich naar de novice toe en streelde liefdevol haar wang. Regula kreeg warme geluksgevoelens door de aanraking en wilde haar arm optillen om de hand van haar meesteres te pakken en te kussen, maar ze kon zich niet bewegen. Hete tranen vielen op haar gewaad, drongen erdoorheen tot op haar borst, waar ze afkoelden.

‘Breng haar weg!’ hoorde ze iemand krijsen. ‘Weg met haar. Ze is gek. Sluit haar op in een kamer. Ik wil haar niet meer zien!’

Er kwamen dienstmeisjes aan, die haar de zaal uit droegen, de wenteltrap naar haar kamer op sleepten en haar op haar slaapplek gooiden.

‘Wat voelt ze raar,’ hoorde ze een van de dienstmeisjes zeggen. ‘Helemaal stijf.’

‘Het is eng om haar te dragen,’ beaamde een ander. ‘Ze voelt aan als een dode vrouw.’

‘Pas op,’ zei de eerste. ‘Dat is de duivel die in haar zit en haar stijf maakt. Hou jullie mond dicht, zodat hij niet ook bij jullie naar binnen kan.’

Oda, de oude kinderjuffrouw, was bij haar. Ze streelde haar hoofd, masseerde haar armen en benen, wikkelde haar in warme dekens en zong met haar rustige, ijle stem de oude kinderliedjes. Het was al diep in de nacht toen Regula voelde dat haar lichaam ontspande. Met een schok ging ze rechtop zitten.

‘Eet wat,’ zei Oda, terwijl ze haar een kom pap overhandigde.

Dit keer gehoorzaamde Regula. Ze at de kom leeg, dronk de honingwijn en voelde haar krachten langzaam terugkeren.

‘Er zijn boodschappers gekomen,’ fluisterde Oda. ‘De Slaven zijn verslagen, het klooster is bevrijd. Je bent een heldin. Een heilige, mijn kleine Regula, want je hebt hulp gehaald.’

Ze zweeg, want ze wist dat de kinderjuffrouw geen tegenspraak duldde. Maar het was niet aan haar te danken dat het klooster was gered. Dat was Bogdans verdienste. En wat hadden ze hem daar bitter voor beloond!

‘Ik wil dat de Slaaf een christelijke begrafenis krijgt,’ zei ze.

De kinderjuffrouw staarde haar bezorgd aan omdat ze niet begreep wat ze daarmee bedoelde. Maar ze knikte vriendelijk om haar jonge meesteres niet van streek te maken.

‘En ik wil morgen meteen terugrijden naar het klooster.’ Opnieuw knikte de kinderjuffrouw en ze pakte een houten kam om Regula’s lange haar glad te maken.

'Morgen is misschien nog te vroeg, mijn mooie meesteres. Vergeet niet dat uw voeten gewond zijn. Bovendien heeft bisschop Brunward aangekondigd morgen op bezoek te komen. Hij komt voor u naar de burcht.'

'Voor mij?'

De kinderjuffrouw kamde geduldig de klitten uit het haar van haar protegee. 'Ja, mijn meesteres. Hij heeft gehoord dat u hier in de burcht bent en de heilige man wil u per se zien.'

Jenny

ZE WAS ZO MOE dat ze tijdens de treinrit in slaap viel en bijna station Waren miste. Ze pakte gauw haar koffer uit het bagagerek, raakte net niet het hoofd van een passagier toen ze hem op de grond zette en liep er zo snel mogelijk mee naar de deur. Daar moest ze wachten omdat de passagiers uit Waren al instapten, en daarna kon ze pas met haar koffer op het perron springen. Haar sprong werd begeleid door een donder, de sluizen van de hemel gingen open en er kwam een flinke stortbui naar beneden.

'Daar ben je!' Ulli stond op het perron onder een gigantische zwarte paraplu en grijnsde vrolijk naar haar. 'Ik dacht al dat je niet in de trein zat,' zei hij terwijl hij haar met één arm tegen zich aan drukte. Met de andere hield hij de paraplu boven hun hoofd.

'Ik was in slaap gevallen…'

Wat was het fijn om door hem omarmd te worden! O, wat had ze hem gemist in Hamburg. Ze kon zich geen leven zonder Ulli meer voorstellen. Ze wist niet hoe ze de vreselijke tijd had doorstaan dat ze ruzie hadden. Zover mochten ze het nooit meer laten komen. Dat hadden ze elkaar plechtig beloofd.

Hij hield haar een klein beetje van zich af en keek haar verwachtingsvol aan.

'En? Hoe is het gegaan? Denk je dat je je examen hebt gehaald?'

Ze had hem na de schriftelijke examens vanuit de telefooncel voor het hotel in Hamburg gebeld, maar toen had ze het mondeling nog voor zich. Wiskunde was een beetje lastig geweest, maar ze had heel erg haar best gedaan. Ze had zichzelf telkens herinnerd aan wat hij haar had geleerd en zich er op de een of andere manier doorheen geslagen. Toen ze haar antwoorden na het examen vergeleek met die van anderen, had ze de indruk dat ze het niet heel slecht had gedaan.

'Ik denk dat dit het was,' zei ze, terwijl ze speelde dat ze teleurgesteld was.

Hij keek haar geschrokken aan.

'Ik hoef nooit meer schriftjes van het schriftelijk onderwijs in te vullen,' voegde ze er met een grijns aan toe en hij gaf haar een zogenaamd verontwaardigde klap.

Ze drukte zich giechelend tegen hem aan en met hun armen om elkaar heen geslagen liepen ze onder de zwarte paraplu langs het oude bakstenen stationsgebouw naar de parkeerplaats, waar Ulli's Passat stond.

'Hoe was het hotel?' vroeg Ulli toen ze in de auto zaten en de beslagen ruiten schoonveegden.

Ze had een kamer gehuurd in een goedkoop hotelletje in de buurt van het treinstation. 's Avonds had ze geschrokken gemerkt dat het midden in de rosse buurt lag, maar ze had besloten dat ze zich er niet druk om ging maken. Ze was hier alleen voor haar examens en zou toch niet 's avonds op pad zijn. En ze was ook niet preuts. Toch had ze nauwelijks een oog dichtgedaan. Ten eerste vanwege de nachtelijke geluiden in de aangrenzende kamers, maar ook omdat ze vreselijk zenuwachtig was voor de examens. Pas toen wiskunde voorbij was, was de paniek weggeëbd.

'O, prima...'

Ze haalde haar schouders op, leunde met haar hoofd tegen zijn schouder toen hij de parkeerplaats af reed en vertelde hem grinnikend over haar goedkope accommodatie. Toen ze zijn verschrikte gezicht zag, moest ze hard lachen.

Ulli vond het helemaal niet grappig. 'Als ik dat had geweten!' riep hij. 'Ik zou je geld hebben gegeven voor een fatsoenlijk hotel, Jenny. Ik word niet goed als ik me voorstel wat er met je had kunnen gebeuren!'

'Ik heb het overleefd,' stelde ze hem gerust en ze keek uit het raam. De stad was bijna uitgestorven in de regen en de Müritz verdween in de grijze nevel.

Halverwege Dranitz hield de stortregen plotseling op en kwam de zon tevoorschijn. De natte weg was bezaaid met plassen, de grond die warm was van de zomer dampte en de bomen en struiken langs de weg leken bedekt met doorzichtige lak.

'Ik moet nog even langs je vader,' zei Ulli. 'Vanwege het gedoe met die dochters van Max. Ga je mee of moet ik je eerst thuisbrengen? Je wilt vast Juultje en je oma gedag zeggen.'

'Laten we gewoon kort langs Bernd gaan, dan hoef je niet heen en weer te rijden.'

Ze namen de weg door het bos, waar overal diepe plassen lagen. Toen ze voor het woonhuis en de kleine kaasmakerij stopten, zagen ze Bernd met Sonja in de koeienweide staan.

'Ze wil toch niet alle koeien weghalen?' vroeg Jenny.

Ulli gaf geen antwoord, maar ze zag dat hij daar ook bang voor was. Bernd was geen prater en hij was serieus van plan om de boerderij voorgoed op te geven. Hij had een deel van zijn gereedschap verkocht om zijn schulden af te betalen, zodat Enno Budde niet opnieuw zou proberen zijn kalveren in beslag te nemen. Maar zonder zijn landbouwwerktuigen stond ook de landbouw stil. Het was een vicieuze cirkel. Wat er nu nog op de velden stond, zou Bernd niet meer oogsten, maar hij was dringend op zoek naar een pachter, ook al wist hij dat het niet makkelijk zou zijn om iemand te vinden. De meeste geïnteresseerden kwamen uit het westen. Velen kwamen uit Beieren en die wilden grote, aaneengesloten gebieden die ze met zwaar materieel konden cultiveren. En daarvoor was Bernds land nu echt niet geschikt.

'De kippen zijn al weg,' merkte Ulli op toen ze de auto parkeerden en naar het weiland liepen.

Jenny wilde niet weten wat er met het levendige pluimvee was gebeurd, maar concentreerde zich liever op de plassen, waar ze overheen sprong om niet weg te zakken in de modder. Toen ze dichterbij kwamen, hoorden ze Sonja's energieke stem.

'Nee, ik heb geen busje nodig, Bernd! Ik pak Brunhilde bij de hoorn en de rest loopt erachteraan. Het is niet ver naar de dierentuin. Alleen een stukje door het bos en dan bij de voormalige oliemolen over de brug...'

'En wat als Black Jack hem smeert?' gaf Bernd te bedenken. 'Het zwarte stiertje doet de laatste tijd vooral wat hij zelf wil.'

Sonja wreef over Brunhildes neus, die ze door de afrastering naar haar uitstak. Het stierkalf stond twee passen achter zijn moeder en hield alles goed in de gaten. Sinds de nare ervaring met Enno Budde en zijn helpers was Black Jack schuw. Hij liet zich hooguit door Bernd aanraken en wantrouwde verder alle mensen.

'Voorlopig loopt hij nog met zijn moeder mee,' zei Sonja. 'Maar over een paar weken kan dat anders zijn. Ik denk dat ik toch wel aardig wat ga meemaken met deze jongen.'

'Hij is toch een prachtige kerel,' zei Bernd met een grijns.

'Dat klopt! En ik denk dat hij dat weet.'

Nu draaiden ze zich naar Ulli en Jenny om.

'O, meisje!' riep Bernd. 'Hoe is het gegaan?'

Jenny grijnsde en gaf haar vader een vriendschappelijke por in zijn ribben. Het lukte haar nog steeds niet om hem zomaar om de nek te vallen, zoals ze bij andere familieleden – waaronder Sonja – allang deed. Ze wisten sinds drie jaar dat ze vader en dochter waren en ze gingen vriendelijk, soms zelfs hartelijk, met elkaar om, maar toch was er een afstand gebleven. Bernd was niet de grote, liefdevolle, beschermende papa waar Jenny zo vaak van had gedroomd. Daar moest ze zich bij neerleggen.

'Nu is het afwachten,' antwoordde ze. 'Ik krijg de uitslag over ongeveer twee weken schriftelijk medegedeeld. Maar ik heb er een goed gevoel over,' voegde ze er haastig aan toe toen ze zijn bezorgde blik zag.

'En dan gaan we het vieren,' beloofde Sonja. 'Dat verdien je echt, Jenny. Ik vind het geweldig, wat je de afgelopen jaren hebt gedaan. Chapeau!' Ze trok een denkbeeldige hoed van haar hoofd en Ulli drukte zijn vriendin trots tegen zich aan.

'Ik wilde je eigenlijk even kort spreken, Bernd,' zei hij, maar Bernd maakte een afwimpelend gebaar en vroeg of het over een paar dagen kon. Als de dieren eenmaal weg waren, had hij een kleine adempauze.

Nog voordat Ulli ertegenin kon gaan, nam Sonja weer het woord. 'Kalle wil de afrastering morgenochtend af hebben,' zei ze tegen Bernd. 'De hekken staan er al. We komen dan rond het middaguur om je meiden met hun kalveren te halen. Als iemand anders de stoet wil begeleiden: jullie zijn van harte uitgenodigd!'

'Mag ik Juultje meenemen?' vroeg Jenny.

Sonja dacht even na en zei toen: 'Juultje... Ja. Wat mij betreft mag Jörg Junkers ook mee, als de school al uit is. Maar verder kan ik geen kinderen gebruiken.'

Ulli zei dat hij vrij zou nemen in Ludorf en ook zou komen. Moest hij nog iemand meenemen?

'Rustig aan,' zei Sonja grijnzend. 'Anders hebben we meer drijvers dan koeien!' Ze gaf Brunhilde een vriendelijk schouderklopje en draaide zich om om te vertrekken. 'Oké, Bernd? Of zijn er vragen? Twijfels?'

Hij schudde zijn hoofd.

'Goed. Tot morgen!'

Ze stak groetend haar hand op en liep springend over de plassen naar haar lichtblauwe Renault. Jenny was ervan overtuigd dat Sonja en Bernd op een andere manier afscheid van elkaar zouden hebben genomen als ze met zijn tweeën waren geweest. Ze wist niet zo goed hoe ze zich erover voelde toen ze zich realiseerde dat haar vader haar tante Sonja duidelijk leuk vond. Nou ja, hij was volwassen en kon doen wat hij wilde. En met haar moeder zou het waarschijnlijk nooit meer iets worden. Ach, Cornelia! Ze voelde zich schuldig omdat ze haar moeder laatst nogal had afgesnauwd. Het was altijd hetzelfde: haar moeders impulsieve aard joeg haar op stang en dan reageerde ze koppig. Maar ze was geen zestien meer en zou eigenlijk meer gelaten moeten zijn. Waarom was het haar niet gelukt om op zijn minst een paar vriendelijke woorden te zeggen? Eigenlijk was ze echt geraakt geweest door Cornelia's enthousiasme over Dranitz. Misschien was het concept voor een veilige financiële basis dat ze had uitgewerkt helemaal niet zo verkeerd. Wie weet was het zelfs wel een kans voor Dranitz?

Nadat Sonja was weggereden, gingen ze naar het woonhuis, waar ze aan de keukentafel gingen zitten. Het was duidelijk aan Bernd te zien hoe moeilijk het voor hem was om de dieren, die hij allemaal bij naam noemde, nu toch weg te geven.

'Bij Sonja hebben ze het goed,' troostte Jenny hem. 'En Kalle is ook aan zijn koeien gehecht. Hij heeft ze tenslotte uit de LPG-stallen gered.'

Hij knikte glimlachend naar haar en zei dat hij vandaag een beetje emotioneel was, maar dat het wel over zou gaan.

'Ik zal een lekker kopje koffie voor jullie zetten. We moeten Jenny's Hamburgse heldendaden vieren. Ik wil graag dat je me alles vertelt, zo veel tijd hebben we vast wel! Ik heb nog taart in de koelkast. Die heeft Sonja meegenomen. Hij komt van haar assistente Tine, die haar altijd de restjes taart geeft die van haar familiefeesten overblijven.'

Hij stond op om de waterketel op te zetten, terwijl Jenny voor de taart zorgde. Toen ze gezellig aan tafel zaten en naar Jenny's verslag luisterden, schoof Ulli rusteloos op zijn stoel heen en weer. Daarna zei hij tegen Bernd: 'Mag ik je niet toch snel iets vragen? Ik zit er echt heel erg mee...'

Jenny keek hem bezorgd aan. Ulli was heel bleek geworden.

Bernd zette zijn koffiekopje neer en keek ook naar hem. Hij leek nu ook enigszins bezorgd, waardoor Ulli knalrood werd.

'Nou ja, zo erg is het nu ook weer niet,' stelde hij hen gerust, maar hij haalde de brief van Max' dochters al uit een envelop die hij uit de auto had meegenomen, net als een brief van hun advocaat en een kopie van de notaris betreffende de opening van het testament.

'"... aanklacht voor het, voor persoonlijk gewin, sluiten van een overeenkomst met een partner zonder handelingsbekwaamheid",' citeerde hij uit de brief van de advocaat. 'Ze hebben echt aangifte gedaan. Als de arme Max dit wist, zou hij zich in zijn graf omdraaien.'

Bernd las de papieren snel door en zei toen dat Ulli zich geen zorgen hoefde te maken. De dochters van Max Krumme hadden weinig kans van slagen. 'Het lijkt me meer een reactie van woede en wanhoop. Omdat ze duidelijk ontevreden zijn over de erfenis, willen ze je op zijn minst dwarszitten. Geef mij de kopie van het testament eens.'

Ulli gaf de kopie aan Bernd en vertelde dat de kinderen van Max zeker niet met lege handen waren weggekomen. Hoewel Max alle aandelen aan Ulli had nagelaten, ging zijn bankrekening over op de erfgenamen en daar stond toch een mooi bedrag van ruim veertigduizend mark op. 'Toen Jenny in Hamburg was, hebben ze bovendien een vervoersdienst met een busje gestuurd om de privébezittingen van hun vader op te halen.'

Bernd vroeg of Ulli daarbij toezicht had gehouden en een lijst had gemaakt van de voorwerpen die ze hadden meegenomen.

'Hoe had ik dat moeten doen? Ik had problemen met het irritante motorjacht dat weer eens in staking ging!'

'Maar op kantoor konden ze niets weghalen, toch?' vroeg Bernd. 'Zakelijke documenten, lijsten van inkomsten en uitgaven en ga zo maar door. Daarvoor heb je een gerechtelijk huiszoekingsbevel nodig en dat is er zo te zien niet.'

'Nee.' Ulli schudde zijn hoofd. 'Ze waren alleen in het huis en niet bij de botenverhuur. En in het huis zat de deur van het kantoortje op slot. Maar ze hebben alle spullen uit zijn woning laten ophalen. Zijn bed en het matras, zijn kleren, de fauteuils, de tv, zelfs het servies in de keuken, hoewel veel daarvan van mij was. Maar het kan me niet schelen. Gelukkig hebben de twee jongens van de transportdienst Hannelore en Waldemar niet meegenomen. Dieren lijken Elly en Gabi niet te interesseren.'

'Ze dachten vast dat hij zijn geld in het matras bewaarde,' bromde Jenny, die geschrokken en boos was door wat Ulli vertelde.

Bernd grijnsde en keek naar de kattenmand, waar twee van de lapjeskatten dicht tegen elkaar aan lagen te slapen. Het derde katje was in de kaasmakerij, die snoepte graag van de melk. Jenny besefte verdrietig dat Rosemarie Lau morgen voor de laatste keer haar kaas zou maken. Zo jammer!

'Het zou goed zijn als je een paar mensen bij elkaar kunt krijgen die kunnen getuigen dat Max Krumme bij zijn volle verstand was toen hij zijn perceel aan jou verkocht,' zei Bernd tegen Ulli. 'Voor de zekerheid.'

'Mijn grootouders. Die zullen dat zeker getuigen.'

'Familieleden zouden in de rechtbank als minder geloofwaardig kunnen worden beschouwd. Denk na over wie er nog meer in aanmerking zou kunnen komen...'

'Tjonge, ik heb nooit iets met de rechtbank te maken gehad,' zei Ulli zuchtend en hij begon een lijst met mogelijke getuigen op te noemen. 'Ik vind dit hele gedoe verschrikkelijk!'

Jenny streelde zijn arm en verzekerde hem dat ze het samen zouden doorstaan. En dat hij op Bernd kon rekenen.

Toen ze afscheid namen, kwamen ze Rosi tegen, die net met twee plastic emmers uit de kaasmakerij kwam en de wei in de afvoer kiepte.

'Echt heel jammer,' zei ze. 'Je zou er nog heel veel van kunnen maken. Maar dit is helaas een gepasseerd station. Jammer!'

Bernd keek bezorgd, want doordat hij Rosi moest ontslaan werd ze werkloos.

'Met een elektrisch hefsysteem zou het beter zijn gegaan,' zei ze misnoegd. 'Het werkt gewoon niet als iemand een boerderij wil runnen zoals honderd jaar geleden. Heb je gezien hoe de jongens uit Beieren dat doen, die de grond van de LPG hebben gepacht?'

Juist. Ze kwamen met enorme apparaten aan die verschillende functies tegelijk uitvoerden: eggen, zaaien, bemesten... Eén keer over het veld rijden en je was klaar. Voor hetzelfde werk hadden Bernd en zijn paarden een paar dagen nodig.

'Ach, laat me toch met rust!' barstte Bernd uit. 'Ik ben een naïeve dromer en de realiteit heeft me ingehaald. Klaar!'

Hij draaide zich om, liep zijn huis in en sloeg de deur achter zich dicht. De andere drie keken elkaar beteuterd aan.

'Het doet hem veel meer dan hij toegeeft,' zei Ulli bedrukt. 'Het is verdomd rot als iemand de moed heeft om iets ongewoons te wagen en vervolgens zo vreselijk faalt!'

In een sombere stemming reden ze naar Dranitz en Jenny probeerde Ulli over te halen om vandaag niet terug te keren naar Ludorf, maar bij haar en Juultje te blijven.

'Ik moet de katten voeren,' bracht Ulli ertegen in.

'O, ze krijgen genoeg te eten op de camping. En ik heb ergens gelezen dat af en toe een muis ook geen kwaad kan...'

Uiteindelijk ging hij akkoord. 'Ik haal Juultje bij je oma op en laat haar even weten dat alles goed is gegaan in Hamburg,' bood hij Jenny aan en hij zette haar bagage voor het linker hovelingenhuisje neer. 'Ondertussen kun jij alvast je koffer uitpakken.'

Even later kwam hij met Juultje aan. Ze was bleek en heel stil. Hij had ook een thermoskan met kamillethee bij zich. Simon had zijn dochter meegenomen voor een uitje en haar zoals gewoonlijk met allemaal troep volgestopt.

'Ik heb overgegeven,' zei Juultje nadat ze haar moeder iets minder stormachtig had omhelsd dan normaal. 'De geroosterde amandelen en het ijs en de gummiberen, het stuk taart en de limonade. En ook nog de worst met ketchup en de frietjes...'

'Mijn hemel!' riep Jenny. 'Gaat het nu beter?'

'Mijn maag rommelt nog steeds een beetje.'

'Ga dan maar met je knuffeltje in je bed liggen,' stelde Ulli voor. 'Dan lees ik een verhaaltje voor, goed?'

Het kleine pluchen hondje dat Kacpar haar had gegeven was nog steeds haar favoriete knuffel, zonder kon ze niet slapen. Juultje vond het een goed idee van Ulli. Ze knikte braaf en zei: 'Maar mama blijft bij mij thuis en ik mag het verhaaltje kiezen!'

'Dat is goed.'

'En je moet bij mijn bed zitten tot ik in slaap val.'

'Zal ik doen.'

Jenny vond dat haar dochter de goedmoedige Ulli weer eens om haar vinger wond, maar ze vond het schattig om te zien hoe de kleine meid in bed zat en plichtsgetrouw haar kamillethee dronk, terwijl Ulli zich tot het uiterste inspande om de verhalen met veel intonatie en gebaren voor te lezen. Het duurde een hele tijd voordat Juultje moe werd en met haar hondje in haar armen in de juiste slaaphouding ging liggen.

'Nog één verhaaltje, Ulli,' mompelde ze.

O jee, ze had haar duim weer in haar mond!

Jenny besloot dit feit vandaag maar door de vingers te zien en ging naar de keuken om de champagne uit de koelkast te pakken. Haar terugkeer uit Hamburg moest gevierd worden. Ze pakte twee champagneglazen en zette alles in de woonkamer klaar. Even later kwam Ulli op zijn tenen uit de kinderkamer en hield zijn wijsvinger voor zijn lippen.

'Sst,' fluisterde hij. 'Ze is net in slaap gevallen. Het kostte me een eeuwigheid om mijn rechterduim uit haar greep te bevrijden.'

Jenny lachte en maakte de champagnefles open. Met een harde 'plop' vloog de kurk naar het plafond. Ulli kromp geschrokken ineen, maar het bleef stil in de kinderkamer.

'Als ze eenmaal slaapt, kan er een vliegtuig naast haar opstijgen en dan zou ze nog niet wakker worden!'

Ze schonk in en gaf Ulli een van de glazen, waarna ze haar eigen champagneglas pakte en met hem proostte.

'Wil je je examen nu al vieren?' vroeg hij een beetje verbaasd.

'In hemelsnaam! Nee, ik wil óns vieren. Jou en mij!'

Dat vond hij een goed idee. Ze dronken elkaar toe. Daarna nam hij het glas uit haar handen en wilde haar zoenen.

'Stop!' zei ze en ze hield hem vast. 'Eerst heb ik je iets te zeggen, Ulli Schwadke.'

Hij keek haar nieuwsgierig aan en er gleed een gelukkige glimlach over zijn gezicht.

'Zeg maar, meisje. Tjonge, ik ben zo blij!'

O jee. Hij had het helemaal verkeerd begrepen. Ze was niet zwanger! Waarom slikte ze anders de pil?

'Wees nu eens stil en luister naar mij!' eiste ze ongeduldig. 'Ik wil je een vraag stellen.'

'Wat voor een vraag?'

God, wat waren mannen onromantisch. Nu nam zij het initiatief en bleef hij er de hele tijd tussendoor praten.

'Of je met me wilt trouwen, domoor. Dat wil ik je vragen.'

Hij leek compleet overrompeld en wist niet wat hij moest zeggen. Uiteindelijk nam hij haar in zijn armen en drukte haar onstuimig tegen zich aan.

'O, Jenny!' fluisterde hij geëmotioneerd en hij kuste haar. 'Dit is zo mooi, dat je me dat vraagt. Ik wilde je immers al de hele tijd naar het altaar slepen, maar je zei steeds dat het niet het juiste moment was...'

'Maar nu is het moment gekomen, Ulli,' zei ze, terwijl ze hem terugkuste. 'Ik weet zeker dat we samen gelukkig zullen blijven.'

Hij zweeg een poosje, alsof hij dit alles eerst moest verwerken. Daarna schraapte hij uitgebreid zijn keel. 'Weet je, Jenny,' mompelde hij. 'Ik denk dat we moeten wachten. Ik wil absoluut niet dat je betrokken raakt bij die stomme rechtszaak. Laten we er nog eens over praten als dat allemaal voorbij is, goed?'

Sonja

HET WAS GEEN DROOM en ook geen fata morgana. Sonja legde de afrekening op haar bureau, haalde diep adem en pakte het blad weer op. Had ze misschien een komma over het hoofd gezien? Nee, het stond er duidelijk: Tweeduizenddriehonderdzevenenvijftig mark.

Claus Donner had al haar schilderijen verkocht en vroeg haar om meer aquarellen. Hij was van plan een vernissage te organiseren voor de pers en prominente klanten en sponsors. Of ze naar Berlijn zou kunnen komen om persoonlijk aanwezig te zijn? Hij vroeg ook om een foto en meer informatie: curriculum vitae, opleiding, artistieke activiteiten, belangrijke leraren, extra opleidingen, vernissages… En misschien ook over haar relatie met het platteland dat haar inspireerde tot het maken van deze aquarellen.

Ze liet zich op haar bureaustoel zakken en kneep in haar arm. Tweeduizenddriehonderdzevenenvijftig mark. Die wilde hij aan haar overmaken en daarom had hij haar bankgegevens nodig. Ze bestudeerde de afrekening nog wat beter. Aha, Claus Donner had het grootste deel van de verkoopprijs zelf gehouden. Zestig procent voor hem, veertig voor de kunstenaar. Dat was niet mis!

Ze besloot dat ze het geld eerst maar eens op haar rekening wilde zien voordat ze verdere stappen ondernam. En trouwens, naar Berlijn reizen! Wat dacht hij wel? Ten eerste had ze hier genoeg te doen, ten tweede kostte het geld en ten derde was ze beslist geen 'kunstenaar' over wie de pers in alle vakbladen zou schrijven. Ze keek op de klok. Het was al negen uur geweest. Hoog tijd om het vee van Bernds weiland naar de dierentuin te drijven. Ze dronk snel haar koffie op, trok een ruimvallende blouse aan en koos voor haar oude gymschoenen omdat de bospaden nog nat waren. Ze deed haar rugzak om en ging op weg naar het postkantoor.

In Bernds keuken zaten veel vrijwilligers te wachten totdat het eindelijk ging beginnen. Kalle was er, Rosi was gekomen, Jenny en Ulli hadden Juultje meegenomen, Elke Stock en Anne Junkers, die ondertussen bevriend waren geraakt, zaten bij elkaar, Annes zoon Jörg was er ook, en zelfs haar vader was met Franziska meegekomen. Ze hadden Falko bij zich, die vandaag aan de lijn moest blijven.

'Daar komt onze alfakoe!' riep Kalle blij naar haar toen ze de keuken in kwam.

'Tante Sonja is geen koe!' riep Juultje verontwaardigd, nog voordat Sonja zelf kon antwoorden.

Sonja zei er maar niets over en deelde in plaats daarvan instructies uit. 'Als ik Brunhilde bij de hoorn heb, doe jij het hek open, Kalle. Jullie gaan aan de kant van het huis staan, zodat de kudde alleen in de andere richting kan lopen. Kalle is verantwoordelijk voor de linkerkant, Ulli let op de rechterkant. Jullie lopen er langzaam achteraan. En jullie houden de hond vast, anders gaan de koeien galopperen.'

Ze was er niet helemaal gerust op. Kalle had destijds zijn vijf dames met de trailer naar Bernd gebracht, maar sindsdien was de populatie met meerdere leden toegenomen. Met de kalveren van dit jaar waren het veertien dieren. Maar het waren wel kuddedieren. Ze zouden hun instinct volgen.

In het begin liep het gesmeerd. Brunhilde liet zich zo mak als een lammetje door het hek leiden, Black Jack draafde achter haar aan en de rest van de kudde volgde. Ook de drijvers deden het uitstekend, behalve Falko, die de hele tijd opgewonden blafte en door Franziska krachtig tegengehouden moest worden. Het pad leidde door een stuk bos naar Bernds roggenakker, daar over een veldweg en over een weiland naar de brug. Als ze die eenmaal overgestoken waren, moesten ze een tijdje het wandelpad van de dierentuin volgen tot ze bij de nieuwe afrastering kwamen die Kalle de vorige dag in elkaar had gezet.

Op de veldweg langs de rogge was het eerste oponthoud. Twee vossen staken het pad over en Brunhilde maakte van de schrik een sprongetje. Als gevolg daarvan ontstond er chaos in de stoet. Black Jack sprong in de rogge en enkele koeien en kalveren volgden zijn voorbeeld. Bernd en Kalle slaagden er echter in om de ontsnapte dieren te herenigen met de rest van de kudde. Een tijdje ging het allemaal goed, maar bij de brug bleek dat alle koeien en kalveren dorst hadden en eerst bij het koele beekje moesten drinken. Geen enkel dier liep over de houten brug, want Brunhilde koos voor de directe weg door de beek en al haar dames en aanhang volgden. Nu waren ze tenminste op het terrein van Dierentuin Müritz en ze konden de nieuwe stal ook al zien. Het ergste leek voorbij.

Maar Sonja had niet gedacht aan de afslag naar de kleine rondweg. Brunhilde, het slimme dier, liep de goede kant op, naar de afrastering, maar de nieuwsgierige Black Jack bleef staan en staarde naar de wapperende felroze vlag die Gerda vorige week had neergezet om aan te geven dat er in de winkel ook ijs en snoep verkrijgbaar waren. Het stiertje kon natuurlijk niet lezen, maar het roze fladderende ding leek toch erg interessant en hij draafde ernaartoe. Twee jonge koeien en hun kalfjes volgden hem. Ulli rende erachteraan en probeerde de nieuwsgierige zwarte jongen een andere kant op te sturen, maar Black Jack had een eigen wil. Kalle snelde Ulli te hulp, terwijl Bernd de andere dieren bij elkaar hield. De jonge koeien met hun kalfjes zaten alweer snel op het goede spoor. Sonja had het hek aan de voorkant al geopend en Brunhilde liep licht wantrouwend, maar toch gewillig, naar de nieuwe weide. Black Jack was echter weggelopen van Ulli en Kalle en galoppeerde in zijn eentje over de rondweg in de richting van de hertenweide.

'Ren niet achter hem aan!' riep Bernd naar Kalle en Ulli. 'Dan gaat hij alleen maar harder rennen. Sinds hij dat touw om zijn nek heeft gehad, is hij vervloekt achterdochtig. Hij denkt altijd dat we hem weer met het touw willen vangen.'

'En wat doen we nu?' vroeg Kalle hijgend. 'Misschien zijn er bezoekers in de dierentuin. Als hij tegen hen aan rent, krijgen we een hoop last.'

'Misschien komt hij vanzelf terug,' zei Ulli hoopvol.

'Of hij rent de landweg op en wordt overreden,' zei Bernd kreunend.

Inmiddels waren de andere drijvers erbij gekomen en er ontstond een heftige discussie. Elke wilde de brandweer halen, Rosi de boswachter, Walter zei dat ze alleen maar bij de uitgang van de kleine rondweg hoefden te wachten, want hij moest er immers weer uit komen.

'Als hij onderweg maar niet het bos in gaat,' zei Sonja.

Juultje hupte de hele tijd rond en riep iets, maar geen van de volwassenen luisterde naar haar. Uiteindelijk hoorde Sonja het.

'Falko krijgt hem terug. Laat Falko los, oma! Laat hem nou eindelijk los!'

'Ze heeft gelijk!' zei Sonja. 'Haal de hond van de lijn, Franziska. Misschien lukt het wel.'

Falko rende weg, volgde het pad een eindje, stopte toen om de grond te besnuffelen en rende verder. Al snel was hij uit het zicht verdwenen en iedereen vroeg zich af wat de hond nu zou doen.

'Misschien rent hij naar de winkel omdat daar worstjes zijn?' dacht Anne Junkers hardop.

'Hij zal op herten jagen,' vreesde Franziska.

'Nee,' weersprak Juultje hen met volle overtuiging. 'Hij haalt Black Jack!'

Na een tijdje hoorden ze hondengeblaf. Opgewonden en boos. Het werd luider en toen hoorden ze het gedreun van doffe hoefslagen op de bosbodem.

'Uit de weg!' riep Bernd en hij trok het kleine meisje opzij.

Black Jack galoppeerde langs hen heen, met de blaffende herdershond achter hem aan, die enorm genoot van het uitvoeren van deze taak. Kalle rende op een olympische snelheid naar het hek om het wijd open te zetten, Black Jack zocht bescherming bij zijn moeder Brunhilde, die al bezorgd naar hem had uitgekeken, en Falko maakte van de gelegenheid gebruik om de hele kudde met opgewekt geblaf over het weiland te drijven.

'O jee!' zei Kalle. 'De dames geven straks slagroom in plaats van melk.'

Juultje kreeg veel lof omdat het haar idee was geweest om Falko als herdershond in te zetten. Dat hij daarbij een beetje had overdreven, werd hem vergeven. Hij was immers maar een getalenteerde amateur en geen prof. Toen Franziska hem riep, keerde hij met de tong uit zijn bek en blije hondenogen terug naar zijn vrouwtje en liet zich gewillig aanlijnen.

'Dat was het!' zei Sonja tegen de aanwezigen. 'Hartelijk dank voor jullie hulp. Ik nodig jullie uit voor een ijsje naar keuze.'

'Falko ook?' wilde Juultje weten.

'Falko eerst,' zei Bernd, terwijl hij haar hand vastpakte. 'Jij mag Falko's ijsje uitkiezen, Juultje.'

Ze namen de sluiproute naar de winkel, waar Gerda Pechstein limonade en warme worstjes verkocht aan twee jonge wandelaars met een rugzak om.

'Hoe komen we bij het leeuwenverblijf?' vroeg de ene wandelaar.

'Linksaf,' legde Gerda uit. 'Maar alsjeblieft niet voeren.'

Kalle, de grapjas, had bij de ingang een bordje met 'NAAR HET LEEUWENVERBLIJF' geplaatst. Als je die aanwijzing opvolgde, kwam je op de grote rondweg, waar na ongeveer honderd meter op twee steunen een houten kist met glazen inzetstukken was gemonteerd. In de kist zaten verschillende pluchen leeuwen. Kalles humor viel niet bij alle bezoekers in goede aarde, maar de meesten lachten erom en wierpen een paar muntjes in de ernaast opgestelde collectebus met het opschrift 'VOOR DE UITBREIDING VAN DIERENTUIN MÜRITZ'.

Gerda opende de vrieskist voor de uitgeputte veedrijvers en iedereen haalde er iets uit, alleen Walter zei dat hij liever limonade had. Ze bleven nog een tijdje bij elkaar staan praten over de spannende gebeurtenissen. Juultje hield een vanille-ijsje voor Falko's neus en werd boos omdat de hond er niet braaf aan likte, maar erin beet en bijna het houten stokje opat.

'Dat heb je geweldig gedaan,' zei Bernd tegen Sonja.

Ze voelde dat ze rood werd, niet zozeer vanwege het compliment, maar omdat hij haar heel intens aankeek, waardoor ze vlinders in haar buik kreeg. Wist hij wat hij aanrichtte?

'Het ging bijna mis,' zei ze bescheiden.

'Maar dat ging het niet,' zei hij. 'Kom je morgenochtend langs? Ik heb nog een handtekening nodig. Vanwege de overplaatsing van de kudde naar Dierentuin Müritz.'

'Met plezier. Maar dan kom ik al rond half acht. Mijn spreekuur begint om negen uur.'

Bij het afscheid schudde hij haar de hand en sloeg heel voorzichtig zijn arm om haar schouder. Dat had hij al vaker gedaan, maar ze had er niet op in durven gaan. Nog niet... Misschien zou ze het morgen doen. Ze had een gek idee dat ze aan hem wilde voorstellen. Het was een nogal idioot en tegelijk zeer verstandig voorstel. Zijn reactie hierop zou haar laten zien of hij echt iets voor haar voelde of dat ze het zich alleen maar verbeeldde. Ze verbood zichzelf snel om erover na te denken. Ze moest het laten rusten... Anders kon het mooie sprankje hoop zomaar in rook opgaan.

Ze keek even in de winkel of alles in orde was, nam de rekening van het drankenbedrijf mee en informeerde bij Gerda naar de bezoekers van de afgelopen week. Er waren voor twintig mensen en twee honden kaartjes verkocht. Dat was maar liefst honderd procent meer dan de week ervoor. Ze waren gewoon afhankelijk van het weer. Als het regende, bleven de bezoekers weg. Terwijl Kalle nog snel de geiten voerde, liep ze de kleine tentoonstellingsruimte in, waar ze posters van haar aquarellen had opgehangen. Ze haalde drie posters van de muur en verplaatste andere zodat er geen gaten ontstonden. Daarna maakte ze het ijzeren deurtje van de oude kachel open en stopte er brandhout in.

'Je gaat nu toch niet de kachel aanzetten?' riep Gerda door de kier van de deur. 'Het is dertig graden buiten.'

'Heel even maar,' antwoordde ze. 'De kamer is vochtig, er moet ook in de zomer regelmatig gestookt worden.'

Ze opende het raam zodat de warme lucht weg kon. Het had niet veel zin, dat wist ze. Maar het ging haar ook niet om het binnenklimaat, maar om iets anders. Vandaag moest het haar eindelijk lukken om van dat stomme ding af te komen. Weg ermee. Voor altijd. As tot as. Stof tot stof.

Ze haalde het rode dagboek uit haar rugzak, keek argwanend naar de deur om er zeker van te zijn dat Gerda niet keek en probeerde het daarna doormidden te scheuren. Dat was de beste manier om dat stomme ding te vernietigen, want zodra ze het opensloeg, zou ze in de verleiding komen om erin te lezen. Ze trok uit alle macht, sneed bijna haar vingers open en gebruikte haar knie als steun. Maar het papier en het kartonnen omslag waren niet stuk te krijgen. Dan toch maar openslaan en de bladzijden een voor een versnipperen. Vooral niet kijken. Kijk uit het raam. Naar de deur. Naast de deur stonden twee oranje plastic emmers die ze gebruikten als ze na het werk snel alles bij elkaar veegden en de vloer dweilden.

Ze haatte dat spul. Plastic. Een taaie, stinkende massa, in een vorm gegoten. Emmers, schaaltjes, bekers. Onderdelen van huishoudelijke apparaten…

Sacktannen, 19 maart 1964

Het werk is stompzinnig, iets voor verstandelijk gehandicapten. Elke aap zou dit kunnen doen. Maar dat maakt niet uit. Ik heb drie weken in de hel gezeten. Daarna bekijk je de wereld met andere ogen. Papa heeft me gered. Hij heeft me eruit gehaald en me naar huis terugge-

bracht. Ik zal hem daar mijn hele leven dankbaar voor zijn.
Nu is de lunchpauze voorbij en ik moet stoppen met schrijven. Ze houden me in de gaten, ik moet voorzichtig zijn. Geen fouten maken. Alle regels precies opvolgen. Bij de geringste overtreding sturen ze me er weer heen. Dat zei de directeur tegen me toen ik werd vrijgelaten. 'We zullen elkaar weerzien, Iversen. Beloofd. Je komt niet van ons af. Je hele leven niet.' Hij is de grootste klootzak van de hele wereld. Naar buiten toe doet hij alsof hij de ijverige opvoeder is en binnen ranselt hij mensen af en speelt hij sadistische spelletjes. Maar dat heb ik achter de rug. Ik ga er nooit meer heen. Ik ga nog liever naar de hel, ben liever dood en begraven. Het is beter om de ene plastic emmer na de andere in alle richtingen te draaien, de uitstekende resten eraf te snijden en het hengsel erin te hangen. Ik had nooit gedacht dat ik zoiets vrijwillig zou doen.

Sacktannen, 20 maart 1964

Kunststofverwerkingsfabriek in Sacktannen. Ten westen van Schwerin aan het Neumühler-meer. Als je op de binnenplaats staat, zie je tussen de dennenstammen het water glinsteren. Binnen merk je er niets van, het is er benauwd en ruikt er raar. Ik ben twee keer niet goed geworden omdat je de hele tijd moet staan. Tijdens de lunchpauze krijgen we eten uit de bedrijfskeuken, dat niet erg lekker, maar wel voldoende is, en je kunt ook thee krijgen. Ik woon met drie andere meisjes in een kamer vlak naast de fabriek. Ik zou veel liever 's avonds naar huis rijden, maar het is te ver naar Dranitz. Ik mis papa heel erg. Ik zie hem alleen zondags.
De meisjes houden afstand van mij omdat ik 'in de knar' heb gezeten. Ze zijn alle drie nogal dom, komen net van de middelbare school en denken aan niets anders dan dansen en mannen leren kennen. Omdat ze altijd samenklitten en ook hard met elkaar praten, is het moeilijk om je op een boek of op het schrijven te concentreren. Soms gaan ze 's avonds weg, dan heb ik rust. Ik draag het dagboek altijd bij me,

zodat niemand het kan lezen. Papa zegt dat ik het beter in Dranitz kan laten en er alleen in het weekend in moet schrijven. Misschien heeft hij gelijk. Maar het schrijven helpt me. In elk geval overdag. 's Nachts, als de dromen komen, schrik ik vaak wakker en kan ik niet meer in slaap vallen. Dan ben ik de volgende dag doodmoe. Toch mag ik geen enkele fout maken. Want dan halen ze me op en brengen ze me er weer naartoe. Als ze dat echt doen, snijd ik mijn polsen open. Met het mes dat ik bij de emmers gebruik. Dat is behoorlijk scherp.

Dranitz, 21 maart 1964

Het is zaterdagavond. Ik ben laat aangekomen omdat de bus niet op tijd vertrok, maar papa heeft voor ons gekookt en we hebben daarna nog lang gepraat over hoe alles verder moet. Dat doen we elke zaterdagavond en vaak ook op zondag, en de uitkomst is altijd dezelfde. Ik moet laten zien dat ik het socialistische wereldbeeld heb verinnerlijkt. Ik moet betrokkenheid tonen, me aanpassen aan de productiegroep, en wat al niet meer. Ik leg hem keer op keer uit dat het daarvoor allang te laat is. Ik heb geen kans meer omdat ik 'onverbeterlijk' ben. Ik kan doen wat ik wil, ze laten me niet meer opklimmen. Papa denkt altijd dat het zijn schuld is dat ik niet met het socialisme overweg kan, maar dat is niet helemaal waar. Het komt ook doordat ik met de meeste jongeren van mijn leeftijd geen klik heb. Sinds Vinzent er niet meer is, is er niemand met wie ik echt vrienden wil zijn. Zelfs niet meer met Gerda. Karin en Inge zijn nu in Rostock, maar wij hadden al eerder ruzie.

Mijn toekomst zou er ook anders uit kunnen zien. Maar daar kan ik niet met papa over praten. Ik heb het één keer gezegd, toen werd hij vreselijk boos en vroeg hij of ik de rest van mijn leven in de gevangenis wilde doorbrengen. Dus hield ik mijn mond. Maar stiekem dacht ik dat het misschien het risico waard is. Want in het westen zou ik eindexamen kunnen doen en kunnen studeren. Daar zou ik dierenarts kunnen worden. Hier zal het altijd een droom blijven. Hier zal ik tot aan mijn pensioen plastic schaaltjes inspecteren en de uitsteeksels eraf schrapen.

Het dreunt nog steeds in mijn oren. Dat was toen alle ellende begon.

'Die kans heb je zelf verprutst, Sonja!'

Directeur Pauli vertelde het me zelf, met opgetrokken wenkbrauwen en een spottende blik in zijn ogen. Sonja Iversen werd niet toegelaten tot de hogere klassen. Hoewel ze er in alle vakken behalve sport heel goed voor stond, omdat ze als een gek had geblokt, miste deze studente helaas de juiste houding ten opzichte van de socialistische arbeidersstaat. Geen eindexamen, geen studie.

'Je kunt toch als melkster bij een LPG *solliciteren? Of als dierenverzorger in de dierentuin, als je zo graag met dieren wilt werken,' opperde Gerda. Ze was er zelf helemaal tevreden mee dat ze in de deegfabriek in Waren mocht beginnen. Omdat ze graag taarten bakte.*

Ze hebben me naar een textielfabriek gestuurd waar synthetische stoffen werden gemaakt. Ik heb daar een tijdje braaf naar de arbeidsters staan kijken en daarna mocht ik balen stof inpakken en naar een karretje slepen en erop leggen. Op een gegeven moment heb ik na het werk Erwin en Dieter ontmoet. Die stonden altijd bij de kerk, hielden een zelfgeschreven poster omhoog en speelden zingend gitaar. Op de poster stond: 'Alle macht aan het volk.' Ik vond hen grappig en rookte een sigaretje met hen. In het begin kon ik hun mening over de DDR*-staat niet delen, maar ze leken me niet dom en vooral niet van die lafaards, zoals zo veel anderen. Inmiddels weet ik dat ze gelijk hadden met hun opvattingen. Maar dat maakt nu ook niet meer uit.*

In een weekend in januari zijn we met z'n drieën naar Berlijn gegaan. Op bezoek bij vrienden. Het was niet erg leuk, omdat Dieter constant aan me zat te frunniken. Bij hun vrienden in een bouwvallig huis was het ellendig koud en er was nauwelijks iets te eten. Ze kletsten de hele tijd over het echte socialisme, zoals Karl Marx het had gewild. We dronken Russische wodka, waar ik misselijk van werd. We zijn tot woensdag gebleven. Ik heb naar mijn werk gebeld en gezegd dat ik tijdens een bezoek aan mijn tante in Berlijn ziek was geworden. Maar ze geloofden me natuurlijk niet. Doordat de vrienden van Dieter en Erwin al een tijdje 'onder observatie' stonden wisten ze precies waar ik was en dat ik niet ziek was. Maar ze deden niets. Pas toen ik donderdag weer aan het werk ging, kwamen er twee mannen van de Stasi, die me hebben meegenomen.

Dranitz, 22 maart 1964

'Je kunt het beter niet opschrijven,' waarschuwde papa me. 'Als ze het vinden, kom je in de problemen.' Maar ik moet het opschrijven. Want anders kan ik het niet loslaten en droom ik er elke nacht over. Ze hebben me als een crimineel afgevoerd. Ik moest tussen de twee mannen in door de fabriekshal lopen, langs al mijn collega's. Ik mocht mijn spullen niet halen, zelfs geen maandverband, ook al was ik ongesteld. Ze stopten me in een busje en brachten me naar een doorgangskamp. Daar werd ik naar een opvoeder geleid, een kleine, forse kerel met kortgeknipt blond haar. Hij schreeuwde tegen me, waar hij duidelijk van genoot, vooral toen ik begon te huilen. Hij wilde dat ik hem over Dieter en Erwin vertelde. Hij wilde weten waar we over hadden gepraat, of ze uit de republiek wilden vluchten en, zo ja, hoe ze het wilden doen. Maar ik hield mijn mond. Ik verraad mijn vrienden niet. Ook niet toen hij me begon te slaan. Daarna trok hij mijn trui van mijn lijf. Omdat hij van mijn oma uit het westen kwam. Zoiets mag een socialistisch persoon niet aantrekken. Toen ik alleen nog in mijn beha voor hem zat, maakte hij stomme grappen over mijn boezem. Hij zei dat ik best goed was uitgerust voor mijn leeftijd. Op een gegeven moment werd ik opgesloten in een cel. Daar stonden een brits die opgeklapt kon worden, een krukje en een emmer. Voor als je naar de wc moest. Het was ellendig koud zonder deken en zonder trui. Ik ging eerst niet op de emmer, omdat er telkens iemand door het luik in de deur de cel in keek. Maar de volgende ochtend moest ik zo nodig dat het me allemaal niets meer kon schelen. Ze lieten me drie dagen in die ellendige cel achter en daarna werd ik weer voorgeleid. Maar ik was

koppig. Ik heb alleen maar gehuild en liet me slaan. Daarna werd ik ziek. Nierbekkenontsteking. Doordat het zo verdomd koud was. Eerst beweerden ze dat ik me gewoon aanstelde. Toen ze zich realiseerden dat ik echt ziek was, stuurden ze me naar huis.

Maar dat was nog maar het voorgeborchte van de hel, de echte hel moest nog komen. Papa was heel lief voor me. Toen ik ziek was, zorgde hij voor me. Hij kookte, gaf me mijn medicijnen en sprak me moed in. Hij denkt altijd dat alles zijn schuld is. Hij was zo wanhopig dat ik hem zelfs moest troosten. Ik voelde me dagenlang echt walgelijk. Maar toen ik weer op mijn benen kon staan, moest ik terug naar de textielfabriek. Het was slechts een kwestie van tijd voordat ze me weer zouden komen halen. Want ik was nog steeds ziek en maakte fouten. En ook omdat mijn collega's van me af wilden. Iemand zoals ik wilden ze niet in de productiegroep. Ze konden gewoon niet wachten tot ze me zwart konden maken. Maar het was veel makkelijker. Twee weken later kwamen ze opnieuw, dat was begin februari, en namen me weer mee. Want Erwin en Dieter zijn in Berlijn de grens overgegaan. De autoriteiten beweren dat ik het wist. Dit keer brachten ze me meteen naar het jeugdtehuis. Dat was de echte hel.

Sacktannen, 23 maart 1962

Ik heb mijn verhaal gisteren niet kunnen afmaken. Het was gewoon te veel. Ik kan steeds maar een klein stukje opschrijven, want de woorden doen alles herleven. Het is net als wanneer iemand op een knop drukt en de film wordt afgespeeld. Alleen zit je midden in de film en kun je er niet uit komen. Dat moet je willen. Je moet je sterk genoeg voelen om de hele film te kijken. Als je dat hebt gedaan, ben je eroverheen. Maar je kunt er ook middenin vast komen te zitten en er gek van worden.

Ik heb geluk, want de meiden willen vanavond naar een of ander evenement, dus ik heb even rust. Film. Jeugdtehuis. Ver weg van Dranitz. Een soort tuchthuis voor jongeren. Lange gangen, hoge plafonds, ge-

lijkmatige voetstappen, kleine cellen zoals in de gevangenis, getraliede ramen. Je bent niets, minder dan een insect, en ze doen met je wat ze willen. Heropvoeding tot een socialistisch persoon gaat als volgt: uniforme kleding dragen. Haar eraf. Er wordt tegen je geschreeuwd en je wordt geslagen, om de meest onbenullige redenen. 's Morgens om half zes van je brits af en sporten. Trappen op en af rennen. Push-ups. Als het je niet lukt, word je afgeranseld. Ontbijt. Werken in een bedrijf. Als je je werk niet afkrijgt, is het jouw schuld dat de hele groep gestraft wordt. Die later wraak op je zal nemen. Zo zijn mensen. Ze reageren hun woede altijd af op de zwakkeren, want dat levert geen problemen op. Nooit op de echte schuldigen. Ik heb een keer drie dagen in eenzame opsluiting gezeten omdat ik me weerde. Tegen de directeur. Hij wilde me verkrachten. Het was zo walgelijk dat ik nooit meer een man aan me zal laten komen. Daarna was het allemaal voorbij.
De film is gescheurd. De beelden die nu naar boven komen, maken me kapot. Ik kan er niet meer tegen. Als ik niet gek wil worden, moet ik de film uitzetten.
Papa heeft me eruit gehaald. Hij is letterlijk razend geworden, vertelde hij me. Omdat hij uit eigen ervaring weet hoe het is in de gevangenis. Hij heeft alles geprobeerd, heeft de mensen in de jeugdzorg op de zenuwen gewerkt, is bij allerlei instanties geweest en kwam uiteindelijk een oude vriend tegen die ooit met hem op hetzelfde internaat zat en nu een hoge pief bij de kaderpartij is. Hij verordonneerde dat ze me vrijlieten en als 'niet heropvoedbaar' bestempelden. Anders had ik tot mijn achttiende verjaardag in de hel gezeten. Nog elf maanden.
Ik stop het rode boekje altijd onder mijn hemd. Ik doe mijn ondergoed niet uit, zelfs niet 's nachts. Want ik ben nog steeds bang dat er iemand binnenkomt en de deken van me af trekt.

25 maart 1964

Gisteren was ik de hele dag doodmoe. Omdat ik de nacht ervoor niet kon slapen. Ik had het mis. Het opschrijven helpt niet tegen de dromen, het heeft ze zelfs nog erger gemaakt. Toch heb ik in het bedrijf gewerkt zonder fouten te maken. Misschien moet ik alles gewoon vergeten. Maar daar heb je zelf niet veel invloed op. Je kunt alleen maar wachten tot het vanzelf gebeurt.
Ik heb een nieuwe baas. Hij komt uit Fürstenberg en volgt een opleiding tot vakarbeider. Vanochtend wachtte hij me voor de werkplaats op en vroeg of ik 's avonds met hem naar de bioscoop wilde. Ik heb er helemaal geen zin in, maar ik stemde er toch mee in. Misschien helpt de bioscoop tegen de dromen. Maar als hij denkt dat hij in het donker aan me kan zitten, heeft hij het goed mis. Hij heet Markus. Markus Gebauer.

Ze legde het boekje half uitgevouwen als een lichtrood dak op het brandhout en streek een lucifer aan. Zonder aarzelen stak ze het droge hout in brand. Daarna zag ze hoe het vuur het papier te pakken kreeg, de randen van de pagina's zwart maakte en het boekje binnen een paar seconden in zwarte as veranderde. Ze porde nog wat in het hout tot alles uit elkaar was gevallen. Ze deed er nog wat hout bij, sloot het deurtje van de kachel en liep de winkel uit. Buiten haalde ze diep adem. Ze voelde zich opgelucht, bevrijd van een zware last. Als beloning trakteerde ze zichzelf op een extra vanille-ijsje uit de vrieskist.

Cornelia

ZE WAS WAARSCHIJNLIJK TOCH niet het type voor vakanties aan zee, althans niet tijdens het hoogseizoen in de zomer. Wat was er nou ontspannend aan om in een strandkorf te zitten, in de zon te bakken en je stierlijk te vervelen? De zee? Nou ja, best leuk, kleine golven, watervogels, een paar schelpen. Weinig afwisseling, eigenlijk zag het er altijd hetzelfde uit. Toen ze na Walters verjaardag naar Binz was gereisd, had ze ervan genoten om even weg te zijn. Het was niet zo druk geweest als nu en ze had lange wandelingen gemaakt door de duinen en langs de beroemde krijtrotsen. Daar was het nu te warm voor. Nu kon je alleen nog maar op het strand liggen en af en toe verkoeling zoeken in het water.

Haar concept voor Schulz & Kundermann, momenteel de grootste klant van het managementadviesbureau Schindler, was heel goed ontvangen, maar de uitvoering zou nog lastig worden. Daarom had ze besloten om haar vele overuren af te bouwen en nog op vakantie te gaan voordat ze weer hard aan de slag moest. Hopelijk deden de ambitieuze jongeren geen domme dingen tijdens haar afwezigheid. Ze had hun het nummer van het Seehotel in Binz gegeven en dringend verzocht om haar te bellen als er iets niet duidelijk was.

Ze was chagrijnig. Ze werd gek van de hitte en het geschreeuw om haar heen en het vooruitzicht zich hier nog langer dan een week te moeten vervelen, maakte het er niet beter op. Ze twijfelde of ze bij de snackkar een curryworst met patat moest halen of gewoon een ijsje bij de kiosk. Misschien beter een ijsje en een cola. In deze hitte had je vocht nodig. Ze pakte haar portemonnee, waarin ze uit voorzorg maar een klein bedrag had gestopt. Je hoorde regelmatig over diefstal in onbewaakte strandkorven. Ze baande zich een weg naar de kiosk en hoorde alweer geschreeuw op het strand.

'Laat me nou los, mam! Ik wil het zelf doen!'

'Maar zo werkt het niet. Je moet erop gaan zitten.'

'Neeeee! Dan heeft de vis pijn, ik zwem erachteraan!'

'Dan nemen de golven je nieuwe vis mee.'

O, die moeders, dacht Cornelia. Altijd aan het zeuren. Laat dat opblaasding toch wegdrijven. Dan leert het meisje een belangrijke levensles.

Ze keek over het strand en zag moeder en kind, en een grote lichtblauwe plastic dolfijn die op het water schommelde. Moeder en kind zagen er allebei mooi uit. De slanke moeder droeg een groene bikini die goed bij haar rode haar paste. Het meisje had ook rood haar. De kleur van haar badpak was niet vast te stellen, omdat het meisje in het water spetterde. Nu liet de moeder het blauwe strijdobject los en ging rechtop staan. Ze zette haar armen in haar zij en volgde de acties van haar dochter.

'Maar niet te ver zwemmen, Juultje!'

Cornelia stopte en vroeg zich af of ze misschien een zonnesteek had opgelopen. Waarom zou haar dochter Jenny, die zich op Walters verjaardag zo onvriendelijk tegen haar had gedragen, naar Rügen komen? Ze besloot het uit te zoeken. Ze haastte zich langs twee vrouwen die op badhanddoeken lagen te bakken en ontdekte dat ze geen zonnesteek en ook geen waanideeën had. Het was inderdaad Jenny, die nu met een gewaagde sprong de golven in dook om de dolfijn te vangen, die snel wegdreef. Hoe kwam het dat ze zo goed kon zwemmen? Dat had ze beslist niet van haar.

De kleine Julia maakte ook een paar zwembewegingen. Daarna kwam ze overeind, bleef in de golven staan en keek met een boze frons op haar voorhoofd naar de acties van haar moeder. Jenny kwam terug met de blauwe dolfijn, die ze onder haar arm had geklemd. Ze stond op het punt om hem naar de kleine te gooien toen ze Cornelia op het strand zag.

'Hoi, mam!' riep ze en ze zwaaide. Het leek haar amper te verbazen dat ze haar moeder hier zag.

Cornelia tilde langzaam haar hand op om terug te zwaaien. Er gingen allerlei gedachten door haar hoofd. Was dit toeval? Een overval? Een noodsituatie? Nu kwam Julia ook uit het water. Ze spuugde water uit en veegde met de natte achterkant van haar hand haar mond af.

'Dat smaakt zout, mam!'

'Het is ook zeewater. Kijk, daar is oma.' Jenny wees in haar richting. 'We gaan haar even gedag zeggen.'

Terwijl Jenny met de dolfijn onder haar arm naar haar toe rende, besloot Cornelia zich onbevangen te gedragen.

'Nou ja, zeg!' riep ze naar haar dochter. 'Zijn jullie hier met z'n tweeën op vakantie?'

'Nee, dat niet,' zei Jenny. 'Juultje en ik zijn hier alleen even snel heen gereden, want ze heeft nog nooit in de Oostzee gezwommen.'

Cornelia keek haar dochter sceptisch aan. Het was heel vreemd. Maar eigenlijk ook fijn. Ze glimlachte naar haar kleindochter.

'Je kunt heel goed zwemmen, Julia!'

De kleine meid knikte. Ze was niet onder de indruk van het compliment. Ze keek Cornelia met tot spleetjes geknepen ogen aan en streek het natte haar uit haar gezicht omdat het kriebelde.

'Je bent best dik, oma,' zei ze. 'Bijna net zo dik als Sonja.' Cornelia vond dat het kind wat beleefdheid en respect betrof nog veel te leren had.

'Er zijn dunne en dikke mensen…'

'Ik hou van dikke mensen,' onderbrak haar kleindochter haar. 'Want daar kun je zo lekker tegenaan kruipen.'

Wat een betoverende kinderlach. In de rechterbovenhoek ontbrak al een tand. Het badpak was lichtblauw en had donkerblauwe strepen.

'Ik heb een strandkorf,' zei Cornelia. 'Zullen we daarin gaan zitten?'

Kleindochter Julia sperde enthousiast haar ogen open.

'Jaaaaa!'

Ze begon te huppelen en liep naast Cornelia terwijl ze zich een weg baanden door de zonnebadende vakantiegangers. Jenny, die hen met de blauwe dolfijn volgde, trok de aandacht van veel, vooral mannelijke, badgasten. Ik heb echt een ongelofelijk mooie dochter op de wereld gezet, dacht Cornelia. Het rode haar kwam van de Von Dranitzen. Haar grootmoeder Margarethe, die aan het eind van de jaren zestig overleed, had ook rood haar. Althans, dat had haar moeder verteld. Voor zover zij zich kon herinneren was oma Margarethe grijs geweest.

'Die daar?' riep Julia telkens en ze wees naar verschillende strandkorven.

'Nee, die niet, Julia. Nog iets verder. Een klein stukje nog...'

'Ik heet niet Julia. Ik heet Juultje!'

'Sorry. Ik dacht: je bent nu al zo groot dat ik je Julia mag noemen.'

'Ik ben ook groot,' verduidelijkte haar kleindochter. 'Maar ik ben toch Juultje. Kun je dat onthouden, oma?'

Haar schattige roodharige kleindochter sprak op nogal commanderende toon. Cornelia gaf geen antwoord maar wees naar haar strandkorf, die nu tussen twee andere stoelen te zien was.

'Daar, zie je? Die met het gestreepte badlaken.'

'Hoera! Onze strandkorf!' juichte Julia en ze stormde weg om de gevlochten schuilplaats in bezit te nemen.

In tegenstelling tot haar dochter was Jenny vrij zwijgzaam. Cornelia vermoedde dat ze de juiste zinnen probeerde te bedenken om dit verrassingsbezoek te verklaren en was benieuwd naar wat ze zou zeggen. Jenny nam de tijd. Allereerst berispte ze haar dochter, omdat Julia dwars in de stoel was gaan zitten, waarbij het zand van haar blote voeten op de gestreepte badhanddoek viel.

‘Ga alsjeblieft zo zitten dat wij ook plek hebben!’

Met z’n drieën was het best krap in de stoel, maar niemand stoorde zich eraan. Jenny leunde naar achteren en sloot haar ogen. Blijkbaar wilde ze eerst even zonnen. Julia vertelde dat ze nog nooit in haar leven in een strandkorf had gezeten en dat het ‘geweldig’ was.

‘Slaap je hier ook, oma?’

‘Nee. ’s Nachts slaap ik in een hotelkamer. Zie je dat grote gebouw daar? Dat is het Seehotel Binz.’

‘Sliep je de vorige keer niet in een pension?’ vroeg Jenny.

‘Ja, inderdaad, maar het was allang volgeboekt voor het hoogseizoen en daarom heb ik mezelf getrakteerd op een kamer daar. Volledig verwenprogramma om lekker te ontspannen.’

‘En als je honger hebt, wat doe je dan?’ vroeg Juultje.

‘Dan ga ik eten in het restaurant van het hotel. Ik heb halfpension geboekt.’

‘En als je tussendoor iets wilt eten?’ vroeg Juultje. ‘Ik heb eigenlijk altijd honger.’

‘Dan haal ik een curryworst met patat of een ijsje. Daarginds bij die kar.’

Jenny opende haar ogen, omdat ze waarschijnlijk al vermoedde wat de volgende vraag zou zijn, en keek naar haar dochter.

De vraag liet niet lang op zich wachten. ‘Wil je een curryworst voor me halen, mama?’

‘Dan moeten we terug naar de auto, Juultje. Want daar ligt mijn portemonnee.’

‘Nou,’ zei Cornelia en ze pakte haar tas. ‘Laat ik eens gul zijn. Ik kan natuurlijk niet aanzien dat mijn enige kleindochter hongerlijdt. Hier!’

Kijk, het meisje wist wel hoe het hoorde. Toen ze de vijf mark aanpakte, glunderde ze en zei ze: ‘Dank je wel, oma. Moet ik ook iets voor jou meenemen?’

‘Dat is heel aardig van je. Maar ik heb nu geen honger.’

‘Ik ben zo weer terug!’

Ze liep weg door het zand. Jenny leunde naar achteren en knipperde met haar ogen in de zon. Cornelia wachtte geduldig af. En inderdaad, nu kwam de eerste poging.

'Je was zeker verbaasd dat we hier zo plotseling opdoken, hè?'

'Hm,' zei Cornelia.

'Ik wilde met je praten.'

Cornelia hing de gestreepte badhanddoek aan het gevlochten dak om schaduw te creëren. Daarna leunde ze ook naar achteren.

'Waarover?' vroeg ze.

'O, gewoon zomaar, in het algemeen,' stamelde Jenny. 'Er heerste best een lange radiostilte tussen ons...'

'Dat klopt.'

Het moeizame gesprek stokte. Cornelia vond dat ze vriendelijker had moeten zijn. Meer tegemoetkomend. Bruggen bouwen voor haar dochter, maar dat lag haar nu eenmaal niet. Daar moest ze zich altijd toe zetten en dat kostte haar moeite.

'En nu wil je praten?' vroeg ze en ze keek Jenny aan.

Jenny ging rechtop zitten en wreef over haar bovenarmen.

'Heb je zonnebrandcrème?'

'In de tas. De bruine fles.'

Een afleidingsmanoeuvre. Blijkbaar kostte het Jenny ook moeite. Ze pakte de zonnebrandcrème uit Cornelia's strandtas en smeerde zich ermee in. Ze had een lichte, zongevoelige huid. Eigenlijk had ze zelf aan zonnebrandcrème moeten denken.

'Nou ja, het zit zo...' begon Jenny en ze schroefde de fles weer dicht. 'Ik deed laatst, op Walters verjaardag, een beetje onaardig tegen je. Sorry. Ik bedoelde het niet verkeerd. Je weet hoe dat gaat, je zegt iets en ineens klinkt het heel anders dan je het bedoelde.'

'Ik begrijp het. Ik ben niet haatdragend, Jenny. Laten we het vergeten.'

Opnieuw zwegen ze. Jenny schermde met haar hand haar ogen af om te zien waar Juultje was. Cornelia vroeg zich af of ze niet wat te voorbarig was geweest toen ze zei: 'Laten we het vergeten.' Ze wilde niet bij haar in het gevlij trachten te komen. Ze had ook haar trots. Jenny's botte opmerking had haar gekwetst.

'Misschien lukt het ons om voortaan wat vriendelijker met elkaar om te gaan,' zei ze.

Jenny knikte. Ze straalde geen vrolijke vastberadenheid uit, maar eerder zwakke goedkeuring. Cornelia begon ongeduldig te worden. Juultje zou zo terugkomen met haar curryworst en dan konden ze het gesprek verder vergeten.

'Hoe gaat het op het landgoed?' vroeg Cornelia om het gesprek op gang te helpen.

'Niet zo goed,' zei Jenny. 'Helaas.' Toen kwam ze er eindelijk mee op de proppen. Het ging helemaal niet goed op Dranitz en met de familieleden. Bernd had het opgegeven, met de dierentuin ging het slecht, de kok was vertrokken uit het landhuisrestaurant en ze hadden nog geen vervanger voor hem gevonden. De archeologen snuffelden nog steeds in de kelder rond. En tot overmaat van ramp was Ulli's vriend en zakenpartner overleden en was er gedoe met de nabestaanden die niet tevreden waren met hun erfdeel.

'En Kacpar, die we zo hard nodig hebben voor de komende verbouwingen in de kelder, wil nu zelf een landhuis in de buurt gaan kopen en restaureren,' voegde Jenny er nog aan toe en ze tikte op haar voorhoofd. 'Hij wil er waarschijnlijk een hotel met restaurant van maken. Zo idioot! Dan kaapt hij ook nog de laatste gasten bij ons weg. Zodat we vervolgens allemaal failliet gaan!'

Cornelia dacht aan Kacpar Woronski, de dunne Pool met het donkere haar en de felblauwe ogen. Hij was vrij stil geweest op het verjaardagsfeest.

'Waarom doet hij dat?'

Jenny ving behendig een bal op die vlak langs de strandkorf vloog. Een gebruinde jongen kwam dichterbij en wachtte keurig tot Jenny besloot de bal naar hem te gooien.

'Waarom?' herhaalde ze vervolgens Cornelia's vraag en ze kruiste haar armen achter haar hoofd. 'Hij zal wel beledigd zijn omdat oma hem niet als partner wil.'

Natuurlijk! Moeders oude adellijke trots. Het landgoed van de Von Dranitz en mocht niet in vreemde handen vallen. Het moest worden doorgegeven aan de kinderen en kleinkinderen. Schulden of niet, als het maar in handen van de familie bleef. Dat had Cornelia altijd al gestoord aan Franziska. Totaal geen gevoel voor het algemeen belang. Altijd uit de hoogte. Maar wat maakte Cornelia zich druk? Ze kende haar moeder immers goed genoeg.

'Dat klinkt niet goed,' zei ze peinzend, terwijl ze haar wenkbrauwen optrok.

'Het is gewoon een lastige periode,' bagatelliseerde Jenny de situatie.

'En wat is Franziska van plan om eraan te doen?'

Jenny zuchtte en krabde aan een gezwollen rode muggenbeet op haar bovenarm.

'Oma is een geweldige vrouw. Een dappere strijder. Ze heeft haar hele vermogen in dit landgoed gestoken. En we hebben ook heel veel voor elkaar gekregen...'

'Stop met krabben,' onderbrak Cornelia haar gespannen. 'Daarvan raakt de muggenbeet alleen maar meer ontstoken.' Ze oogstte een boze blik en beet op haar lip. Waarom speelde ze na zo veel jaar ineens de bezorgde moeder? Jenny was volwassen.

'Het is helaas zo dat oma Franziska inmiddels op de een of andere manier moe is geworden,' vervolgde Jenny, terwijl ze met haar platte hand over haar arm streek. 'Niet dat ze niets meer doet, maar ze is milder geworden. Heeft minder bezieling. Ze is altijd met opa Walter samen en laat sommige dingen gewoon versloffen.'

'En jij? Ik dacht altijd: Franziska en jij, jullie zijn partners. Ben je niet op zoek gegaan naar een nieuwe kok? Heb je geen contact opgenomen met Monumentenzorg, zodat die opgravingen eindelijk worden afgerond? Hoewel, dan hebben jullie waarschijnlijk helemaal geen betalende gasten meer...'

Jenny snoof.

'En waarom heb je niet doorgezet wat Kacpar betreft? Zo'n architect is goud waard...'

'Ik kan niet overal voor zorgen!' riep ze. 'Ik heb een dochter en ik help Mücke op de kleuterschool. Daarnaast regel ik een verbouwing, zorg voor het bedrijf en o ja, ik heb ook nog eindexamen gedaan!'

Zeg het niet, dacht Cornelia. Hou je mond, je creëert alleen maar ruzie. Daarmee maak je alleen maar alles... 'Als je toen niet gestopt was met school...' flapte ze eruit.

'Ik wist dat je dat er weer in zou wrijven!' snauwde Jenny. 'En even dat je het weet, mam, het was helemaal jouw schuld dat ik toen van school ben gegaan! Dat verdomde egoïsme van je en je liefdeloosheid... Ik kon er gewoon niet meer tegen!'

'Mama?'

Jenny viel stil en haar boos gebarende hand bleef in de lucht steken. Plotseling stond Juultje voor haar. Ze stelde zich voor Cornelia op alsof ze haar oma moest beschermen tegen haar boze moeder.

'Mama, je schreeuwt zo hard dat je het helemaal bij de snackkar kunt horen!'

'Waar kom jij ineens vandaan?' vroeg Jenny, lichtelijk verward. 'En waar ben je al die tijd geweest?'

'Ik kwam twee jongens met een grote zwemband tegen en we hebben zeepaardje gespeeld. Zij waren de paardjes en moesten mij trekken. Daarvoor heb ik ze gevoerd...'

Ze had de curryworst en de heerlijke frietjes met het plastic vorkje in de hongerige monden van de twee jongens gestopt. Steeds om de beurt. Tot alles op was. Het was verbazingwekkend hoe Juultje iedereen voor haar karretje kon spannen. Het meisje had de lange lijn van voorouders van de adellijke landgoedeigenaren in haar bloed.

'En nu heb ik honger, mam!'

Jenny reageerde meteen. 'We wilden toch net gaan. Ik heb iets te eten in de auto. Pak je dolfijn maar alvast, zodat we die niet vergeten.'

Juultje keek teleurgesteld.

'Maar oma heeft vast ook honger. We kunnen toch met z'n allen...'

'Heb je niet gehoord wat ik zei, Juultje?'

Haar mooie, tengere dochter kon behoorlijk streng zijn voor Julia! Cornelia moest aan haar jeugd denken. Jenny's stem leek zelfs op die van Franziska. Cornelia wist nog steeds hoe die had geklonken. 'Ga niet op de bank zitten, ik heb net de kussens opgeschud! Stoot niet met je voet tegen de piano, die was heel duur! Waarom is de keuken niet opgeruimd? Een jong meisje moet al vroeg leren hoe ze een huishouden moet runnen...'

Julia gedroeg zich ook als een echte Von Dranitz. Koppig stampvoette ze in het zand.

'Maar ik heb oma al zooooo lang niet meer gezien!'

Jenny pakte de blauwe dolfijn bij de staartvin en nam haar dochter bij de hand.

'Een andere keer, Juultje. Vandaag hebben we geen tijd. Ulli wacht op ons.'

'Maar ik wil niet!' riep het kind.

Cornelia wist dat ze nu moest springen. Een brede, hoge sprong over haar eigen schaduw. Het werd de hoogste tijd.

'Luister, Jenny,' zei ze, terwijl ze haar stem verhief omdat Julia zo hard jengelde. 'Luister, Jenny, sorry dat ik dat zei. Dat wilde ik niet, maar je weet hoe het is. Ineens flap je het eruit en op hetzelfde moment kun je je tong wel afbijten.'

Jenny staarde haar aan. Boos, maar ook een beetje onzeker.

'Het spijt me, Jenny! Blijf alsjeblieft hier.'

Jenny liet haar dochter los. Julia schudde met haar hand omdat haar moeder die zo stevig had vastgepakt.

'Dat... dat heb je nog nooit tegen me gezegd,' stamelde Jenny en de dolfijn zeilde in het zand.

Cornelia schraapte haar keel. 'Het was ook niet makkelijk,' bromde ze. 'Maar het was nodig. En het was oprecht gemeend.'

Jenny was nog steeds verbijsterd. Ze plukte aan haar bikini, ging met haar hand naar haar opgestoken haar en stak een verdwaalde pluk terug op zijn plek.

'Ik wil jullie graag uitnodigen voor een etentje,' zei Cornelia.

Julia straalde en keek haar moeder smekend aan. Jenny veegde het zand van haar dochters billen en knikte traag. 'Maar we moeten eerst naar de auto. Even wat kleren pakken.'

'Dan zien we elkaar zo in het restaurant! Dat is meteen rechts naast het kuurgebouw.'

'Goed.'

Cornelia trok een strandjurk aan en verzamelde haar spullen bij elkaar. Eigenlijk moest ze de strandkorf sluiten, maar ze besloot het niet te doen. Een ander moest er maar rustig gaan zitten als ze er niet was. Ze keek even de blauwe dolfijn na, die een eindje langs het strand zweefde en vervolgens naar de parkeerplaats afsloeg.

Cornelia haastte zich eerst naar het hotel om extra geld in haar portemonnee te stoppen en liep daarna snel terug naar de strandpromenade. Het was op dit moment erg druk in het restaurant, maar ze had geluk, want er vertrok net een gezin en ze kon hun tafeltje bij het raam krijgen. Ze ging zitten, bestelde alvast een grote fles mineraalwater en wachtte. Ongeduldig keek ze uit het raam, naar de langslopende badgasten, de gezinnen met peuters, oude dames met kleurrijke zonnehoeden en gebruinde jongeren in korte broek en krappe bikini's. Waar bleven ze? Ze nipte aan haar glas water en voelde zich onrustig worden. Ze was het liefst opgestaan en naar de parkeerplaats gelopen. Wat als Jenny ineens besloot om toch terug te gaan?

Daar! Het rode haar van haar kleindochter. Wat glansde het in de zon! Jenny droeg een korte spijkerbroek en een wit shirt, Julia een roze jurk die ongetwijfeld door Franziska was gekocht. Toen Cornelia die leeftijd had, had haar moeder haar ook altijd van die mierzoete kleren aangetrokken.

'We kunnen tijdens het eten uit het raam kijken!' riep Julia enthousiast zodra ze met Jenny het restaurant was binnengekomen. 'Daar is de zee, oma!'

Jenny was eerst nogal stil, maar Julia praatte aan één stuk door. Ze vertelde over haar vriend Falko, over Mücke en over de kinderen van de kleuterschool. Ze zei dat ze al bijna naar de grote school ging en dat ze al een vriendje had. Hij heette Jörg en zat in de derde klas.

Jenny werd pas weer spraakzaam bij het toetje. Ze praatten over Bernds beslissing om de boerderij op te geven, wat Cornelia erg spijtig vond.

'Vroeger in de woongroep had hij het er al over dat hij graag een boerderij wilde beginnen... Maar met de knollen het veld op, dat kan natuurlijk echt niet meer. Maar wat jammer!'

Ze ontlokte veel details aan Jenny. Zozo, Sonja was een getalenteerd schilderes. Walter was geïnteresseerd in de opgravingen en deed zelfs eigen onderzoek. En Simon Strassner, Julia's vader, had een ontrouwe vriendin. Nou, iedereen kreeg wat hij verdiende. Zou die man overgehaald kunnen worden om het rentmeesterhuis aan zijn dochter Julia na te laten? Of nog beter, het op haar naam te zetten...

'Op Walters verjaardag zei je dat je een concept had om onze bedrijven financieel gezond te krijgen,' zei Jenny.

Nu was het hoge woord eruit. Eigenlijk had het bezoek dus wel een bepaalde reden. Maar het had veel goeds gedaan.

'Daar heb ik natuurlijk meer gedetailleerde informatie voor nodig. Balansen. De lasten. De inkomsten. Subsidies en ga zo maar door...'

'Misschien kun je op de terugweg nog even bij ons langskomen?'

Een uitnodiging! Van haar dochter Jenny!

'Ik zal erover nadenken,' antwoordde Cornelia voorzichtig.

Julia boorde haar lepel in haar chocolade-ijs met slagroom en bracht de volle lepel vervolgens naar haar met chocolade omrande mond.

'Dan mag je in mijn bed, oma. Ik slaap dan bij Jörg.'

'Daar valt over te praten!'

Ze gaf de ober een gulle fooi en liep met Jenny en Juultje mee naar de parkeerplaats om afscheid te nemen. Later nam ze haar notitieboekje mee naar het strand en maakte het zich comfortabel in de strandkorf. Het lawaai en de zeelucht waren eigenlijk heel stimulerend voor het werk. Ze zat vol ideeën.

Deze vakantie was een schot in de roos!

Franziska

'WAT IS HET MOOI,' zei Mine met een zucht en ze keek dromerig over het meer. 'Weet je nog, Karl-Erich? Daarginds was je met de andere dorsers aan het rondspatteren. En ik zat met Beke en Lise hier bij het botenhuis naar jullie te kijken. O, dat waren nog eens tijden...'

'Ik weet nog heel goed dat we daar aan het zwemmen waren,' zei hij. 'Maar dat jullie vrouwen daarbij naar ons keken, dat wist ik toen niet.'

'Zo was het nu eenmaal.' Mine glimlachte. 'Het meer is nog steeds glad en mooi! Alleen wij tweeën zijn in de loop van de jaren rimpelig geworden.'

Het was laat in de middag, maar het meer was nog zomers blauw en weerspiegelde de hoge bomen aan de oever. Alleen op de plek waar Jörg Junkers en Falko nu rondsprongen, was het water grijs door de omgewoelde grond. Franziska had Mine en Karl-Erich in het dorp opgepikt en met de auto naar het botenhuis gebracht. Ze wilden samen een paar gezellige uurtjes aan het meer doorbrengen, worstjes op de barbecue leggen en er Mines aardappelsalade bij eten, want er was een heel bijzondere reden: de brief met Jenny's examenresultaten was binnen. De vreugde was groot, ze was met vrij hoge cijfers geslaagd. Nu stond hooguit nog de numerus clausus Jenny's plannen om bedrijfskunde te gaan studeren in de weg, maar dat zou vast ook wel goed komen. In elk geval moest het vandaag gevierd worden.

Franziska was ontroerd omdat de oudjes zo blij waren met haar uitnodiging. Vooral Karl-Erich was erg opgetogen geweest toen ze gisteren belde. Ze dronken eerst koffie en aten kersentaart. De middag ging zo snel voorbij en ze waren zo afgeleid door al hun mooie herinneringen dat ze bijna de echte reden voor hun bijeenkomst waren vergeten. Maar toen vroeg Karl-Erich: 'Waarom zijn Jenny en Juultje er niet? Ik dacht dat we wilden vieren dat ze geslaagd is.'

'Ze zijn in Ludorf om daar te helpen,' legde Franziska uit. 'Jenny belde vanmorgen. Twee winkelmedewerkers hebben afgezegd en bij de snackbar was ook iemand ziek. Daar hebben ze hun handen vol aan. Maar ze wilden in elk geval langskomen zodra de ergste drukte voorbij is.' Ze keek op de klok. 'Ik denk dat ze er elk moment kunnen zijn.'

Jenny bracht veel tijd door in Ludorf. Als ze Mücke niet hoefde te helpen op de kleuterschool, stuurde ze haar dochter er niet naartoe maar nam ze haar 's ochtends mee naar de botenverhuur. Ze vond het kennelijk leuk bij de boten en in de campingwinkel. Daar was altijd wel wat te doen en elke helpende hand was nodig.

Op Dranitz liep het helaas minder goed. Er werden maar weinig kamers geboekt omdat de wellnessruimte nog steeds niet klaar was, en het was ook duidelijk dat ze het restaurant vroeg of laat zouden moeten sluiten als er niet snel een nieuwe kok werd gevonden. Als ze alleen de landhuisschotel en een piepklein, geïmproviseerd menu met eenvoudige gerechten, die Erika samen met Franziska bereidde, zouden blijven serveren, zouden ze op den duur ook de laatste gast verdrijven. Daarentegen liep Ulli's snackbar heel goed.

'Hoe staat het eigenlijk met de aanklacht die de dochters van Max hebben ingediend?' vroeg ze aan Karl-Erich, maar die probeerde net de gare worsten met de barbecuetang op een bord te leggen dat Walter hem voorhield. Hij deed het langzaam en voorzichtig, en als er een worst dreigde te vallen, ving Walter hem snel met het bord op.

'Voorlopig gebeurt er niets mee,' antwoordde Mine in zijn plaats. 'Maar zoiets duurt altijd lang. Ze waren vroeger twee bleke, lieve meiden, die plichtsgetrouw een knicksje maakten als ze goedendag zeiden. Gertrud zorgde er altijd voor dat haar kinderen manieren hadden, ook al verwende ze hen heel erg, vooral de meisjes. Gertrud zou zich in haar graf omdraaien als ze wist waar Elly en Gabi mee bezig zijn...'

'Ach, Bernd krijgt dat wel in orde,' zei Walter geruststellend en hij zette het volle bord op tafel. 'Ik weet zeker dat hij een goede advocaat is. Hij heeft inmiddels een woning gevonden en moet nog een paar formaliteiten regelen, dan kan hij zijn kantoor openen.'

'O!' riep Karl-Erich. 'Woont hij niet meer op zijn boerderij?'

'Nee, hij is naar Waren verhuisd,' zei Walter. 'Waar precies weet ik niet. Maar de woning schijnt vrij ruim en niet duur te zijn. Hij is op zoek naar een pachter voor de boerderij.'

'Weer één minder,' zei Mine zuchtend. 'Volgende week verhuizen Irmi en Helmut Stock naar Rostock, want Helmut heeft een baan gevonden in de haven. Dan is Elke, het arme meisje, helemaal alleen thuis.'

Franziska knikte bedrukt. Elke had tenminste werk in Ludorf, dat was een kleine troost. Maar natuurlijk hadden Jenny en Franziska ooit gehoopt een aantal Dranitzers van banen te kunnen voorzien zodra het Landhotel genoeg gasten trok. Ondertussen hadden Franziska en Jenny een krachtig protest ingediend bij de deelstaatregering tegen de voortzetting van de opgravingen en hadden ze de aandacht gevestigd op hun project, dat de regio nieuwe banen zou bieden en daarom prioriteit moest hebben. Het protest was nog in behandeling.

Maar Franziska zag het ineens niet meer zitten. Voor het eerst sinds ze naar Dranitz was teruggekeerd voelde ze zich uitgeput. Misschien lag het aan haar leeftijd – ze was nu halverwege de zeventig – maar misschien had ze ook de hoop verloren voor de toekomst, die haar eerder energie had gegeven. Jenny had een lieve levenspartner gevonden. Mocht ze van haar kleindochter verlangen dat ze op landgoed Dranitz bleef als die beslissing misschien haar levensgeluk in gevaar bracht? Maar als Jenny en Juultje naar Ludorf verhuisden om samen met Ulli het bedrijf te runnen, zou ze niet weten aan wie ze het landhuis op een dag zou moeten overdragen.

Op dat moment doken Jenny, Ulli en Juultje uit het struikgewas van het overwoekerde park op. Falko sprong op om naar het drietal toe te rennen, omcirkelde hen kwispelend met zijn staart en bleef braaf staan toen Juultje haar armen om hem heen sloeg.

'Mama, we moeten Falko meenemen naar Ludorf!' riep ze. 'Ik hou het gewoon niet uit zonder hem!'

'Kom bij ons zitten!' riep Walter en hij stond op om drie klapstoelen te halen. 'Er zijn nog gegrilde worstjes over en een halve schaal aardappelsalade.'

'En er is ook nog bier,' voegde Karl-Erich eraan toe.

'En wij hebben voor het toetje gezorgd!' riep Jenny en ze pakte een doos vol kleurrijke papieren bekers uit. Ze kwamen uit de campingwinkel en er zaten verschillende soorten yoghurt met fruit en chocoladepudding met room in.

'Dat kunstmatige spul,' zei Mine hoofdschuddend. 'Voor hetzelfde geld had ik lekkere vanillepudding voor jullie gemaakt. Met frambozensiroop, die heb ik van Gerda gekregen. Zelfgemaakt.'

'Je moet een gegeven paard niet in de bek kijken,' las Karl-Erich haar de les, die medelijden kreeg toen hij Jenny's teleurgestelde blik zag.

Walter liep naar zijn koelinstallatie en trok de mand uit het water. Hij kwam terug met een fles champagne en Franziska pakte de glazen uit de picknickmand.

'Laten we proosten op de geslaagde,' stelde ze voor, terwijl ze de glazen vulde en uitdeelde. Juultje kreeg sinaasappelsap, maar wel in een champagneflûte.

Jenny straalde van blijdschap.

'Op jou, mijn lieve Jenny, en ik denk dat ik met recht kan zeggen dat we allemaal heel trots op je zijn.'

'Nu staat niets de toekomst van Dranitz in de weg,' zei Walter waarderend. 'Ik ben benieuwd naar welke concepten je voor het Landhotel ontwikkelt zodra je eenmaal bedrijfskunde studeert.'

Lachend proostten ze met elkaar. Daarna zette Jenny haar glas neer en schepte aardappelsalade en worstjes voor zichzelf op, terwijl Karl-Erich genoot van de 'kunstmatige' yoghurt.

'Ik heb nieuws voor je, oma!' riep ze triomfantelijk met volle wangen en ze doopte een worstje in de klodder mosterd op haar bord om die vervolgens in Juultjes mond te stoppen. 'Nu je het toch hebt over concepten voor het Landhotel: volgende week komt mama langs. Ze wil naar onze balansen en dat soort dingen kijken.'

Franziska liet de lepel met aardbeienyoghurt zakken en keek naar Walter, die minstens zo verbaasd was als zij.

'Daar ben ik heel blij mee. Heeft ze je gebeld?'

'Mama en ik waren bij oma aan zee!' riep Juultje opgewonden, ook met volle mond. 'Oma is lief. En ze heeft een strandkorf.'

Franziska kon het niet geloven. Jenny was naar haar moeder in Rügen gegaan. Er was een wonder gebeurd.

'Ik zat er gewoon mee in mijn maag,' zei Jenny en ze gaf haar dochter een papieren servet zodat ze de mosterd van haar kin kon vegen. 'Ik was niet in een goed humeur op Walters verjaardag. Daarom ben ik gewoon met Juultje naar de Oostzee gegaan. Het heeft even geduurd, maar ik heb mijn trots overwonnen en heb de stap gezet.'

'Dat is een geweldige verrassing, Jenny,' zei Franziska overweldigd. 'Ik heb jaren gehoopt dat jullie je uiteindelijk zouden verzoenen. En dan gebeurt het plotseling, als het ware heel terloops, zonder dat ik het weet. O, wat fijn!'

Ze kon zichzelf er niet van weerhouden op te staan en haar kleindochter te omhelzen. Daarna deed ze hetzelfde met Ulli, die heel alert zijn worsten op het bord liet vallen, en daarna omhelsde ze Walter, die ook was opgestaan. En nu ze toch allemaal bezig waren elkaar in de armen te vallen, wilde Juultje ook 'geknuffeld' worden.

'Een rondje op Jenny's moeder!' riep Karl-Erich, die al drie biertjes plus een glas champagne ophad. 'Ze leve hoog, want ze heeft onze Jenny op de wereld gezet!'

'Jij moet naar bed!' merkte Mine op en ze wierp Ulli een verwijtende blik toe. 'Je hebt hem steeds bijgeschonken. Nu zitten wij met de ellende!'

'We houden een regatta om de dag te vieren,' riep Karl-Erich luid. 'Een roeiwedstrijdje! Ulli tegen mij! Over het hele meer!'

Hij zwaaide zo wild met zijn armen dat Franziska bang was dat zijn stoel elk moment kon omvallen.

'Een wedstrijdje met het zandmannetje, dat ga jij nu houden,' zei Mine en ze keek hem zo streng aan dat hij verstomde.

Audacia

DE VROUWEN HADDEN IN de apsis het puin van het ingestorte dakspant uit de kerk gehaald en knielden nu in de open lucht in de zwarte as om de lauden te bidden. God zij geprezen dat hij hen uit de handen van de heidenen had gered. Dat Hij de redders naar hen had gestuurd, de ridders van de graaf, van wie het klooster twaalf mannen met hengsten en harnassen had uitgerust en betaald.

'*Benedictus Dominus Deus Israel, quia visitavit…*'

Slechts een paar ridders namen aan het gebed deel. De meesten van hen sliepen nog in de refter, die als slaapplek dienstdeed. Daar lagen ook twee van hun gewonden. De gewonde en stervende vrouwen waren ondergebracht in de geitenstal, omdat dat de enige ruimte was die door de vuurzee gespaard was gebleven. De geiten die er ooit hadden gewoond, waren tijdens de gevechten bijna allemaal weggelopen. De enkele geiten die waren overgebleven, hadden de hongerige ridders gedood en aan het spit gebraden.

'*… salutem ex inimicis nostris…*'

De abdis verhief haar stem bij het reciteren van de Latijnse tekst om de vrouwen aan te moedigen, want er klonk alleen gefluister en gezucht om haar heen. Sommige nonnen waren zelfs helemaal verstomd. Zij staarden verslagen voor zich uit en leken niet eens te begrijpen waar ze waren. Slechts enkelen hadden nog de kracht om het voorbeeld van de abdis te volgen, onder wie de priorin Clara, die de strijd bijna ongedeerd had overleefd, en een van de jonge novicen. Het was Katerina von Wolfert, het arme kind dat enkele maanden geleden nog doodziek was geweest en in het ziekenverblijf verzorgd moest worden. God had haar gezond laten worden en ze had tijdens de gevechten laten zien dat ze ondanks haar zwakke lichaam een sterke wil had. Een pijl had haar rechterarm geschampt, maar toen de abdis de wond verbond, had ze beweerd geen pijn te voelen.

'*... et tu, puer, propheta Altissimi vocaberis...*'

Het klooster was gered uit de handen van de vijanden, maar tegen welke prijs... Drie dagen lang hadden ze niets anders gedaan dan graven graven en hun dode geliefden toevertrouwen aan de aarde van God. Van de ooit veertig nonnen waren er nog maar negentien in leven en zeven van hen lagen in de geitenstal te vechten voor hun leven. Hun redders hadden ook slachtoffers te betreuren. Twee van hen moesten buiten de kloosterpoorten worden begraven, twee anderen, die van adellijke afkomst waren, waren weggevoerd om naar hun families gebracht te worden. Ook de gedode Slaven wilden ze niet aan de raven overlaten en daarom besloten de ridders hen in het bos achter te laten, ver van het klooster en ver van hun eigen doden. Zoals oorlogsgebruik was, kleedden ze de dode vijanden uit tot ze naakt waren, namen hun wapens en kleren af en lieten alleen over wat niemand meer kon gebruiken.

Ze waren allemaal zo druk geweest met deze trieste taken dat de abdis haar nonnen telkens aan de getijdenliturgie moest herinneren. De voorgeschreven afwisseling tussen werk en lofprijzing van God mocht niet worden verwaarloosd, vooral niet in deze tijden van nood. Ze waren het verschuldigd aan God de Heer, maar ook aan hun medezusters en zichzelf.

Nadat de lauden waren gezongen, klommen de nonnen over het puin en de smeulende balken in het kerkschip en gingen naar de refter. Ondertussen waren de eerste van de mensen die daar sliepen wakker geworden. Ze wurmden zich uit hun lakens, trokken hun gewaden recht en de meesten gingen naar buiten om hun blaas te legen. Geen van de mannen had gehoor gegeven aan de beleefd geformuleerde wens van de abdis om voor dit doel naar de kloosterpoort te gaan. Ze plasten tegen de fruitbomen, in de vertrapte kruidenbedden, tegen de muren van de verwoeste gebouwen, en sommigen plasten graag in de karpervijver. De vijver had veel water verloren omdat ze er de brandende gebouwen mee moesten doven en hij werd maar weer langzaam aangevuld door de watertoevoer. De karpers die ze zo moeizaam hadden gefokt waren bijna allemaal gevangen en gekookt door de strijders. In het ondiepe water was het gemakkelijk geweest om ze te grijpen.

In de refter bereidden twee nonnen de ochtendpap op het open vuur, omdat de kloosterkeuken was verwoest. De maaltijd bestond uit water, honing en gerstmeel. Slechts een klein deel ervan was bedoeld voor de nonnen, het grootste deel werd gegeten door de ridders die nog in het klooster verbleven. De voorraden waren bijna uitgeput, en in de dorpen hadden de Slaven veel vernietigd en veel boeren gedood, waardoor het de vraag was of er dit jaar wel een oogst zou komen.

De abdis was zo moe dat ze het liefst in een hoekje was gaan liggen om even te slapen en te rusten. Maar dat was ondenkbaar. Ze moest voor haar nonnen zorgen, die na alle wrede verschrikkingen van de gevechten nu met nieuwe gevaren werden bedreigd. Ze was de refter nog niet binnengegaan of ze hoorde al het felle geschreeuw van een van de jonge novicen. Ze versnelde haar passen.

'Wat is hier aan de hand?' vroeg ze met een intimiderende stem.

Twee van de ridders hadden de kleine Mariana vastgehouden toen ze hun pap in de houten kommen wilde scheppen. De pollepel was uit haar handen gevallen en de geelbruine gerstepap vloeide over de stenen vloer.

'Wat wil deze magere vogelverschrikker van ons?' vroeg een van hen lachend. 'Ze had haar vrouwen meer te eten moeten geven! Je voelt amper een borst of een lekker kontje.'

Het was de eerste keer dat de ridders op deze manier spraken en ze lieten de novice niet los, maar hielden haar nog steviger vast. De abdis wist dat ze nu niet mocht wijken. De Heer had haar de vrouwen van haar klooster toevertrouwd en ze zou hen verdedigen zolang ze leefde.

'Zijn jullie ridders of goddeloze heidenen?' riep ze luid. 'Laat deze vrouw los of ik zal bij de graaf in Schwerin een klacht tegen u indienen!'

Ze oogstte gelach. Schwerin was ver weg en de graaf – dat wist inmiddels iedereen – had zijn verstand verloren.

'We zijn ridders en we hebben recht op een buit! Geef ons het zilver dat je voor ons verbergt en dan laten we het meisje los. Misschien...'

'Het klooster heeft alleen de zilveren altaaruitrusting. Willen jullie echt het altaar van God beroven?'

Zelfs deze goddeloze jongens waren bang voor zo'n zonde. Ze keken elkaar aan en een van hen stond op het punt de novice los te laten, maar de ander hield haar juist nog steviger vast.

'We hoeven ook niet de kelk van het avondmaal, mevrouw de abdis. Een klein zilveren bekertje is ook prima. Is het zilver je zo veel meer waard dan dit kleine meisje?'

Hij schudde Mariana door elkaar, waardoor haar gewaad scheurde en ze bijna naakt voor hem stond.

'Laat haar gaan, anders zul je eeuwig spijt hebben!' riep de abdis boos.

Ze kreeg weer gelach als antwoord.

'Denk je dat zij de enige van je vrouwen is die jou over negen maanden een mooi aandenken aan deze tijd zal geven?' riep hij overmoedig en hij wilde Mariana nog steviger vastpakken, maar ze glipte uit het gescheurde gewaad en liep naakt door de refter om zich achter de abdis te verschuilen.

'Kom hier!' riep de man en hij naderde de abdis dreigend.

Op dat moment kwam Gods toorn met al zijn kracht over Audacia. Ze trok een tak uit het vuur dat onder de ketel brandde en liep ermee naar de man, met het gloeiende hout in haar handen als een vurig zwaard, dat ze uit alle macht in zijn gezicht duwde. Ze hoorde hem meer verbijsterd dan boos schreeuwen. Hij wankelde achteruit, viel op de grond en kroop in wilde angst over de grond weg. Zijn kameraden, die de gebeurtenissen aandachtig hadden gadegeslagen, lachten hem uit. Audacia bleef een paar tellen als versteend staan en keek hem na. Ze realiseerde zich dat deze blaaskaak eigenlijk een zielige lafaard was. Ze raapte Mariana's gewaad van de grond en liep naar het vuur.

Daar liet ze een kom met pap voor haar vullen en vroeg de priorin om de gebruikelijke psalmen te reciteren waar ze tijdens de maaltijden naar luisterden. Vol eerbied en dankbaarheid verzamelden de overgebleven nonnen zich rond Audacia, en Mariana trok snel haar gescheurde gewaad weer aan. Achter in de zaal praatten de overgebleven ridders met elkaar. Ze lachten, maar riepen ook boze dingen, maar omdat de abdis zonder een spier te vertrekken haar ochtendpap at en de oude Clara onverstoorbaar verderging met het reciteren van de psalmen, durfden ze zich niet aan de nonnen te vergrijpen. Ze pakten hun wapens, klommen op hun paarden en reden over de verkoolde resten van de kloosterpoort het bos in.

'Nu gaan ze onze arme boeren weer aanvallen,' zei de priorin zuchtend. 'Wat de Slaven hun niet hebben afgenomen, wordt door deze dappere ridders van de graaf gestolen.'

Ze zouden maar al te graag van hun redders afkomen, maar de ridders hadden niet veel zin om het klooster te verlaten. Overdag zwierven ze door de omgeving, vielen de dorpen binnen en vergrepen zich aan de vrouwen en meisjes. 's Avonds keerden ze naar het klooster terug met de gestolen varkens en kippen, die ze slachtten en boven het vuur roosterden. Ze boden de nonnen niets van hun buit aan. Misschien wisten ze dat zij de gestolen goederen nooit zouden hebben geaccepteerd.

'De graaf schijnt gek te zijn geworden,' zei Katerina. 'Ze hadden het erover dat het beter zou zijn als hij doodging. Dan kon zijn zoon Heinrich de troon bestijgen en zou het land een vorst hebben.'

De abdis zweeg. Maar ze was onrustig vanbinnen, want ze dacht aan de novice Regula, aan wie ze de redding van het klooster te danken hadden en over wier verdere lot ze geen nieuws had. Maar het was te hopen dat Regula goed beschermd aan het hof van haar vader leefde en kon herstellen van de ontberingen. Audacia verlangde erg naar het meisje en ze vreesde dat aan het hof van de graaf besloten zou worden om Regula naar een ander klooster te sturen, omdat het klooster Waldsee zo zwaar onder de aanval van de Slaven had geleden en niet langer een plaats was voor de dochter van de graaf. Ze wist dat Regula zich zeker tegen zo'n bevel zou verzetten, en dat baarde haar ook zorgen, want het meisje kon ziek worden of zelfs doodgaan.

De dag ging voorbij in het oude ritme van werk en gebed, dat de vrouwen na alle verschrikkingen goeddeed en hun vertrouwen gaf. Ze waren ijverig, haalden het puin uit de moestuinen en probeerden een klein deel van de oogst te redden. Sommige van de weggelopen kippen vonden hun weg terug naar de kloosterstal, alleen de geiten en schapen lieten zich niet meer zien en de nonnen vreesden dat de wilde dieren ze hadden opgegeten. Na de sext gaf Audacia haar vrouwen een paar uur rust, terwijl ze zelf met de priorin de overgebleven voorraden bekeek en nadacht over hoe ze een hongersnood konden voorkomen. Ze vroeg de oude zuster wat een van de ridders eerder had kunnen bedoelen met zijn spottende opmerking dat de geest gewillig, maar het vlees zwak was, en Clara bekende haar dat twee van de nonnen op een zondige manier toenadering hadden gezocht bij de ridders. Ze noemde ook de namen en tot grote opluchting van de abdis waren Katerina en Mariana er niet bij.

'Ze zullen hun zonden aan de pater opbiechten, als hij tenminste veilig in zijn klooster is aangekomen,' zei ze.

Nadat Gerwig en zijn metgezellen op weg terug naar het broederklooster waren gegaan, hadden ze niets meer van de pater gehoord. Als hij en de anderen in handen van de Slaven waren gevallen, hadden ze ongetwijfeld een wreed lot ondergaan. Moge God hun ziel genadig zijn en hen in Zijn koninkrijk opnemen, dacht ze.

Later loste Audacia de verpleegster af. Ze bracht helende zalf aan op de wonden van de vrouwen, verzorgde ook de twee gewonde mannen en stuurde de priorin en Katerina het bos in om mos en kruiden te verzamelen. De novice Katerina was vlijtig en leergierig. Ze zou over een paar jaar net zoveel kennis hebben als de priorin. Dat was een klein sprankje hoop in een donkere tijd.

Na de vespers bereidden ze het avondmaal voor en naaiden ze hun gescheurde kleren. De ridders zouden algauw naar het klooster terugkeren, hun buit plukken en villen en een vuur aanmaken om het vlees te braden. Daarna waren ze meestal in een goed humeur, dan lachten en joelden ze, renden ze rond en maakten ze grove grappen over de ongelukkige nonnen.

Maar vandaag lieten de plaaggeesten op zich wachten. Toen het tijd was voor het avondgebed, was er nog niemand van hen gekomen. Pas toen de nonnen al waren gaan liggen, hoorden ze het geluid van paardenhoeven. Een ruiter. En waarschijnlijk zouden er meer volgen. God had hen nog niet verlost van die nare kerels.

Toen iemand hard met zijn vuist op de deur bonkte, stond de abdis op om de grendel opzij te schuiven. Een man wankelde naar binnen, knipperde met zijn ogen naar Audacia, die voor hem stond met de lantaarn in haar hand, en deinsde achteruit.

'Moordenaren!' stamelde hij. 'Slachters. Pas op, ze zullen jullie allemaal vermoorden.'

De abdis zag dat het gezicht van de man bebloed was en dat zijn kleren gescheurd waren.

'Wat is er in godsnaam gebeurd?'

De man pakte een kroes water en dronk hem in één teug leeg. Daarna liet hij hem op de grond vallen doordat hij schrok van een geluid op het binnenplein. Een van de kloosterhonden blafte.

'Ze gaan jullie allemaal vermoorden!' fluisterde de man. 'Verstop je. Ze komen. Ze vermoorden iedereen en verwoesten alles...'

Hij strompelde achteruit en moest zich aan de deurpost vasthouden om niet te vallen. Was dit echt een van de vechtersbazen met hun grote mond? Dat moest wel, hoewel hij geen wapens meer droeg en ook zijn schoenen kwijt was. In paniek rende hij over het binnenplein naar zijn paard, hees zich in het zadel en reed de nacht in.

De nonnen bleven in grote angst achter. De Slaven vielen opnieuw aan en trokken moordend en brandschattend door de bossen, waar de zorgeloze ridders in hun handen waren gevallen. Als de vijanden het klooster bereikten, zouden ze bitter wraak nemen voor de nederlaag.

'Wat moeten we doen, moeder Audacia?' fluisterden de vrouwen wanhopig.

De abdis voelde zich uitgeput en moedeloos. Het was moeilijk voor haar om ondanks alles op Gods hulp te vertrouwen. Maar ze liet niets merken. Zolang ze leefde, zou ze haar taak vervullen.

'Nog voor de lauden zal een van ons de wacht gaan houden op de muur. Als een bende het klooster nadert, verstoppen we ons in de kelder. Als God het wil, vinden ze ons niet en trekken ze verder.'

Het was ijdele hoop, want de vijanden zouden de kelder zeker doorzoeken op voedselvoorraden. De nonnen zouden zich ook in het bos kunnen verstoppen, maar zelfs daar konden ze gemakkelijk worden gevonden. En zo zochten de vrouwen hun heil in het gebed en smeekten ze de Heer om hen te behoeden voor nieuw geweld en om het klooster, dat ter ere van Hem was gesticht, niet over te leveren aan de heidenen.

Geen van hen kon die nacht slapen. Vlak voordat het tijd was voor de lauden, stuurde de abdis Mariana naar de muur, omdat het meisje goede ogen had. Ze hield de wacht op haar post terwijl de nonnen in de verwoeste kerk de gebedsdienst hielden. Pas na de ochtendmaaltijd werd ze afgelost door Katerina. Tot nu toe hadden ze geen Slaaf gezien, maar er was ook geen enkele ridder teruggekeerd.

'God de Heer houdt zijn hand boven ons,' zei een van de vrouwen hoopvol.

'Laten we waakzaam blijven, zusters,' antwoordde de abdis.

's Middags, kort na de sext, klonk de heldere stem van de novice.

'Er zijn mensen in het bos!'

Audacia beval om alles wat hun aanwezigheid zou kunnen verraden op te bergen en de zieken naar de kelder te brengen. Bevend en zuchtend gingen de vrouwen aan de slag, en heel wat vrouwen waren van mening dat dit volstrekt onzinnig werk was, omdat ze toch zouden moeten sterven.

De abdis was bij Katerina op de muur geklommen om de naderende vijanden met eigen ogen te zien. Er waren maar drie mannen. Ze hadden baarden en droegen grove kleren. Ze trokken een handkar achter zich aan.

'Dat zijn boeren uit onze dorpen,' zei de abdis enorm opgelucht. 'Blijf sowieso op je post, wie weet of ze alleen zijn gekomen.'

Maar alleen de drie mannen waren op de weg naar het klooster te zien. Ze stopten voor de verwoeste poort, overlegden met elkaar en uiteindelijk klom een van hen – een jonge knul met blond haar en een roodachtige baard – over het puin de binnenplaats van het klooster op. Met afgrijzen keek hij om zich heen, zag de verwoeste gebouwen waarin de brand had gewoed, de ingestorte toren van de kerk, en schudde bedroefd zijn hoofd bij het zien van de verbrande appelbomen. Daarna ontdekte hij de verse graven naast de kerk en zag ook dat iemand de aarde had aangeharkt en de planten water had gegeven.

'Moeder Audacia?' riep hij. 'Waar bent u? Ik ben Mertlin uit het dorp Karbow. Waar bent u?'

'Hier ben ik!'

De abdis klom van de muur af en liep naar de geschrokken boer. Glimlachend stak ze haar hand naar hem uit en hij knielde voor haar neer om haar ring te kussen.

'Zoals je kunt zien, hebben de heidenen flink huisgehouden in het klooster,' zei ze. 'Vertel me hoe het in jullie dorp is en of we jullie kunnen helpen.'

Nu kwamen ook de andere twee mannen dichterbij. Ze trokken de handkar over het puin van de toegangspoort en knielden vervolgens voor de abdis. Het waren hardwerkende, vrome mannen met grijze baarden die op zondag de mis bijwoonden en op tijd hun bijdrage naar het klooster brachten.

'We verkeren in grote angst, eerbiedwaardige moeder,' zei de jonge boer, die hun woordvoerder was. 'Daarom komen we om uw hulp vragen.'

'We hebben niets anders dan onze gebeden,' antwoordde de abdis. 'Als God onze gebeden verhoort, zal de wraak van de Slaven aan ons allemaal voorbijgaan.'

De drie mannen wisselden onzekere blikken uit. Iets aan de woorden van de abdis leken ze niet te begrijpen. Uiteindelijk schraapte de jonge boer zijn keel en sprak verder.

'De Slaven, moeder Audacia, zullen ons niet langer lastigvallen. Maar wij zijn bang voor de toorn van de graaf, die zeker wraak op ons zal nemen. Daarom vragen wij u, eerbiedwaardige moeder, om voor uw kinderen op te komen en de graaf te sussen.'

De abdis probeerde te begrijpen wat ze had gehoord. Blijkbaar maakte hij zich geen zorgen over de terugkeer van de Slaven. Ze zou hem dus moeten waarschuwen. Maar kennelijk hadden de dorpelingen iets gedaan wat de woede van de graaf kon wekken.

'Ik wil graag voor jullie opkomen,' zei ze. 'Maar eerst verwacht ik dat jullie opbiechten wat jullie hebben gedaan.'

De drie lieten hun hoofd hangen. Het scheen hun moeite te kosten om hun zonden op te biechten. Uiteindelijk slaakte de jonge man een diepe zucht.

'Het was niet dat we zin hadden om te moorden, eerbiedwaardige moeder. We handelden uit nood. Ze hebben onze vrouwen aangerand, staken onze huizen in brand en stalen het vee. Toen zijn we bij elkaar gekomen, hebben ze de kloof in gedreven en stenen naar ze gegooid totdat niemand van hen nog bewoog.'

De adem van de abdis stokte.

'Over wie heb je het?' vroeg ze streng.

De jonge boer keek smekend naar haar op.

'Over de ridders van de graaf, eerbiedwaardige moeder. We hebben er zes gedood. Eentje is aan ons ontsnapt en gevlucht en de ander smeekte zo hard om zijn leven dat we hem lieten gaan.'

De goddeloze plaaggeesten zouden niet terugkeren. Ze waren dood. Gestenigd door de boeren die ze tot bloedens toe hadden getreiterd. Het was een rechtvaardige straf en toch een vreselijke zonde. De abdis dacht even na en besloot haar kinderen, de boeren van het klooster, te helpen.

'Hebt u ze begraven, zoals de christelijke plicht is?'

De drie antwoordden bevestigend.

'En hun kleren? De wapens? De paarden?'

Die hadden ze allemaal tot zich genomen. Als compensatie voor het onrecht dat ze hadden geleden.

'Luister dan naar wat ik jullie zeg: leg rotte stammen en stenen op de graven, zodat niemand ze kan vinden. Verspreid de uitrusting en wapens door het bos, zodat het lijkt alsof de mannen zijn gedood in de strijd tegen de vijanden. De paarden kunnen jullie houden. Zeg dat ze zonder ruiter ronddwaalden en dat jullie ze hebben gevangen. Als de graaf ze terugvraagt, moeten jullie ze aan hem geven. Maar geen woord over wat jullie hebben gedaan.'

De drie mannen knikten op alles wat ze hen adviseerde.

'Gaat u onze biecht doorvertellen aan de pater, eerbiedwaardige moeder?' vroeg een van de twee oudsten.

De abdis keek zwijgend om zich heen. Alleen Katerina had het gesprek gehoord, alle andere vrouwen hadden zich zoals afgesproken in de kelder verstopt.

'Alleen God de Heer heeft uw woorden gehoord, Mertlin. Hij kent uw schuld en Hij weet hoe Hij moet straffen, maar ook hoe Hij moet vergeven. Ga terug naar het dorp en doe wat ik zeg. Mijn zusters en ik zullen voor jullie bidden.'

De drie kusten vol eerbied haar ring. Daarna stonden ze op en tilden ze verschillende zakken van hun handkar. Daarin zaten graan en spek, gedroogd fruit en champignons. Het was hun dank voor de hulp waar ze op hadden gehoopt. Ze vertrokken met de lege kar, zichtbaar opgelucht en blij.

'Dit is tegen de wet, eerbiedwaardige moeder,' zei Katerina verontwaardigd. 'Een boer mag nooit zijn hand tegen de ridders van de graaf opheffen!'

'Het is Gods gerechtigheid die boven alle wetten staat!' antwoordde de abdis. 'Roep onze zusters uit de kelder. Het gevaar is geweken.'

Ulli

'DE HELE NACHT?' VROEG Ulli vol afschuw aan de telefoon. 'Och, arme meid. En gaat het nu beter met haar?'

'Ze slaapt,' zei Jenny aan de andere kant van de lijn. 'Maar ik denk dat ze koorts heeft. Als ze wakker wordt, ga ik voor de zekerheid met haar naar de dokter.'

'Dat is denk ik inderdaad het beste,' antwoordde hij. 'Dan heb je vandaag dus geen tijd om met mij wat meubels voor hierbeneden te gaan kopen? Het ziet er zo vreselijk leeg uit omdat Max er niet meer is en zijn dochters alles hebben laten ophalen. Ik vroeg me af wat ze met het oude spul willen doen. En wat het kost om al het spul naar München en Prenzlau te laten brengen!'

Jenny aarzelde. Ze wilde Ulli niet graag teleurstellen, vooral omdat ze wist dat hij nog veel verdriet had vanwege het overlijden van zijn oude vriend.

'Misschien vanmiddag. Ik laat het je weten, goed?'

'Oké, lieverd. Geef Juultje een kus van mij. En wens haar beterschap. En zorg dat je niet besmet raakt, Jenny!'

'Ik ga mijn best doen, schat!'

Ze lachten allebei en hij hing op. Het arme meisje had de hele nacht overgegeven, wat erg. Hij was blij dat Jenny en Juultje in Dranitz waren gebleven. Met dit soort dingen was hij een slapjanus. Als hij zag dat iemand moest overgeven, werd hij zelf kotsmisselijk.

Ze zouden vandaag geen meubels kopen, dat was wel zeker, ook al werkte de lege benedenverdieping hem vreselijk op de zenuwen. Twee dagen geleden had hij tot diep in de nacht muren behangen en geschilderd en nu waren de kamers nauwelijks herkenbaar. Het zag er echt licht en vrolijk uit en Jenny zou alles inrichten met bijpassende meubels. Ze had een goede smaak. Hij vond de kamers die ze in het landhuis had ingericht prachtig, ook al was hij zelf niet zo dol op antiek.

Nou ja, dan zou hij vanmorgen hier aan het werk gaan, dat was ook dringend nodig. Een van de woonboten had problemen met de stuurinrichting, en het verdomde motorjacht verbruikte zo veel brandstof dat er iets niet in orde moest zijn. Misschien een klein lek in de tank. Er was altijd iets kapot aan die boot. Ze zouden hem moeten slopen.

Hij pakte het halfvolle koffiekopje van het bureau en liep naar het raam om naar buiten te kijken. Het was nog vroeg. Rocky liep al bij de boten rond, van Tom was nog niets te zien. Elke Stock stapte bij de bushalte uit de bus en liep naar het parkeerterrein. Ze was nu in vaste dienst en had een sleutel van de kiosk. Ulli keek naar haar terwijl ze het luik openklapte, de tafels en stoelen neerzette en het krantenrek vulde. Hij was blij met deze betrouwbare en zorgvuldige arbeidskracht. Jammer dat ze zo ongenaakbaar was. De arme Rocky was al een paar keer afgewezen.

Op de camping stonden twee kleine meisjes voor de winkel te wachten, zwaaiend met stoffen tasjes voor de ontbijtbroodjes. Tom nam ze 's ochtends altijd mee. Waar was hij? Ulli trok een trui aan en liep naar beneden. In de keuken stonden behalve het oude elektrisch fornuis en een inbouwkast alleen nog de twee kattenmanden die hij onlangs voor Hannelore en haar zoon had gekocht. Ze hadden de nieuwe aanwinst uitgebreid besnuffeld en vervolgens voor de grotere mand gekozen om dicht tegen elkaar aan gevlijd te slapen. Hij had zich de tweede mand kunnen besparen. Misschien zou hij hem aan Bernd geven voor zijn katten, die hij had meegenomen naar zijn woning in Waren. Maar misschien waren ze ook bij Sonja gebleven of op de biologische boerderij, waarvoor hij nog een nieuwe pachter zocht. Ulli voerde Hannelore en Waldemar, aaide ze en deed het raam open zodat ze later, als ze gegeten hadden, zelf naar buiten konden gaan.

Hij pakte de sleutel van de woonboot van de haak en wilde net naar de steiger gaan toen hij de twee jongemannen zag die duidelijk op hem stonden te wachten. Verdorie, wat wilden die hier nu weer? Hij kende ze. Hij had ze al twee keer van het terrein verbannen, omdat ze al dronken waren aangekomen en ruzie zochten. Vorige week was er bijna een vechtpartij uitgebroken omdat een paar jonge jongens van de camping zich lieten provoceren, maar gelukkig was Ulli er nog op tijd tussen gekomen.

'Morgen!' groette hij nors. 'Er is hier geen alcohol voor jullie, is dat duidelijk?'

De oudste van de twee heette Berti. Hij had dunner wordend, donker haar en ingevallen wangen. Zijn handen trilden voortdurend en soms gleed zijn smeulende sigaret uit zijn vingers en viel op de grond. Waarschijnlijk was hij zwaar verslaafd. De jongste was gezet en had een rond kindergezicht met een dubbele kin. Hij keek altijd als een betrapte scholier.

'Wind je niet op,' zei de oudste hoestend. 'We zijn nuchter, nietwaar, Henning?'

De jongere, die blijkbaar Henning heette, knikte. 'Tuurlijk, Berti.'

Ulli kwam dichterbij en rook een sterke alcohollucht. De oudere had in elk geval al flink wat tot zich genomen.

'We wilden je iets vertellen, Schwadke. Als goede vrienden, snap je?'

Ulli begreep dat helemaal niet, want de jongens waren allesbehalve goede vrienden van hem. Het kon dus alleen maar om een louche zaak gaan. Waarschijnlijk wilden ze op een of andere slinkse wijze iets van hem krijgen.

'Weten jullie wat?' zei hij tegen hen. 'Jullie drinken nu op mijn rekening een lekker kopje koffie en daarna verlaten jullie het terrein. Oké?'

Berti grijnsde breed en keek met een vreemd triomfantelijke blik naar zijn kameraad.

'Koffie is prima. Maar je moet eerst naar me luisteren. Er is namelijk iets aan de hand, hier op de camping. Er was iemand die vragen stelde. Een smeris.'

Wat zwamde die dronken sukkel nou allemaal? Werden ze soms door de politie gezocht? Tjonge, dat zou dan behoorlijk gênant zijn tegenover de campinggasten.

'Wat voor vragen?'

'Ze wilden weten of Max Krumme misschien al een beetje de weg kwijt was. Snap je wat ik bedoel? Seniel. Getikt. Niet meer toerekeningsvatbaar.'

Ulli staarde de dronken man aan en begreep niet waar hij op uit was. Wilde hij zijn overleden vriend Max ergens van beschuldigen? Hij kreeg een wee gevoel in zijn maag.

'Luister,' zei hij tegen Berti. 'Als je ook maar één slecht woord over Max zegt, dan krijg je met mij te maken. Max was mijn beste vriend!'

Berti hief verdedigend zijn armen op en wankelde een paar passen naar achteren. Henning bracht zich achter het botenhuis in veiligheid.

'Wij natuurlijk niet!' riep Berti en zijn stem sloeg over. 'Rustig, man. Je begrijpt het verkeerd. De politie zei dat. Ze wilden van ons weten hoe het toen met Max ging.'

'Wanneer dan?' vroeg Ulli.

Berti keek om zich heen om te zien waar zijn vriend was, zag hem achter het botenhuis en wenkte hem naar zich toe. Daarna legde hij het verder uit.

'Toen Max' vrouw overleden was, schijnt hij een tijdje heel raar te zijn geweest.'

Het nare gevoel werd nog erger. Dit was helemaal niet goed...

'Dat zou ook niet zo raar zijn, toch?' antwoordde hij. Berti knikte gretig, Henning begon stom te grijnzen. 'Het punt is: de politie gelooft dat Max niet goed bij zijn hoofd was toen hij dit allemaal aan jou verkocht. Daarvoor waren ze op zoek naar getuigen, snap je?'

Ulli had het geraden. Het had allemaal te maken met die verdomde aanklacht. Maar wat had de politie er precies mee te maken?

'Wie heeft er rondgevraagd, zeg je?'

'Nou, de agenten,' antwoordde Berti grinnikend en hij leunde voorover naar Ulli. 'Je bent beschuldigd van een strafbaar feit, vriend.' Ulli rook zijn bittere alcoholadem. 'Ze beweren dat je het perceel voor een spotprijs van Max hebt afgetroggeld, omdat hij op dat moment geestelijk niet helemaal fit was. Snap je?'

Ulli verstarde. Inderdaad. De aanklacht. En de politie deed onderzoek alsof hij een crimineel was!

'Dat is complete onzin,' zei hij verontwaardigd.

'Dat weten we, Schwadke,' zei Berti, terwijl hij sussend zijn hand op Ulli's onderarm legde. 'We hebben ook gezegd dat het vast allemaal heel eerlijk is gegaan. Dat hebben we toch verklaard, Henning? En dat schreef de agent toch in zijn notitieboekje op?'

Henning knikte heftig.

'Dat is… heel fatsoenlijk van jullie,' mompelde Ulli.

Dat vond Berti ook.

'We zijn toch oude bekenden? Ik kende Max al toen Gertrud nog leefde. En tja, de smeris gaf me zijn kaartje. Voor als me nog iets te binnen schiet. Dat zou immers kunnen, toch?'

Hij keek Ulli indringend aan. Ulli begreep het. Wat een ellendige kerel!

'Henning en ik zitten op dit moment wat krap bij kas. Tweeduizend mark maakt je zeker niet zo veel uit, met alle poen die je hier verdient. Zeker nu Max er niet meer is en je dit allemaal voor jezelf hebt. Tweeduizend in kleine biljetten…'

Ulli moest heel erg zijn best doen om zich in te houden, want hij wilde die kerel het liefst een mep geven. Wat het er zeker niet beter op had gemaakt.

'Je bent gek!' snauwde hij tegen Berti. 'Als je het nog een keer probeert, doe ik aangifte van chantage. Dan ga jij de gevangenis in, vriend.'

Helaas was Berti niet onder de indruk van dit dreigement. 'En je kunt hier overal afscheid van nemen, Schwadke. Want dan wordt de aankoop ongeldig verklaard en moet je ook nog een boete betalen. Dan heb je niets meer. Niks. Nada. Niente.'

'Weten jullie wat?' zei hij en hij gaf Berti een zacht duwtje. 'Jullie twee smeren 'm nu. En wel meteen. Anders jaag ik jullie weg. Begrepen?'

Berti wankelde naar achteren en botste tegen zijn vriend.

'Hier krijg je nog spijt van!' bromde hij, maar toen Ulli dreigend zijn arm opstak om zijn woorden kracht bij te zetten, trokken de twee zich haastig terug in de richting van de parkeerplaats.

Ulli keek hen na omdat hij bang was dat ze Elke, die alleen in de kiosk was, zouden lastigvallen, maar ze liepen naar de bushalte en gingen op het bankje zitten. Wat een idioten, dacht hij en hij pakte zijn gereedschap. Als er echt iemand van de politie op de camping was geweest, hadden Tom en Rocky het hem wel verteld. Aan de andere kant, hoe zouden ze van zijn dilemma af kunnen weten? De advocaat van Gabi en Elly probeerde immers inderdaad de handelingsbekwaamheid van Max in twijfel te trekken. Peinzend klom hij op de woonboot en hij opende de achterdekklep om naar het roer te kijken, maar op de een of andere manier kon hij zich niet goed op het werk concentreren. Stel dat er toch iets van dat verhaal waar was?

Ik moet Bernd bellen, dacht hij. Nu meteen, anders heb ik geen rust. Hij liet alles liggen om naar het huis te lopen, maar natuurlijk wilden uitgerekend nu drie mensen roeiboten huren en één vroeg naar de uurprijs voor het jacht. Rocky was elders bezig, dus hij moest zelf voor de klanten zorgen. Hij gaf hun de roeispanen, noteerde de vertrektijd en legde uit dat het jacht op dit moment helaas niet te huur was vanwege een technisch mankement. Toen hij eindelijk in zijn kantoor stond en het nummer van Bernd draaide, was hij helemaal op van de zenuwen.

Bernd nam niet op. Verdomme, het was toch het juiste nummer! Niet het oude van de biologische boerderij, maar het nieuwe van zijn woning in Waren. Waarom kwam het hem zo bekend voor? Was dat niet het nummer van Sonja? Natuurlijk. Verdorie, dan had hij iets verwisseld. Hoe moest hij Bernd nu bereiken? Hij liep op en neer door het kleine kamertje, haalde zijn handen door zijn haar en stond op het punt Jenny te bellen om haar over deze vreselijke toestand te vertellen. Maar nee, hij wilde zijn vriendin hier nu niet mee lastigvallen, ze was vast met Juultje bij de kinderarts en had haar eigen zorgen. Het was beter als hij Franziska belde.

'Bernd?' reageerde ze. 'Die is met Sonja naar Berlijn gegaan. Een galeriehouder exposeert haar schilderijen.'

O, wat een ellende! Uitgerekend nu, nu hij zijn advocaat nodig had, was die op reis. Waarom kon Sonja niet gewoon alleen naar Berlijn gaan?

'Je weet toch wel,' zei Franziska opgewekt. 'Ze vinden elkaar leuk. Walter en ik zijn er heel blij mee!'

Ulli's vreugde over Sonja en Bernds liefdesgeluk was beperkt. 'En wanneer komen ze terug?' wilde hij weten.

'In het weekend, geloof ik. Is er iets gebeurd, Ulli? Je klinkt zo bezorgd...'

'Nee, nee,' zei hij. 'Zo belangrijk is het niet. Maar bedankt. Is Jenny met Juultje naar de kinderarts gegaan?'

'Ja, ze zijn net weggegaan.'

Hij had vandaag gewoon pech. Ulli ging terug naar de steiger, hielp de klanten met de roeiboten, verhuurde een van de woonboten voor een hele week en had veel tijd nodig om de onwetende stedelingen uit te leggen hoe ze de boot moesten besturen en waar ze op moesten letten.

De zaak liet hem niet met rust. Als Bernd niet bereikbaar was, dan wilde hij in elk geval contact opnemen met de notaris die het koopcontract had opgemaakt. Ze waren daarvoor naar Schwerin gegaan omdat Max de notaris van vroeger kende. Ulli had het prima gevonden en hij meende zich ook te herinneren dat de notaris zich had overtuigd van de handelingsbekwaamheid van Max. Of vergiste hij zich omdat de twee oude vrienden zo uitgebreid hun vreugde hadden geuit omdat ze elkaar weer zagen? Hm, hoe heette hij ook alweer? O, dat stond natuurlijk op de akte. Hij moest dus weer terug naar zijn kantoor. Het blauwe dossier met 'VERKOOP PERCEEL/BEDRIJFSVERMOGEN' stond rechtsboven in de kast, vlak naast de belastingdossiers van de afgelopen jaren.

De belastingdossiers waren compleet. Wat ontbrak was de blauwe map met daarin de documenten van de verkoop van het onroerend goed aan Ulli Schwadke en details over de gezamenlijk opgerichte onderneming met botenverhuur, kiosk, winkel, snackbar, camping, enzovoorts. Ulli doorzocht de kast, keek in elke dossiermap, woelde in de lades van het bureau, keek in de prullenbak en schoof de archiefkast van de muur om te zien of het dossier er misschien achter was gevallen. Niets. Wanhopig liet hij zich op de bureaustoel zakken en hij staarde voor zich uit terwijl hij paniek voelde opkomen. Waarom was uitgerekend deze map verdwenen? Het was bijna onmogelijk dat de medewerkers van het transportbedrijf hem in opdracht van Gabi en Elly tussen alle andere mappen hadden opgevist. Bovendien zouden ze dan een strafbaar feit hebben gepleegd en dat kon Ulli zich niet voorstellen. En had de kantoordeur niet op slot gezeten?

Terneergeslagen steunde hij zijn hoofd in zijn handen toen plotseling de telefoon ging.

'Hoi, schat!' hoorde hij Jenny's vrolijke stem door de hoorn. 'Het gaat goed, alleen wat indigestie. Ze voelt zich alweer beter. Dus we kunnen vanmiddag meubels gaan kopen.'

'Leuk!' zei hij, hoewel zijn hoofd nu niet naar meubels stond.

'Ja, Juultje heeft altijd een beschermengel!' Ze lachte en op dat moment wist Ulli het weer. Engel. De notaris heette Engelmeier... nee, Engelmann. Johannes K. Engelmann. Nu herinnerde hij het zich weer.

'Ik kom na de lunch meteen naar je toe, goed?' klonk het opgewekt.

'Ja, natuurlijk. Ik verheug me erop.'

Hij hing op en vroeg zich af waarom hij eigenlijk de hele tijd tegen haar loog. Meubels kopen was wel het laatste waar hij nu zin in had.

Allereerst wilde hij het verhaal met de notaris ophelderen. Die moest een kopie van het contract hebben. Hij vond het nummer in Max' oude telefoonboek onder 'J. Engelm.' en pakte de telefoon.

'Meneer Engelmann heeft vanochtend afspraken,' zei de secretaresse. 'Waar gaat het over?'

'Het gaat om het perceel dat ik drie jaar geleden van Max Krumme heb gekocht. Meneer Engelmann heeft de notariële akte opgemaakt.'

'Eén moment alstublieft, meneer Schwadke.'

Hij hoorde haar op een deur kloppen en iets zeggen. Een mannenstem antwoordde, maar hij kon er geen woord van verstaan.

'Als u hier tegen tien uur zou kunnen zijn, heeft meneer Engelmann kort tijd voor u.'

'Fijn. Dank u wel.'

Op weg naar zijn auto overwoog hij zijn medewerkers te vragen of ze iets hadden gehoord, maar hij besloot het toch maar niet te doen. Waarom onnodige ophef maken? Hij stopte bij de kiosk. Omdat het zo vroeg nog rustig was, was Elke druk bezig met het inruimen van de nieuwe leveringen: chocoladerepen, lolly's en zure gummidieren in alle kleuren. Toen ze hem zag, glimlachte ze blij naar hem. Ulli had het idee dat ze wat was aangekomen. Gelukkig. Hij had haar amper herkend toen ze terugkwam uit het westen. Ze was ontzettend dun geweest en haar wangen waren helemaal ingevallen. Hij had Jürgen graag eens onder handen genomen. Dat was vroeger al een onbetrouwbare kerel geweest…

'De krant en een cola,' bestelde hij. 'De cola kun je meteen openmaken.'

Ze gaf het blikje aan hem en hij nam een grote slok. 'Alles in orde?' vroeg hij onschuldig. En toen deed hij het toch. Hij vroeg haar of er de laatste tijd iemand van de politie was geweest en stomme vragen had gesteld.

'Ja,' zei Elke zachtjes en ze keek verlegen weg. 'Er was iemand die iets wilde weten over meneer Krumme. Of hij misschien een beetje zonderling was en zo... Ik heb gezegd dat ik hier nog maar net werk en dat ik er niets van weet.'

Dus toch! Het was als een klap in zijn gezicht. Berti en Henning hadden het verhaal niet verzonnen. De politie deed onderzoek. In de ogen van justitie was hij een gewetenloze crimineel.

Hij stamelde iets onbeduidends tegen Elke, pakte de krant en stapte in zijn auto. Pas toen hij al op de hoofdweg was, herinnerde hij zich dat hij de halfvolle cola was vergeten. En juist nu voelde zijn keel extreem droog aan. Toen hij het notariskantoor in Schwerin binnenging, vroeg hij de secretaresse om een glas water.

'Natuurlijk, geen probleem, meneer Schwadke. Het is weer een warme dag vandaag, hè?'

Hij knikte en bedankte haar voor het glaasje water dat ze hem bracht. Het was dezelfde secretaresse als toen. Hij herinnerde het zich nog goed omdat Max grapjes met haar had gemaakt. Hij hoefde niet lang te wachten totdat hij bij notaris Engelmann binnen werd geroepen.

'Meneer Schwadke!' riep hij en hij stak zijn hand over zijn bureau naar hem uit. 'Ik verwachtte u. Gaat u zitten...'

Ulli kreeg hoop. Notaris Engelmann had – o wonder – het duplicaat van het contract en verzekerde hem dat vanuit zijn oogpunt alles prima in orde was.

'Zeker, over de koopsom zou je kunnen twisten, maar dan zou je waarschijnlijk veel andere koopcontracten moeten aanvechten en dat zal zeker niet gebeuren...'

Ulli overhandigde hem de brief van de twee dochters van Max en een kopie van de aanklacht die tegen hem was ingediend.

Notaris Engelmann was gezet en had een innemende glimlach. Hij zat in hemdsmouwen en een gilet achter zijn bureau. Zijn colbert had hij uitgetrokken, want de ramen van het kantoor lagen op het zuiden. Ondanks de grijze jaloezieën zou het hier over uiterlijk twee uur een sauna zijn.

'Wat betreft de vragen van de politie,' vervolgde hij en Ulli's sprankje hoop vervloog meteen weer. Ze hadden hem dus ook ondervraagd. 'Nou, ik ben natuurlijk geen psycholoog, maar er was voor mij geen enkele reden om te twijfelen aan het vermogen van mijn vriend Max om zaken te doen toen jullie hier allebei voor me zaten. Zelfs toen hij hier ruim een half jaar geleden was om zijn testament te wijzigen en zijn aandelen aan u na te laten, leek hij me daartoe voor honderd procent in staat.'

Dat bevestigde Ulli. Max was een eigenzinnig persoon, maar hij had goed nagedacht over deze verkoop en had er nooit spijt van gehad. Integendeel. In de laatste jaren van zijn leven had hij zich bewezen als een slimme zakenman. Er was geen spoor van mentale achteruitgang geweest. Na de dood van Gertrud, had hij Ulli verteld, had hij zich slecht gevoeld. Toen had hij problemen met zijn bloedsomloop gehad en last gehad van hartkloppingen en duizeligheid. Op dat moment hadden de artsen prostaatkanker bij hem ontdekt, maar Max was geopereerd en mocht al jaren geleden stoppen met de medicijnen die hij na de operatie moest slikken.

Notaris Engelmann leunde naar achteren in zijn stoel en keek onopvallend op zijn horloge. 'Zoals ik al zei, meneer Schwadke. U hoeft zich geen zorgen te maken. Met het contract is echt alles in orde.'

'Dank u wel, meneer Engelmann. Nu ben ik wat gerustgestelder.'

In gedachten verzonken reed hij terug naar Ludorf. Stel dat Max inderdaad niet helemaal zichzelf was geweest toen hij het perceel voor een schamele zestigduizend mark aan hem verkocht? Ulli herinnerde zich hoe opgewonden zijn vriend op dat moment was geweest, hoe hij in het rond was gesprongen terwijl Mine had gezegd dat hij ziek was. Had hij misschien toch weer medicijnen genomen? Of stimulerende middelen? Antidepressiva?

Maar nee, Max was echt blij en tevreden geweest met de verkoop.

Hij wilde ontzettend graag iets met Ulli opbouwen, omdat zijn kinderen geen interesse in zijn leven hadden getoond en voor zichzelf een heel ander bestaan hadden opgebouwd. Toch wilde hij niemand bedriegen, dat lag gewoon niet in zijn aard.

Toen Ulli in Ludorf zijn parkeerplaats opreed, keerde het angstige gevoel van eerder terug. Als iemand van de politie hier navraag had gedaan, zou iedereen hem voor altijd als een oplichter en fraudeur beschouwen, precies waar Gabi en Elly hem van hadden beschuldigd, ook al was het niet waar. Er bleef altijd iets hangen en dan bleven de gasten weg en misschien ook de werknemers. Dan ging het niet goed met zijn bedrijf en ging hij uiteindelijk failliet. Dan kon hij wel inpakken.

Jenny stond in de keuken op hem te wachten. Ze voerde Waldemar, die graag een tweede portie kreeg, en keek Ulli blij aan. Ze straalde uit dat ze veel zin had om op pad te gaan.

'Kunnen we vertrekken? Ik heb alles opgemeten en weet precies wat we nodig hebben.'

'Dat is goed,' zei hij. 'Ik trek alleen even snel een ander T-shirt aan.'

Hij was helemaal bezweet en had graag willen douchen, maar hij wilde Jenny's geduld niet langer op de proef stellen. Hij liet haar rijden, zat zwijgzaam naast haar terwijl ze vrolijk kletste en probeerde op de juiste momenten te glimlachen of vragen te stellen.

'Is er iets, schat?' vroeg ze uiteindelijk.

'Nee, er is niets, lieverd. Ik ben gewoon een beetje moe. Ik heb slecht geslapen.'

'Dat krijg je ervan als je helemaal in je eentje in Ludorf slaapt!' zei ze. Ze boog zich naar hem toe en kuste hem op de wang. De auto maakte een kleine slinger.

'Kijk uit, Jenny!' waarschuwde hij.

In de meubelzaak in Waren zocht ze verschillende, niet bepaald goedkope meubels uit. Ze liet ze in Ludorf bezorgen en zei toen dat ze grote honger had.

'Kom, laten we iets gaan eten.'

Hij tekende het koopcontract en ging met haar naar het restaurant. Zelf bestelde hij alleen een salade. Zijn maag kwam in opstand. Misschien werd hij ziek.

'Ziek?' vroeg Jenny, terwijl ze hem van opzij aankeek. 'Nee, mijn schat. Je zit ergens mee, dat zie ik wel.'

Hij draaide eromheen en beweerde dat hij misschien besmet was door Juultje, maar het hielp niet. Jenny doorzag hem. En eigenlijk was hij blij dat hij nu kon praten.

'Het zou kunnen dat ik straks straatarm ben, Jenny. Misschien raak ik alles kwijt.'

Ze staarde hem aan, bleef haar soep oplepelen en zei zonder een spier te vertrekken: 'Nou, mijn schat, dan zijn we met z'n tweeën!'

Sonja

ZE HAD ZICH ER meer van voorgesteld. Zo was ze nu eenmaal. Eerst vond ze het allemaal onzin en wilde ze er niet heen, en daarna besloot ze spontaan het toch te doen en verwachtte ze een bombastisch feestje. 'Aquarellen van Sonja Gebauer: *De romantische uitgestrektheid van het merenplateau van Mecklenburg, Edelherten tijdens het grazen, Vos vangt muizen, Lucht boven golvend grasland.*'

In de kleine galerie zagen haar schilderijen er vreemd uit. Misschien lag het aan de lijsten waar Claus Donner ze in had gedaan. Of aan de verlichting. Of aan het glas champagne dat ze op de nuchtere maag haastig had gedronken. Ze voelde zich niet op haar gemak en wilde het liefst weglopen.

Behalve Bernd en zij waren alleen haar vriendin Petra en haar man, de galeriehouder Claus Donner en een stille oudere vrouw van de krant bij de grootse vernissage aanwezig. Later kwamen er twee jonge mensen, die waarschijnlijk zelf ook kunst maakten en weinig aandacht besteedden aan Sonja's schilderijen. Ze lieten geduldig de lovende toespraak van Petra Kornbichler over zich heen komen en dronken champagne, waarna ze met de galeriehouder in gesprek raakten over nieuwe artistieke richtingen die spoedig de markt zouden veroveren.

Bernd was haar reddende anker tijdens dit frustrerende evenement. Hij liep in de kleine ruimte van schilderij naar schilderij, bekeek elke aquarel in detail en zette zelfs zijn bril op wanneer een detail hem interesseerde.

'Ik vind ze mooi. Vooral de schilderijen met de wolkenlucht. En de weilanden aan de rand van het bos. Ze zijn kalmerend. Je voelt je ineens alsof er een last van je af valt.'

Hij wees haar op het feit dat er op veel aquarellen een kleine rode sticker zat. Die waren verkocht.

'Misschien komt het doordat het zomervakantie is,' probeerde Claus Donner later het lage bezoekersaantal te verklaren. 'Het belangrijkste is dat het evenement in de krant komt. De expositie is nog tot begin september open.'

De aquarellen die Sonja had meegenomen verkocht hij graag in commissie. Hij had inmiddels alweer drie schilderijen verkocht. Het geld rolde.

'Het zijn niet bepaald de kunstverzamelaars die uw schilderijen kopen,' bekende de galeriehouder. 'Het zijn liefhebbers. Mensen die hun woonkamer mooi willen decoreren. Die willen bijkomen van de werkstress en misschien graag op het platteland zouden willen wonen. Schildert u een paar leuke dorpjes, een oud landgoed, koeien en varkens, of golvend gerst in een zomers briesje...'

Hij beloofde de afrekening te sturen en het bedrag snel over te maken. Daarna hielpen ze hem de champagneglazen in de keuken te zetten en was het evenement voorbij.

'Laten we een hapje gaan eten,' stelde Bernd voor, die merkte dat Sonja teleurgesteld was, en hij pakte haar bij haar arm. 'Champagne op een lege maag valt niet goed bij mij.'

'Bij mij ook niet.'

Ze was al een hele tijd niet meer in Berlijn geweest en had wat tijd nodig om het leuke café te vinden dat ze als student graag bezocht. Het heette Bij de adelaar en lag op een hoek van twee straten. Paule, de eigenaar, had een warm hart voor arme studenten gehad. Gehaktballen met brood en mosterd, met een biertje erbij, en dat alles voor één mark twintig. Ze had hier 's middags vaak gezeten en gestudeerd, omdat het in haar studentenflat te lawaaiig was geweest.

'Paule?' vroeg de jonge vrouw aan de bar. 'Die leeft niet meer. Hij heeft twee jaar geleden een hartaanval gehad. Het ging heel snel. Nu runt zijn dochter het café. Anni.'

Het zat vol. Aan de bar zaten jongeren van verschillende nationaliteiten dicht op elkaar te drinken en te praten. Sonja en Bernd gingen aan een tafeltje in de hoek bij het raam zitten, bestelden een biertje en – als herinnering aan oude tijden – gehaktballen met mosterd en brood.

'Wanneer heb je hier gestudeerd?' vroeg Bernd.

'In de jaren zeventig.'

'Dan was er in het begin zeker veel gedoe op de universiteit,' vermoedde hij.

Ze haalde haar schouders op. Ze wist dat Bernd toen samen met Cornelia actief was geweest in de studentenbeweging.

'Er waren nog wel wat idealisten,' zei ze denigrerend. 'Die wilden ons uitleggen hoe het communisme werkt en dat de Palestijnen een eigen staat nodig hebben. Maar slechts enkelen waren geïnteresseerd.'

Hij was teleurgesteld en begroef zijn neus in het bierschuim. Sonja dacht na over hoe ze haar houding aan hem kon uitleggen zonder al te veel over zichzelf te onthullen. Dat was het. Er waren dingen in haar leven die niet iedereen hoefde te weten. De kwestie van de jeugddetentie bijvoorbeeld, die was zo gruwelijk geweest, zo vernederend, dat ze die had geprobeerd te verdringen. Alleen Walter wist ervan, maar ze vertrouwde haar vader blindelings. Markus had het ook geweten en hij had het graag tegen haar gebruikt. Hij had haar er letterlijk mee gechanteerd. Daar had ze nu nog last van.

'Weet je, ik had toen niet veel op met het communisme en socialisme,' begon ze voorzichtig. 'Dat had ik achter me gelaten. Ik dacht: die linkse idealisten moeten maar eens naar de DDR gaan. Zodat ze beseffen wat het socialisme echt is.'

Hij glimlachte begrijpend.

Natuurlijk, nu kwam het argument dat de DDR nooit een echt socialistische samenleving was geworden. Ze haalde adem om uit te leggen dat deze staat zich decennialang alleen door spionage en terreur in leven had gehouden, maar omdat de gehaktballen en het brood nu werden geserveerd, zweeg ze.

'Hadden jullie deze in Frankfurt ook?' zei ze om van onderwerp te wisselen en ze wees naar de gehaktballen.

'Nee. Ik heb jarenlang voor de hele woongroep bonensoep met spek en worstjes gekookt,' bekende hij.

'Kookte jij?' vroeg ze verbaasd.

'Iemand moest de pineut zijn.'

Ze lachten en het gesprek werd ontspannen. Het ging niet meer over theorieën, en de sfeer was niet meer zo gespannen. Ze spraken over de galeriehouder en Petra Kornbichler, en over de woning in het souterrain van haar huis, waarvan hij zei dat hij zich er prima voelde, hoewel het er nog vrij kaal en leeg was. Het viel haar op dat hij qua uiterlijk veranderd was. Hij was nu altijd keurig geschoren en droeg elegante kleren, want als advocaat moest hij een serieuze indruk maken.

'Staat je goed!' had ze gezegd.

Hij had haar kort aangekeken en vervolgens verlegen zijn blik afgewend. Maar het was haar opgevallen dat hij blij was met haar opmerking. Sinds ze closer waren geworden, hadden dit soort uiterlijkheden plotseling betekenis gekregen. Sonja was maar liefst vijf kilo afgevallen en had mooie kleurrijke blouses gekocht, die ze boven haar spijkerbroek droeg. Ze stak haar haar op in plaats van het gewoon met een elastiekje in een staart te doen en maakte zich ook discreet op, wat ze al meer dan twintig jaar niet had gedaan. En het bijzondere was dat Bernd het registreerde. Meneer de advocaat kon op zijn terughoudende manier complimenten maken.

'Je ziet er zo fris uit...'

Inmiddels sloeg hij soms, als de situatie zich voordeed, heel onbevangen zijn arm om haar schouders. Twee keer had hij haar echt omhelsd en één keer had hij haar gekust. Dat was toen ze hem de woning in haar souterrain liet zien en zei dat ze het ontzettend leuk zou vinden als hij er in zou trekken. Hij was zo blij geweest met dit aanbod dat hij haar spontaan in zijn armen had genomen. Hij had even geaarzeld, maar daarna had hij haar mond gezocht en zij had haar ogen gesloten. De kus was heel zacht en veel te voorzichtig geweest, maar het was in elk geval een begin. Ten slotte had ze hier weinig ervaring mee en ook hij leek er al een tijdje uit te zijn. Maar het was spannend geweest. Ze had er nachtenlang op geteerd.

Bij het tweede biertje besloot ze in elk geval een deel te vertellen. Het dagboek was verbrand en dat was maar goed ook. Over zulke nare herinneringen als de jeugddetentie zou ze voor altijd zwijgen. Maar wat daarna kwam, zou hij wel moeten weten. Omdat het haar had gemaakt tot wie ze was: een vrouw met een stekelige huid als die van een egel.

'Ik ben altijd een slechte kok geweest,' zei ze. 'Het eten stond nooit op tijd op tafel als mijn man thuiskwam van zijn werk.'

Ze zei het op een ironische toon, maar hij had gemerkt dat die een serieuze ondertoon had.

'O ja, je bent dus getrouwd geweest?'

Ze knikte. Ze nam een grote slok en keek hem over het glas heen aan. Zijn gezicht toonde nieuwsgierigheid en medeleven tegelijk.

'Markus Gebauer,' zei ze, terwijl ze met een harde beweging het glas neerzette. 'Een collega. Ik was op dat moment behoorlijk geïsoleerd en daar maakte hij misbruik van. Hij flirtte met me, ging met me uit, nodigde me uit... Ik was nog heel jong en vond het geweldig om een vriendje te hebben. Hij was ambitieus, rondde zijn stage af met uitstekende cijfers en kreeg een goede baan in het bedrijf.'

Ineens was hij haar baas geweest en al snel de baas van haar baas. In die tijd geloofde hij nog heilig in de zegeningen van het socialisme. Dat veranderde later snel.

'Hoe oud was je toen je trouwde?'

'Negentien. Mijn vader was kwaad en boycotte het feest. Mijn schoonfamilie was ook niet enthousiast. Al met al was het een vrij troosteloze bruiloft.'

Sterker nog, ze vonden het ongepast dat hun ambitieuze zoon Markus uitgerekend iemand had uitgekozen die in het jeugdtehuis had gezeten. De Gebauers waren allemaal trouwe DDR-burgers. Markus' vader en zijn vrouw mochten zelfs op vakantie in Bulgarije. Het feit dat Markus' echte moeder tien jaar eerder naar het westen was vertrokken, hadden ze verdrongen.

'Maar jullie waren vast wel verliefd op elkaar,' zei Bernd. 'Anders waren jullie toch niet getrouwd?'

Ze ontweek zijn begripvolle glimlach. Hij moest jaren geleden erg verliefd zijn geweest op Cornelia. Dat was geen prettig idee, dus ze verbande het uit haar hoofd.

'Wat je liefde noemt,' zei ze, terwijl ze haar schouders ophaalde. 'Afhankelijkheid is er denk ik een beter woord voor.'

'O jee!' Hij legde meelevend zijn hand op haar arm. 'Dan was het zeker van begin af aan niet goed?'

'Nee, zeker niet!'

Markus was op zoek naar iemand die hij kon commanderen. Iemand die braaf na het werk kookte, de flat schoonhield en hem het bier serveerde. Die in bed alles deed wat hij van haar verlangde. Ook walgelijke dingen waar ze zich slecht bij voelde. Als ze het weigerde, beledigde hij haar en dreigde hij iedereen te vertellen dat ze in de jeugdgevangenis had gezeten. In die tijd waren ze al naar Rostock verhuisd, waar hij naartoe was overgeplaatst. Ze werkte in een bedrijf dat vis in blik produceerde. Het was afschuwelijk werk, alleen al vanwege de vele dode vissen.

'Dus jullie groeiden al snel uit elkaar?'

'Vrij snel, ja.'

Markus kwam in het bedrijf in de problemen. Een ander streefde hem voorbij, hij werd achtergesteld en dat beviel hem helemaal niet. Hij reageerde zijn woede op Sonja af en begon haar te slaan. En omdat ze zich nu fel tegen zijn nare seksuele wensen verzette, ging hij vreemd.

'Er was maar één ding waar we het over eens waren: we wilden weg uit de DDR. Hij wilde in het buitenland als ingenieur werken en ik wilde de middelbare school afmaken en diergeneeskunde studeren.'

'Dus jullie zijn samen naar het westen gevlucht?'

'Ja. Alleen had hij er de moed niet voor. En ik ook niet.'

Het was in die tijd ook een groot risico. Als ze waren gepakt, was het niet goed met hen afgelopen. Dan hadden ze maanden in de gevangenis gezeten, op werkgebied weer helemaal onderaan moeten beginnen en voortdurend onder observatie gestaan. De Stasi-spionnen waren overal, waarschijnlijk ook in de Gebauer-clan die trouw was aan de lijn van de partij.

'Hoe het ons is gelukt? We zijn naar Berlijn gegaan, bij vrienden op bezoek. Niemand zocht er iets achter. Het kostte ons een tijdje om de juiste contacten te vinden. Je moest ontzettend uitkijken, want je kon makkelijk in een val trappen. En natuurlijk waren de anderen ook supervoorzichtig. Het kon de mensensmokkelaars ook hun leven kosten. Ze liepen altijd mee en riskeerden net zo veel als wij.'

Bernd had veel respect voor haar en haar moed. Maar ook voor de smokkelaars, die dit zeker niet deden vanwege het geld. Het was een houding, een missie. Ze wilden het systeem een loer draaien en de arme drommels die in de DDR geen toekomst meer zagen aan een nieuwe kans helpen.

'Tja,' temperde Sonja zijn enthousiasme. 'Ze hebben wel degelijk geld aangenomen. En niet te weinig ook. We hebben toen al ons spaargeld opgemaakt. Maar het maakte niet uit. Je kon toch niets meenemen.'

Als ze er nu aan terugdacht, leek het onwerkelijk, bijna alsof ze het alleen in een film had gezien. Ze moesten donkere kleren aantrekken en mochten geen koffer of tas meenemen, alleen wat ze op hun lichaam droegen. Ze wachtten in een kroeg en gaven hun laatste DDR-marken uit aan een maaltijd en twee biertjes. Ze zaten tegenover elkaar en moesten doen alsof ze een verliefd stelletje waren. Het was ontzettend raar. Flirten met elkaar terwijl je vanbinnen ongelofelijk gespannen was en de minuten aftelde tot het afgesproken tijdstip. Ze hadden nog nooit zo bij elkaar gehoord als op dat moment, want ze maakten zich samen schuldig aan een strafbaar feit. Ze liepen hetzelfde gevaar en koesterden dezelfde wanhopige hoop. Rond middernacht mochten ze eindelijk vertrekken, helemaal met elkaar verstrengeld zodat iedereen dacht dat ze amper konden wachten tot ze alleen waren. Voor de kroeg nog een lange kus en dan de zijstraat in. Daar werden ze verwacht. De man die hen begeleidde had een baard en droeg een donkere pet. Hij zei geen woord en liep zo snel dat ze hem amper konden bijhouden. Ze hadden geen idee waar hij hen naartoe bracht, waarschijnlijk bestonden die steegjes en huizen nu niet meer. Op een gegeven moment glipten ze een portiek in. Een deur werd op een kier gezet en ze stonden in een muffe, koude gang. Bij het licht van een zaklamp incasseerde hun smokkelaar het afgesproken loon, waarna ze door een gat in de muur het bijgebouw in kropen. De rest herinnerde ze zich nog maar vaag. Er waren donkere kamers met stoffige, kapotte meubels, deuren die scheef in de scharnieren hingen, losse bakstenen en ten slotte een kelder. In de kelder ontmoetten ze drie anderen die wilden vluchten, een echtpaar met een klein meisje.

'Jij gaat voor,' zei de smokkelaar tegen Markus. 'De anderen lopen achter jou aan. Aan de andere kant zijn mensen van ons. Zij zullen jullie helpen.'

'En toen liepen jullie achter elkaar aan door de tunnel?'

'Het was meer kruipen dan lopen. Op sommige plekken was het zo smal dat ik dacht dat ik het niet kon. En er stond water in de tunnel. Het kleine meisje gaf geen kik, hoewel ze doodsbang geweest moet zijn. We leken allemaal op aardvarkens toen we aan de andere kant naar buiten kropen. Twee helpers stonden op ons te wachten, gaven ons koffie, legden dekens om onze schouders en omhelsden ons. 'Welkom in de vrijheid,' zeiden ze telkens opnieuw. Het was allemaal heel onwerkelijk, want we stonden nog in een kelder. Ik was pas blij toen we door de verlichte straten van West-Berlijn naar het opvangkamp liepen. Toen drong langzaam tot me door dat het allemaal voorbij was. Dat we het hadden gehaald. Later hoorden we dat de tunnel niet lang daarna op twee plaatsen is ingestort.'

'Verschrikkelijk.' Bernd sperde zijn ogen open van afschuw. 'Zijn er mensen bedolven?'

Ze wist het niet. Maar het was te vrezen.

'En toen zijn jullie in het westen helemaal opnieuw begonnen? Dat was zeker niet makkelijk.'

'Voor Markus wel. Al na een paar weken kreeg hij een baan bij een bouwbedrijf. Wel hebben ze hem van tevoren uitgebreid gecheckt om er zeker van te zijn dat hij geen DDR-spion was. En de West-Duitse geheime dienst deed ons allebei een aanbod. We gingen er niet op in en gelukkig hebben we daarna nooit meer wat van ze gehoord.'

Ze moest grinniken omdat Bernd zo verbijsterd keek. Dacht hij soms dat de BND geen spionnen rekruteerde? Het was de tijd van de Koude Oorlog, toen werd er ontzettend veel gespioneerd.

'Voor mij was het niet zo makkelijk,' vervolgde ze. 'Toen we in een kleine flat konden gaan wonen, kregen we weer ruzie. Hij verdiende het geld, ik studeerde aan de avondschool. Als 's avonds het eten niet op tijd op tafel stond, werd hij kwaad. Hij beweerde dat ik veel te dom was om het eindexamen van de middelbare school te halen en zei dat me dat in het oosten ook niet was gelukt.'

'Wat een idioot!' zei Bernd. 'Maar gelukkig liet je je niet afschrikken, toch?'

'Nee, zeker niet!'

Ze bespaarde zich de beschrijving van de eindeloze, vaak gewelddadige ruzies, de nachten waarin ze doodmoe over haar boeken gebogen zat omdat hij de hele avond aan haar hoofd had lopen zeuren, en de vijandige houding van de buren, die gek werden van hun luide ruzies. Hij deed er alles aan om het haar moeilijk te maken. Dat het haar toch was gelukt om het examen te halen leek haar nu een wonder.

'Dan zijn jullie waarschijnlijk vrij snel gescheiden?'

'Acht maanden na de vlucht heb ik de scheiding aangevraagd. Toen gold nog het oude echtscheidingsrecht. Hij hield de flat en zijn hele salaris, en ik moest maar zien waar ik naartoe ging. Ik heb toen een hond opgescharreld en met hem heb ik een paar dagen op straat geleefd. Omdat ik alleen maar weg wilde en het me niet uitmaakte waarnaartoe. Later konden de hond en ik bij vrienden terecht.'

Hij keek haar zwijgend aan en streelde haar hand. Ze voelde zich er niet prettig bij, want ze wilde geen medelijden, maar ze liet het gebeuren. Ja, het waren vervloekt moeilijke maanden geweest, maar in tegenstelling tot de tijd in het jeugdtehuis had ze de moed erin gehouden. Misschien kwam het door de hond. Ze moest er voor hem zijn. Ze moest voer voor hem halen en voor hem zorgen. Hij was een grijze bastaard met een zwarte snuit en zwarte poten alsof hij sokken aanhad. Daarom noemde ze hem 'Sok'. Toen ze na haar eindexamen een beurs kreeg en een piepklein studentenflatje kon huren, moest hij daar urenlang wachten omdat ze hem niet naar haar colleges mee kon nemen. Op een dag was het hem gelukt om de deur open te maken en was hij weggelopen. Hij was een zwerver en had zijn vrijheid nodig, dat begreep ze wel. Soms, als ze op een grasveld aan de oever in de zon lag, meende ze hem tussen de jongeren te zien die daar kampeerden. Hij dwaalde rond, bedelde en stal wat hij kon krijgen. Iemand als Sok kwam overal mee weg…

'Zal ik je eens wat zeggen?' vroeg Bernd. 'Ik ben ongelofelijk onder de indruk van wat jij allemaal al hebt gedaan in je leven. Gevlucht naar het westen, gescheiden, je examen gehaald, afgestudeerd… En later een huis gekocht, een praktijk geopend en dan ook nog een dierentuin gesticht.'

Ze staarde hem verbaasd aan niet wetend of hij misschien een grapje maakte. Maar hij meende het serieus. Gek. Zoiets had nog nooit iemand tegen haar gezegd.

'Vergeleken met jou voel ik me een sul,' zei hij. 'Makkelijke studie, wat politieke activiteiten, daarna gewerkt als advocaat en uiteindelijk tevergeefs een kinderdroom nagejaagd. Dat is het.'

Hij keek haar hulpeloos aan en ze was zo ontroerd dat ze even niet wist hoe ze moest reageren. Ze pakte haar lege glas op om het vervolgens weer neer te zetten. 'Wat een onzin!' zei ze daarna. 'Ik had enorm veel bewondering voor je toen je die biologische boerderij begon. En ik vind nog steeds dat je te snel hebt opgegeven!'

Hij glimlachte om haar enthousiasme en hief zijn arm op om nog twee biertjes te bestellen.

'Dan zou ik nog steeds op de boerderij wonen en niet bij jou in het souterrain,' zei hij. 'Heb je dat liever?'

'Ja en nee,' zei ze fronsend.

'Wat is het nu? Ja of nee?'

'Allebei. Het zou goed zijn als je de boerderij nog had, maar het is ook fijn dat je bij mij in huis woont.'

'Jij wilt liever één vogel in de hand dan tien in de lucht, zeker?'

Lachend proostten ze met hun bierglazen. Tegen middernacht betaalden ze en ze liepen door de schaars verlichte straten naar hun pension, waar ze twee kamers voor één nacht hadden gehuurd. Ze waren melig, giechelden en plaagden elkaar, en omdat hij de hele tijd zijn arm om haar heen geslagen hield, liepen ze slingerend over de stoep. Af en toe stopten ze bij een lantaarn en kusten elkaar. Zou ze hem ooit kunnen opbiechten dat ze voor het eerst in haar leven echt verliefd was? Zeker niet vandaag. Morgen ook niet. Misschien later…

Voor Sonja's kamer stopten ze en keken elkaar aan. Daarna ging ze naar binnen en hij volgde haar. Ze deed de kille plafondverlichting niet aan, maar alleen het bedlampje. En dat brandde ook niet lang.

Jenny

'WAT IS ER AAN de hand?'

Ulli tilde slaapdronken zijn hoofd van het kussen en ging met zijn hand door zijn warrige haar. Jenny trok de badkamerdeur achter zich dicht en kroop weer in bed.

'Ik vrees dat ik het ook te pakken heb. Ik heb ook last van mijn maag. Juultje loopt steeds iets op op de kleuterschool.'

'O jee!' zei hij zuchtend en hij keek op de klok. 'Ik moet al bijna weg! Blijf maar liggen, schat. Ik zet nog even kamillethee voor je voordat ik ga rijden.'

Bij de gedachte aan de flauwe theesmaak werd Jenny weer misselijk.

'Ik hoef geen thee,' zei ze. 'Maar het zou heel fijn zijn als je Juultje naar Franziska en Walter zou kunnen brengen.'

'Ik kan haar ook naar de kleuterschool brengen.'

'Die is gesloten,' zei ze moeizaam en ze ging rechtop zitten. 'Juultje en ik zijn namelijk niet de enigen die besmet zijn. Mücke vraagt zich trouwens af of ze na de zomer door moet gaan. De mensen sturen hun kinderen nu allemaal naar de nieuwe kleuterschool in Waren. Dat is er een met allerlei toeters en bellen, speciaal voor de stimulans van jonge kinderen en dat soort dingen. Dat is allemaal goed en wel, maar moeten ze nu allemaal uiterlijk op hun derde vreemde talen spreken en een heel orkest van muziekinstrumenten beheersen? Gewoon spelen en je eigen mogelijkheden en grenzen ontdekken is toch ook goed.' Ze liet zich op haar kussen terugvallen en wachtte tot de braakneiging wegtrok. Walgelijk. Bij volwassenen duurde het twee dagen, had ze laatst in de wachtkamer van de kinderarts gehoord. De kleintjes waren er sneller overheen.

Uit de kinderkamer klonk Juultjes slaperige stemmetje.

'Mama!'

'Ik kom zo, Juultje,' antwoordde Ulli. 'Ik help je vanochtend, want mama heeft buikpijn, net zoals jij laatst. Zo, ga maar eerst naar de badkamer. Plassen en tandenpoetsen. En dan aankleden...'

Ulli ging op een rustige manier met de kleine om. Hij kon sowieso goed met kinderen omgaan. Als hij in Ludorf met de boten bezig was, stond er altijd een groepje kinderen van de camping om hem heen.

Langzaam ebde de misselijkheid weg. Blijkbaar viel het toch wel mee en had ze het niet zo zwaar te pakken. Hopelijk. Ze ging zitten, wachtte tot de badkamer vrij was en stond toen op om te douchen. Toen ze in Ulli's gestreepte badjas de keuken in kwam, was Juultje al naar Franziska en Walter gelopen. Op de keukentafel stond een dampende beker kamillethee.

'Die helpt altijd,' beweerde Ulli. 'Die zette Mine voor me als ik ziek was.'

'Dank je wel.'

Ze ging aan tafel zitten en keek naar het brouwsel. Ineens kwam er een herinnering in haar op. Haar moeder in spijkerbroek en slobbertrui, met een blauwe katoenen doek om haar nek. Ze stond voor haar en hield een kopje kamillethee voor haar neus.

'Drink maar op,' had Conny gezegd. 'Toe maar, Jenny, het komt wel goed...'

Inderdaad. Haar moeder had kamillethee voor haar gezet. Ze had haar ook liefdevol over haar hoofd geaaid, haar naar bed gebracht en haar ziek gemeld. Wat raar dat Jenny zich dat nu herinnerde, nadat ze er jaren niet aan had gedacht. Het kwam vast door Ulli. Sinds ze wist dat Ulli de ware was en dat ze zouden gaan samenwonen, kon ze beter met haar moeder opschieten. Natuurlijk had Cornelia destijds veel verkeerd gedaan, maar wat had je eraan als je daar je hele leven over klaagde? Jenny was blij dat ze zich ertoe had kunnen zetten om naar Binz te rijden.

'Ik moet nu gaan, schat,' zei Ulli, terwijl hij zijn koffiemok schoonspoelde. 'Met dit weer is het superdruk, dus ik kan de medewerkers niet alleen laten.'

Hij boog zich naar haar toe om haar te zoenen, maar ze ontweek hem.

'Doe maar niet, schat. Ik wil je niet aansteken.'

'Dat kan me niet schelen!'

Hij kuste haar op de wang en draaide zich om om te gaan, maar ze hield hem aan zijn T-shirt vast.

'Om vijf uur hebben we een afspraak met Bernd. Niet vergeten, hè.'

'Oké!'

Ze had hem laatst flink moeten toespreken. Hij was namelijk echt bang geweest dat er iets niet goed was gegaan met de aankoop van de grond. Dat Max misschien niet meer volledig toerekeningsvatbaar was geweest. Maar dat was klinkklare onzin! Ze hadden met Mine en Karl-Erich gesproken en die hadden hun verzekerd dat Max na de dood van zijn vrouw wel ziek was geworden, maar dat er nooit iets mis was geweest in zijn hoofd. Hij wist altijd precies wat hij deed. Hij had al met Mine besproken dat Ulli het perceel moest krijgen toen die nog van plan was om zich in Bremen te vestigen. Max liet zich niet van de wijs brengen. Er zou een groot bedrijf komen in Ludorf, met een camping, winkel en botenverhuur, en daar was Ulli de juiste partner voor. Want hij was een fatsoenlijke kerel en wist ook iets van schepen af. Bovendien hield hij van zijn geboortestreek, dus wat wilde hij nou in Bremen? En omdat Max niet wist hoe lang hij nog zou leven, wilde hij alles meteen aan Ulli verkopen. Alles netjes regelen. Zodat er later geen ruzie kwam tussen zijn kinderen.

Ulli was ontzettend verbaasd geweest. Hij wist wel dat Mine destijds met Max onder één hoedje had gespeeld bij de koop van het perceel, maar dat ze ook al het hele bedrijf met de camping en boten in het achterhoofd hadden gehad, was nieuw voor hem. Het was gewoon een regelrecht complot geweest.

'Je bent heel gewiekst, oma,' had hij gezegd, terwijl hij in zijn nek krabde omdat hij niet goed wist wat hij ervan moest denken.

'Dat is ze,' beaamde Karl-Erich. 'Je moet Mine niet onderschatten. Ze heeft mij toen ook aan de haak geslagen, zodat ik niet meer weg kon lopen.'

'En?' vroeg Mine met een glimlach. 'Heb je er ooit spijt van gehad?'

'Nou,' antwoordde Karl-Erich traag en hij deed alsof hij daar even over moest nadenken. Maar toen Mine verontwaardigd keek, glimlachte hij en wreef hij met zijn kromme hand over haar schouder. 'Nee, nee... Dat heb je echt goed gedaan, Mine. Dat met mij in elk geval wel. En ook dat met Ulli!'

'Maar waar ik me echt zorgen over maak,' zei Ulli, 'is dat de anderen denken dat ik iets onrechtmatigs heb gedaan en Max heb belazerd. Stel je voor dat het rondverteld wordt en de gasten wegblijven!'

'Dat ontbreekt er nog maar aan! Maar dan leren die oude roddelaars mij kennen!' had Mine geroepen. 'Ik ben oud, maar hier in Dranitz komt niemand aan mijn kleinzoon, en in Ludorf ook niet.'

Toen ze afscheid hadden genomen, was Ulli al rustiger geweest en een stuk optimistischer over de toekomst.

Vanmiddag zouden ze met Bernd bespreken hoe ze met die stomme aanklacht om moesten gaan. Hopelijk voelde ze zich dan weer wat fitter, zodat ze zich kon concentreren. Jenny haalde diep adem en dwong zichzelf om een klein slokje van de hete thee te nemen. Ze zag de keuken van de oude woongroep weer voor zich. De wiebelige keukentafel met de gekerfde namen en symbolen, het plakkerige gasfornuis dat nooit iemand schoonmaakte en de ouderwetse keukenkastjes die iemand groen en paars had geverfd. Op de tafel lagen altijd boeken en tijdschriften, briefjes met begonnen notities en broodjes waar een hap van was genomen. Er stonden bekers met koude koffie en er lagen een heleboel kruimels. Wat raar dat ze nu heimwee kreeg naar de oude woongroep. Het kwam vast doordat ze ziek was.

Het gerinkel van de telefoon haalde haar uit haar nostalgische overpeinzingen. Lichtelijk geïrriteerd pakte ze de hoorn op en noemde met een doffe stem haar naam.

'Jenny?' hoorde ze haar moeder vragen. 'Ik ben het, Conny. Luister, er is iets tussen gekomen.'

Ze klonk nogal gehaast, alsof ze met twee koffers voor de auto stond en haar sleutel niet kon vinden. Of bij de receptie van het hotel, want Jenny hoorde een telefoon rinkelen en daarna een monotone stem die zei: 'Seehotel Binz, receptie, u spreekt met Klüver. Wat kan ik voor u doen?'

'Mama? Wat bedoel je met "er is iets tussen gekomen"?'

'Mijn bezoek aan jullie,' zei haar moeder. 'Het gaat niet lukken. Ik moet snel naar Hannover, want die sukkels op mijn werk hebben er een puinhoop van gemaakt. Ik had het kunnen weten, dat die vers afgestudeerde klunzen het niet zouden kunnen. Maar luister, ik ga het regelen en als ik daarmee klaar ben, kom ik alsnog langs.'

Jenny was zwaar teleurgesteld. Natuurlijk. Het werd uitgesteld tot sint-juttemis. Ze had net nog positief over haar moeder gedacht en had zelfs hoop op haar gevestigd, en nu stortte alles als een kaartenhuis in elkaar. Mama was nu eenmaal mama. Ze dacht altijd alleen aan zichzelf.

'Oké. Als je de jonge sterren in je bedrijf een uitbrander moet geven, dan wens ik je veel succes!'

Het klonk vinnig, maar ze was vandaag niet in een goed humeur en kon niet doen alsof. Gelukkig leek haar moeder de ironie niet op te merken.

'Dat kan ik gebruiken,' antwoordde ze. 'O ja, voor ik het vergeet: in de komende dagen zal Bodo bij jullie langskomen. Stel je voor, hij werkt hier in Binz in het Seehotel en is diep ongelukkig. De naam van het hotel kwam me bekend voor toen ik de kamer boekte. Bodo had het hotel genoemd toen ik hem op Walters verjaardag sprak. Hij had zich de baan hier waarschijnlijk anders voorgesteld. Maar het is een en al stress, zegt hij. Hij komt nauwelijks aan slaap toe. Bovendien mag hij alleen groenten koken.'

Bodo? Toch niet Bodo Bieger, die eigenwijze keukendwerg die had geweigerd om de eieren van de biologische boerderij te gebruiken, hoewel ze verser waren dan die van de markt? Nou ja, dat probleem was ook opgelost. Er was geen biologische boerderij meer.

'Wil hij bij ons terugkomen? Dat kan hij vergeten, mam. Een medewerker die zomaar het bijltje erbij neergooit en ons in de steek laat, nemen we niet meer aan.'

Ze hoorde Cornelia iemand instrueren om de koffer voorzichtig te dragen en de tas niet te kantelen. En ze vroeg of de rekening klaar was.

'Rustig, Jenny,' zei haar moeder in de hoorn. 'Ten eerste is hij een goede kok, ten tweede heeft hij er spijt van dat hij bij jullie ontslag heeft genomen en ten derde – en dat is een niet onbelangrijk punt – ten derde zal hij slechts bescheiden salariseisen stellen.'

Jenny voelde weer een golf van misselijkheid opkomen en ademde diep in en uit. Het hielp.

'Ik weet het niet. Dan moet hij maar met oma praten. Ik kan die kerel niet uitstaan.'

'Hm,' zei Cornelia aan de andere kant van de lijn. 'Ik vind dat hij een tweede kans verdient. Denk er eens over na. Of hebben jullie al iemand anders aangenomen?'

'Nee. Ze zijn allemaal te duur en stellen ook nog eens duizend eisen...'

'Nou dan! Ik moet nu gaan, Jenny. Ik laat gauw wat van me horen. Doe mijn lieve kleine Julia de groeten van me! Tot gauw!'

'Tot snel, mam...'

Ze hing op. Nou ja, Cornelia leek in elk geval wel aan Dranitz te denken. En ze dacht liefdevol aan haar kleindochter. Daarmee had ze een stukje van Jenny's hart teruggewonnen.

Plotseling had Jenny trek in een stevig ontbijt. Ze stond op, kiepte de thee in de gootsteen en zette een lekkere kop koffie. Ze pakte jam, boter, ham en drie eieren uit de koelkast, deed twee sneetjes witbrood in de broodrooster en maakte roerei. Het ging prima met haar maag. Misschien was ze gewoon misselijk geweest van de honger. Verzadigd en opgewekt kleedde ze zich aan, kamde haar vochtige haar en liet het los hangen zodat het in de zon kon drogen. Daarna liep ze naar Franziska en Walter om Juultje op te halen.

Ze trof alleen Walter aan, die nog in zijn ochtendjas was en een heleboel fotokopieën op de woonkamertafel had uitgespreid.

'Juultje? Die is met Franziska en Falko naar het meer. Jörg is ook mee. Hij heeft een stoomboot met afstandsbediening, die willen ze uitproberen.'

Daar was Jenny niet blij mee, want ze wilde Juultje meenemen naar Ludorf. Aan de andere kant wilde ze niet het plezier bederven van de achtjarige Jörg, Juultjes beste vriend, die zijn boot wilde showen. Hij had tenslotte vakantie en had wel wat lol verdiend.

'En wat lees jij voor iets interessants, Walter? Weer oude kronieken?'

'Ik ben op een schat gestuit, Jenny,' antwoordde hij met een grijns. 'Stel je voor, er is een heiligenverhaal dat misschien iets met dit klooster te maken heeft. Ik ben nu bezig mijn kennis van het Latijn op te frissen om de tekst te kunnen lezen. Het is hartstikke spannend!'

Jenny moest lachen om zijn enthousiasme. Wat kon er nu 'hartstikke spannend' zijn aan een verhaal over een heilige? Maar het was fijn dat hij zich op zijn leeftijd mentaal fit hield en zelfs weer Latijn leerde.

'Bovendien zou het kunnen dat een van de abdissen van het klooster een verre bloedverwant van de familie Von Dranitz was.'

'O, echt? Nou, ik ga rijden, Walter. Doe oma de groeten. Mama heeft gebeld, het kan zijn dat Bodo Bieger hier opduikt en zijn oude baan terug wil. Ik hou me erbuiten.'

'Nou, ik vond zijn eten heerlijk! Als hij echt terugkomt, moeten we hem zeker een tweede kans geven.'

Cornelia was dus niet de enige die er zo over dacht. Misschien moest Jenny er zelf ook nog maar eens over nadenken.

Ze haastte zich naar haar auto. Misschien kon ze zichzelf in Ludorf op een patatje met mayonaise trakteren. En op een heerlijke cappuccino, die de medewerker van de snackbar zo heerlijk klaarmaakte met melkschuim waar hij wat cacao op strooide. Het weer leek echter om te slaan. Terwijl ze in de richting van Ludorf reed, trokken er steeds grotere wolken over de velden en de gerst zwiepte als een stormachtige zee. Wat jammer. Dat zou het plezier van een boottocht voor de vakantiegangers zeker bederven. Toch leek het, ondanks het nogal wisselvallige weer, erg druk te zijn. Toen Jenny de parkeerplaats opreed, zag ze de campinggasten op de oever en op de steigers staan, zwaaiend en gebarend. Sommigen stapten in de roeiboten. Werd er vandaag een roeiwedstrijd gehouden? Ulli had dat een paar weken geleden ook georganiseerd en toen waren er meer deelnemers dan boten geweest, waardoor ze meerdere rondes moesten houden.

Ze stapte uit en wilde net naar de oever lopen toen ze Elke de kiosk uit zag komen met de oude verrekijker van Max in haar hand, die hij onder de kassa had bewaard.

'Er is iets gebeurd! Daar achteraan, bijna bij de andere oever!' riep ze onthutst. Ze hield de verrekijker voor haar ogen en gebaarde met haar arm naar het meer. 'Een woonboot is aan het zinken!'

'Wat?!'

Aan de andere kant van de Binnenmüritz, niet ver van de oever, was een van Ulli's woonboten te zien. Twee mensen stonden bij het roer en gebaarden wild, een jonge vrouw hield een kind in haar armen. Wat was er in godsnaam aan de hand?

'Geef eens hier!' zei Jenny en ze griste de verrekijker uit Elkes hand. 'Maar die boot ligt toch heel normaal in het water!' vond ze.

Elke stond nu naast haar. Ze trilde van de spanning.

'Maar de mensen zeiden dat de boot aan het zinken is. Er zou iets gebeurd zijn. In de stouwplaats eronder, waar de motor en het roer zich bevinden.'

Jenny zag dat de eerste van de roeiboten inmiddels bij de woonboot was aangekomen. Tuurlijk, dat was Ulli. Hij gooide het touw naar de mensen op de boot, zodat zij het aan de reling konden vastbinden. Hij ging aan boord van de woonboot en ze spraken met elkaar. Oef, die mensen waren boos, zeg. Ze zag Ulli sussende gebaren maken, waarna hij de vloerklep wilde openen, maar ze hielden hem tegen.

'Zie je wel?' fluisterde Elke. 'Daar beneden is iets niet in orde. Tjonge, hopelijk gaan ze nu niet allemaal met elkaar ten onder. Mijn vader zei altijd dat de Müritz een erg verraderlijk meer is. Vol met ondiepe plaatsen. En op sommige plekken kan er ineens wind opzetten en zijn de golven metershoog...'

'Wat een onzin!' mopperde Jenny. 'Je ziet toch dat de boot rustig in het water ligt. Alleen de mensen erop lijken compleet door te draaien. Kom, laten we naar de steigers gaan!'

'Maar de kiosk....' zei Elke aarzelend.

'Sluit hem gewoon. Er komt nu toch niemand,' zei Jenny. 'Iedereen is bij de oever.'

'Maar bij de bushalte staan een paar mensen...'

'Nou en?'

Ze wachtte tot Elke de kiosk had gesloten en volgde ondertussen de verdere gebeurtenissen op het meer. Nu hadden ook andere roeiers de woonboot bereikt en de vrouw met het kind klom in een van de roeiboten. Ook de twee andere passagiers verlieten na enige tijd de woonboot, alleen Ulli bleef erop. Jenny zag dat hij de achterste vloerklep had geopend en in de motorruimte keek. Op de een of andere manier was ze er nu toch niet helemaal gerust op. Hopelijk was het gewoon een kapotte motor en was daar beneden niets wat gevaarlijk voor hem kon zijn.

'Kijk,' zei Elke en ze gaf haar een envelop. 'Deze was op het raam van de kiosk geplakt. Ik zag hem net pas.'

Jenny pakte de witte envelop met haar vingertoppen aan. Bovenaan zat de rest van de plakstrip waarmee iemand hem aan de ruit van de kiosk had bevestigd.

'Jemig!' zei ze tegen Elke. 'En je hebt geen idee wie deze op de ruit heeft geplakt?'

Elke haalde haar schouders op.

'Ik stond aan de zijkant en daar staan de dozen met kauwgom ervoor,' zei ze verontschuldigend.

De envelop was dichtgeplakt. Jenny scheurde hem open. Er kwamen een paar vellen toiletpapier uit, die zeker uit de toiletten van de camping kwamen.

'Zeker een flauwe grap, hè?' mompelde Elke.

'Ik weet het niet,' zei Jenny.

Op een van de vellen waren drie krantenknipsels geplakt. Met veel moeite kon Jenny de twee woorden lezen.

Eerste **waar**_schuwing_

'Zie je wel. Zeker een van de kinderen, die doen soms van die speurspelletjes. Of ze spelen moordenaar en rechercheur…'

'En dat plakken ze op je kiosk?'

'Waarom niet?' vroeg Elke. 'Ze verzinnen telkens iets nieuws. Maar kom, laten we naar de steigers gaan.'

Daar heerste nog steeds grote opwinding. Enkele gasten die Jenny kenden liepen naar haar toe en ze kreeg een wilde wirwar van observaties, feiten en geruchten te horen.

'Er is iets ontploft. De knal was helemaal hier te horen!' riep een mollige vrouw in een blauw joggingpak.

'En er steeg rook op,' voegde een donkerharige tiener eraan toe, vermoedelijk haar zoon. 'Ik denk dat er benedendeks iets brandde.'

'Ik heb ze gezien…' zei een oudere heer opgewonden.

'En toen sprong een van hen in het water…'

'Ja, maar hij klom meteen weer op de boot omdat de vrouw hem riep…'

'Ik heb ze gezien. Allebei...'

'Ulli is meteen in de eerste de beste roeiboot gesprongen...'

'Hij heeft als een gek geroeid...'

'Ik heb ze gezien! Waarom luistert er niemand naar mij? Ik heb de twee klootzakken gezien...'

Jenny was eerst helemaal in de war, omdat iedereen tegelijk tegen haar praatte. Maar toen viel de oudere heer haar op, die wanhopig haar aandacht probeerde te trekken, maar telkens door de anderen werd verdrongen. Ze kende hem goed, want hij kocht elke ochtend drie broodjes en drie moorkoppen. Twee moorkoppen voor zichzelf en één voor zijn vrouw.

'Wat zei u?'

Omdat ze hem nu direct aansprak, stond hij ineens in het middelpunt van de belangstelling.

'Ik zei dat ik die kerels heb gezien!' riep hij hard. 'Het waren er twee. Eén persoon heeft aan de woonboot gerommeld, dat heb ik gezien. De ander zat daar vooraan op de steiger en lette op. Dat heb ik allemaal gezien...'

De omstanders keken ongelovig. Sommigen lachten.

'Wat is daar nou bijzonder aan, Johann? Er zijn altijd mensen op de steiger.'

'Maar niet in de vroege ochtend, als het nog schemert,' verdedigde de oudere heer zich. 'Ik ben mijn tent uit gegaan en naar de oever gelopen. Want ik moest naar de wc...'

'Je plast toch niet in het meer, Johann?'

'Nee, natuurlijk niet!' riep hij. 'Ik was bij de toiletten en daarna ben ik naar het meer gegaan. Om even de frisse lucht in te ademen...'

'En toen zag u twee mannen?' vroeg Jenny ongeduldig. 'Hoe zagen ze eruit?'

'Ze zagen eruit als de twee mannen die Ulli er laatst weer eens uit moest gooien. Die altijd bier zuipen en dan problemen maken. Zo zagen ze eruit.'

'Berti en Henning? Stonden die net niet nog bij de bushalte?'

'Ach, onzin! Dat zijn dronkaards, maar volkomen onschuldig!'

Jenny draaide zich met een ruk om en keek naar de bushalte. Er stond niemand bij de halte.

Nu ontstond er ineens beroering omdat de eerste roeiboot aan de steiger aanmeerde. Rocky had de vrouw met het kind in de boot, een tweejarig blond jongetje dat er ontzettend angstig uitzag. Zijn moeder droeg hem over de steiger naar de oever. De tranen liepen over haar wangen, terwijl het jongetje heel verward keek en niet leek te weten of hij moest lachen of huilen.

'We moeten de politie bellen,' stamelde ze bleek. 'We moeten meteen de politie bellen! Een bom... Dit was een echte moordaanslag! We wilden gewoon mijn vaders verjaardag vieren...'

'Bom, boem!' herhaalde het jongetje en hij bedekte zijn oren bij de herinnering eraan.

Rocky stelde de moeder gerust en leidde haar naar de snackbar, waar Helga, een van de medewerkers, haar een kummellikeur gaf en het jongetje een ijsje. Met grote, angstige ogen sloeg de vrouw het drankje achterover en wachtte op haar man en schoonvader, die kort daarna aan land werden gebracht.

'Een bom?' vroeg iemand vol ongeloof.

'Eerder een rotje,' verduidelijkte haar man. 'Er klonk een knal en daarna werkte niets meer. Het roer was kapot en de motor ging uit.'

Jenny tuurde door de verrekijker naar de beschadigde woonboot. Ulli rommelde op het dek en klom vervolgens terug naar het benedendek. Ze maakte zich zorgen om hem. Stel dat er ergens nog een explosief was verstopt?

Tom kwam bij haar staan. 'Ik heb de politie gebeld,' zei hij tegen haar. 'Ze komen er meteen aan.'

Ze had nu geen rust meer. Ze ging op de steiger staan en zwaaide ongeduldig naar Ulli. Het duurde even voordat hij haar opmerkte en daarna klom hij eindelijk in de roeiboot en maakte het touw los. Godzijdank! Ze bleef staan waar ze stond terwijl hij in de richting van de steiger roeide. Hij vocht hard tegen de golven en zij herinnerde zich die gekke dag een paar jaar geleden toen hij met bliksem en donder over het Dranitzmeer had geroeid. Ook die keer was ze bezorgd om hem geweest, maar nu was het anders. Ze ging bijna dood van angst en was het liefst naar hem toe gezwommen. Toen hij eindelijk de steiger bereikte, was ze in tranen.

'Wat is er met jou aan de hand, schat?' zei hij terwijl ze snikkend in zijn armen viel. 'Maakte je je zorgen om mij?'

Omdat ze geen antwoord gaf, kuste hij haar troostend en hij vroeg of haar buik weer in orde was.

'Helemaal in orde,' zei ze snikkend. 'Ik heb een kummellikeur nodig. Voor mijn maag en mijn zenuwen.'

'Ik ook!'

Op de oever applaudisseerde de wachtende menigte toen Ulli van de steiger stapte.

'Tjonge,' zei een van de campinggasten en hij gaf hem een schouderklopje. 'We waren al bang dat je met boot en al in de lucht zou vliegen.'

'Hebt u een explosief gevonden? Een bom?' vroeg een krasse oudere dame met een badmuts op en rode vlekken van de spanning in haar gezicht.

'Nou ja, wel wat rotjes,' zei Ulli en hij trok Jenny aan de hand achter zich aan naar de snackbar. 'Rotjes en een heel eenvoudige tijdontsteker. Er liggen onderdelen van een elektrische wekker. Het rotje heeft de kabels van het roersysteem geraakt. De motor is prima. Maar als hij de tank had gescheurd... Proost!'

Iedereen leefde erg mee. De mensen wilden de details weten en toen Ulli vertelde hoe hij de ontplofte rotjes had ontdekt, werd Jenny weer niet goed. Ze keek naar de frietjes die Helga voor haar had neergezet, sprong op en rende haastig naar de toiletten.

Toen ze terugkwam, kwam Elke Stock naast haar zitten. 'God, Jenny, je ziet er vreselijk uit. Gaat het wel goed met je?'

Jenny knikte en keek naar Ulli, die druk met de oudere heer – Johann – praatte over wat die had gezien.

'Het gaat wel, dank je,' stelde ze Elke gerust. 'Ik ben de laatste tijd vaak misselijk. Maar dat is geen wonder. De opwinding, de hitte... En er heerst buikgriep, daar had Juultje laatst ook weer last van.'

Elke Stock keek haar doordringend aan. Daarna vertrok ze haar lippen tot een grijns en fluisterde zo zacht dat verder niemand het kon horen: 'Weet je zeker dat je niet zwanger bent?'

Audacia

DE HERFST WAS AANGEBROKEN. De dagen werden korter, de wind werd kouder en de regen sloeg de bruine en rode bladeren van de bomen. De boeren van het klooster hadden de laatste erbarmelijke oogst binnengehaald en de abdis had niet het hart om de belastingen te innen die ze aan het klooster moesten betalen. Maar de boeren vergaten hun nonnen niet. Ze brachten zo veel graan, fruit en kool naar het klooster als ze konden missen en vroegen de vrouwen te bidden voor hun arme zielen, aangezien ze zichzelf hadden belast met een verschrikkelijke schuld. Wat de abdis hun genadig beloofde.

Er was veel waarvoor de nonnen dit najaar moesten bidden, want het klooster lag nog in puin. De kerk had geen dak en de toren was ingestort. De vrouwen zongen hun psalmen onder de open hemel van God. Alleen in de refter werden ze beschermd tegen het gure weer. De slaapzaal en de kamers erboven hadden geen dak en waren dus overgeleverd aan weer en wind. Maar er waren ook goede dingen. De zes zieken waren allemaal nog in leven. Vier van de nonnen waren voldoende hersteld om deel te nemen aan het dagelijks leven in het klooster, de andere twee werden nog steeds verzorgd.

Guntram, de abt van het broederklooster, kwam te paard naar klooster Waldsee om bij de vrouwen naar het lot van broeder Gerwig en zijn metgezellen te informeren, maar ze konden hem er weinig over vertellen. Guntram beloofde de volgende zondag een jonge pater naar het klooster te sturen, zodat ze de mis konden vieren en de biecht konden afleggen. Op het verzoek van de abdis om het noodlijdende klooster te helpen met voedsel of bouwstenen antwoordde hij dat ze dit graag zouden doen zodra de vrouwen bereid waren om hun arrogantie af te werpen en het recht om de abdis te kiezen aan het broederklooster over te laten. Vervolgens zegende hij de vrouwen en reed vergezeld door zijn twintig dienaren weg.

'Hij laat zijn graanzakken liever verrotten dan dat hij ons er zelfs maar een schepel van geeft,' mompelde de priorin, die met de abdis bij de open kloosterpoort stond en de ruiters nakeek.

Audacia was ook boos, maar ze beval Clara erover te zwijgen. Ze wilde nog liever verhongeren en bevriezen dan het broederklooster de rechten terug te geven waar haar voorgangsters moeizaam voor hadden gevochten.

'God zal ons helpen, Clara. Laten we op Hem vertrouwen!'

De volgende zondag arriveerde de pater in het klooster. Hij was een lange, slanke jonge man met grote ogen en dunne, lange vingers. Hij kwam te paard en was vergezeld door tien knechten. De abdis maakte zich zorgen over hoe ze zo veel mannen moest voeden. Guntrams knechten hadden op één dag al meer voedsel gegeten dan de nonnen in een week. De pater was diep geschokt toen hij het verwoeste klooster zag en vroeg onmiddellijk om naar de graven van de overleden vrouwen te worden geleid, waar hij een gebed wilde uitspreken. Hiermee nam hij alle nonnen en vooral de abdis voor hem in.

Broeder Raimund, zoals hij heette, nam de mis zeer serieus. Hij nam de biecht bij de vrouwen af en toen hij en zijn knechten werden uitgenodigd voor de lunch, legde hij uit dat hij vastte en niets anders nam dan water en een beetje brood. Zelfs zijn knechten hadden geen uitgebreide maaltijd nodig. Een kom pap, wat brood en een kroes water voor ieder was voldoende.

De abdis serveerde hun extra gebakken appels, die de knechten graag aten, maar broeder Raimund raakte ze niet aan. Hij was een bedeesde man en durfde nauwelijks naar de nonnen aan de andere kant van de tafel te kijken. Toen de abdis hem aansprak, werd hij verlegen. Maar toen ze hem vroeg of dit de eerste keer was dat hij zijn klooster had verlaten, vertelde hij tot haar verbazing dat hij de afgelopen twee weken in de bibliotheek van de burcht van de graaf in Schwerin had doorgebracht.

'Er liggen daar ongelofelijk kostbare folianten,' vertelde hij met rode wangen. 'Een familielid van de graaf heeft ze uit het Heilige Land meegebracht, maar niemand kon ze lezen. Ik heb het Arabische schrift en de Arabische taal geleerd en het lukte me om de eerste pagina's van een van de boeken in het Latijn te vertalen.'

De abdis voelde dat haar hart zo hard begon te kloppen dat ze er duizelig van werd. Ze nam snel een slok koud water.

'Als u aan het hof van de graaf in Schwerin bent geweest, broeder Raimund, dan hebt u zeker over de dochter van de graaf gehoord. Over Regula, een van mijn pupillen.'

Broeder Raimund had het liever over de inhoud van het Arabische boek gehad, maar de blik van de abdis was zo gespannen dat hij haar wel antwoord moest geven.

'Regula,' zei hij en hij wreef over zijn voorhoofd. 'Ja, ik herinner me haar.'

'Hebt u haar gezien?' drong de abdis ongeduldig aan. 'Is ze gezond?'

'Hoe kan ik dat weten, eerbiedwaardige moeder?' vroeg hij verward. 'Mijn plek was de bibliotheek. Daar werkte en sliep ik. Als ik iets weet over de dochter van de graaf, Regula, dan hooguit wat de oude bediende die me te eten bracht heeft verteld. Maar wat het boek betreft...'

'En wat hebt u over de dochter van de graaf gehoord?'

Hij keek haar teleurgesteld aan omdat ze hem alweer onderbrak, terwijl hij over zijn favoriete onderwerp wilde vertellen. Hij kneep peinzend zijn ogen tot spleetjes en Audacia had het gevoel dat hij er niet graag over wilde praten.

'Er is ruzie geweest over haar, moeder Audacia. Voor zover ik heb begrepen, heeft bisschop Brunward geëist dat ze aan hem wordt overgedragen, maar haar broer Heinrich wil dat niet toestaan. Hij heeft een petitie naar Rome gestuurd om het oordeel van de paus over deze zaak te horen.'

Toen de abdis dit nieuws hoorde, was het alsof iemand een mes in haar borst had gestoken.

'Een oordeel?' vroeg ze en haar stem begaf het bijna van de angst. 'Waar moet de paus een oordeel over vellen?'

Broeder Raimund zag hoe ontdaan ze was en aarzelde daarom met zijn antwoord. Hij nam uitgebreid een slok water, schraapte zijn keel en veegde met zijn mouw twee druppels water van tafel. 'Het gaat waarschijnlijk om de vraag of ze een profetes van God is of een ketterin.'

Een ketterin! Ze had al gevreesd dat deze aanklacht kon worden ingediend. En zij alleen was de schuldige, want zij, Audacia, had Regula laten gaan. Ze had de novice niet belet het klooster te verlaten en naar Schwerin te gaan. O, haar geliefde kind, haar dierbaarste vriendin en leerling, had het klooster gered van de Slaven en zichzelf in groot gevaar gebracht. Iedereen wist dat paus Gregorius IX ketters meedogenloos liet vervolgen en ter dood veroordeelde. Hij veroordeelde ze allemaal tot de brandstapel.

'Vertrouwt u op de goedheid van de Heer, eerbiedwaardige moeder,' zei broeder Raimund met een troostende stem. 'Hij zal de onschuld van de dochter van de graaf zien en haar herenigen met haar zusters.'

De abdis gaf geen antwoord. Haar vertrouwen in God was grenzeloos en onwankelbaar. Wie ze echter niet vertrouwde, was bisschop Brunward. Regula mocht onder geen beding in zijn handen vallen. Maar het was nog niet te laat! Het was nog steeds mogelijk om Regula terug te eisen. Ze behoorde tot het klooster. Hier, onder de liefdevolle bescherming van de abdis, was ze veilig voor alle vervolgingen.

Drie dagen later was Audacia klaar voor vertrek. Ze nam de jonge Katerina von Wolfert mee, omdat haar familie invloed had aan het hof van de graaf. Bovendien vergezelden twee jonge boerenzonen de nonnen. De paarden, inclusief zadels en hoofdstellen, waren door de boeren aan hen ter beschikking gesteld. Het was zondig goed, maar nu de vrome nonnen er gebruik van maakten, zou het misschien gezuiverd worden van zonde. Zoals gewoonlijk had Audacia de priorin aangesteld als haar vervangster. Ze had aan haar vrouwen uitgelegd dat ze de graaf om hulp wilde vragen bij de wederopbouw van het klooster en dat ze op de terugreis de novice Regula mee wilde nemen. Het was allebei waar, alleen hechtte de abdis meer waarde aan het tweede dan aan het eerste.

De reis ging gelukkig gepaard met een warm herfstzonnetje. De ruiters kwamen goed vooruit en de novice Katerina bleek een aangename reisgenoot te zijn. Ze kletste vrolijk met de abdis en stelde nieuwsgierige vragen, waarmee ze de zorgen van de abdis verdreef. Ze kwamen 's avonds in Schwerin aan. De burcht en de kerk werden weerspiegeld in het rustige meer, verlicht door het milde schijnsel van de ondergaande zon, en de abdis zag dit prachtige beeld als een teken van God dat haar missie zou slagen.

Maar haar hoop bleek bedrieglijk. In de burcht heerste een vreemd opgewonden en tegelijk lethargische sfeer. De ridders zaten in de hal en dronken wijn, op de binnenplaats van de burcht misdroegen de schildknapen zich, op wie niemand toezicht hield, de ambachtslieden zaten bij elkaar te kletsen en bij de fontein stond een groepje vrouwen die water moesten halen, maar de emmers en kruiken bleven leeg. Niemand besteedde aandacht aan de komst van de nonnen en hun begeleiders. Pas toen er een bediende kwam aangesneld, konden ze hun namen noemen en hun wens uiten.

'We komen van klooster Waldsee en vragen nederig om onze heer, graaf Gunzelin, te mogen spreken...'

'De graaf is ziek en ontvangt niemand,' was het antwoord. 'U kunt hier overnachten, maar u moet morgen terugrijden.'

De abdis wilde hier echter geen genoegen mee nemen. Ze riep de bediende, die al op het punt stond te vertrekken, en vroeg naar de jonge meneer Heinrich, de oudste broer van de novice.

'Wacht u hier,' zei de bediende kortaf. 'Ik zal vragen of hij bereid is om met u te praten.'

Ze stegen af en terwijl de boerenzonen voor de paarden zorgden, luisterden de twee nonnen naar het gebabbel van de vrouwen bij de put.

'De ridders lopen nu massaal naar hem over...'

'Ze huilen met de wolven in het bos...'

'Er zullen er heel wat zijn die het hof armoedig moeten verlaten...'

De abdis begreep dat de oude graaf stervende was en dat de jonge heer Heinrich spoedig de troon zou bestijgen. Met de oude graaf zouden ook zijn gunstelingen moeten aftreden, dus het hof en de dienaren waren zeer onrustig. Audacia was te ongeduldig om nog langer werkloos toe te kijken en liep naar de vrouwen bij de put. Ze wenste hun Gods zegen en toen ze de abdis herkenden, werd ze onderdanig begroet.

'We zijn gekomen om de novice Regula terug naar het klooster te begeleiden,' legde ze uit. 'Weten jullie waar ik haar kan vinden?'

De vrouwen zwegen bedeesd. Uiteindelijk durfde een van de oudere vrouwen het woord te nemen.

'Als u Regula, de dochter van de graaf, bedoelt, eerbiedwaardige moeder, ze is er niet meer. Eergisteren heeft de bisschop een wagen gestuurd om haar naar Bützow, naar zijn paleis, te brengen.'

'De heilige man zal haar genezen van de demonen,' zei een van de jongsten.

En een ander voegde eraan toe: 'We hebben haar uit de kamer van de graaf gehaald. Ze was helemaal stijf. En koud als de dood.'

'God zegene de bisschop die haar onder zijn hoede wil nemen,' zei een derde. 'De heilige man wordt alom geprezen om zijn duivelsuitdrijvingen. Hij zal haar zeker genezen.'

De abdis mocht haar wanhoop over dit nieuws niet laten blijken, noch in het bijzijn van de vrouwen, noch tegenover haar begeleidster, de novice Katerina von Wolfert. Ze bedankte de vrouwen, zegende hen en ging ontmoedigd op een steen zitten. Ze was te laat gekomen. Nu was er nog maar één kans. Ze moest naar het hof van bisschop Brunward in Bützow reizen en daar haar eis stellen. Maar omdat ze niemand aan haar zijde had om haar tegen de machtige kerkman te steunen, kon ze nauwelijks op succes hopen.

De twee nonnen moesten lang wachten. Het was al donker toen twee bedienden hen naar de hoofdburcht leidden, waar de jonge heer Heinrich haar in een kleine kamer ontving. Hij zat aan een tafel waarop talloze verzegelde perkamenten waren uitgespreid. Hij was bezig met de aangelegenheden van zijn toekomstige regentschap. Maar toen de abdis binnenkwam, sprong hij op en knielde voor haar om haar ring te kussen.

'Het was niet mijn wil dat Regula naar Bützow werd gestuurd, eerbiedwaardige moeder,' zei hij bedroefd. 'Ze hebben schandelijk tegen mijn vader gelogen en mijn zus meegenomen. Maar wees gerust, ik hoop op de steun van de Heilige Vader, aan wie de bisschop moet gehoorzamen.'

De abdis deelde die hoop niet, maar ze knikte vriendelijk en zweeg. De jonge heer Heinrich vertoonde weinig gelijkenis met zijn vader. Hij was lang, zijn haar en baard waren roodachtig en zijn ogen waren grijs. Hij had een innemende aard en een heldere, vriendelijke blik, maar de abdis wist dat hij ook een wrede strijder kon zijn, want hij had de aanval van de Slaven met zijn ridders afgeslagen.

'Oda, de kinderjuffrouw, vergezelt mijn arme zus,' zei hij om de abdis gerust te stellen. 'Verder kon ik niets voor haar doen.'

Daarmee was het onderwerp afgehandeld. De abdis kreeg echter de belofte dat er nog voor het begin van de winter voedsel, gereedschap en ambachtslieden naar het klooster gestuurd zouden worden om een einde te maken aan de ergste nood.

'Mijn vader ligt al dagen roerloos op zijn slaapplek,' zei de jongeman. 'Hij is in een rijk tussen leven en dood, en alleen God weet hoe lang hij daar zal doorbrengen. Bidt u voor zijn ziel, eerbiedwaardige moeder.'

Dat beloofde de abdis en daarna konden zij en haar metgezellen weer vertrekken. De twee vrouwen brachten de nacht door in een smalle gang, waar ook een aantal dienstmeisjes en de jachthonden van de graaf de nacht doorbrachten. Verschillende keren werden ze gestoord in hun slaap omdat er in het donker gefluisterd en gelachen werd, en de abdis had er veel spijt van dat ze de jonge Katerina had meegenomen op deze reis, waarbij ze omringd werden door zonde en ontucht.

De volgende ochtend verlieten ze de burcht vroeg en toen de abdis aan haar metgezellen uitlegde dat ze niet terug zouden rijden naar het klooster maar naar Bützow, waren de twee boerenzonen verrukt, want ze hadden inmiddels de smaak van het reizen te pakken. Katerina, die de vorige dag stijf was geweest van de lange rit, legde zich ook zonder morren neer bij de wil van haar abdis.

'Wat zal het fijn zijn om Regula weer te zien,' zei ze met naïeve vreugde. 'Ze is een heel bijzonder persoon. Ik geloof haast dat ze een uitverkorene van God is.'

De rit was lang, want ze moesten in zuidelijke richting om het meer heen rijden. Later reden ze door dennenbossen en brede graslanden. Ze passeerden ronde waterpoelen, waar vossen en herten dronken. Als ze dorpen naderden, konden ze dat al vanuit de verte zien aan de kleurrijke lappendekens van velden en weilanden die de met riet gedekte huizen omringden. Ze moesten een paar keer de weg vragen en kregen dan een chagrijnig antwoord. De bisschop was een harde leenheer die meer van zijn volgelingen eiste dan klooster Waldsee deed, en hij wist ook hoe hij de heffingen met geweld moest innen.

Ze bereikten Bützow pas toen de maan al was opgekomen. De ruiters en paarden waren uitgeput en hadden honger, maar toen ze op de poort van het bisschoppelijk paleis klopten en om een slaapplaats vroegen, werden ze weggestuurd. Een boerin kreeg medelijden met het kleine reisgezelschap en liet hen de nacht in haar schuur doorbrengen. Ook bracht ze hun verse melk, brood en eieren.

'Het is een zonde om vreemdelingen af te wijzen,' zei ze toen ze hun de geschenken overhandigde. 'Maar zo is de strenge heer. Waar andere mensen een hart hebben, heeft hij een steen in zijn borst. Het gaat slecht aan het hof van de heilige man. Mijn dochter is daar in dienst. Bidt u voor ons, eerbiedwaardige moeder!'

De vrouw was spraakzaam en was blij dat ze twee nonnen kon huisvesten, omdat ze hoopte dat daardoor haar zonden zouden worden vergeven. Ze had inderdaad drie dagen geleden een wagen voorbij zien komen. Het had geregend en de passagiers, een jonge en een oude vrouw, hadden zich met een doek beschermd. De jonge droeg het bruine gewaad van een novice en haar haar was met een sluier bedekt. De oude was gezet, had een kapje op en leek een bediende te zijn.

'Mijn dochter vertelde me dat ze met z'n tweeën in een kamer zitten waar alleen de bisschop zelf toegang toe heeft. De oude vrouw komt af en toe naar de keuken om een kleine maaltijd te nuttigen. Niemand heeft de novice in de drie dagen te zien gekregen.'

De abdis bracht een slapeloze nacht door, waarin ze onophoudelijk nadacht over hoe ze haar eis tegen de bisschop kon benadrukken. Pas toen de hanen al kraaiden, viel ze van de uitputting in een diepe slaap, waaruit de novice Katerina haar al snel weer wakker maakte.

'Ze hebben de poorten van het paleis geopend, eerbiedwaardige moeder. De boerin zegt dat we beter nu weg kunnen gaan, want later zouden er veel mensen komen die een verzoek aan de bisschop hebben en zouden we lang moeten wachten.'

Ze dronken snel wat melk, plukten het stro van hun gewaden, staken hun sluiers vast en gingen op weg naar het hof van bisschop Brunward. Ze werden door de poort gelaten en naar een hoge zaal gebracht, waarvan de muren bedekt waren met prachtige schilderijen en tapijten. Er stonden al mensen te wachten die vóór hen waren gearriveerd: een groep kooplieden die oosterse goederen wilden aanbieden, een blinde vrouw die door haar dochter werd begeleid en een paar kreupele mensen die leefden van de aalmoezen van de vrome bisschop. Na een tijdje werden de kooplieden met hun goederen bij de bisschop geroepen, bij wie ze lange tijd bleven. Ondertussen kwamen er steeds meer mensen in de zaal, die allemaal een verzoek aan de bisschop hadden, en de abdis raakte met hen in gesprek. Velen kwamen al voor de vierde of vijfde keer, want het was niet gemakkelijk om tot de heilige man toegelaten te worden. Hun verzoeken waren divers: sommigen hadden ruzie, anderen waren leenmannen en hadden toestemming nodig om te trouwen, en weer anderen brachten een zieke man mee die door de bisschop genezen moest worden van de duivelse bezetenheid.

'Onze bisschop is een heilige man die grote macht heeft over het kwaad,' zei een jonge vrouw. 'Als hij de duivel bij zijn naam noemt, begint de bezetene als een wild beest te schreeuwen. Hij kronkelt van de pijn omdat Satan hem niet wil verlaten. Maar uiteindelijk komt de duivel uit zijn mond en is hij genezen.'

De abdis wist dat dit soort genezingen mogelijk waren, maar alleen bij degenen die echt door de duivel waren bezeten. Maar haar geliefde dochter en vriendin Regula was zuiver als een engel. Haar visioenen kwamen van God.

Toen ze uiteindelijk bij de bisschop werden geroepen, voelde de abdis zich enorm uitgeput en verzwakt en wist ze dat ze niet veel voor elkaar zou krijgen. Toch verscheen ze dapper voor de hoogwaardigheidsbekleder, die de mensen die een verzoek hadden in een kostbaar ingerichte, verwarmde zaal ontving. Bisschop Brunward was een oude man met een knokig gezicht, dun, grijs haar en een baard. Hij zat op een stoel die met houtsnijwerk was versierd, had zijn goudgeborduurde ornaat keurig over zijn knieën gedrapeerd en steunde met zijn armen op de leuningen.

'De novice Regula?' vroeg hij met een krakende stem. 'Ze keert zeker terug naar haar klooster. Als ik haar van haar bezetenheid heb genezen, mag u haar meenemen.'

'Vergeef me, weleerwaarde heer,' wierp de abdis tegen. 'Maar de novice is niet bezeten. Zij is door God uitverkoren en heeft door goddelijke genade visioenen. Haar plaats is in mijn klooster, waaraan haar vader, de graaf van Schwerin, haar een jaar geleden heeft toevertrouwd.'

De oude bisschop keek haar met zijn kleine ogen scherp aan.

'U hebt niet het recht om hierover te oordelen en bent daar ook niet toe in staat, moeder Audacia. U zult wachten tot ik de genezing heb voltooid. Als het lukt om haar te genezen – waar ik stellig op vertrouw –, kunt u de novice hebben. Maar als Satan zich tegen mijn macht verzet, kan haar ziel alleen door het zuiverende vuur verlost worden.'

De abdis hoorde vanbinnen een stem die boos begon te schreeuwen: Jij domme, oude man! Maar ze bood de stem geen ruimte, want als ze haar woede nu uitte, zou dat haar missie alleen maar hebben bemoeilijkt. In plaats daarvan probeerde ze haar tegenstander door middel van woorden te imponeren.

'Ik zou het nooit wagen om Uwe Hoge Heiligheid tegen te spreken, want ik ben slechts een eenvoudige en ongeschoolde kloostervrouw. Het kan echter zijn dat de jonge heer Heinrich, die over een paar dagen de troon van de graaf in Schwerin zal bestijgen, zijn zus van u terugeist. De novice Regula is hier tegen de wil van haar broer naartoe gebracht.'

De bisschop begreep het dreigement. De relatie tussen het bisdom en het hof van de graaf van Schwerin was nooit goed geweest. Een open conflict zou kunnen leiden tot een echte oorlog en dat zou het bisdom schade toebrengen. Maar Brunward was geen man die zich liet intimideren door een non, ook al stond ze bekend als een slimme en vooruitziende vrouw.

'De toekomstige graaf van Schwerin zou de bisschop dankbaar moeten zijn voor het feit dat hij zich over zijn zuster ontfermt. Satan is overal. Hij kan zich klein maken als een muis en bij ieder van ons naar binnen sluipen. Er zijn gevallen geweest, eerbiedwaardige moeder, waarin de verleider sprak door de mond van een monnik of zelfs een non.'

'Dan verzoek ik onderdanig om de genade om de novice te mogen zien.'

'Dat is onmogelijk, want ze bereidt zich op het exorcisme voor door te vasten en te bidden.'

De heilige man liet haar lijden. Opnieuw begon de boze stem in de abdis te schreeuwen: De dag zal komen dat de Heer je wreed straft voor wat je zijn dierbaarste dienares aandoet! Maar ook nu gaf ze de stem geen ruimte. Ze bleef beheerst en sprak onderdanig, zoals het een kloostervrouw tegenover de bisschop betaamde.

'Dan vraag ik om de genade om aan het hof te mogen blijven totdat de weleerwaarde bisschop de novice Regula vrijlaat.'

Dit werd haar gegund en met een vermoeid gebaar met zijn linkerhand gaf de bejaarde man aan dat de twee nonnen konden gaan.

'Is het waar dat Regula bezeten is door het kwaad?' vroeg de novice Katerina benauwd terwijl ze door een bediende over trappen en door gangen werden geleid.

'Nee, dat is ze niet.'

'Maar de eerwaarde bisschop beweerde net toch dat...'

'Hij heeft het mis!'

'Hoe is het mogelijk dat een bisschop het mis heeft, eerbiedwaardige moeder?' vroeg Katerina verward.

'Alleen God kent de waarheid, mijn kind. Maar mensen kunnen zich vergissen.'

Ze kregen een kamer toegewezen met een klein raam dat uitkeek op de binnenplaats van het paleis en een beetje natuurlijk licht binnenliet. De abdis bleef daar niet lang, maar ging naar buiten om te kijken hoe het met de twee boerenzonen ging en om naar de paarden te vragen. Ze waren allemaal goed verzorgd. De smid had de jonge mannen naar zijn werkplaats gebracht, waar ze het vuur gaande hielden, hout sleepten en goed gevoed werden. Daarna ging de abdis naar de keuken van de burcht, want ze hoopte de kinderjuffrouw Oda aan te treffen. Maar in de keuken heerste een en al drukte. Diverse vuren rookten, er kwam stoom uit de kookpotten, op de tafels lag een ongelofelijke overvloed aan vlees, vis en gevogelte, en vreemde kruiden verspreidden een geur die je deed watertanden. De koks en keukenhulpen werkten met zo'n haast dat de abdis snel weer wegliep.

In haar krappe kamer trof ze een jonge bediende aan bij de novice Katerina. Het was – zoals ze al vermoedde – de dochter van de boerin die hen de vorige avond in haar schuur had opgenomen.

'Tot uw dienst,' zei de jonge vrouw en ze knielde voor de abdis.

Ze had de taak om de nonnen te bedienen en de wensen en bevelen van de bisschop aan hen over te brengen. Het was voor de twee nonnen verboden om door het paleis te lopen of de bewoners vragen te stellen, zei de boerendochter, die Elisa heette. Ze moesten in hun kamer blijven en bidden voor het slagen van het exorcisme.

'Ik ben blij dat ik 's nachts bij jullie in de buurt mag blijven,' bekende Elisa. 'De ridders van de bisschop zijn grote zondaars, eerbiedwaardige moeder. Bidt u voor mij.'

De abdis keek naar de deur en zag tot haar geruststelling dat die een sterke ijzeren grendel had.

'Jou treft maar een klein deel van de schuld, mijn dochter,' zei ze tegen de jonge bediende, die nog steeds voor haar knielde. 'Ik wil je in mijn gebeden opnemen en je tegelijkertijd vragen mij een plezier te doen.'

Ze wilde met Oda, de kinderjuffrouw, praten, maar Elisa vertelde haar dat ze haar sinds de vorige dag niet meer had gezien. Er werd gezegd dat ze samen met haar pupil vastte.

'Dan vraag ik u om de novice Regula een teken te geven.'

'Dat mag ik niet doen, eerbiedwaardige moeder. Bij mijn ziel en zaligheid, de bisschop zou mij dood laten slaan.'

'En als ik het je vriendelijk vraag, Elisa?'

De jonge vrouw kreunde en zuchtte. Ze schoof het kapje op haar hoofd heen en weer en plukte nerveus aan haar schort.

'Wat voor een teken, eerbiedwaardige moeder?'

Audacia trok het smalle stuk perkament uit de zak van haar habijt, waar ze het in een stoffen buideltje bewaarde. De roos die Regula voor haar had geschilderd was fris en levendig als een echte bloem en het was verschrikkelijk moeilijk voor haar om er afstand van te doen.

'Schuif dit onder de deur van haar kamer.'

Ze wachtten twee dagen en twee nachten en brachten de tijd door met de gebruikelijke gebeden, waarin ze de novice Regula innig opnamen, maar kregen geen reactie. De derde dag was een zondag.

'Vandaag na de mis zal de bisschop de novice genezen,' verkondigde Elisa. 'Hij beveelt de nonnen van het klooster Waldsee om de mis en het exorcisme in de dom bij te wonen.'

De aankondiging kwam zo onverwacht dat ze niet veel tijd hadden om zich op de gebeurtenis voor te bereiden. Angstig en bezorgd ging de abdis met Katerina de dom binnen. Zonder rekening te houden met rang en orde liep ze naar voren, naar de apsis, waar ze knielde. Van hieruit zag ze het altaar met het houten kruis, met daarnaast de bisschopsstoel, die uit rood zandsteen was gehouwen en bekleed was met zachte kussens. De dom was vol met talloze mensen die in de gebruikelijke volgorde gingen zitten of knielden. Voorin de ridders en dames op houten krukken, achter hen de dienstmannen en hovelingen. De burgers en de rest van het volk knielden op de grond, net als enkele monniken van een nabijgelegen klooster. Helemaal achteraan, vlak bij de ingang, zaten de bedelaars en kreupelen op de grond, die zich na de mis in drommen naar voren haastten en om milde geschenken smeekten. Omdat ze vaak ruzie kregen, stonden er een aantal knechten van de bisschop klaar om met hun knotsen voor rust te zorgen.

De dom was het meest indrukwekkende kerkgebouw dat de abdis ooit had gezien, en de novice Katerina was ook overweldigd door de omvang en de pracht en praal ervan. Hier, in deze hemelse ruimte, die vrome christenen ter ere van God hadden gebouwd, was geen plaats voor zonde. Hier heerste alleen vroomheid en liefde voor God.

De gewaden van de hoogwaardigheidsbekleders waren prachtig, en het mooiste gewaad werd door de bisschop zelf gedragen: een donkerrode mantel geborduurd met gouden draden. Hij las de mis voor met zijn hoge, ijle en krakende stem, brak het brood en dronk de wijn, en zegende de gemeenschap die voor hem knielde. Net toen Audacia al dacht dat hij nu plechtig met zijn gevolg de dom zou verlaten, beval hij de bezetene te brengen.

Ze hadden Regula in een van de getraliede zijkoren verstopt. Nu werd ze door twee helpers naar voren gebracht. Audacia hield het niet langer vol om te knielen. Ze stond op en als de jonge Katerina haar niet bij haar gewaad had vastgehouden, zou ze waarschijnlijk de trappen van de apsis zijn opgelopen.

Regula droeg een lange witte jurk, was blootsvoets en haar hoofd was bedekt met een lichte doek, die weggleed toen ze naar de bisschop werd geleid. Haar hoofd was kaal. Ze hadden haar lange haar afgeschoren. Ze hield haar ogen stevig dicht.

De ceremonie begon volgens een vast ritueel. De bisschop riep God aan om hulp, sprak Latijnse teksten en toonde de bezetene het houten kruis. Audacia hoorde niets van zijn woorden. Haar blik, haar hele ziel was gericht op haar geliefde dochter en vriendin. De tranen liepen over haar wangen toen ze zag hoe ruw het meisje was behandeld en hoe zwak en bleek ze daar voor het altaar stond. Regula deed de abdis denken aan een blad in de wind, een wezen dat zich van alles wat aards was had losgemaakt en op weg was naar de hemelse ruimte om daar zijn ware thuis te vinden.

De bisschop leek niet aangedaan te zijn door het beeld van de tengere, jonge vrouw. Hij ging over op het tweede deel van de ceremonie en noemde Satan, die naar zijn mening in haar leefde, luidkeels bij zijn naam.

'Verlaat dit omhulsel, vervloekte, en ga weg!' schreeuwde hij keihard. Het publiek huiverde. 'Ga weg. Ik beveel het je!'

Regula schrok ook van dit harde geschreeuw. Ze opende haar ogen en keek om zich heen. De abdis hield het niet meer uit. Ze trok zich los van Katerina, liep snel de trap op en duwde de misdienaars die haar de weg wilden versperren opzij. Met uitgespreide armen bleef ze tussen de bisschop en de novice staan.

'Regula, mijn liefste!' schreeuwde ze en ze trok de novice in haar armen. 'Mijn dochter… mijn vriendin…'

Hun blikken kruisten elkaar. En ineens had de abdis het gevoel alsof er om hen heen een zee van rode vlammen flikkerde die hen omhulde. Het vuur gloeide fel om hun aardse lichamen, die elkaar omhelsden. Hun onsterfelijke zielen versmolten tot één enkele, onafscheidelijke ziel.

'U bent bij me. Niets kan ons nog scheiden,' fluisterde Regula terwijl Audacia haar gezicht bedekte met kussen.

Wat maakte het uit dat de mensen om hen heen begonnen te schreeuwen en te krijsen? Dat ze uit elkaar werden getrokken en de woorden 'Satans bruid' en 'ketterin' werden geroepen? Er gleed een rolletje perkament uit de hand van haar vriendin en een van de knechten die haar wegleidde, vertrapte de subtiel geschilderde roos, maar hij kon haar kracht niet vernietigen.

Later, in de beslotenheid van de kleine kamer waarin ze was opgesloten, had Audacia spijt van wat ze had gedaan. Ze had toegegeven aan een zondig verlangen en had alle geboden en wetten geschonden, zelfs haar eigen geloften. Ze had haar nonnen verraden, die in het klooster trouw op haar wachtten. De bisschop had haar woedend beschuldigd van ketterij. Hij dreigde haar met de zwaarste straf en sprak over een kerkelijke rechtbank die haar zou veroordelen. Hij had gezegd dat ze haar klooster niet meer terug zou zien.

Ze bleef wekenlang gevangen en leefde op water en brood. Ze bad volgens het gebruikelijke ritme, maar zonder hoop op vergeving.

Soms hoorde ze een stem die haar aanmoedigde en dan dacht ze dat ze de novice Regula herkende, maar vervolgens schudde ze haar hoofd en bedekte ze haar oren. Op haar donkerste momenten vroeg ze zich af of Regula niet een dienaar van het kwaad was die door Satan was gestuurd om haar te verleiden, maar zulke gedachten bleven nooit lang hangen, want de liefde voor het meisje vervulde nog steeds haar hart.

Toen ze eindelijk uit de gevangenis werd vrijgelaten, waren haar ogen verblind door de duisternis en was ze verward. Ze werd omhuld door een gloeiende helderheid, waarin donkere gestalten rondliepen. Er waren ook ruiters. Honden sprongen blaffend om hen heen.

'Ga nou eindelijk, non!' zei een ruwe stem. 'Daarheen. Op de wagen.'

Op de wagen die haar naar de brandstapel zou brengen. Haar laatste dag op Gods prachtige aarde was aangebroken. Maar ze bleef weerbarstig staan.

'Zonder rechtbank heeft zelfs de bisschop niet het recht om een ketter te verbranden!'

Ze lachten haar uit en duwden haar naar voren. Ze wankelde. Iemand liep naar haar toe en omhelsde haar.

'Wees gerust, moeder Audacia!' riep de stem van de kinderjuffrouw Oda. 'Buiten staat het leger van graaf Heinrich, die zijn zus Regula en de abdis Audacia eist. De bisschop moet ons uitleveren.'

Iemand legde een met bont gevoerde mantel om haar schouders. Ze werd op een wagen getild en nu kon ze eindelijk door haar tranen heen zien waar de verblindende helderheid vandaan kwam. De binnenplaats van het bisschoppelijk paleis was bedekt met een laag sneeuw, die glinsterde in de zon alsof er edelstenen verspreid lagen. Maar bovenal was de abdis dolgelukkig om de novice Regula weer te zien, die op zachte kussens en pelskleden in de wagen zat.

'Stelt u zich voor wat er is gebeurd, lieve moeder Audacia. Paus

Benedictus heeft besloten dat ik een uitverkorene van God ben,' zei ze glimlachend tegen de abdis.

Audacia liet zich naast haar zakken en sloot haar brandende ogen. Was dit allemaal werkelijkheid of een van de koortsdromen die ze in sommige nachten in haar kerker had gehad? Ze hoorde het gekraak en gepiep van de grote poortvleugels. De paarden schraapten met hun hoeven over de sneeuw, er werden commando's geroepen en de wagen zette zich krakend in beweging. Ze hoorde mensen juichen. De ridders van de graaf, die voor het paleis hadden gewacht, triomfeerden omdat de bisschop zo snel en onvoorwaardelijk aan hun eis had voldaan.

'Er zijn in totaal vier wagens,' zei de kinderjuffrouw Oda. 'En een aantal pakpaarden die zware lasten dragen. Onze geweldige heer, graaf Heinrich von Schwerin, heeft een schadevergoeding geëist voor het onheil dat zijn zus onschuldig in Bützow heeft moeten doorstaan. Hij heeft meel en zout geëist, zoete honing, gedroogd fruit en gezouten vlees. En goud. Er wordt gezegd dat de bisschop een goudstuk moest geven voor elke haar die hij bij de dochter van de graaf heeft laten afscheren.'

'Maar Oda!' berispte Regula haar. 'Wat zeg je nou allemaal?'

De rit naar het hof van Schwerin vloog voorbij voor de abdis, want ze had haar geliefde dochter en vriendin naast zich. Ze hielden elkaars hand vast en de abdis luisterde naar de zoete stem van het meisje, die ze zo lang had moeten ontberen. Twee dagen bleven ze aan het hof van de jonge graaf, die zijn zus met grote eer ontving. Daar troffen ze ook de novice Katerina aan en ze hoorden dat het meisje al weken geleden uit de bisschopsgevangenis was ontsnapt en helemaal alleen naar Schwerin was teruggelopen om zich bij de jonge graaf te melden. Ze hadden hun bevrijding vooral aan haar te danken.

Het klooster Waldsee werd rijkelijk begiftigd. De graaf stuurde ambachtslieden om nieuwe daken te bouwen. In het jaar daarna werd er van massieve stenen een nieuwe kerktoren gebouwd en werd de kerk voorzien van een prachtig plafond van houtsnijwerk. Omdat in het hele land bekend werd dat Regula von Schwerin een uitverkorene van God was, stuurden talloze rijke families hun dochters naar het klooster Waldsee en kwamen er veel pelgrims om door haar gezegend te worden.

Regula von Schwerin werkte drie jaar lang in het klooster Waldsee en op bevel van de graaf schreef pater Raimund haar visioenen op, zodat Gods openbaringen voor het klooster en alle christenen bewaard zouden blijven. Ze overleed op eerste kerstdag 1239 en werd begraven in de apsis van de kloosterkerk, naast de Slavische Bogdan, wiens lichaam op haar verzoek hiernaartoe was overgebracht.

Na de dood van Regula von Schwerin was de abdis zeven dagen ziek. Ze lag roerloos op haar slaapplek en sprak geen woord. Daarna stond ze op en vervulde de taak die God haar had gegeven. Audacia leidde het klooster nog vele jaren als abdis, met haar naaste vertrouwelinge, de bejaarde priorin Clara, aan haar zijde. Na Clara's dood kreeg ze veel steun van haar opvolgster, de non Katerina von Wolfert.

Cornelia

ZE HAD FRANZISKA KORT na Hamburg vanuit een wegrestaurant gebeld en aangekondigd dat ze rond vier uur 's middags in Dranitz zou aankomen.

'Als je wilt dat ik actie onderneem, leg dan vast de documenten klaar. Je weet wel, lasten, inkomsten, bedrijfskosten en ga zo maar door...'

'Laten we eerst eens in alle rust koffiedrinken en erover praten,' antwoordde haar moeder.

'Het spijt me, mam, maar ik heb de documenten nodig om een nauwkeurig beeld te krijgen. Ik kom niet om koffie met je te drinken en over koetjes en kalfjes te praten.'

'Wat je wilt, Cornelia.'

Ze irriteerde zich aan de uitsteltactieken van haar moeder, maar ze hield zich in. Er was in de afgelopen dagen genoeg ruzie geweest en bij wijze van uitzondering hadden ze daar allebei genoeg van.

'En laat de anderen alsjeblieft om... laten we zeggen... zeven uur komen, zodat we de zaak samen kunnen aanpakken.'

'Welke anderen bedoel je?'

Misschien begon haar moeder langzaam oud te worden. Vroeger was ze sneller van begrip geweest.

'Sonja, Bernd, Ulli en natuurlijk Jenny. Dat zal voorlopig genoeg zijn. Goed, tot gauw...'

Ze maakte een einde aan het gesprek door op te hangen en zich zo de eventuele bezwaren van haar moeder te besparen. Ze nam nog snel een kopje koffie en een stuk kersenkruimeltaart, die naar karton met zoetstof smaakte, en reed daarna door naar Schwerin.

Nu was het dus beslist. Inmiddels was ze er blij om, maar gisteren had ze haar baas inclusief de hele directie wel kunnen vermoorden. Er waren blijkbaar geen grenzen aan de domheid in Duitse adviesbureaus. Maar wat maakte ze zich druk? Zij, Cornelia Kettler, was niet bereid om te moeten opdraaien voor de domme fouten die anderen hadden gemaakt. Had ze vóór haar vakantie niet een lijst gemaakt van hoe ze het beste te werk konden gaan, waar ze voor moesten uitkijken en waar ze snel moesten ingrijpen? Had ze niet een paar keer gebeld en het telefoonnummer van haar hotel op Rügen gegeven? Om een rapportage gevraagd? Niemand was geïnteresseerd geweest. De heren wisten het immers beter. Ze hadden het verprutst en nu zou zij daar verantwoordelijk voor zijn. Omdat het haar concept was geweest.

In feite hadden ze erop aangestuurd om van haar af te komen. Toen ze dit de vorige dag had beseft, was ze vreselijk kwaad geweest, maar nu kon het haar vrijwel niets meer schelen. Klaar. Basta. Op naar nieuwe werkzaamheden.

Ze had de opzegtermijn verrekend met haar resterende vakantiedagen en overuren. Dat hadden ze niet leuk gevonden, maar het was haar recht. Net als de vijfcijferige afkoopsom. Vanaf vandaag was ze een vrij mens. Wat haar erg goed uitkwam, want ze wilde toch even langs Dranitz gaan. Dat had ze Jenny beloofd en het was belangrijk voor haar om deze belofte na te komen. Jenny was belangrijk voor haar. Jenny en haar charmante kleindochter Julia. En natuurlijk ook haar moeder. Eigenlijk alle drie.

Bovendien interesseerde het project 'Landhotel Dranitz' haar. Ja, dat was echt zo. Niet dat ze de nostalgie van haar moeder had overgenomen en naar het landgoed van haar voorouders verlangde, nee, dat zeker niet. Ze had lang genoeg haar moeders beschrijvingen van de 'glorieuze tijden' moeten aanhoren. Maar ze was puur professioneel geïnteresseerd in het hotel en het restaurant. Het kon geen kwaad als iemand die er verstand van had er eens naar keek. Ze wilde immers niet dat haar moeder en dochter in de schulden zaten.

Ze drukte het gaspedaal in en genoot van de warme nazomer. Donkergroen, verzadigd geel en het bruingrijze van de geoogste velden, daarboven de staalblauwe lucht, waarin zich donzige witte wolkenformaties vormden. Het was druk op de tegengestelde rijrichting, waar vooral veel campers en volgepakte auto's met caravans reden. Er ontstonden telkens files. Was de vakantie soms al bijna afgelopen? In de richting van Schwerin was het niet druk op de weg. Ze kwam zelfs een kwartier voor de aangekondigde tijd op Dranitz aan. Op de parkeerplaats, naast de auto van Franziska en Walter, stond een zilveren Mercedes-sportwagen waarvan het dak naar beneden was geklapt. Cornelia bekeek het gloednieuwe voertuig en schatte in dat hier het financiële equivalent van een huis geparkeerd stond. Wie in haar familie stond niet meer met beide benen op de grond en had zo'n pronkkar gekocht? Dat kon eigenlijk alleen de...

'Oma!' klonk het over het voorplein. 'Ooooma! Papa, dit is mijn oma. Ze heeft een strandkorf op het eiland Rügen!'

Ze knipperde met haar ogen tegen de zon en zag twee personen op haar afkomen, de ene lang, de andere klein. Haar prachtige roodharige kleindochter Julia rende vooruit, zoals altijd in een onnozel roze jurkje en met roze sandalen. Ze had een strohoed op die met een lint in haar nek was vastgebonden en achter haar aan wapperde. Wie trok het arme kind toch altijd van die barbiekleren aan? Een grijsharige man in designerjeans en een zwartleren jasje liep nonchalant achter haar aan. Hij moest Jenny's ex-baas uit Berlijn en Julia's vader zijn. Simon Strassner.

Cornelia moest zich schrap zetten om niet om te vallen toen haar kleindochter op haar afstormde. Wat een lief kind! Wat was ze onbevangen. En zo hartelijk!

'Oma, ik heb al een wiebeltand! Kijk!' Juultje deed haar mond wijd open en showde haar tand aan Conny, die volgens haar nog heel stevig op zijn plaats zat. 'U moet meneer Strassner zijn,' begroette ze Jenny's ex vriendelijk. Ze wilde niet dat Juultje merkte hoe ze in werkelijkheid over de fijne meneer de architect uit Berlijn dacht.

Strassner stak zijn hand naar haar uit.

'Ik ben Cornelia Kettler. Julia's oma.'

'Papa heeft helaas haast,' zei Juultje. 'Hij moet altijd naar zijn kantoor of naar de oude huizen over de hele wereld die hij verbouwt...'

Simon Strassner lachte. 'Over de hele wereld is wat overdreven, Juultje. Maar ja, er is altijd veel te doen. Leuk u te hebben ontmoet, mevrouw Kettler. Ik neem aan dat u hier een paar dagen vakantie gaat houden. Het weer schijnt prachtig te blijven. Veel plezier!'

Hij nam afscheid van zijn dochter, liet haar beloven om heel braaf te zijn en verzekerde haar dat hij over twee weken terug zou komen en een prachtige nieuwe pop mee zou nemen. Daarna stapte hij in zijn zilveren sportwagen, stak zijn hand op als groet en scheurde weg.

Juultje pakte Cornelia's hand vast en trok haar mee naar het huis. Cornelia keek op haar horloge. Klokslag vier uur. Haar moeder kennende wachtte ze al op haar.

'Laten we naar oma gaan, Juultje,' stelde ze voor. 'Ik weet wel zeker dat ze met lekkere koffie en een stuk kersentaart op ons zit te wachten.'

'Ik lust geen koffie...' Juultje grijnsde. 'Maar Walter maakt soms kinderkoffie voor me en die vind ik wel lekker.'

Cornelia's blik dwaalde van de twee hovelingenhuisjes naar het landhuis, dat fel verlicht werd door de middagzon.

Het zag er goed uit. Die Kacpar Woronski was inderdaad een bekwame jongen. Hij had het oude huis gerestaureerd, maar het karakter behouden. Een landelijke, adellijke residentie in Mecklenburg. Royaal, maar zonder overdreven tierelantijntjes. Functioneel en harmonieus. Het paste in dit uitgestrekte, opfleurende landschap, onder deze hemel, die zulke ongelooflijk prachtige wolkenformaties vertoonde. Het was niet te vergelijken met het grijze gebouw op de verbleekte foto die vroeger bij haar ouders boven de bank hing.

Ze zette haar koffer voor het huis van Franziska en wilde net op de bel drukken toen ze achter zich voetstappen hoorde. Ze draaide zich om. Jenny en haar vriend waren het voorplein opgelopen.

'Jenny!' riep Cornelia blij. 'En Ulli!'

'Mama, Ulli!' jubelde Juultje. 'Papa heeft net beloofd om de volgende keer een nieuwe pop voor me mee te nemen uit Berlijn...' Maar Jenny en Ulli sloegen geen acht op hen. Het stel stond nu dicht bij elkaar. Jenny zei iets en Ulli pakte haar bij haar schouders. Plotseling hief ze haar hand op en gaf ze de arme man een klap in zijn gezicht.

Juultje schreeuwde het uit van afschuw.

Cornelia verstarde. Ze was altijd een voorvechtster geweest van vrouwenemancipatie, maar dat betekende niet dat vrouwen het wangedrag van veel mannen moesten overnemen. Slaan was niet goed. Nooit. Daar was geen excuus voor.

'Jenny!' riep ze luid en verwijtend.

Haar dochter keek haar even geschrokken aan. Daarna draaide ze zich om en rende terug het huis in. Haar vriend bleef een paar seconden verbluft staan met een hand op zijn wang. 'Hé!' riep hij toen, waarna hij met zijn hoofd schudde en achter haar aan sprintte.

Er was altijd iets met deze familie. Die eeuwige ruzies. Nu had haar dochter een keer een aardige vent aan de haak geslagen en moest ze hem in het gezicht slaan. Waarom had ze vijf jaar geleden die grijs gemêleerde dandy niet geslagen in plaats van hem een kind bij haar te laten verwekken?

De mond van de kleine Julia stond open van verbazing, maar op dat moment deed Franziska de deur open en de twee vrouwen begroetten elkaar hartelijk. Cornelia werd helemaal sentimenteel. Jarenlang had ze niets van haar moeder willen weten en nu lagen ze in elkaars armen en hadden ze allebei tranen in hun ogen.

'Het is als een geschenk, Conny,' zei Franziska liefkozend. 'Ik zat er al die jaren vreselijk mee. Ik heb eindeloos gepiekerd over wat ik in hemelsnaam verkeerd had gedaan...'

'Helemaal niets,' antwoordde Cornelia. 'Je had in elk geval niets kunnen veranderen. Het was gewoon zo en nu is het anders.'

Ze was blij dat Walter haar in zijn armen nam, want daardoor kon ze haar emoties makkelijker verbergen. Bovendien werd ze uitgebreid besnuffeld door de herdershond voordat hij zich tot zijn favoriete speelkameraadje wendde en vervolgens naar de woonkamer liep.

'Oma Franziska, mama heeft Ulli net...' begon Juultje te vertellen, maar Cornelia onderbrak haar.

'O jee, ik denk dat Falko de taart wil stelen. Ren hard achter hem aan en zorg dat hij niets steelt!'

'Laten we maar naar de woonkamer gaan, Cornelia,' zei Walter opgewekt.

Zoals verwacht was de tafel gedekt. Er was geen kersentaart, maar maanzaadcake, waar ze dol op was. Ze liet Franziska een groot stuk op haar bord leggen en besloot dat de administratie even kon wachten.

'Er is veel nieuws, zowel goed als slecht. Welk nieuws wil je als eerste horen?' vroeg haar moeder toen ze de koffie inschonk.

'Laten we maar met het slechte nieuws beginnen.'

De briljante architect Kacpar Woronski had Dranitz inderdaad verlaten, en wel voorgoed. Niemand wist waar hij nu was. Zoals gevreesd was de biologische boerderij uiteindelijk opgeheven. Tegen de arme Ulli was een aanklacht ingediend, waar hij zich enorm veel zorgen om maakte, ook al had hij volgens Bernd niet echt iets te vrezen. Kortom, er was niets veranderd aan wat Jenny haar in Binz al had verteld.

'Jullie zitten echt in de sh...' zei Cornelia. Met een geschrokken blik op Julia sloeg ze een hand voor haar mond, maar de kleine meid, die druk bezig was om Falko de slagroom van haar vingers te laten likken, had niets meegekregen van het gesprek tussen de volwassenen.

'Er is ook goed nieuws,' zei Walter. 'Stel je voor, Bernd is bij Sonja ingetrokken en ze willen gaan trouwen.'

Cornelia wist niet wat er goed was aan dit nieuws. Bernd op vrijersvoeten, hemel. Maar goed, ze gunde het hun. Bernd en zijzelf hadden toch nooit bij elkaar gepast, ook al hadden ze het vaak geprobeerd.

'En verder?' vroeg ze kauwend en ze liet Franziska nog een stuk cake op haar bordje leggen.

'Alleen goed nieuws,' zei haar moeder glimlachend. 'Ik heb meneer Bieger weer aangenomen. Hij kwam een paar dagen geleden en vroeg of ik het nog een keer met hem wilde proberen. Ik denk dat hij vol goede wil is. We hebben hem de zolderwoning aangeboden waar Kacpar woonde. Hij begint volgende week.'

Het restaurant had dus weer een behoorlijke kok. Goed zo. Franziska had een paar advertenties in de lokale kranten geplaatst om de potentiële gasten te informeren. Dat was in elk geval een begin. Ze zou hun zo meteen uitleggen hoe je een echte reclamecampagne opzette.

'Het beste heb ik voor het laatst bewaard,' voegde Franziska met een glimlach aan haar verslag toe. 'De archeologen hebben eindelijk het terrein vrijgegeven. We kunnen in de kelder de wellnessruimte aanleggen.'

'Heel goed!' zei Cornelia blij en ze schraapte de laatste kruimels van haar bord.

'Nee, dat vind ik helemaal niet,' antwoordde Walter somber. 'Het is triest hoeveel kostbare restanten van het voormalige nonnenklooster nu het slachtoffer zullen worden van de verbouwingen.'

'Maar Walter,' wierp Franziska zachtjes tegen. 'Er gebeurt niets ergs mee. Het uitgegraven gedeelte wordt weer dichtgegooid.'

'Maar op de plek waar het zwembad komt, wordt het uitgegraven en wordt beton gestort.'

Cornelia keek onopvallend op de klok. Het was vijf uur geweest. Ze moesten nu eindelijk spijkers met koppen slaan.

'Ik heb een idee!' zei ze. 'Wat vinden jullie ervan als Walter me nu de kelder met de opgravingen laat zien en we daarna aan de slag gaan?'

'Ik ben blij dat je geïnteresseerd bent in ons oude huis, Cornelia. Dat was niet altijd het geval. Maar uiteindelijk woon je in Hannover en heb je een drukke baan. Je zult amper voldoende tijd aan het landhuis kunnen besteden,' zei haar moeder.

Cornelia haalde adem. Als ze openheid verlangde van Franziska, moest ze zelf het goede voorbeeld geven. Wat niet makkelijk voor haar was.

'Je hebt het mis, mam. Op dit moment heb ik veel tijd voor Dranitz. Ik heb gisteren ontslag genomen en ben vanaf maandag werkloos.'

Franziska keek geschrokken. Het woord 'werkloos' woog in haar beleving zwaar.

'Och, hemel,' zei ze zachtjes. 'Dat vind ik heel erg voor je, Conny.'

'Dat hoeft niet, mam. Uiteindelijk ben ik blij dat het zo is gelopen. Ik heb voor mijn vakantie twee aanbiedingen van concurrerende bedrijven gekregen en ik wil toch wat dingen veranderen in mijn leven. En ik heb een afkoopsom gekregen. Je weet toch dat ik mezelf sinds mijn studie als het ware telkens opnieuw heb uitgevonden?' Ze dronk haar koffie op. 'Gaan we, Walter?'

'Graag. Ik pak even gauw de sleutel.'

Terwijl Franziska even moest verwerken wat ze had gehoord, kreeg Cornelia in de kelder van het landhuis een fascinerende inleiding in de lokale geschiedenis van de dertiende eeuw. Een nonnenklooster. Waar een aantal belangrijke abdissen hadden gewerkt. Daarnaast een heilige, of beter gezegd een 'uitverkorene van God', die haar visioenen aan een monnik had gedicteerd. Deze teksten waren door de eeuwen heen helaas verloren gegaan, maar Walter had een heiligenlegende uit de zeventiende eeuw gevonden, waarin het verhaal van Regula von Schwerin werd verteld. Inmiddels was het opgegraven skelet onderzocht en aangezien de vrouwelijke dode hoogstwaarschijnlijk Regula was, werd erover gesproken om haar in de dom van Schwerin te herbegraven.

'Goed idee,' zei Cornelia, die het middeleeuwse klooster wel interessant vond, maar vooral problematisch. Een dode heilige was echt het laatste wat je nodig had in een wellnesshotel. Aan de andere kant was het misschien mogelijk om iets met het monastieke verleden te doen. Ze konden hier in de kelder een zwembad met Dorische zuilen en romaanse bogen aanleggen. Met geavanceerde, indirecte verlichting. Een klooster was een plaats van rust en contemplatie. Ze kende collega's die regelmatig een stilteretraite van een weekend of vastencursussen in kloosters boekten. Massages, meditatie, gregoriaans gezang, onthaasting... Dat soort dingen genoten een groeiende populariteit. Als je het slim aanpakte, kon het een echte hit worden...

'Heel interessant,' reageerde ze op het verhaal van Walter. 'Je zou alles nauwkeurig moeten opschrijven, zodat het niet verloren gaat.'

'Dat is precies wat ik doe, Conny. Ik ben een kroniek aan het schrijven. Stel je voor, een van de abdissen was Katerina von Wolfert. De meisjesnaam van je oma is Von Wolfert.'

'O ja?'

Cornelia was allang ergens anders met haar gedachten. Voor dit bouwidee had je een goede architect nodig. Waar was die Woronski in godsnaam gebleven? Jenny moest het weten. Zij waren tenslotte vrienden geweest en hij had haar 's ochtends broodjes gebracht. Maar goed, als hij niet wilde, zou ze via via wel een ander vinden. Ze moest toch eerst een overzicht van de financiële situatie zien te krijgen voordat straks de rest van de familie kwam.

'Laten we maar gaan kijken of mama de papieren inmiddels bij elkaar heeft.'

Haar moeder had inderdaad besloten om zich in de kaart te laten kijken. Ze liep met Cornelia naar haar kantoortje en wees naar de ordners in de kast.

'Ga je gang!' zei ze tegen haar dochter, waarna ze de deur dichtdeed en haar alleen liet met de dossiers van de afgelopen vijf jaar. Cornelia las snel de etiketten op de mappen, zag dat alles netjes en chronologisch was gearchiveerd en herinnerde zich dat haar moeder vroeger in het bedrijf van haar ouders de boekhouding had gedaan.

Nou, dat was makkelijker dan gevreesd.

Een uur later lag de hele tafel en de vloer bezaaid met opengeslagen ordners en was Cornelia wanhopig. Tenzij er een wonder zou geschieden, zou Dranitz spoedig onder de hamer komen. Wat dacht haar moeder eigenlijk? Het was al idioot geweest om dit vervallen pand te kopen, maar de uitgebreide renovatie had ook nog de rest van haar fortuin opgeslokt. Het was nutteloos om zich druk te maken over de banken, die goed hadden verdiend aan al deze transacties. Ook het geld dat Ulli hun had geleend was bijna op en tot overmaat van ramp had Woronski hun per post ook nog een vette rekening van achtenveertigduizend mark gestuurd voor speciale diensten. Het was een wonder dat haar moeder in deze situatie nog rustig kon slapen. Er moest zo snel mogelijk actie ondernomen worden. De verbouwing van de kelder kon ze vergeten, daar was geen geld voor. Allereerst moesten het restaurant en het hotel een boost krijgen, met of zonder wellness. In plaats daarvan zouden ze het meer en Sonja's dierentuin in het aanbod voor de vakantiegasten kunnen opnemen. Paardrijden, bootje varen, een zwemstrand. Dat was nogal wat. En als ze er, tegen de verwachtingen in, ook in slaagde Bernds voormalige ecoboerderij te heroveren of op zijn minst nieuwe pachters te vinden die bereid waren met hen samen te werken, konden ze die er later misschien ook bij betrekken.

Ze zocht naar schrijfpapier en werkte een plan uit. Ze moesten offensief adverteren, in de juiste dingen investeren, een paar mensen aannemen en hun schuldeisers paaien. Een herfst- en winterprogramma opstellen. Jachtschotel op landgoedwijze. Kerstconcert met bijpassend menu. Evenementen voor kinderen. Er was een goed concept nodig. Ze kende een paar mensen die wel in zo'n project zouden investeren. Ja, ze zouden er wel een goede ondernemingsvorm voor vinden. De tijd van de landgoedeigenaren was voorbij. Dit soort projecten konden beter op meerdere schouders rusten.

Ze was zo in haar plannen verdiept dat ze heftig schrok toen de deur van het kantoor werd opengetrokken.

'Oma! Ik heb je overal gezocht!'

'Juultje! Niet over de...'

Te laat. Het kind trapte met haar vuile sandalen op de opengeslagen ordners. Ze klom op haar oma's schoot en sloeg haar plakkerige armpjes om haar nek.

'Mama zei dat ik je uit het horrorbed moest halen...'

'Uit het wat?'

Ulli verscheen in de deuropening. Zijn linkerwang was nog een beetje rood, maar verder leek hij goed bijgekomen te zijn van de klap. Hij grijnsde vrolijk en hield een gevuld champagneglas in zijn hand.

'Horrorkabinet heet dat, Juultje. Kom bij ons, Cornelia. We hebben wat te vieren!'

Juultje rende juichend naar de woonkamer en zong 'horrorkabinet, horrorkabinet' voor zich uit.

In deze familie leek niemand de ernst van de situatie in te zien, behalve Cornelia. Ze vierden alweer een feestje.

'Juultje, kom alsjeblieft hier!' riep Jenny luid. 'Handjes wassen. En zeg tegen papa dat hij niet altijd geroosterde amandelen voor je moet kopen...'

Jenny verscheen naast Ulli en hij sloeg teder zijn arm om haar heen. Nou, gelukkig, alles was in orde. Misschien moest de jongen af en toe stevig aangepakt worden. Cornelia legde de ordners op elkaar en baande zich een weg door de financiële ramp. Ulli overhandigde haar het champagneglas.

'Op onze verwantschap, lieve Conny!'

Het duurde even voordat ze het begreep, maar Jenny's ondeugende grijns en haar ondubbelzinnige gebaar zetten haar uiteindelijk op het juiste spoor. Haar dochter wiegde een denkbeeldige baby in haar armen.

Ze kreeg een kind. Uitgerekend nu, in deze gespannen financiële situatie!

'Dat... is... fantastisch...' stamelde ze. 'Maar waarom gaf je hem dan een klap?'

Jenny snoof en wierp Ulli een boze blik toe.

'Ik vertelde hem dat ik zwanger ben en hij vroeg: "Van wie?"'

Ulli trok spijtig zijn schouders op en legde uit dat hij een grapje had gemaakt. Toegegeven, het was een nogal ongepast grapje, maar hij had het er gewoon van geluk uit geflapt.

'Het is je al vergeven,' zei Jenny lachend en ze kuste Ulli op de wang.

'Dat is geweldig,' stamelde Cornelia. 'Heb je liever een broertje of een zusje?' vroeg ze de kleine Julia, zodat Jenny niet zou merken hoe tegenstrijdig haar gevoelens bij dit nieuws waren.

'Een zusje,' besloot Juultje zonder aarzelen. 'Ik heb al een broer. Jörg. Maar waarom krijg ik nu een broertje als we al een horrorkabinet hebben?'

Iedereen lachte en Cornelia voelde dat ze zich door de algemene vreugde liet aansteken. Op de een of andere manier zou alles wel goed komen. Ze wenste alleen dat ze ook deel zou uitmaken van deze grote, vrolijke familie die elkaar altijd steunde, zelfs als het moeilijk werd. Ze had allang geen zin meer om zonder haar vriendin Sylvie in haar flat in Hannover te blijven. Bovendien zouden ze haar hier, in het landhuis, dringend nodig hebben, want Franziska zou niet altijd zo kras blijven en Jenny zou het binnenkort met twee kleine kinderen druk genoeg hebben. Ze hadden iemand nodig die op hen paste. Nee, ze hadden een bedrijfsleidster nodig!

'Zeg, mam,' sprak ze tot Franziska. 'Is het helemaal zeker dat Kacpar Woronski niet terugkomt?'

Franziska keek haar vragend aan.

'En de kok kan ook in het dorp een woning huren, toch?'

Haar moeder fronste haar voorhoofd. 'Waarom zou hij dat doen?'

'Omdat ik graag in de zolderwoning van het landhuis wil trekken.'

Ulli

Herfst 1995

HIJ KON PRATEN TOT hij een ons woog, maar ze wilde gewoon niet luisteren. Ze kregen er bijna ruzie door. 'Nee, ik ga alleen naar dit politieverhoor. Ik heb niets misdaan en ik wil niet dat je je druk maakt.'

'Maar ik ben niet ziek. Ik ben gewoon zwanger!' Die uitspraak had ze van Mine. De twee oudjes hadden tranen in hun ogen gekregen toen ze het nieuws van Jenny's zwangerschap hoorden. Mine was meteen over haar eigen zwangerschappen begonnen en had verteld hoe moeilijk de tijden toen waren geweest. Vervolgens had ze naar Ulli geknipoogd en hem geadviseerd om zijn meisje een beetje te verwennen.

'Ik weet dat je "gewoon" zwanger bent en juist daarom wil ik dat je hier blijft, Jenny. Bovendien wil Cornelia heel graag met je praten. Ze heeft kennelijk een geweldig concept ontwikkeld en staat al dagen te popelen om het eindelijk aan je voor te stellen. Voor een "Belevenispark Landgoed Dranitz".'

Uiteindelijk gaf ze toe. Terwijl Ulli naar Waren reed, waar Bernd op hem wachtte om hem tijdens het verhoor juridische bijstand te verlenen, steeg de moeizaam onderdrukte nervositeit weer in hem op. Waarom deed Bernd het onderzoek af als een 'pure formaliteit' terwijl Ulli's hele bestaan misschien wel op het spel stond? Ulli moest niet denken aan wat er zou gebeuren als het tot een rechtszaak kwam en de rechtbank oordeelde dat de verkoop van het perceel onrechtmatig was geweest. Het zou dramatisch zijn als hij uitgerekend nu met lege handen achter zou blijven, terwijl binnenkort een kleine Ulli Schwadke het levenslicht zou zien! En waar zou de blauwe order in hemelsnaam zijn? Welke troef hadden de twee zussen tegen hem in handen, ook al wist hij nog steeds niet hoe ze aan de map zouden zijn gekomen? Hij had hem nergens in huis gevonden en ook niet in zijn kleine kantoor bij de botenverhuur.

Het weer was omgeslagen en een koude wind dreef de motregen door de straten. Bernd stond voor het gebouw op hem te wachten met een dossiermap onder zijn arm. Hij zag er vreemd uit in zijn donkerblauwe pak.

'Zenuwachtig?' vroeg Bernd terwijl hij Ulli de hand schudde. 'Daar is geen reden toe, Ulli. Ik denk dat het er goed voor ons uitziet.'

Ulli beweerde dat hij heel kalm was en ze gingen naar binnen.

Bernd meldde hen aan en daarna zaten ze een tijdje in een onaangenaam galmende gang te wachten. Ulli's maag knorde hoorbaar. Hij had niet ontbeten van de spanning. Bernd leek de zaak echt licht op te vatten, want hij vertelde Ulli over zijn reisje met Sonja naar Berlijn. Ze had hem het gebied laten zien vanwaar ze destijds naar het westen was gevlucht.

'Natuurlijk is alles allang gesloopt en volgebouwd. Er staat nu een bank en daartegenover een groot bedrijfspand. Eigenlijk zouden ze daar een bordje moeten ophangen. Zodat niet vergeten wordt wat er toen is gebeurd.'

Er ging een deur open en Ulli stond snel op. Twee politieagenten leidden een nogal gehavend ogende jongeman weg. Hoewel het nog vroeg in de ochtend was, had de man duidelijk al flink wat borrels op, althans te oordelen naar de alcoholkegel die zich in de gang verspreidde.

'Kalm aan,' zei een van de twee agenten. 'Jij gaat nu eerst eens je roes uitslapen.'

Ulli herkende hem meteen. Het was Henning, een van de twee jongens die zijn woonboot hadden gesaboteerd. Op basis van getuigenverklaringen had de politie de twee boeven opgepakt en ze hadden bekend. Omdat er echter geen vluchtgevaar was, waren ze tot het begin van het proces vrijgelaten. Ulli zou met de schade blijven zitten, want de verzekeringsmaatschappij weigerde die te betalen. Vervelend, maar uiteindelijk was het van ondergeschikt belang. Misschien hoefde hij zich in de toekomst toch geen zorgen meer te maken over zulke dingen, omdat het bedrijf dan helemaal niet meer van hem was.

Ze moesten nog vijf minuten wachten, daarna werden ze binnengeroepen en mochten ze op twee harde houten stoelen voor het bureau van de agent plaatsnemen.

Ulli had gehoopt de aardige, jonge rechercheur te zien die de dag na de aanslag in Ludorf was geweest om proces-verbaal op te maken. De rechercheur, die vorig jaar met een boot de kanalen in Frankrijk had verkend, was enthousiast geweest over de woonboten. Maar er zat nu een oudere man, die zich voorstelde als hoofdinspecteur Dobert en niet reageerde op Ulli's vriendelijke glimlach. De hele procedure was vreselijk formeel. Ulli moest zich legitimeren en ook Bernd moest zijn legitimatie laten zien, waarna hoofdinspecteur Dobert vragen stelde. Ulli was blij dat Bernd voor hem antwoordde, want hij barstte bijna van woede. Jenny's vader regelde het allemaal met bewonderenswaardige kalmte. Hij bleef vriendelijk, maar was zeer beslist. Hij had zelfs documenten bij zich waaruit bleek dat Max de drie boten die hij had gekocht onmiddellijk aan het bedrijf had overgedragen. Alle andere activa van de gemeenschappelijke onderneming waren na zijn overlijden testamentair aan Ulli nagelaten. De hele procedure duurde hooguit twintig minuten. De hoofdinspecteur nam met een handdruk afscheid van hen en daarna ging de deur achter hen dicht.

'En wat gebeurt er nu?' vroeg Ulli bezorgd toen ze weer op straat stonden.

'Nu gaan we eerst eens ontbijten,' stelde Bernd voor.

Ze liepen met opgetrokken schouders door de regen, vonden een café dat open was en bestelden twee keer het ontbijt met ham, kaas en roerei. Bernd legde kauwend uit dat ze nu moesten wachten tot op basis van het onderzoeksdossier werd besloten of er al dan niet een aanklacht moest worden ingediend.

'Dus weer wachten...'

'Het komt wel goed,' troostte Bernd hem. 'Maak je niet zo druk, jongen!'

Dat was makkelijker gezegd dan gedaan! Ulli vroeg zich af of hij Jenny even moest bellen, maar omdat hij toch alweer gauw bij haar zou zijn, besloot hij het niet te doen.

'Weet jij eigenlijk wie mijn biologische boerderij heeft overgenomen?' vroeg Bernd opgewekt, die er vast van overtuigd leek dat het goed zou komen. 'Kalle Pechstein en Wolf Kotischke. Ze maken een goede indruk op me,' zei hij, terwijl hij voorzichtig een stuk roerei van zijn knie haalde. 'Tjonge, sterke jongens die verstand hebben van landbouw. Dat zou eigenlijk beter moeten gaan dan bij een dromer als ik die niet met beide voeten op de grond staat...'

'Denk je dat die twee het gaan redden?' vroeg Ulli twijfelend.

Bernd haalde zijn schouders op. 'Sonja is er heilig van overtuigd dat biologische landbouw een grote toekomst heeft.'

Ulli dacht daar anders over, maar dat zei hij niet. Sonja was net zo'n dromer als Bernd zodra die zijn donkerblauwe advocatenpak uittrok. Iemand die paradijzen creëerde. Een dierentuin. Een ecologische boerderij.

'Ze is serieus van plan om in de dierentuin een wolvenverblijf aan te leggen.'

'Echt? En wat vindt Kalle daarvan?'

'Hij wil twee ezels aanschaffen. Die verdedigen de koeien tegen wolven.'

'Echt?' Ulli schoof zijn bord van zich af en zei dat hij terug moest naar Ludorf omdat Jenny daar op hem wachtte en het druk was op de camping. In werkelijkheid werd hij gek van het wachten. Hij wilde dat de zaak voorbij was, maar volgens Bernd kon het nog eindeloos duren totdat de rechter er eindelijk klaar mee was.

'Laat maar zitten,' zei hij tegen Bernd, die zijn portemonnee tevoorschijn haalde. 'Ik trakteer. Dat is niet meer dan logisch.'

In Ludorf was het inmiddels rustig geworden. Ulli keek even hoe het in de winkel ging en liep daarna snel naar het huis, waar Jenny al gespannen op hem wachtte. 'Is het goed gegaan, schat?' vroeg ze nerveus.

Ulli knikte. 'Bernd lijkt er heilig van overtuigd te zijn dat het niet tot een proces komt, maar je weet maar nooit. Nu is het afwachten.'

Ze lunchten samen, verplaatsten de nieuwe meubels weer eens en in de late namiddag had Jenny een afspraak bij haar gynaecoloog in Waren. Daarna wilde ze meteen Juultje ophalen bij haar vriend Jörg Junkers.

Ulli liep met haar mee naar de auto. De dagen waren nu merkbaar korter geworden en toen hij naar de steiger keek, waar de eerste slierten van de avondmist voorbij waaiden, zag hij plotseling een figuur in een blauw windjack met iets zwarts in zijn handen. Het leek een emmer of een vat.

Ulli liep ernaartoe. Toen hij bij de steiger kwam, draaide de figuur zich naar hem om.

'Ulli?'

'O, hallo!' antwoordde Ulli verbaasd. 'Jörg... Sorry, ik had je in de schemering niet meteen herkend.'

Jörg Krumme stak zijn hand naar hem uit en Ulli schudde die. De handdruk was vochtig omdat Ulli de natte reling bij het botenhuis had aangeraakt.

'Ik heb een paar dagen vrij genomen en ben op de begraafplaats in Ludorf geweest om het graf van onze moeder te bezoeken,' zei Jörg. 'Wat onze vader betreft, moet er immers nog iets gebeuren.' Hij hield het zwarte vat omhoog. Ulli zag dat het de urn van Max was.

'Dus je gaat het echt doen.' Ulli wees naar de urn.

Jörg knikte. 'Ja, dat ben ik aan hem verplicht. Ik heb speciaal gewacht tot alle toeristen weg waren. Maar nu, wie zou ons nu moeten zien, Ulli, hier, op de favoriete plek van mijn vader?'

Ulli slikte. 'Je hebt gelijk, Jörg. Kom.' Hij perste zich langs Max' zoon heen, koos een van de woonboten, liet Jörg aan boord gaan, maakte de lijnen los en sprong ook aan boord.

Ze gingen onder de luifel bij het roer zitten, dicht naast elkaar om niet nat te worden, en Ulli manoeuvreerde de boot het meer op.

'Hij had het vaak over de boten als we met elkaar belden,' vertelde Jörg. 'Ze zijn heel makkelijk te besturen, toch?'

'Op het meer wel, ja. Het wordt lastiger als je tussen andere boten in de haven wilt aanmeren. Dat lukt pas met wat oefening...'

Op het water waaide het harder dan op de oever. De boot schommelde flink en af en toe spatte er een golf over de reling.

'Zeeziek?' vroeg Ulli.

'Totaal niet. Het is mooi hier...'

Er voeren nog wat zeilboten. Ze gleden langs hen heen, aangedreven door de stevige bries, die hun boten over het water liet vliegen. Jörg keek hen peinzend na.

'Hier?' vroeg Ulli toen ze ongeveer het midden van het meer hadden bereikt.

Jörg knikte en schroefde het deksel van de urn.

'Aan lijzijde,' raadde Ulli aan. Hij liet Jörg de leiding nemen, ging naast hem zitten en keek toe hoe de grijszwarte as over het water werd geblazen en erop bleef drijven. Jörg ging grondig te werk. Hij spoelde de plastic urn uit met water uit het meer zodat er niets verloren ging en schroefde hem vervolgens weer dicht.

'Zo, vader,' zei hij zachtjes. 'Dit is wat je wilde. Ik heb in mijn leven niet altijd gedaan wat je wilde. Maar dit was belangrijk voor mij. Het ga je goed...'

Ulli zag dat zijn ogen vochtig werden en zweeg geëmotioneerd. Ze keken allebei naar de as, die nog steeds op de golven dreef en maar langzaam in het water zonk.

‘Het begon toen ik tien was,’ vertelde Jörg. ‘Bijzonder getalenteerd in wiskunde. Eindexamen. Studie. Wetenschapper. Mijn moeder was heel trots, maar mijn vader niet. Mijn zussen ook niet. We konden nooit goed met elkaar overweg…’

Ulli stuurde de boot met een flauwe bocht terug naar de steiger. Aardige vent, die Jörg Krumme. Hij had hem vroeger een paar keer gezien toen hij als kind bij zijn grootouders in Ludorf was. Hij kon zich hem maar vaag herinneren. Een dunne slungel met een bril, minstens vijftien jaar ouder dan hijzelf. Hij had altijd een boek voor zijn neus gehad en had nooit met hen gevoetbald. Zijn zussen waren toen al getrouwd, die had hij toen nooit gezien. Maar nu zaten ze hem op de huid.

‘Daarna kwam de Wende,’ sprak Jörg zacht verder. ‘Mijn instituut werd opgeheven en ik werd werkloos. Toen belde mijn vader en vroeg of ik de zaak in Ludorf wilde overnemen. Dat was zo’n beetje het laatste wat ik wilde en dat heb ik hem botweg gezegd. Daar heb ik nu verdomd veel spijt van. Ook al was het wel waar, want zo’n bedrijf, dat is niets voor mij. Maar ik had het anders moeten formuleren. Het heeft mijn ouwe echt pijn gedaan…’

Late wroeging, dacht Ulli. Hij had moeite om de boot in de sterke deining aan wal te krijgen. Arme Max. Was Gertrud, zijn vrouw, ook niet rond die tijd overleden? Geen wonder dat hij gezondheidsproblemen had…

‘Het was een moeilijke tijd,’ ging Jörg verder, die blijkbaar zijn levensverhaal aan Ulli wilde vertellen. ‘Eerst verloor ik mijn baan, daarna overleed mijn moeder en tegelijkertijd liep mijn huwelijk op de klippen. Mijn ex ging naar München, waar ze een baan aangeboden had gekregen bij een farmaceutisch bedrijf. Waarschijnlijk speelde een andere man ook een rol…’

‘O jee,’ zei Ulli. ‘Hebben jullie kinderen?’

‘Gelukkig niet… Maar ik heb het mijn vader niet verteld. Tot het eind niet. Omdat hij meteen had gezegd dat ze niet bij mij paste.’

Waarschijnlijk had hij de koppigheid van zijn vader geërfd, dacht Ulli.

'Ik ben ook gescheiden,' bekende Ulli. 'Ze leerde een Oostenrijker kennen. Ze woont nu bij hem in Schladming.'

Jörg knikte begrijpend naar hem.

'Kinderen?'

'Nee. Maar mijn vriendin is nu zwanger. En zij is de ware.'

'Gefeliciteerd,' zei Jörg en hij keek Ulli met een oprechte glimlach aan.

Ulli merkte zelf dat hij dommig begon te grijnzen van blijdschap en hij concentreerde zich op het manoeuvreren van de woonboot naar de steigers. Nadat hij veilig had aangemeerd, sprongen de twee mannen op de steiger.

'Voordat ik het vergeet,' zei Jörg en hij liep een paar stappen over de houten planken. 'Gisteren belde Elly me uit München op. Haar man heeft haar overgehaald om de aanklacht in te trekken. Ze heeft vreselijk ruzie gehad met Gabi, maar die wil de zaak niet alleen doorzetten en ik deed toch al niet mee. Ik weet dat je een fijne kerel bent, Ulli, en ik weet dat mijn vader alles precies zo wilde zoals het nu is. Afgezien van de ruzies dan. Maar die zijn nu verleden tijd.'

Ulli staarde hem ongelovig aan. 'Echt waar?'

'Ja, ik meen het!'

'Tjonge, Jörg,' zei hij opgelucht. 'Dat is een pak van mijn hart!'

Hij omhelsde hem spontaan, wat Jörg een beetje gênant vond, en schudde hem daarna stevig de hand.

'Kom gauw weer eens langs, goed?'

'Doe ik. En het beste voor je vriendin en de baby.'

Toen Jörg weg was, bleef Ulli nog een poosje staan. Hij keek uit over de grijze Müritz, waar zijn vriend zo ontzettend veel van had gehouden. Dit machtige meer had een bijzondere magie. Als je er eenmaal voor gevallen was, kwam je er niet meer van af. Ulli wist inmiddels dat hij hier thuishoorde. En hij had het gevoel dat Jörg, die die zijn vader na hun laatste ruzie nooit meer had gezien, op een dag de weg hiernaartoe terug zou vinden.

Mine

Winter 1995

WAT EEN BRUILOFT. DIE zou niemand van hen snel vergeten. Het jonge stel al helemaal niet. Maar de bruiloftsgasten ook niet. Sommigen hadden zelfs moeten afzeggen. Vanwege de storm. Snelwegen waren afgesloten, aan de kust was gewaarschuwd voor een stormvloed en de Müritz was buiten zijn oevers getreden.

'Het hele strand en de aanmeersteigers... alles staat onder water!' zei Ulli 's morgens toen hij zijn grootouders ophaalde.

'Als wij maar droog zitten,' zei Karl-Erich.

Hij zat al om half negen in zijn goede pak met stropdas en gepoetste schoenen aan in de rolstoel en kon niet wachten. Terwijl de huwelijksceremonie in de kerk in Ludorf pas een uur later zou zijn.

De vorige dag waren ze bij de burgerlijke stand geweest en daarna hadden ze zich in de naaste kring bij Mine in de woonkamer met koffie en kersenkruimeltaart laten verwennen. Voor het diner had Mine een goede visstoofschotel gemaakt, dat had ze zich niet laten ontnemen. Ze was immers zijn grootmoeder en had hem samen met Karl-Erich opgevoed. Alleen het bruidspaar en Juultje, Jenny's moeder Cornelia, mevrouw de barones, Walter, Sonja en Bernd waren er geweest.

Vandaag had Mine haar goede zwarte mantelpakje aangetrokken en gemerkt dat het inmiddels te ruim voor haar was geworden. Tja, zo ging het in het leven. Voor de kinderen werden de kleren te klein en voor de ouderen was het andersom. Maar het maakte niet uit. Het zat comfortabeler en spande niet meer zo erg om haar buik, dus ze kon flink toetasten tijdens het eten. Alleen haar schoenen waren in de loop van de jaren strakker gaan zitten en ze kon ze amper nog aan krijgen. Karl-Erich had hetzelfde probleem, maar hij hoefde niet te lopen.

Maar Ulli! Ze was zo geëmotioneerd dat ze een paar traantjes moest wegpinken. Hij zag er in zijn trouwpak uit als de jonge Karl-Erich. Alleen hadden zij toen niet zo'n grote bruiloft gehad. Toen moest het snel gaan, want het was al oorlog en haar geliefde moest naar het front. Ach, de jongeren konden zich niet eens voorstellen hoe zij zich toen hadden gevoeld.

Het kerkje in Ludorf was ondanks enkele afzeggingen stampvol. Toen het bruidspaar de kerk binnenkwam, was het alsof de wind hen door de deur naar binnen blies. Jenny's witte jurk bolde flink op, haar sluier wapperde en Juultje liet van schrik de mand met de bloemen vallen. Het waren papieren bloemen, want echte waren in november veel te duur. Anne Junkers' zoon Jörg pakte de mand op en hielp zijn vriendinnetje om alle bloemen weer op te rapen.

Toen stond het bruidspaar voor het altaar. Ulli in zijn chique donkere pak en Jenny in haar witte jurk met tule, die ze de vorige dag nog met Mückes hulp had moeten verstellen. Echt plechtig was het niet, want de wind gierde om de kerk en de dakspanen rammelden. Pas na de ceremonie was iedereen ontroerd, want toen nam Ulli zijn bruid in zijn armen en kuste hij haar uitgebreid in het bijzijn van alle gasten.

'Hoera!' riep Karl-Erich luid. De pastoor glimlachte, maar Mine vond het gênant. Zo recht voor het altaar. Nee, dat zou de oude pastoor Hansen destijds niet hebben toegestaan.

Toen ze de kerk verlieten, had Karl-Erich een hoop lol omdat de wind de rokken van de vrouwen opblies en de kapsels in de war waaiden. In de auto – dit keer reden ze met de barones en meneer Iversen mee – zei Karl-Erich enthousiast dat dit de mooiste bruiloft was die hij ooit had bijgewoond.

'Nou ja, de op een na mooiste,' voegde hij er meteen aan toe. 'De mooiste was natuurlijk de onze. Nietwaar, Mine?'

Mine bevestigde het en de barones, die er destijds bij was geweest, was het ook met hen eens. Het was een ernstige maar mooie bruiloft geweest.

Ze stopten pal voor de ingang van het landhuis en er kwamen meteen vier jongemannen aan om Karl-Erich de treden voor de ingang van het landhuis op te dragen en hem in zijn rolstoel naar boven te brengen. Het feest zou vandaag plaatsvinden in het restaurant van het Landhotel.

O, wat was binnen alles prachtig versierd! De barones had echte bloemen laten bezorgen en de lange bruiloftstafel was precies op dezelfde manier opgesteld als in de tijd van barones Margarethe von Dranitz. En ook al was er veel verbouwd en veranderd, het gerestaureerde stucplafond waaronder de jonge Franziska verliefd was geworden op majoor Iversen was hetzelfde.

Ach, de tijd, de tijd… waar was die gebleven? Zelf was ze in die tijd jong en vlug geweest. Ze had de tafel mogen dekken en voor de vele gasten gezorgd.

'Heb je het gezien?' vroeg Karl-Erich toen ze aan de lange tafel op hun plek zaten, vlak naast het bruidspaar. 'Op het bordje buiten staat: "Besloten gezelschap".'

'Dat moet wel,' zei Ulli. 'Want sinds Conny de reclamecampagne is gestart, zit het restaurant altijd vol met gasten. Over twee weken beginnen de kerstfeesten. Jenny wil de decoratie doen en Conny werkt samen met de kok de menuplannen uit.'

'Bodo eet uit haar hand,' zei Karl-Erich grinnikend. 'Cornelia Kettler is echt een bijdehante dame. Maar zo iemand misten jullie ook, hè?'

Mine gaf hem een zachte por in zijn zij, want de barones zat vlak naast hen en vond het vast niet leuk om dat te horen. Ulli had verteld dat er een heuse familiecrisis was geweest toen Cornelia Kettler haar plannen aan hen had gepresenteerd. Tot Ulli's grote verbazing stond

Jenny meteen aan haar moeders kant. Maar mevrouw de barones had moeilijk gedaan. Ze wilde aanvankelijk niets van al die ideeën weten en had zich beledigd teruggetrokken.

'Ik heb vijf jaar voor dit landgoed gevochten. Ik heb er al mijn passie, al mijn energie en mijn hele vermogen voor gegeven. Denken jullie nu echt dat ik mijn bezittingen zo makkelijk uit handen kan geven?'

Ze had dit gezegd omdat Cornelia Kettler een 'Belevenispark Landgoed Dranitz' wilde creëren. Samen met Dierentuin Müritz en later ook de voormalige biologische boerderij van Bernd, die nu door Kalle en Wolf werd beheerd, zou het een besloten vennootschap worden. Maar mevrouw de barones was ertegen, want dan konden andere mensen over haar landgoed beslissen en dat wilde ze niet. Ze had een hele week lopen mokken, maar uiteindelijk had meneer Iversen haar ervan overtuigd dat haar dochter het juiste deed en toen was alles ineens heel snel gegaan.

'Mama biedt ontspanningscursussen voor leidinggevenden aan,' had Jenny verteld. 'Het slaat in als een bom. Ze zijn allemaal al volgeboekt.'

Mine en Karl-Erich hadden niet zo goed begrepen wat voor cursussen dat dan waren. Maar mevrouw de barones had hen later op de koffie uitgenodigd en ze was ontzettend blij geweest omdat het hotel en het restaurant nu altijd vol gasten waren.

'Die stedelingen zijn helemaal enthousiast over het verwilderde park en het meer,' zei ze. 'Wild romantisch, vinden ze het. Puur natuur. Een oase van rust. Een schatkist. En uitstekend eten...'

Daar dacht Mine heel anders over en Karl-Erich was het met haar eens. Wat de dunne kok als bruiloftsmaal serveerde, was raar spul. Maar bovenal was het veel te weinig.

Ze moest hem helpen met de soep, want de lepel gleed telkens weer uit zijn kromme vingers. Het lukte hun nog net op tijd voordat mevrouw de barones ter ere van het gelukkige bruidspaar een toespraak hield.

O, die was zo plechtig dat Mine haar zakdoek er weer bij moest pakken. Franziska haalde veel herinneringen op en vertelde over de oude tijden, over alle dierbare mensen die Mine nog had gekend en die niet vergeten mochten worden. De rechtschapen grootvader Dranitz. De twee jonge heren, Jobst en Heinrich, die allebei in de oorlog waren gesneuveld. En de goede meneer de baron, die door de Russen was meegenomen. Tot slot sprak ze ook over haar zus, die een heel bijzonder persoon was geweest.

'Ze hebben allemaal in dit huis gewoond, gelachen en gehuild, elkaar liefgehad en soms ook met elkaar geruzied. Ik ben heel blij dat dit bonte, drukke leven doorgaat. Ik ben blij dat een jong stel elkaar heeft gevonden en dat ik mijn kleinkind en achterkleinkinderen om me heen heb. Voordat ik het glas hef op het bruidspaar, wil ik graag een woord van dank uitspreken. Lieve Cornelia, ik ben blij en gelukkig dat je hier bij ons wilt blijven en het lot van Dranitz een tijdlang in jouw sterke handen wilt nemen…'

'Bravo!' riep Karl-Erich toen de barones haar dochter Cornelia omhelsde. Maar dit keer was hij niet de enige. Iedereen die aan tafel zat stond op, juichte en applaudisseerde. Er ontstond een groot lawaai in het restaurant, want ze waren met meer dan zestig mensen.

Cornelia werd rood van vreugde. Ze zei ook een paar woorden. Ze bedankte haar moeder voor het vertrouwen en zei dat het landgoed Dranitz een grote toekomst voor zich had. Daarna werd de volgende gang geserveerd en Mine moest Karl-Erich helpen om zijn zalm te eten. Als ze de vis in kleine stukjes sneed, kon hij die goed met de soeplepel eten. Zijn bierglas had een oor en Mine merkte geïrriteerd dat de mollige Elfie hem ongevraagd bijschonk.

'Wanneer hebben we de kinderdoop?' vroeg Karl-Erich ongegeneerd aan Jenny.

'Ik ben in maart uitgerekend,' antwoordde ze lachend. 'En dit keer is het waarschijnlijk een jongetje.'

De gynaecoloog had een echo gemaakt en had gezegd dat daar weinig twijfel over bestond.

'Een jongen,' zei Mine peinzend. 'Wat zou Max daar blij mee zijn geweest.'

Max zou nog een reden hebben gehad om blij te zijn, want Jenny en Ulli zouden nu toch met Juultje naar Ludorf verhuizen. Cornelia was de bedrijfsleidster van de besloten vennootschap 'Belevenispark Landgoed Dranitz' en wilde in de toekomst het hovelingenhuisje waar Jenny had gewoond overnemen. Als hij wilde, kon Bodo Bieger de kleine zolderwoning overnemen. Toen Jenny hem het aanbod had gedaan, had hij om een korte bedenktijd gevraagd, maar ze had de enthousiaste twinkeling in zijn ogen wel gezien.

Zodra de vis was opgegeten, werden de borden afgeruimd en hield burgemeester Paul Riep een kleine toespraak. Hij feliciteerde het jonge paar namens de gemeente en was erg trots dat hij altijd in het landgoed Dranitz had geloofd. Er werkten hier nu vijf mensen uit het dorp en er zouden er waarschijnlijk nog meer volgen, want in het voorjaar zou er iemand nodig zijn voor de roeiboten en in de dierentuin hadden ze twee stalknechten nodig. Zo had de terugkeer van de barones een goede invloed op het dorp Dranitz, wat natuurlijk ook de verdienste was van de kersverse mevrouw Jenny Schwadke.

Mine zag dat Ulli glunderde van trots en dat hij telkens Jenny's bolle buik aaide.

Toen kwam wat Jenny en Ulli hadden gevreesd: Kalle liet de kans niet liggen om ter ere van de dag zijn knuppelvers voor te dragen. Hij liet de muzikanten een roffel spelen, ging met zijn briefje in positie staan en was blij omdat een deel van het publiek, dat al wist wat hun te wachten stond, hem vooraf al een applaus gaf.

'O god, laat dit snel voorbij zijn,' verzuchtte de barones en Jenny rolde ook met haar ogen. Op de plek waar Wolf Kotischke en Mücke zaten werd al gelachen.

'*Op de dag dat Jenny naar Dranitz kwam…*'

'*Moest ze dringend aan de man…*' riep Kalle luidkeels de zaal in.

'Nou ja, zeg…' fluisterde Jenny verontwaardigd.

Ulli zei 'Sst!' en sloeg uit voorzorg zijn arm om haar heen.

‘*Wat moesten we zoeken*
En wat hebben we lopen vloeken
Want geen van allen
Zou haar bevallen.’

‘Hoezo, “geen van allen”?’ mompelde Cornelia. ‘Heb ik iets gemist?’

‘*De een was te saai, de ander te krom,*
weer een ander te sloom, de volgende te dom…’

‘Een beetje grove humor,’ klonk Simon Strassners fluisterende stem. Hij had het rentmeesterhuis op Jenny’s naam overgeschreven voor de bruiloft. Hij kon tijdens zijn bezoeken prima in het Landhotel overnachten en aangezien Juultje nu toch in Ludorf ging wonen, had hij het niet meer nodig. Als zijn dochter eenentwintig werd, zou het op haar overgaan, als het ware als hulp bij de start in het volwassen leven.

‘*Ulli wilde haar nemen… Maar ze stuurde hem naar Bremen…*’ ging Kalle onverbiddelijk verder.

‘Dat is niet waar!’ riep Ulli luid. ‘Ik ben vrijwillig vertrokken!’

De gasten begonnen te lachen en Kalle moest even wachten voordat hij verder kon praten.

‘*Maar je plaagt wie je liefhebt,*
en strijd en verdriet zijn gauw weggeëbt.
Ulli haalde de ooievaar,
en leidde Jenny naar het altaar!’

Tot zover Kalles dichtkunst. Hij hief het glas en bracht een toost uit op het bruidspaar. Iedereen applaudisseerde, er werden grappen gemaakt en er werd veel gelachen, terwijl Elfie en haar twee collega’s wijn en bier bijschonken.

Het was tijd voor de huwelijksdans en Mine moest weer haar zakdoekje pakken, omdat Ulli en Jenny zo’n mooi jong stel waren.

Toen vervolgens mevrouw de barones met meneer Iversen de dansvloer op liep, raakte Mines zakdoek helemaal doorweekt. Ze zat naast Karl-Erich en ze keken naar de koppels die op de kleine dansvloer ronddraaiden. Sonja en Bernd, mevrouw de barones en meneer Iversen, Kalle en Mücke, Tom en zijn vriendin Maggy, Elke Stock en Rocky van de camping. Ulli had lang gehoopt dat Rocky succes zou hebben bij Elke, want hij was een prima kerel en na de teleurstellende ervaring met Jürgen had Elke een fatsoenlijke man aan haar zijde verdiend.

'Nou ja, zeg, dat is de pastoor die met Cornelia danst,' zei Mine verbaasd. 'En wie heeft Anne Junkers eigenlijk in zijn armen? Die ken ik helemaal niet...'

Karl-Erich kneep zijn ogen tot spleetjes omdat hij het dan van een afstand beter kon zien.

'Dat zou Jörg kunnen zijn...'

'Onzin! Dit is een volwassen man, niet haar zoon...'

'Ik bedoel Jörg Krumme! Herinner je je hem niet? De zoon van Max...'

Inderdaad. Nu viel zijn blik op Mine en hij zwaaide naar haar. Jörg was altijd een aardige man geweest. Rustig en teruggetrokken. Een boekenwurm...

Het was al donker buiten toen de bruidstaart werd binnengebracht. De plafondverlichting was uitgeschakeld en de kaarsen op de tafels doopten de feestelijk versierde kamer in een haast magische gloed. Karl-Erich at drie stukken en moest toen toegeven dat hij bijna vol zat.

Gelukkig was de storm gaan liggen en Mine dacht er al aan om zich naar huis te laten brengen, want het was voor hen allebei een inspannende dag geweest en Karl-Erichs ogen vielen telkens dicht. Maar de jongeren hadden er nog niet genoeg van. Ze waren het restaurant uit gelopen, stonden in de entreehal van het landhuis en Mine hoorde de barones opgewonden roepen: 'Dat is veel te nat, Ulli! En het meer is zeker over de oevers getreden!'

'Geen paniek, Franziska. Dat kunnen we wel. Wie gaat er mee? Fakkeltocht naar het meer en een rondje roeien?'

Een hele groep volgde hem, zelfs Jenny in haar witte trouwjurk en natuurlijk Mücke, Elke, Maggy, Rocky, Tom en Kalle. Sonja en Bernd gingen ook mee, en zelfs Cornelia.

'Dat is toch volslagen idioot!' riep mevrouw de barones kreunend en ze wilde achter hen aan rennen, maar meneer Iversen hield haar bij haar arm tegen.

'Kom, we gaan naar de eerste verdieping. Dan kunnen we de lichten en het meer zien,' stelde hij glimlachend voor.

Mine bleef bij Karl-Erich en keek naar de overige bruiloftsgasten, die vrolijk de dansvloer bleven bestormen.

'Weet je nog?' vroeg ze hem en ze dronk haar wijnglas leeg. 'Weet je nog dat ze met fakkels naar het meer renden en in de bootjes stapten? Alle jongeren. Majoor Iversen en Franziska waren erbij. En Elfriede...'

'Ik weet het nog precies,' zei hij. 'Ik moest de boten immers klaarmaken. Het zag er mooi uit toen ze met alle lichten het donkere meer op roeiden.'

Mine had toen boven bij het raam gestaan. En omdat ze het beeld nog exact voor ogen had, vond ze het niet erg dat ze nu met Karl-Erich beneden zat. Ze had haar herinneringen en die werden in de loop van de jaren niet bleker, maar juist scherper en helderder.

Aan niets kwam een einde. Alles begon telkens weer opnieuw. Het nieuwe droeg een andere jurk, maar zong hetzelfde liedje.

Ook verschenen in de *Landhuis*-serie

Een landgoed, een verloren liefde en
een gevaarlijk geheim

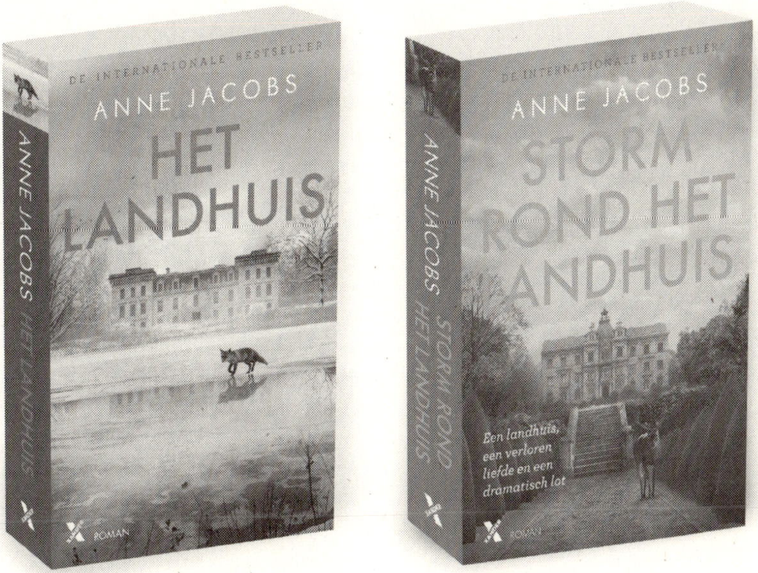

Lees ook van Anne Jacobs

De *Weesmeisjes*-serie

Een machtige familie, complexe verhoudingen en vele geheimen binnen de muren van één huis.

Augsburg, 1913. Het jonge weesmeisje Marie voegt zich als keukenmeid bij het personeel van het imposante landhuis van de familie Melzer, die in de textiel hun fortuin hebben verdiend. Tussen de hardwerkende bedienden probeert Marie haar plek te vinden. Katharina, de mooie, jongste dochter van de Melzers, bereidt zich op datzelfde moment voor op het balseizoen. Eindelijk zal ze aan de buitenwereld worden voorgesteld. Haar broer Paul, de erfgenaam van de familie, lijkt zich afzijdig te houden en geeft de voorkeur aan zijn studentenleven in München… totdat hij Marie ontmoet.

Overal verkrijgbaar